Zum Buch:

Peter atmete tief durch. Er steckte den Kopf wieder in das Loch und suchte nach der Quelle des Stöhnens. Nichts hätte ihn auf das vorbereiten können, was er sah. Zwei nackte Beine ragten unter einem Haufen Ziegelsteine hervor. Am anderen Ende des Haufens lag der nackte Oberkörper eines jungen Mannes. Die Helmlampe beleuchtete die Szene vor ihm nur schwach, aber sobald sich seine Augen an die Dunkelheit gewöhnt hatten, keuchte Peter auf, als hätte man ihm in den Magen geboxt. Ihm bot sich ein Anblick, der ihn an die mittelalterlichen Gemälde über die Qualen der Hölle erinnerte. Der Mann war von Kopf bis Fuß voller Blut.

Zum Autor:

Der Anthropologe Jeroen Windmeijer schreibt Thriller, in denen römische und biblische Geschichte mit der Historie seiner Heimatstadt Leiden verwoben sind. Sein erstes Buch wurde von der Presse und dem Buchhandel in den Niederlanden gefeiert. Mit dem Thriller »Das Paulus-Labyrinth« etabliert er sich endgültig als großer Geschichtenerzähler.

JEROEN WINDMEIJER

DAS PAULUS-LABYRINTH

THRILLER

Aus dem Niederländischen von
Stefanie Schäfer

FSC
MIX
Papier
FSC® C014496

Genehmigte Sonderausgabe 2023

Originaltitel: »Het Pauluslabyrinth«
Erschienen bei: HarperCollins Holland, Amsterdam

Published by arrangement with
HarperCollins Holland

Umschlaggestaltung: Deborah Kuschel nach einem
Originalentwurf von Wil Immink Design
Umschlagabbildung: Wil Immink Design, Xurzon / Getty Images
Satz: GGP Media GmbH, Pößneck
Druck und Bindung: GGP Media GmbH, Pößneck
Printed in Germany

ISBN 978-3-365-00372-5

»Wer mein Fleisch isst und mein Blut trinkt,
der hat ewiges Leben, und ich werde ihn auferwecken am letzten Tage. Denn mein Fleisch ist wahrhaftige Speise, und mein Blut ist wahrhaftiger Trank. Wer mein Fleisch isst und mein Blut trinkt, der bleibt in mir und ich in ihm.«

Johannes 6,54-56

PROLOG

Mérida (Hispania), 72 A. D.

Mit einem Schnitt seines scharfen Dolchs schlitzt der Henker den Bauch des Gefangenen auf. Blut strömt heraus, sprudelnd wie Wasser, das einen Deich durchbricht. Der Mann schreit vor Qual, als seine Eingeweide wie enthäutete Schlangen bis kurz oberhalb seiner Knie quellen. Dann kommen die Vogelmänner; Adler balancieren auf ihren geschützten Unterarmen. Mit ihren spitzen Schnäbeln hacken die Greife gierig große Stücke aus der frei liegenden Leber. Die drei anderen Männer, die an Holzpfählen festgezurrt und zum gleichen Schicksal verdammt sind wie der Gequälte, versuchen verzweifelt, sich loszureißen.

Das Publikum tobt. Die drei Ränge des Amphitheaters, das unter Kaiser Augustus erbaut wurde und sechzehntausend Menschen fasst, sind heute bis auf den letzten Platz gefüllt.

Nach der *venatio*, der Hetze auf Raubtiere, werden die Zuschauer mit Hinrichtungen unterhalten. Während der nicht gerade überwältigenden Eröffnungsnummer, bei der nur ein paar Kriminelle unspektakulär enthauptet wurden, nutzten viele die Gelegenheit, sich auf den öffentlichen Latrinen in den Katakomben zu erleichtern.

Das Publikum schätzt die Kreativität, mit der die Exekutionen inszeniert werden, oft inspiriert von Geschichten aus dem antiken Griechenland. Nachdem die Adler die Lebern der vier Männer gefressen haben – wie in der Sage von Prometheus – und sie gestorben sind, werden vier Holzrampen in die Arena geschoben. Auf jeder Rampe befindet sich ein riesiger Felsbrocken, und Sträflinge müssen versuchen, diesen wie Sisyphus das Gefälle hinaufzurollen. Natürlich gelingt es keinem von ihnen, und das Knacken ihrer brechenden Knochen ist bis hinauf in den dritten Rang zu hören.

Dann werden wieder andere Männer in die glühend heiße Arena geschickt. Seit Tagen haben sie nichts zu essen und zu trinken bekommen, und nun werden ihnen Brot und Krüge mit Wasser an langen Stangen von den Tribünen hinunter dargeboten. Kurz bevor die Schmachtenden sie erreichen, werden die Stangen zum großen Vergnügen der Menge hoch über ihre Köpfe gehoben, was das Brot und Wasser für sie so unerreichbar macht wie für Tantalus. Wenn die Aufmerksamkeit des Publikums erlahmt, werden ausgehungerte Hunde freigelassen, um die Männer in Stücke zu reißen.

Zum Schluss werden noch acht mit Pech und Öl beschmierte Männer in den Ring gebracht und an Pfähle gebunden. Römische Jungen, noch keine zwölf Jahre alt, schießen mit brennenden Pfeilen auf die Gefangenen, bis sie schließlich Feuer fangen. Während die Männer schreiend ihr Ende finden, geht ein anerkennendes Raunen durch das Amphitheater. Zwar scheint es hierfür keine mythische Vorlage zu geben, aber so etwas wurde bisher noch nie gezeigt.

Ein verspäteter Besucher erklimmt die Tribüne und sucht sich einen Platz am Ende einer der Bänke. Zwar ist er klein und hat krumme Beine, aber er ist ansonsten gut gebaut. Seine Augenbrauen treffen sich über der langen Nase. Er ist ein charismatischer Mann und strahlt die erhabene Gelassenheit eines Engels aus. Ein kurzer Blick auf den jüngeren Mann, der bereits am Ende der Bank sitzt, genügt, damit dieser ihm Platz macht. Der Mann setzt sich hin und stellt einen kleinen irdenen Krug auf den Boden zu seinen Füßen.

Während die toten Verbrecher aus der Arena geschleift und die Blutflecken mit frischem Sand bedeckt werden, unterhalten Musiker und Narren nach Kräften das Publikum mit akrobatischen Possen. Die Menge jubelt, als Dutzende von Jungen und Mädchen mit großen Brotkörben zwischen sich die Tribünen hinauflaufen. Vor zwei Jahren hat man begonnen, bei den Spielen Brot zu verteilen, und die Praxis wurde bei den Bürgern so beliebt, dass sie sich rasch bis in alle Ecken des Reiches verbreitet hat. Während sie die Treppe hinaufgehen, werfen die Jungen und Mädchen Brote in die Menge. Ein Wald von Armen reckt sich dort in die Luft, wo die Laibe hinfallen. Einmal erwischt, werden sie schnell unter den Gewändern verstaut, sodass die Hände frei bleiben, um sich noch mehr zu schnappen.

»Panem et tauros«, sagt der junge Mann spöttisch zu dem älteren neben ihm. Brot und Stiere. Er nimmt den Laib, der ihm buchstäblich in den Schoß gefallen ist, und schleudert ihn achtlos im hohen Bogen hinter sich.

Die meisten Leute sind aus diesem Grund heute gekommen, wegen des Brotes, aber nicht zuletzt auch, um den Stierkampf zu sehen.

Der *editor muneris*, der Sponsor der heutigen Spiele, gibt mit einem markigen Ave-Gruß den Befehl zur Freilassung des Bullen. Ein ohrenbetäubender Jubel erfüllt die Arena. Der *editor* blickt sich zufrieden um und kehrt zurück auf sein Lager. Er nimmt ein kleine Traube Weinbeeren vom üppig gedeckten Tisch neben sich und beobachtet, wie der riesige, wild buckelnde Stier ins Amphitheater stürmt. Das Tier wurde vorher vierundzwanzig Stunden lang in einem kleinen Verschlag eingesperrt und zwangsweise mit Salz gefüttert, ohne einen Tropfen Wasser. Mit Sandsäcken haben sie ihm gegen den Bauch geschlagen, um innere Blutungen zu verursachen. Das Spiel wurde manipuliert, bevor es überhaupt begonnen hat. Er kann heute nicht gewinnen.

Jetzt betreten die *ministri* die Arena, die Diener, die versuchen, den Stier mit großen Capes abzulenken. Dadurch verschaffen sie sich einen Eindruck von seiner Stärke, seiner Intelligenz und seinem Kampfgeist. Mutig und unerschrocken schwenken sie die bunten Umhänge und weichen geschickt den Angriffen des Bullen aus. Der Jubel des Publikums rauscht von den Tribünen in die Arena wie das Wasser eines Flusses, der einen Berg hinunterstürzt.

Der Stier wird für kampfwürdig befunden. Vier als Götter verkleidete *venatores*, Jäger, die nur mit einem Lendenschurz gegürtet und mit einem ins Haar geflochtenen Ährenkranz geschmückt sind, kommen zu Pferd durch die vier Tore des Schlachtfeldes. Jeder trägt ein *verutum*, einen Jagdspeer, in der rechten Hand. Ihre Pferde werden von schweren Rüstungen geschützt und sind sichtlich verängstigt, aber ihre Stimmbänder wurden durchtrennt, sodass sie nicht wiehern können.

Sie nähern sich dem Stier aus vier Richtungen, und er weiß nicht, welches Pferd er zuerst angreifen soll, doch der Kreis schließt sich immer enger um ihn, bis er gezwungen ist, sich auf den nächsten Reiter zu stürzen. Sobald er sich einem der Pferde nähert, steht der Reiter in den Steigbügeln auf, um ihm das *verutum* in den Hals zu bohren und sich mit seinem ganzen Gewicht darauf zu stützen. Nach mehreren Angriffen, bei denen jeder *venator* mindestens einmal seinen Speer in den Hals des Stieres gebohrt hat, ziehen sich die Reiter unter lautem Applaus zurück. Der Stier ist benommen und steht mit gesenktem Kopf da. Blut tropft aus seinen Wunden auf den Boden.

Dann kommt der *mactator*, der Star der Show, der Stiertöter, der Mann, der der Sache ein Ende bereiten wird. Er ist ein Hüne, bekleidet nur mit einer einfachen, kurzen Tunika. Seine Arme sind nackt, und an den Unterschenkeln trägt er Beinschützer. In den Händen hält er mit Bändern verzierte, armlange Stöcke mit Widerhaken an den Enden. Er geht geradewegs auf den Stier zu.

Je entschlossener er seinem imaginären Weg folgt, desto mehr bewundert die Menge seinen Mut. Die meisten Leute sitzen jetzt wieder auf ihren Plätzen, und statt der Jubelrufe und Schreie, die eben noch jedes Gespräch unmöglich gemacht haben, herrscht Stille, als hielte das Publikum kollektiv den Atem an. Der Stier reagiert auf die neue Bedrohung, indem er mit einem Vorderhuf im Sand scharrt. Mit unartikuliertem Gebrüll zieht der *mactator* endgültig die Aufmerksamkeit des gesamten Amphitheaters auf sich. Als er nur noch wenige Schritte vom Stier entfernt ist, stürmt dieser auf ihn los. Der *taurarius*, der Stierkämpfer, wirbelt um die eigene Achse, um ihm auszuweichen, und noch bevor er seine Pirouette beendet hat, sticht er dem Bullen einen der beiden Spieße mit den Widerhaken zwischen die Schulterblätter. Die Arena tobt vor Begeisterung, so elegant war die Parade, so perfekt platziert die Lanze. Jetzt rennt der *mactator* vor dem Stier davon. Dann schlägt er einen Haken und sticht mit einem mächtigen Sprung den zweiten Speer in gleicher Höhe neben den ersten.

Wer glaubt, der Bulle hätte aufgegeben, hat sich getäuscht. Es ist, als wüsste das Tier, dass dies seine letzte Chance ist, seinen Angreifer zu verwunden. Es sammelt noch einmal seine ganze Kraft und hebt den Kopf, wobei Blut aus seinen Wunden sprudelt und ihm lange, blutige Schleimfäden aus dem Mund hängen.

Der *taurarius* nähert sich der Loge des *editors*, kniet sich mit einem Bein in den Sand und senkt das Haupt. Der *editor* reagiert mit einem kurzen, anerkennenden Nicken, woraufhin der *venator* am Osttor nach vorne kommt, um dem *mactator* eine besondere Kopfbedeckung aufzusetzen – eine weiche, rote konische Mütze mit nach vorn fallender Spitze – und ihm das *linteum* zu überreichen, ein halbkreisförmiges Tuch aus rotem Flanell, das über eine Holzstange drapiert ist.

Der *taurarius* kehrt zurück zum Stier, der mit erneuter Energie einige verzweifelte Angriffe auf das flatternde Tuch unternimmt, mit dem er gereizt wird. Die Zuschauer reagieren begeistert und spornen den Stierkämpfer an, noch größere Risiken einzugehen. Dies ist die gefährlichste Phase des Kampfes, denn jede noch so kleine Unaufmerksamkeit könnte fatal sein. Der vor Angst und Schmerz halb wahnsinnige Stier könnte in einem letzten Versuch, den Tod abzuwenden, den *mactator* tödlich verwunden, indem er ihn auf die Hörner nimmt und seinen ungeschützten Bauch durchbohrt.

Aber da ertönt schon das befreiende Trompetensignal, und der *venator*, der sich am westlichen Tor aufgestellt hat, kommt herbeigeeilt. In einer Hand trägt er ein leichtes Krummschwert mit einem Griff in Form einer Schlange, die *falcata*, in der anderen eine brennende Fackel. Er übergibt die *falcata* dem *mactator* und nimmt seinen Platz hinter der linken Flanke des Bullen ein. Dies ist die *hora veritatis*, die Stunde der Wahrheit, in der der *mactator* das Tier von seinen Leiden erlöst, indem er ihm das Schwert zwischen die Schulterblätter stößt und sein Herz durchbohrt.

Er stellt sich vor das erschöpfte Tier, das jetzt zu müde ist, um noch den Kopf zu heben. Mit der linken Hand auf seiner Stirn zwingt er es zu Boden, eine Geste, die dem Publikum einen Seufzer der Bewunderung entlockt.

Ein *minister* stürmt von der Ostseite der Arena herüber, in der einen Hand einen silbernen Kelch und in der anderen eine lodernde Fackel, die zu Boden zeigt.

Der Stier liegt jetzt im Sand. Der *mactator* setzt sich rittlings auf ihn, ein Knie in seiner rechten Flanke, das andere Bein auf dem Boden. Mit der linken Hand zieht er den Kopf des Stieres am Horn zurück und reckt den rechten Arm in die Luft. Die Klinge seiner *falcata* blinkt in der Sonne. Und dann, mit einer schnellen, treffsicheren Bewegung, schneidet er dem Tier die Halsschlagader durch. Blut spritzt heraus, und nachdem mehrere pulsierende Fontänen den Sand durchtränkt und rot gefärbt haben, haucht der Stier schließlich sein Leben aus. Das Krummschwert steckt ihm bis zum Heft im Hals, sodass die Schlange am Griff die Wunde des Bullen zu lecken scheint.

»Sanguis eius super nos et super filios nostros«, murmelt der alte Mann auf der Tribüne wie in einem hoffnungsvollen Gebet. *Sein Blut komme über uns und unsere Kinder.*

Der *mactator* fährt sich mit den blutbefleckten Händen über sein Gesicht, als würde er sich mit dem Blut waschen. Er bietet jetzt einen Furcht einflößenden Anblick; das Blut hat sich mit Sand und Schweiß vermischt, aber er wirkt ungerührt und starrt auf einen imaginären Punkt in der Ferne.

»Et nos servasti eternali sanguine fuso«, flüstert der alte Mann. *Auch uns hast du gerettet, indem du ewig machendes Blut vergossen hast.* Der Mann zieht ein Stück Brot aus dem Ärmel und reißt ein Stück davon ab, während er starr das Spektakel in der Arena verfolgt.

Der *taurarius* zieht die Klinge noch einmal heraus, diesmal, um ein Stück Fleisch vom Stier zu schneiden. Er zeigt es dem Publikum, steckt es in den Mund und schluckt es, ohne zu kauen, herunter.

»Accipite et comedite, hoc est corpus meum quod pro vobis datur.« Nehmt dies und esst; das ist mein Leib, der für euch gegeben wurde.

Der alte Mann schließt die Augen, steckt sich das Stück Brot in den Mund und kaut sorgfältig, als schmecke er zum ersten Mal in seinem Leben Brot.

Der *mactator* nimmt den Kelch von dem *venator* hinter ihm und füllt ihn mit Blut aus dem Hals des Bullen. Auch ihn zeigt er dem Publikum, bevor er ihn mit einem langen Schluck leert.

»Bibite, hic est sanguis meus qui pro multis effunditur.« Trinkt, das ist mein Blut, das für viele vergossen wurde. Der alte Mann hebt den kleinen Tonkrug zu seinen Füßen auf, zieht den Korken heraus, nimmt einen Schluck, spült den Wein im Mund herum und schluckt ihn dann herunter.

Die ekstatische Menge skandiert den Namen des *taurarius*, und er steht auf, um seine Ehrenrunde zu drehen. In der Zwischenzeit schneidet ein *venator* mit einer Schere in Form eines Skorpions die Hoden des Bullen ab. Diese gelten als starkes Aphrodisiakum und werden später dem *editor* dargereicht.

»Iste, qui nec de corpore meo ederit nec de mea sanguine biberit ut mecum misceatur et ego cum eo miscear, salutem non habebit«, beendet der alte Mann sein Ritual. *Wer nicht von meinem Fleisch isst und von meinem Blut trinkt, damit er in mir bleibt und ich in ihm, der wird das Heil nicht erlangen.*

Ein Hund, der aus den Katakomben entwischt ist, nutzt seine Chance, sich dem Stier zu nähern und an dem Blut zu lecken, das noch aus seinem Hals fließt. Ein *minister* versetzt ihm einen gezielten Tritt in den Bauch, und er macht sich davon, mit roten Zähnen und Lefzen.

Die Leute klettern auf die Bänke und winken mit weißen Tüchern, um ihre Anerkennung für den Mut des *taurarius* und die Eleganz zu zeigen, mit der er gekämpft hat. Ein paar Männer springen in die Arena und nehmen den Stierkämpfer auf die Schultern. In einem Regen von Blumen und geflochtenen Ährenkränzen tragen sie ihn in die Runde. An den Hinterbeinen des leblosen Stieres werden zwei Seile befestigt. Ein Teil des Applauses gilt sicherlich auch ihm, als er, eine blutige Spur im Sand hinterlassend, aus der Arena geschleift wird. Sein Fleisch kommt heute Abend bei den wohlhabenden Familien der Stadt auf den Tisch. Ein kleines Vermögen wird für den Schwanz bezahlt werden, der, mit viel Zwiebeln und Wein geschmort, als Delikatesse gilt.

Der alte Mann steht auf und wirft noch einen letzten Blick auf die Arena hinter ihm, wo nur die Blutspur im Sand in Richtung des östlichen Eingangs noch an den ungleichen Kampf erinnert, der hier stattgefunden hat.

»Consummatum est«, sagt er zufrieden. Es ist vollbracht.

CORAX

RAVEN

1

Leiden, 20. März 2015, 13:00 Uhr

Theoretisch war das Seminar von Peter de Haan bereits vorüber. In seiner Einführung in die Geschichte von Leiden für Masterstudierende hatte er einen Überblick über die wichtigsten Kirchen Leidens gegeben. Die Veranstaltung war Teil eines Wahlmoduls, aber er füllte damit jedes Jahr den kleinen Hörsaal. Das tat ihm natürlich gut, und er hatte aufgehört, sich darüber zu wundern.

Einige Studierende waren schon dabei, ihre Sachen wegzupacken, hatten es aber noch nicht gewagt, ihre Plätze zu verlassen. Ein junger Mann beobachtete ihn wie ein Hund, der auf den Befehl seines Herrchens wartete.

Auf die Leinwand hinter ihm wurde eine Luftaufnahme der Hooglandse Kerk projiziert. Was Anfang des vierzehnten Jahrhunderts nichts weiter als eine kleine Holzkapelle gewesen war, war im 16. Jahrhundert zu einer Kathedrale herangewachsen, die in ihren Ausmaßen nicht mehr recht in ihre Umgebung passte, so wie ein überdimensionales Sofa in einem Wohnzimmer. Auf dem Foto war auch die Burg von Leiden gut zu sehen, das prägende Bauwerk der Stadt, im Grunde eine kreisförmige, sechs Meter hohe, zinnenbewehrte Steinmauer, die auf einer *Motte* stand, einem zwölf Meter hohen künstlichen Hügel aus dem elften Jahrhundert.

Peter hob die Hand, und das leise Gemurmel im Raum verstummte sofort. »Ich weiß, dass ihr alle zum Mittagessen gehen wollt«, sagte er mit einem Hauch von Zögern in seiner Stimme, »aber wer von euch will heute Nachmittag zusehen, wie der erste unterirdische Abfallbehälter vor der Stadtbibliothek versenkt wird?«

Die meisten Studierenden sahen ihn freundlich an, aber niemand antwortete.

»Ihr wisst doch, dass heute um vierzehn Uhr in der Stadt das Großprojekt startet, bei dem diese unterirdischen Container aufgestellt werden?«

»Nein, das wusste ich nicht, Meneer«, sagte ein junger Mann höflich und hielt beim Sprechen die ganze Zeit die Hand in der Luft. »Aber warum sollten wir uns dafür interessieren?«

»Wie nett von dir, wenigstens zu fragen«, antwortete Peter.

Ein paar Leute lachten leise. Die Studierenden hielten mit ihrem Rumoren inne und fanden sich damit ab, dass sie noch einen Moment festsaßen.

Peter zog mit seinem Laserpointer einen Kreis um die Kirche auf der Leinwand.

»Vielleicht überrascht es euch, aber es ist nicht viel über Leidens Ursprünge und seine Entwicklung bekannt. Im Zentrum einer Stadt archäologische Grabungen durchzuführen, ist immer schwierig, ganz einfach deswegen, weil alle Flächen, auf denen man gerne graben würde, bebaut sind. Diejenigen von euch, die sich später mit Stadtarchäologie befassen, werden dies ganz sicher noch feststellen. Ganz selten bietet sich Archäologen die Gelegenheit zu kurzen Bodenuntersuchungen, wenn zum Beispiel ein Gebäude abgerissen wird, aber das kommt, wie gesagt, nicht oft vor. Dieses Projekt bringt es mit sich, dass wir an buchstäblich Hunderten von Stellen in der ganzen Stadt bis zu drei Meter tief in die Erde gehen können. Wer weiß, was sich unter unseren Füßen alles verbirgt?«

»Oder welche Leichen wir im Keller finden«, bemerkte der junge Mann.

»Genau!«, antwortete Peter begeistert. »Es sieht jetzt so aus, als hätte ich das für heute geplant, aber es sollte eigentlich mein nächstes Thema sein. Schaut mal …«

Mit dem roten Lichtstrahl folgte er der Nieuwstraat. »Diese Straße war früher eine Gracht, aber wie viele der anderen Grachten in Leiden wurde sie zugeschüttet. Manche Grachten wurden überbaut, was bedeutet, dass sie nicht mit Sand und Schutt gefüllt wurden, sondern nur eine Abdeckung erhielten, über der dann die Straße angelegt wurde. In manchen kann man noch ein Stück unterirdisch gehen, wie durch einen Tunnel, aber diese Gracht wurde zugeschüttet. Der Friedhof war hier, auf der anderen Seite der Kirche, aber auf dieser Seite, also rings um die ehemalige Gracht und neben der Kirche, wurden früher manchmal heimlich Leute begraben. Es waren solche, die es sich nicht leisten konnten, in der Kirche bestattet zu werden, die aber so nah wie möglich bei der Kirche ruhen wollten.«

Das Handy in der Innentasche seiner Jacke begann zu vibrieren.

Er sah sich im Hörsaal um. Wenn er so weitermachte, würde er zu einem Onkel werden, der auf Partys endlos über die Vergangenheit schwadronierte. »Ihr könnt jetzt gehen«, sagte er stattdessen. »Ich sehe euch dann alle heute Nachmittag!«

Sofort erwachte der Raum zum Leben, als hätte man ein angehaltenes Video wieder eingeschaltet. Auf dem Weg zur Tür gingen die Studierenden alle an seinem Pult vorbei, um ihre Arbeiten abzugeben. Für das Seminar mussten sie alle vierzehn Tage einen kurzen Essay über eines der behandelten Themen einreichen.

Der Raum war leer. Peter schaltete den Beamer aus und packte seine Sachen zusammen. Als er den Stapel Papiere aufhob, fiel zwischen ihnen ein unbeschriebener Umschlag heraus. Er nahm ihn in die Hand und sah ihn sich an. Wahrscheinlich eine Nachricht von einem Studierenden, der sich dafür entschuldigte, dass er durch verschiedene Umstände die Aufgabe für diese Woche nicht erledigen konnte.

Peter wollte den Umschlag gerade öffnen, als Judith zur Tür hereinschaute.

Sie lächelte. »Du hast mich doch nicht vergessen, oder?«

»Wie könnte ich je eine Verabredung mit dir vergessen?«, erwiderte Peter, während er den Umschlag zu den übrigen Papieren in seine Tasche steckte.

Er hatte Judith Cherev, eine Frau Anfang vierzig, vor zwanzig Jahren kennengelernt, als er ihre Abschlussarbeit betreut hatte. In den Jahren darauf waren sie enge Freunde geworden. Sie hatte für ihre Doktorarbeit die Geschichte des Judentums in Leiden untersucht. Heute war sie Dozentin im Fachbereich Geschichte und freiberuflich als Forscherin für das Jewish Historical Museum in Amsterdam tätig.

Ihre dunklen Locken, hier und da von einer charmanten grauen Strähne durchzogen, hatte sie lässig mit einem dicken Zopfgummi im Nacken zusammengebunden. Sie war immer noch eine schöne Frau, schlank und wie immer in eine Bluse und einen langen Rock gekleidet. Der Davidstern-Anhänger, den sie um den Hals trug, schimmerte im Licht der Leuchtstoffröhren.

»Hast du mir gerade eine Nachricht geschickt?«

Judith schüttelte den Kopf.

Peter nahm das Handy aus der Jacke und öffnete die Nachricht.

Hora est.

Er lächelte.

»Was ist denn?«

»Ich glaube, einer meiner Studis wollte mich wissen lassen, dass es Zeit war, mit dem Reden aufzuhören.«

Er ging mit der Tasche unter dem Arm zur Tür und schaltete das Licht aus. Unterwegs zeigte er Judith die Nachricht.

Hora est – es ist Zeit – war der Satz, mit dem der Universitätsdiener nach exakt einer Dreiviertelstunde hereinkam, wenn Doktorandinnen oder Doktoranden ihre Doktorarbeit vor dem Promotionsausschuss verteidigten. Ab dann durften die Kandidaten nicht mehr sprechen, selbst wenn sie mitten in einem Satz waren. Für die meisten bedeuteten die Worte eine große Erleichterung.

»Ziemlich witzig«, meinte Judith und gab ihm das Handy zurück. »Aber komisch, dass die Nachricht anonym verschickt wurde.«

»Wahrscheinlich aus Angst, der Witz würde ihn oder sie Punkte kosten.« Peter löschte die Nachricht. Als er den Hörsaal abschließen wollte, bemerkte er, dass jemand ein Handy auf einem der Tische liegen gelassen hatte, ein iPhone, das brandneu aussah. Er ging wieder hinein und steckte es in die Jackentasche. Derjenige, dem es gehörte, würde sicher bald bei ihm im Büro vorbeischauen, schließlich waren die Studierenden praktisch mit ihren Handys verwachsen.

Sie gingen zusammen hinaus und machten sich auf den Weg zur Mensa im Lipsiusgebäude. Es hieß schon seit Jahren so, aber Peter nannte es immer noch LAK, nach dem ehemaligen Theater- und Kulturzentrum, das sich früher darin befunden hatte.

»Mark ist wahrscheinlich schon da«, sagte Judith fast zärtlich. »Du kennst ihn ja. Ein Uhr bedeutet für ihn ein Uhr.«

Mark war Professor an der theologischen Fakultät, ein brillanter Mann, der lange Zeit unter psychischen Problemen gelitten hatte. Judith und er führten eine LAT-Beziehung, *living apart together.* Im Grund lebten sie zusammen, nur hatten sie eben beide ihre bescheidenen Wohnungen im Sionshofje behalten. Zusammenzuziehen hätte für sie bedeutet, eine neue Bleibe suchen zu müssen, und keiner von beiden wollte die idyllische alte Anlage rings um den malerischen Innenhof verlassen.

In der Mensa saßen Studierende, Dozentinnen und Dozenten an langen Tischen und aßen zu Mittag. Ein monotones Stimmengewirr, Klirren von Geschirr und Besteckklappern erfüllten den Raum. Die Wärme und die Küchendünste erzeugten eine etwas stickige Atmosphäre.

Wie Judith vorhergesagt hatte, saß Mark bereits an einem Tisch und hielt zwei Plätze für sie frei. Er winkte.

Auf dem Weg zu ihm gingen sie am Buffet vorbei. Peter nahm einen extra großen Salat und ein Glas frisch gepressten Orangensaft, Judith holte sich eine Suppe mit einer Scheibe Brot und Käse.

»Gut so«, sagte Judith und klopfte Peter scherzhaft auf den Bauch.

Mark war bereits halb fertig mit dem Essen, als sie sich setzten. Judith hauchte ihm einen Kuss auf die Wange, was Peter selbst nach den vielen Jahren noch einen Stich der Eifersucht versetzte.

»Was habt ihr denn heute Nachmittag vor?«, fragte Peter.

»Ich habe um zwei Uhr einen Termin mit einem älteren Herrn, der einige Stücke von seiner jüdischen Großtante geerbt hat«, sagte Judith. »Er hat mich über das Museum ausfindig gemacht. Ich gehe mal bei ihm vorbei und sehe mir an, ob etwas für unsere Sammlung dabei ist.«

»Klingt interessant«, meinte Peter.

»Ach, ehrlich gesagt lohnt es sich nur selten. Aber ab und zu taucht doch mal etwas Besonderes auf. Es ist ein bisschen wie in ›Bares für Rares‹. Tagebücher oder Briefe aus einem Konzentrationslager oder einfach nur interessante Alltagsgegenstände wie Küchenutensilien, Werkzeuge und so weiter. Man kann nie wissen. Ich habe trotzdem meistens meinen Spaß daran. Die Leute suchen oft nur jemanden, mit dem sie reden können.«

»Langeweile ist dir fremd, was?«

»Stimmt, so etwas kenne ich nicht«, bestätigte sie. »Heute Abend möchte ich dann ein Seminar für Montag vorbereiten, also nichts Besonderes im Grunde. Ich bin die nächsten Tage allein.« Sie legte Mark die Hand auf den Arm.

»Ja«, sagte Mark. »Ich fahre mal wieder nach Deutschland. Eine Woche ohne Telefon, ohne Internet, für kurze Zeit ganz und gar abgeschnitten vom Rest der Welt. Einfach herrlich!«

Ein- bis zweimal im Jahr zog sich Mark irgendwo tief in die deutschen Wälder zurück, um »nachzudenken«, wie er sagte. Er hatte dort nicht mal Handyempfang. Judith neckte ihn mit seiner heimlichen Geliebten, aber sie wusste, dass er so ein Retreat ab und zu brauchte, um aufzutanken. Er kam jedes Mal belebt und voller Energie zurück. Der einzige Kompromiss bestand darin, dass er sich hin und wieder in die Zivilisation begab, um Judith anzurufen und ihr Bescheid zu sagen, wie es ihm ging.

»Und heute Nachmittag«, fuhr Mark fort, »möchte ich noch ein paar Stunden an einem Artikel arbeiten, den ich mit Fay Spežamor zusammen schreibe, du weißt schon, der tschechischen Geschichtsexpertin, Kuratorin für römische und etruskische Kunst im Museum für Völkerkunde.«

»Ja, ich habe sie ein paarmal getroffen«, sagte Peter. »Und seltsamerweise ist ihre Handynummer die einzige, die ich auswendig kenne. Wenn man sich die ersten beiden Zahlen merkt …«

»… muss man immer nur zwei addieren«, beendete Mark seinen Satz.

Eine Weile lang schwiegen sie.

»Und, was hast du heute Nachmittag vor?«, fragte Mark.

»Ich gehe in die Stadt, da findet in der Nieuwstraat eine kleine Feier zum Start des neuen Projekts mit den unterirdischen Containern statt. Die Grube interessiert mich, und ich habe das Projekt von Anfang an mitverfolgt. Die Behörde für Kulturerbe hat mich eingeladen. Daniel Veerman und Janna Frederiks sind auch da. Sie haben versprochen, mich zu informieren, falls sie in der Baugrube auf etwas Interessantes stoßen.«

»Ach, übrigens, ich wollte euch auch etwas zeigen«, sagte Mark völlig aus dem Zusammenhang, als hätte er Peter gar nicht zugehört. Er schob sein Tablett zur Seite. Darunter befand sich ein großer Umschlag, der mit einer sauberen, unverkennbar altmodischen Handschrift versehen war.

»An den hochwohlgeborenen, gelehrten Professor Doktor M. Labuschagne«, las er amüsiert vor. »Ich muss dem Absender heute Nachmittag eine kurze Antwort schicken.« Er zog einen dicken Stapel mit Schreibmaschine beschriebener Seiten aus dem Umschlag. »Das ist wieder mal so etwas …«, murmelte er und blätterte sie durch, als suche er nach etwas Bestimmtem. »Seitdem ich promoviert habe, schicken mir die Leute andauernd solche Sachen. Amateure, die mir unbedingt mitteilen wollen, dass sie den Code des Buchs der Offenbarung geknackt oder den ultimativen Beweis dafür gefunden haben, dass Jesus nicht am Kreuz gestorben ist.«

»Oder dass der Apostel Petrus in Leiden begraben ist«, scherzte Judith.

Sie lachten.

»Aber das hier … Wisst ihr, normalerweise ist es Unsinn, und man könnte es genauso gut gleich in den Papierkorb werfen, aber ich hebe alles auf. Eines Tages will ich vielleicht etwas damit anfangen. Manchmal erscheinen einem bestimmte Ideen verrückt, und alle Welt hält den Urheber für vollkommen übergeschnappt, dabei sind diese Leute teilweise einfach ihrer Zeit weit voraus. Dies hier habe ich heute erhalten, von einem Meneer …« Er sah sich das Titelblatt an. »Meneer Goekoop aus Zierikzee. Es geht um die Burg. Er behauptet, sie habe ursprünglich eine astrologische Funktion gehabt. Schau, er hat sogar ein paar Zeichnungen beigelegt.«

Mark hielt ein Blatt Papier mit einer überraschend genauen Federzeichnung der Burg von Leiden hoch, auf der der Raum zwischen den Zinnen frei gelassen worden war, sodass das Ganze einem Steinkreis ähnlich wie Stonehenge glich.

»Er hat eine vollständige Theorie aufgestellt, darüber dass bei der Sonnenwende am 21. März die ersten Sonnenstrahlen genau durch das Haupttor der Burg fallen, unter Berücksichtigung der Präzession der Erde, also der Richtungsänderung der Erdachse. Man kann die Erde mit einem Kreisel vergleichen, der nicht genau senkrecht steht, es ist etwas kompliziert ... Durch verschiedenste Berechnungen versucht er zu beweisen, dass die ursprüngliche Burg vor mehr als zweitausend Jahren erbaut worden sein muss. Ihm zufolge leitet sich das Wort Megalith vom griechischen *mega-leithos* oder Groß-Leiden ab.«

»Das lässt sich leicht überprüfen. Morgen ist der 21. März.«

»So einfach ist es leider nicht. Die Erdachse hat sich seit damals verschoben. Wie auch immer, diese Geschichte mit Megalith ist natürlich Unsinn und der Rest wahrscheinlich auch. Schaut mal, er glaubt, einen weiteren Beweis für seine Theorie in den drei Bäumen in der Mitte der Burg gefunden zu haben. Weil sie genau so angeordnet sind wie die drei Sterne an Orions Gürtel. Du weißt schon, wie die Pyramiden in Ägypten.«

»Und der Rhein soll wohl der Nil sein?«

»Nein, er sagt, dass der Rhein die Lethe oder Leythe ist, einer der fünf Flüsse der Unterwelt in der griechischen Mythologie, genau wie der Styx. Ihm zufolge hat der Name Leythe natürlich auch etwas mit Leiden zu tun.«

»Dass du damit deine Zeit verschwendest!«, bemerkte Peter.

»Es amüsiert mich. Man weiß nie, was sich die Leute alles ausdenken. Manchmal machen Amateure überraschende Entdeckungen. Aber was mich an dieser Geschichte fasziniert, ist seine Theorie von der Burg als Mittelpunkt eines Sonnenkults.

Und was den Namen Lugdunum angeht, hat er gar nicht so unrecht.«

»Der römische Name für Katwijk.«

»Genau. Er vermutet allerdings, dass es ursprünglich der Name des Hügels war, auf dem die Burg steht. Lug ist der Name des keltischen Sonnengottes, und *dunum* bedeutet so viel wie ›Hügel‹ oder ›Berg‹. ›Lug-Hügel‹ oder, etwas freier übersetzt, ›der Hügel, auf dem Lug verehrt wird‹.«

»Mit dieser Art von Argumentation«, konterte Peter, »könnte man glatt beweisen, dass der Name von Goekoops Heimatstadt Zierikzee auf die griechische Göttin Circe zurückgeführt werden kann und dass Troja daher irgendwo in Zeeland gelegen haben muss.«

Mark schob die Seiten wieder in den Umschlag. »Trotzdem schicke ich diesen Leuten immer eine höfliche Antwort. Das reicht normalerweise, um sie zufriedenzustellen.«

Judith nahm ihr Tablett. Sie hatte ihre Suppe und ihr Brot bereits aufgegessen.

»Gehst du schon?«, fragte Peter, ein wenig enttäuscht.

»Ja, ich habe doch um zwei den Termin und muss noch zurück ins Büro, um meine Sachen zu holen. Wenn du Lust hast, könnten wir ja heute Abend ein Glas zusammen trinken.«

Peter nickte.

Judith legte kurz die Hand auf Marks Schulter, und er neigte den Kopf zur Seite und schmiegte sich daran wie eine Katze. Judith zwinkerte Peter zu und brachte ihr Tablett zur Spülküche.

»Lug also«, sagte Peter und brachte sie damit wieder zurück zu ihrem Gespräch.

»Ja, Lug, aber es hat natürlich im Laufe der Jahrhunderte viele andere Sonnengötter gegeben. Ein faszinierendes Thema, und genau davon handelt auch der Artikel, an dem ich heute Nachmittag arbeiten will. Er ist ein bisschen populärwissenschaftlich. Es geht darum, dass diese Sonnengötter immer am dritten Tag nach der Wintersonnenwende geboren wurden, am Abend des 24. Dezember, um so symbolisch die Ankunft des Lichts in einer dunklen Welt zu feiern. Die Mutter ist Jungfrau, sie werden in der Regel in einer Höhle geboren, es erscheint ein Stern, sie werden von Hirten verehrt, Könige kommen mit Geschenken, ein weiser Mann sagt voraus, dass dies der Retter ist, auf den die Welt gewartet hat, und so weiter.«

»Ja, ich kenne diese Geschichten. Übrigens, hast du heute Morgen noch etwas von der Sonnenfinsternis mitbekommen?«

»Nein, ehrlich gesagt habe ich nicht darauf geachtet.«

»Es war sowieso bewölkt, wahrscheinlich war kaum etwas zu sehen.«

»Stimmt, aber … wo war ich stehen geblieben? Ach ja, die Sonnengötter. Sie sterben immer um die Zeit der Frühlingssonnenwende herum und erstehen drei Tage später wieder auf. Attis, Osiris, Dionysos, du kannst es dir aussuchen. Der Gott oder der Gottessohn stirbt, einen Tag lang wird getrauert, und am dritten Tag herrscht dann eine Riesenfreude, wenn der Gott von den Toten wiederaufersteht. Genau wie die Natur, die im Winter gestorben zu sein scheint, aber dann wieder zum Leben erwacht.«

Peter hatte natürlich darüber gelesen, wie verwirrt die frühen Kirchenväter gewesen waren, als sie die Ähnlichkeiten zwischen den Evangelien und diesen anderen Geschichten entdeckten, die offensichtlich viel älter waren. Sie fanden keine andere Erklärung, als dass die älteren Geschichten Teufelswerk sein mussten. Satan musste von den Umständen gewusst haben, unter denen Jesus geboren werden würde, und hatte deshalb schon Jahrhunderte im Voraus die Riten der Sonnengötter eingeführt, um die Menschen zu verblenden.

»In meinem Artikel will ich die Parallelen zwischen verschiedenen grundlegenden christlichen Konzepten und den heidnischen Kulten hier in der Gegend aufzeigen. Sehr spannend!

Etwa Orpheus und Eurydike, Demeter und Persephone ... alles Varianten des gleichen Themas. Die Anhänger des Dionysos-Kults schlachteten jedes Jahr einen Stier. Sie aßen das Fleisch und tranken das Blut, damit sie eins mit Dionysos wurden und damit auferstanden so wie er.«

»Das ist wirklich ... Entschuldige«, unterbrach ihn Peter. Mark war normalerweise eher introvertiert, aber wenn er sich mal öffnete, konnte er endlos lange reden. »Ich muss meine Tasche noch in mein Büro zurückbringen, und der Bürgermeister kommt um zwei zur Eröffnung.«

Mark lächelte und hob entschuldigend die Hände. »Kein Problem.«

Peter aß die letzten Bissen von seinem Salat und leerte sein Glas. Dann zog er die Lippen hoch und zeigte die Zähne wie ein lachender Schimpanse. »Nichts zwischen den Zähnen?«, fragte er. Mark versicherte ihm, dass alles in Ordnung war.

Sie verabschiedeten sich, und Peter ging zu seinem Büro in der archäologischen Fakultät neben der LAK.

Sein Zimmer war seit über zwanzig Jahren unverändert. Für ihn war es fast wie sein Wohnzimmer. An den Wänden hingen schon ewig dieselben drei Bilder: das *Letzte Abendmahl* von Leonardo da Vinci, ein Poster von dem berühmten Gustav-Wappers-Gemälde von Bürgermeister Van der Werff und ein großes Foto von Papst Johannes Paul II. in seinem Papamobil.

Es gab Wochen, in denen er mehr Zeit in seinem Büro verbrachte als in seiner Vierzimmerwohnung an der Boerhavelaan. Er hatte sogar Wechselkleidung im Schrank für den seltenen Fall, wenn er die Nacht auf dem Dreisitzersofa verbrachte.

Als er den Papierstapel aus seiner Tasche zog, fiel der Umschlag auf den Boden. Fasziniert hob er ihn auf und öffnete ihn. Die Notiz im Inneren enthielt keine Ausreden für eine nicht erledigte Aufgabe. Stattdessen stand akkurat in der Mitte des Blattes:

Röm. 13,11

Aber es waren vor allem die Worte darunter, durch die ihm plötzlich der Mund trocken wurde. Er ließ den Zettel fallen wie ein benutztes Taschentuch, das man in den Müll wirft.

Hora est.

2

Freitag, 20. März, 13:45 Uhr

Peter sah auf die Uhr. Viertel vor zwei. Er musste sich beeilen, wenn er es rechtzeitig zur Nieuwstraat schaffen wollte. Die anonyme Nachricht hatte ihn mehr verstört, als er sich eingestehen wollte. Vor allem, dass es dieselbe Nachricht war, die er auf dem Handy erhalten hatte, machte ihn nervös. Er ging an den Bücherschrank, um eine Bibel zu holen, aber dann wurde ihm klar, dass er keine Zeit hatte. Er wusste, dass mit Röm. 13,11 die Paulusbriefe an die Römer im Neuen Testament gemeint waren, aber er war nicht bibelfest genug, um sich an die betreffende Passage erinnern zu können.

Er ließ die Bibel widerstrebend auf seinem Schreibtisch zurück, schloss die Bürotür und machte sich auf den Weg.

Obwohl es gegen seine Prinzipien verstieß, im Gehen auf sein Handy zu schauen – er zog immer über die Leute her, die wie Zombies herumtappten, die Augen an das Display geheftet –, öffnete er jetzt die Website Biblehub.com, um nachzusehen, was das Zitat besagte.

Die Verbindung war langsam. Als einmal in einem seiner Seminare die Rede auf Bilder von der Hölle gekommen war, hatte er seine Studierenden nach ihren Vorstellungen von der Unterwelt gefragt. Spontan hatte ein junger Mann geantwortet: »Die Hölle ist ein Ort, an dem das Internet extrem langsam ist.«

Peter hoffte jetzt vor allem, dass ihm keine Bekannten begegneten. Die Seite baute sich träge auf, als er durch den Doelensteeg und entlang der Rapenburg zum Platz mit dem Namen »Het Gerecht« ging. Er klickte »Römer« und dann »13« an. Erst als er die Pieterskerk erreicht hatte, erschien der Text auf seinem Bildschirm.

Es war inzwischen kurz vor zwei. Er konnte es sich nicht leisten, zu spät zu kommen. Unzufrieden klappte er die Handyhülle zu, immerhin in dem Wissen, dass der Text noch da sein würde, wenn er sie wieder öffnete.

Er setzte seinen Weg zügig fort und ging durch die engen Gassen, die zur Breestraat führten, vorbei am Rathaus und dann nach links. Als er den Fluss durch die Kolonnaden der Pilarenbrug überquerte, war die Bibliothek schon in Sichtweite.

Die Entscheidung der Stadt Leiden, die Abfallbehälter der Stadt unter die Erde zu verbannen, war aufgrund einer Möwenplage zustande gekommen. Die kleine Universitätsstadt lag nur zehn Kilometer Luftlinie von der Küste entfernt. Seitdem man in den Dünen wieder Füchse angesiedelt hatte, für die Nester voller Möweneier eine leichte Beute waren, waren viele Vögel in die Stadt geflohen. Sie pickten zu früh rausgestellte Müllsäcke auf, fraßen aus Abfalleimern und waren im Laufe der Zeit immer aggressiver geworden. Man hatte alle möglichen Gegenmaßnahmen ausprobiert: Möweneier durch Styroporeier ersetzt, Greifvögel eingesetzt, Taubengitter auf Dächern angebracht, alles ohne Erfolg. Nun hoffte man, dass die Stadt durch unterirdische Container unattraktiver für die Vögel werden würde.

Ein wenig außer Atem hielt Peter kurz inne, bevor er um die Ecke bog. Er betrachtete sich in einem Schaufenster. Ein bisschen zu dick, Dreitagebart und volles, etwas zu langes Haar. Sein Spiegelbild war sogar noch schmeichelhaft; die Reflexion zeigte nicht die tiefen Falten auf der Stirn und die dunklen Ringe unter den Augen.

»Wir sehen jetzt durch einen Spiegel wie im Rätsel …«, sagte er leise zu sich selbst.

Er steckte das Hemd ordentlich in die Hose und spürte das vergessene Handy aus dem Hörsaal in der Jackentasche. Er nahm sich vor, nachher die erstbeste Nummer auf der Teilnehmerliste anzurufen. Wer auch immer den Anruf annahm, würde ihm sicher sagen können, wem das Handy gehörte.

Eine große Menschenmenge hatte sich um die Ausgrabungsstelle versammelt. Die Leidener Presse natürlich, die Anwohner, alle möglichen Würdenträger und dazu die Arbeiter, erkennbar an ihren gelben Helmen und orangefarbenen Westen. Ein Teil des Geländes um die ausgehobene Grube war mit Drängelgittern und rot-weißem Flatterband abgesperrt.

»Hi, Peter!«, hörte er Arnold van Tiegem rufen. Peter erkannte selbst aus dieser Entfernung an der übertriebenen Fröhlichkeit von Arnolds Winken, dass dieser nicht auf den später stattfindenden Sektempfang hatte warten können.

Vor zwanzig Jahren war Peters damaliger Professor, Pieter Hoogers, in den Ruhestand gegangen und gleich nach seiner Abschiedsrede weggezogen. Alle hatten erwartet, dass Peter seine Professorenstelle erhalten würde, aber nach ein paar Monaten mit den typischen akademischen Kungeleien hatte die Universität einen Überraschungskandidaten aus dem Hut gezogen: Arnold van Tiegem, einen hohen Beamten aus dem Ministerium für Wohnungswesen, Stadtplanung und Umwelt, der dort auf ein Nebengleis geraten war. Irgendwann in ferner Vergangenheit hatte er an der Universität Wageningen Geologie studiert, was als ausreichende Qualifikation für die Leitung der Fakultät bewertet wurde. Der einmalige Zuschuss von fünf Millionen Gulden, den er mitbringen würde, überzeugte den Vorstand letztlich von seiner Eignung für den Posten.

Seit seiner Ernennung war Arnold mehrmals ein paar Tage lang verschwunden. Anfangs hatte man noch Vermisstenanzeige bei der Polizei erstattet, aber weil er immer wieder auftauchte, akzeptierte man es als ihm eigene Macke, dass er hin und wieder einfach für eine Weile auskniff. Er selbst verglich diese Episoden gerne mit John Lennons »lost weekend« und betrachtete sie als Bestandteil eines großartigen und aufregenden Lebens.

Peter hatte die hohen Stehtische erreicht, wo seine Vermutung durch eine Reihe von leeren Bierflaschen und zwei halb leeren Flaschen Wein bestätigt wurde.

Daniel Veerman, der bereits an einem der Tische stand, verdrehte verstohlen die Augen, als er seinen Blick von Arnold auf Peter verlagerte. Daniel war Anfang dreißig und das wandelnde Klischee eines Archäologen: langes, dunkles, welliges Haar bis in den Nacken, eine kleine Brille mit runden Gläsern auf der Nase, intelligente Augen dahinter und dazu einen trendigen Bart, der lässig aussah, aber gepflegt war. Er hatte Peter einmal erzählt, dass er schon als Kind nichts anderes getan habe, als nach verborgenen Schätzen zu suchen. Während andere Kinder im Sandkasten brav Berge angehäuft und mit Eimerchen und Schippchen gespielt hatten, hatte er meist draußen vor dem Sandkasten gebuddelt.

Peter schüttelte Daniel die Hand und begrüßte dann Janna Frederiks, die zusammen mit Daniel das Projekt für die Abteilung Kulturerbe leitete. Peter kannte Janna nicht besonders gut. Sie war eine ernste, bemerkenswert große Frau – fast zwei Meter –, die ihren Kopf stets leicht gesenkt hielt, als suche sie den Boden ab, in der Hoffnung, dort etwas Interessantes zu finden.

Arnold öffnete eine weitere Flasche Bier und leerte sie in wenigen Schlucken. Anschließend kämmte er sein langes graues Haar mit einem kleinen Kamm nach hinten, etwas, was er wie einen nervösen Tick viele Male am Tag wiederholte. Den Entenschwanz, der dadurch in seinem Nacken entstand, hielt er vermutlich für künstlerisch. In Kombination mit seinem dicken Bauch und seinen spindeldürren Beinen erinnerte er Peter an einen Zirkusdirektor. Setzte man ihm einen Zylinder auf den aufgedunsenen Kopf, wäre die Ähnlichkeit perfekt.

»Er lebt für diese Momente, oder?«, flüsterte Peter Daniel zu.

»Das Foto von ihm mit dem Bürgermeister postet er gleich anschließend auf Facebook«, bestätigte Daniel lachend. Dann sah er Peter von der Seite an und sagte: »Nett, dass du gekommen bist, Peter. Ich weiß das wirklich zu schätzen.«

»Keine Ursache. Ich wollte dir viel Erfolg wünschen. Ich bin wegen dir und Janna da, nicht meinetwegen, wie van Tiegem.«

»Aber er ist ein guter Networker, das muss man ihm lassen. Und so was braucht ihr doch, oder?«

Peter wollte ihm gerade eine passende Antwort geben, als plötzlich Applaus aufbrandete. Bürgermeister Freylink war eingetroffen, in vollem Ornat, mit der Amtskette um den Hals.

»Was genau passiert jetzt eigentlich?«, fragte Peter.

Daniel antwortete, ohne ihn anzusehen, während er weiterhin dem Bürgermeister applaudierte, der dicht an ihm vorbeiging. »Ich habe einen kleinen Haufen Sand in das Loch geworfen«, antwortete er, »und er holt ihn mit dem Bagger wieder raus. Das ist der symbolische Start des Projekts.«

»Ein bisschen umständlich, meinst du nicht?«

»Tja, wir hätten ihn auch mit einem Eimer in das Loch schicken können, aber ich dachte, so wäre es etwas schicker. Freylink war begeistert. Und er war früher selbst Historiker, wie du weißt, deswegen freut er sich, dass er eng eingebunden wird. Er war sogar auf einer Baustelle zum Üben.«

Der Applaus erstarb.

Ein kleiner Bagger kam auf sie zu. Aus dem langen, dünnen Abgasrohr auf dem Dach entwichen schwarze Rauchwölkchen.

»Ich gehe mal kurz rüber«, sagte Daniel. Janna folgte ihm. Er drehte sich um und sah Peter an. »Wir gehen heute Abend mit dem Team im El Gaucho essen. Du bist herzlich eingeladen, dich uns anzuschließen, wenn du mitkommen möchtest.«

Peter hob den Daumen. Vielleicht könnte ich Judith bitten, mich zu begleiten, dachte er.

Er nutzte die Gelegenheit, einen kurzen Blick auf sein Handy zu werfen. Er überflog Kapitel dreizehn des Paulusbriefes an die Römer und erkannte den Inhalt sofort wieder. Es ging um den Gehorsam gegenüber der staatlichen Gewalt. Ein Text, der im Laufe der Geschichte oft missbraucht worden war und für den man Paulus heftig kritisiert hatte. Zahlt eure Steuern, tut, was euch gesagt wird, seid nicht rebellisch, denn es gibt keine Autorität, die nicht von Gott stammt. Wer sich dem Staat widersetzt, widersetzt sich der Ordnung Gottes und damit Gott.

Kein Wunder also, dass sich die Leidener plötzlich zu Calvin hingezogen fühlten, als die Spanier vor den Toren der Stadt standen. Er erlaubte durchaus, sich gegen seine Herrscher aufzulehnen. Die Leute neigten eben dazu, sich einen Glauben auszusuchen, der ihren eigenen Interessen am meisten entgegenkam.

Plötzlich begann das Handy aus dem Hörsaal zu vibrieren. Peter hätte eigentlich damit gerechnet, dass das schon viel früher passieren würde; die jungen Leute kommunizierten mehr mit denen, die sie nicht sehen konnten, als mit denen in ihrem direkten Umfeld. Aber zuerst wollte er den genauen Vers lesen, der auf dem Zettel angegeben war. »Bleibt niemand etwas schuldig«, las er, »nur die Liebe schuldet ihr einander immer. Wer den anderen liebt, hat das Gesetz erfüllt.« Da, jetzt hatte er es gefunden, Vers 11:

Und dieses sollen wir tun als solche, die die Zeit verstehen, dass nämlich die Stunde schon da ist, wo wir vom Schlafe aufwachen sollten; denn jetzt ist unser Heil näher, als da wir gläubig wurden.

Dass nämlich die Stunde schon da ist …

»Hora est«, wiederholte Peter langsam, als wolle er die Worte auf der Zunge schmecken.

Das letzte Stück des Kapitels las er murmelnd, fast im Stakkato, als ob er dem Text dadurch eine verborgene Botschaft entlocken könnte.

Die Nacht ist vorgerückt, der Tag aber nahe. So lasset uns nun ablegen die Werke der Finsternis und anziehen die Waffen des Lichts.

Jemand schlug ihm übertrieben jovial auf die Schulter. Van Tiegem.

»Komm, jetzt steck mal das Handy weg«, sagte er und versuchte spielerisch, Peter den Apparat aus der Hand zu nehmen.

Verärgert wehrte Peter ihn ab. »Okay, okay«, sagte er und steckte das Handy ein.

»Willst du kein Bier?«

»Nein, danke, Arnold, ich muss noch arbeiten.«

»Sehr löblich«, sagte Arnold ohne große Überzeugung, »sehr löblich. Ich sollte mir ein Beispiel an dir nehmen.«

Der Bürgermeister stand jetzt neben dem Bagger. Mehr der Form halber, so schien es, setzte ihm jemand einen gelben Schutzhelm auf. Er nahm sich Zeit zu posieren, während Fotos gemacht wurden.

»Solltest du nicht zu ihm gehen und dich neben ihn stellen?«, schlug Peter vor.

»Gute Idee!«, erwiderte Arnold aufrichtig erfreut. Auf dem Weg zum Bürgermeister schnappte er scherzhaft den Helm eines Bauarbeiters und setzte ihn sich in einem kessen Winkel auf den Kopf. Er stand neben Freylink und hob beide Daumen, als die Kameras klickten.

Peter nahm das andere Handy aus seiner Tasche. Es hatte eine Nachricht erhalten, nicht über WhatsApp, sondern eine andere App, von der er noch nie zuvor gehört hatte, Wickr. Er öffnete die Nachricht. Es waren nur drei Worte:

iuxta est salus

Gleich darauf traf eine weitere Nachricht ein.

Die Erlösung ist nah.

Erst dann sah er den Namen des Absenders. Paulus.

Das war …

Peter wollte antworten, sah aber dann, dass die Nachrichten bereits verschwunden waren. Sie waren offenbar nur für wenige Sekunden verfügbar gewesen, gerade lange genug, um sie lesen zu können.

Er öffnete die Kontaktliste des Handys. Er musste zweimal hinsehen, um sicherzustellen, dass er sich nicht irrte.

Sie war vollkommen leer.

3

Freitag, 20. März, 14:15 Uhr

Peter blickte vom Handy auf und sah sich überall um, zuerst nach links und dann wieder nach rechts, wie eine Überwachungskamera, die ein bestimmtes Gebiet abdeckt, aber es gab nichts zu sehen. Niemand duckte sich plötzlich weg, kein Mann mit Hut schaute ihn halb verborgen hinter einer Zeitung durch zwei Gucklöcher an.

Am liebsten wäre Peter sofort zurück in sein Büro geeilt. Vielleicht konnte er den Scherzkeks ausfindig machen, indem er die Liste der Studierenden seines Seminars durchging? Andererseits war ihm klar, dass es gut für ihn war, sich hier sehen zu lassen. In seinem Umfeld kam es letztendlich darauf an, wen man kannte, kurze Kommunikationswege, Vetternwirtschaft, ein gutes Netzwerk. In diesen Zeiten der Einsparungen an allen Ecken und Enden konnte es nicht schaden, die richtigen Leute zu kennen, da hatte Daniel schon recht. Man konnte gegen van Tiegem sagen, was man wollte, aber der Mann war ein geborener Netzwerker, der immer wieder erfolgreich Mittel für die Fakultät rausholte.

Peter hatte plötzlich großen Durst. Er nahm eine Flasche Bier vom Tisch und drehte den Kronkorken ab. Mit dem ersten Schluck spülte er den Mund, bevor er ihn herunterschluckte. Das Bier war lauwarm.

Freylink saß jetzt in der Kabine des Baggers und hatte die Tür geschlossen. Der Motor brummte gleichmäßig, während der

Bürgermeister vorsichtig auf das Loch zufuhr, rechts und links begleitet von einer Gruppe Männer mit ernster Miene und gemessenen Schritten, wie Sargträger bei einer Beerdigung. Am Rand der Grube angekommen, traten alle ein paar Schritte zurück.

Daniel hob beide Daumen in Richtung Freylink, der einen Hebel zog, um den Greifer zu bewegen. Alles lief nach Plan, ruhig und kontrolliert, was darauf hindeutete, dass Freylink tatsächlich für diesen Moment geprobt hatte.

Janna kehrte zurück.

»Ich habe mich heute Morgen schon um halb zehn bereit gemacht«, sagte sie ohne Einleitung.

»Bereit für was?«, fragte Peter, aber er kannte die Antwort schon, bevor er die Frage ganz ausgesprochen hatte. »Ah, die Sonnenfinsternis.«

»Genau, aber man konnte nicht viel erkennen«, sagte Janna enttäuscht. »Es war einfach zu bewölkt. Sie hat bis Viertel vor zwölf gedauert, aber das meiste habe ich verpasst.«

»Schade.«

Inzwischen war der Arm des Baggers fast vollständig im Loch verschwunden. Die nächste Aufgabe bestand darin, mit der großen Schaufel etwas Sand aufzunehmen und vorsichtig an die Oberfläche zu bringen. Das Manöver erforderte höchste Präzision, da nicht viel Spielraum war. Nach dem reibungslosen Start schien der Bürgermeister jetzt zu zögern. Das Motorengeräusch wurde etwas lauter, und es kamen dickere Qualmwolken aus dem Auspuff. Die Schaufel schien festzustecken. Der Bagger neigte sich ein wenig vornüber. Jemand aus der Menge stieß einen kurzen Schrei aus, und ein paar Zuschauer lachten nervös.

Ein Bauarbeiter klopfte an das Kabinenfenster, um zu fragen, ob alles in Ordnung sei. Freylink lächelte und hob den Daumen, wischte sich dann aber mit einem Taschentuch über die Stirn.

Der hydraulische Arm begann sich wieder zu bewegen. Plötzlich ertönte ohrenbetäubender Lärm. Das Brechen von Steinen vermischte sich mit dem Röhren des hochtourig laufenden Motors. Die kleinen Qualmwolken ballten sich zu dickem, pechschwarzem Rauch zusammen, der Geruch von Diesel stieg auf, und der Bagger kippte nach vorn. Zwei Männer versuchten, ihn in seine ursprüngliche Position zurückzuziehen, indem sie sich an ihn hängten, aber vergeblich.

Peter konnte erkennen, dass das normalerweise so ruhige Gesicht des Bürgermeisters angstverzerrt war. Freylink versuchte, die Tür aufzustoßen, aber da stürzte der Bagger schon vornüber in die Grube.

Das Publikum schrie und wich zurück, als der Bagger eingeklemmt wurde, halb unter- und halb oberhalb der Erde, wodurch die gefährliche Position, in der sich der Bürgermeister jetzt befand, deutlich sichtbar wurde. Es brach ein totales Chaos aus. Ein paar Leute zerrten an der Laufkette des Baggers, gaben aber bald auf. Die Tür ließ sich nicht mehr öffnen, da der untere Teil durch die Wand der Grube blockiert wurde.

Instinktiv war Peter sofort hinübergerannt, um zu sehen, ob er helfen konnte. Er hockte sich neben Daniel, der gegen das Fenster klopfte. Mit schmerzverzerrtem Gesicht blickte Freylink sie an, wobei ihm das Blut aus einer Augenbraue und der Nase über das Gesicht lief. Dennoch rang er sich ein Lächeln ab.

»Wir holen Sie da so schnell wie möglich raus!«, rief Daniel. Sein Gesicht war gerötet, vielleicht aufgrund der Anstrengung, vielleicht wegen der peinlichen Situation, in die der Bürgermeister geraten war.

Peter blickte auf und sah, dass sich eine Gruppe von Menschen in einem Halbkreis um das Loch im Boden versammelt hatte. Viele von ihnen fotografierten und filmten mit ihren Handys. »Hören Sie auf damit!«, rief er und sprang auf die Beine.

Die meisten steckten ein wenig beschämt ihre Handys weg.

Peter wurde von Schwindel nach dem schnellen Aufstehen erfasst und musste sich an Daniel festhalten, um nicht umzukippen.

In dem Moment kam Janna Frederiks rübergerannt. »Ein Stück die Straße runter steht noch ein anderer Bagger«, keuchte sie. »Sie holen ihn und wollen versuchen, diesen hier mit einem Stahlseil rauszuziehen.«

»Aber wir können ihn doch nicht die ganze Zeit in der engen Kabine sitzen lassen?«

»Was schlägst du stattdessen vor?«, fragte sie. »Willst du die Scheibe einschlagen?«

»Genau, wir schlagen die Scheibe ein! Sie ist aus Kunststoff, nicht aus Glas, splittert also nicht. Wenn er sich die Jacke über den Kopf zieht, kann er sich vor eventuellen scharfen Stücken schützen. Seht ihr, wie unangenehm dem Mann das ist? Das da drin ist der Bürgermeister!«

Nach kurzem Nachdenken erklärte sich Janna einverstanden. Den Bagger rauszuschleppen würde mindestens eine halbe Stunde dauern, selbst wenn alles reibungslos verlief.

Daniel kniete sich wieder auf den Boden und klopfte gegen das Fenster. Freylink hatte sich so gut es ging auf das Bedienfeld gesetzt. Obwohl er sich ein wenig beruhigt zu haben schien, sah er mit seinem blutbefleckten Gesicht gruselig aus.

»Ziehen Sie Ihre Jacke aus!«, rief Daniel ihm zu, die Hände trichterförmig an den Mund gelegt. Dann zog er selbst die Jacke aus, um Freylink zu demonstrieren, was er tun sollte. »Wir werden jetzt die Scheibe einschlagen«, schrie er, jedes Wort betonend, wobei er die Handlungen übertrieben mimte, »sodass Sie rausklettern können. Der Bagger wird gleich rausgeschleppt, aber wir wollen Sie nicht so lange da drinlassen! Ziehen Sie sich die Jacke über den Kopf!«

Freylink hatte verstanden. Er zog seine Jacke aus und drapierte sie sich über Kopf und Schultern.

Janna kam mit einem großen Hammer, einem Stechbeitel und einem Paar Arbeitshandschuhen zurück, die sie Daniel gab.

Nach einigen gezielten Hammerschlägen bildeten sich Risse im Kunststoff. Ohne viele Splitter zu verursachen, schlug Daniel die Scheibe heraus. »Keine Sorge. Wir holen Sie im Handumdrehen raus. Ich bin fast fertig. Wie geht es Ihnen?«

»Es ist hauptsächlich der Schreck«, ertönte Freylinks gedämpfte Stimme. »Schmerzen habe ich keine.«

Daniel überprüfte den Fensterrahmen auf scharfe und spitze Kunststoffscherben. Als Freylink seine Jacke herunternahm, erschrak Peter erneut wegen seines blutigen Gesichts und dem Haar, das ihm an der feuchten Stirn klebte. Kaum steckte der Bürgermeister den Kopf nach draußen, begann die Menge erleichtert zu applaudieren.

Er kletterte auf das Lenkrad und richtete sich etwas gerader auf. Peter und Daniel packten ihn unter den Achseln und zogen ihn vorsichtig nach oben. Seine Hose blieb an einem Haken hängen, wodurch ein langer Riss entstand.

Als der Bürgermeister schließlich wieder festen Boden unter den Füßen hatte, erhielt er noch mehr Applaus. Er lächelte schwach und winkte. Daniel und Peter brachten ihn zum wartenden Krankenwagen. Die Besatzung wollte die Trage ausladen, aber der Bürgermeister winkte ab. Allerdings stieg er ein, um sich behandeln zu lassen.

Der zweite Bagger traf ein, angeführt von einer Gruppe von Männern, die dicke Kabel trugen. Daniel ging noch einmal zum Bürgermeister, dessen Gesicht bereits gereinigt worden war. Er saß da und hielt sich ein Taschentuch an die Nase, während ein Sanitäter ihm einen Verband um den Kopf wickelte. Er erinnerte Daniel an einen Fußballspieler mit einer Kopfverletzung, der vor der Rückkehr auf das Spielfeld zusammengeflickt wurde.

»Ich kann Ihnen gar nicht sagen, wie leid es mir tut, Meneer«, begann Daniel.

»Es war nicht Ihre Schuld. Ich weiß nicht, was schiefgelaufen ist. Ich muss den falschen Knopf gedrückt haben. Es fühlte sich an, als träfe ich auf Widerstand, und dann durchbrach ich etwas.«

»Wir werden das untersuchen, Herr Bürgermeister. Und ich bitte Sie nochmals aufrichtig um Entschuldigung.«

Der Sanitäter war fertig mit dem Verbinden von Freylinks Kopf und teilte ihm mit, dass er ihn gerne für weitere Untersuchungen ins Krankenhaus bringen wolle. Der Bürgermeister stimmte zu. Bevor er in den Krankenwagen stieg, winkte er noch einmal jovial dem Publikum zu, das aus der Distanz zugesehen hatte. Die Türen des RTWs wurden geschlossen, und er fuhr weg, ohne Blaulicht und Sirene.

Inzwischen hatte man die Kabel am Bagger befestigt, und dröhnend und qualmend fuhr der andere Bagger rückwärts, während vier Männer um die Grube herumstanden, um den Vorgang zu überwachen. Die eingeklemmte Baumaschine geriet schon bald in Bewegung, und nach zwanzig Minuten stand sie wieder aufrecht.

Daniel stand ungeduldig daneben, eine Strickleiter in der Hand.

»Willst du da runter?«, fragte Peter.

»Ja, natürlich! Ich will sehen, was zum Teufel schiefgelaufen ist. Wir haben beim Graben nichts Ungewöhnliches gefunden. Ich habe noch vor einer Stunde alles selbst inspiziert!«

Sie starrten beide in die Grube hinunter. Es sah so aus, als wäre ein Teil des Bodens eingestürzt. Als das Signal kam, dass alles klar war, ließ Daniel die Strickleiter vorsichtig hinunter. Er stellte sicher, dass sie mit zwei Heringen fest im Boden verankert war, bevor er seinen Fuß auf die erste Sprosse setzte. Dann schaltete er die Lampe an seinem Helm an und begann herunterzuklettern.

»Und?«, rief Peter ihm nach.

»Es riecht irgendwie anders … als wäre die Luft feuchter geworden, schwerer. Und …« Er war jetzt ganz unten. »Der Boden ist tatsächlich teilweise eingebrochen!«, rief er. »Als wäre darunter ein Hohlraum!«

»Ist Platz für noch einen da unten?«, rief Peter. Er war erpicht darauf, auch mal vor Ort nachzusehen, in der Hoffnung, dass ihn das von den seltsamen Textnachrichten ablenken würde.

»Ich wusste, dass du das fragen würdest! Komm schon!«

Peter stieg vorsichtig hinunter, beobachtet von Janna, die ein besorgtes Gesicht machte und ein wenig gereizt den Kopf schüttelte.

Daniel streifte seinen Schutzhelm ab und richtete den Strahl der Taschenlampe auf den Boden unter sich. »Das ist doch wirklich bizarr! Schau mal!«

Jetzt konnte Peter es auch sehen. Die Wände der Grube waren eindeutig aus Ziegeln und Mörtel gefertigt. Was um alles in der Welt war das? Ein gemauerter Boden? Drei Meter unter der Erde?

Peter kniete sich hin und lehnte sich nach vorn, um nachzusehen, wie tief das Loch am Boden der Grube hinunterging. Er nahm Daniels Helm und richtete die Lampe nach unten.

Plötzlich hörte er ein Stöhnen. Ein leises, aber unverkennbares Stöhnen.

Er schrie vor Überraschung auf und zog den Kopf zurück, wodurch der Helm in das Loch fiel.

»Hast du einen Geist gesehen?«, fragte Daniel und lachte nervös.

»I … Ich glaube, da ist jemand …«, stotterte Peter.

Das Stöhnen ertönte wieder, jetzt noch lauter. Es war nicht zu überhören; auch Daniel hatte es jetzt wahrgenommen.

Peter atmete tief durch. Er steckte den Kopf wieder in das Loch und suchte nach der Quelle des Stöhnens. Nichts hätte ihn auf das vorbereiten können, was er sah.

Zwei nackte Beine ragten unter einem Haufen Ziegelsteine hervor. Am anderen Ende des Haufens lag der nackte Oberkörper eines jungen Mannes.

Die Helmlampe beleuchtete die Szene vor ihm nur schwach, aber sobald sich seine Augen an die Dunkelheit gewöhnt hatten, keuchte Peter auf, als hätte man ihm in den Magen geboxt. Ihm bot sich ein Anblick, der ihn an die mittelalterlichen Gemälde über die Qualen der Hölle erinnerte.

Der Mann war von Kopf bis Fuß voller Blut.

4

Freitag, 20. März, 17:22 Uhr

Anja Vermeulens Schicht war fast zu Ende, es lagen nur noch knapp zwei Stunden vor ihr. Das Küchenpersonal servierte gerade das Essen, und danach war Besuchszeit.

Sie bereitete schon einmal ihren Wagen mit den Medikamenten für die Patienten vor. Die allgemeine Abteilung des LUMC, des Leiden University Medical Centre, wo die Patienten durchschnittlich zehn Tage verbrachten, war bekannt dafür, ziemlich ruhig zu sein. Die Patienten erholten sich hier von kleineren Operationen wie einer Blinddarmentfernung oder wurden nach einem längeren Aufenthalt auf die Rückkehr nach Hause vorbereitet.

Normalerweise geschah hier nie etwas Spektakuläres, aber der heutige Tag war ungewöhnlich. Am Nachmittag war ein junger Mann eingeliefert worden; ein mysteriöser Fall. Er war entdeckt worden, als ein Bagger bei Ausgrabungsarbeiten im Stadtzentrum in eine Grube gefallen war. Der Mann, der etwa Mitte zwanzig war, hatte über und über mit Blut bedeckt in einem Hohlraum unterhalb des Lochs gelegen, das für einen unterirdischen Abfallbehälter ausgehoben worden war. Bis auf einen Lendenschurz war er völlig nackt gewesen. Niemand wusste, wie er unter die Erde geraten war. Anja hatte die Nachricht vom Unfall, bei dem Bürgermeister Freylink leicht verletzt worden war, im Lokalradio gehört, aber dieses namenlose Opfer war dabei noch nicht erwähnt worden.

Nachdem er bewusstlos, aber in einem stabilen Zustand ins Krankenhaus eingeliefert worden war, war der junge Mann von Kopf bis Fuß gewaschen worden. Man hatte keine einzige Verletzung an seinem ganzen Körper festgestellt, und wie durch ein Wunder hatte er sich auch nichts gebrochen. Das Blut, mit dem er bedeckt gewesen war, musste von jemand anderem stammen. Eine Probe dieses Blutes war inzwischen ins Labor gebracht wurden, um es auf eventuelle Krankheiten oder dergleichen zu untersuchen. Die Polizei wollte am nächsten Tag kommen, um Fotos von dem jungen Mann zu machen und ihn zu befragen, falls er bis dahin das Bewusstsein wiedererlangt hatte.

Der anonyme Patient wurde versorgt und mit sauberer Krankenhauswäsche in ein leeres Zimmer gebracht.

Gegen Viertel nach fünf schaute Anja bei »Anonymus« vorbei, wie auf dem Namensschild draußen stand. Sie öffnete die Tür und sah, dass alles in Ordnung war. Der junge Mann, gut gebaut, eindeutig ein sportlicher Typ, atmete ruhig. Alles schien unter Kontrolle zu sein.

Auf einem Stuhl lag Kleidung aus dem Depot für ihn bereit, die er bei der Entlassung anziehen konnte.

Für einen kurzen Augenblick blieb sie an seinem Bett stehen und fragte sich, was um Himmels willen mit ihm geschehen sein konnte. Als sie sich gerade zum Gehen wenden wollte, sah sie, wie seine Augenlider flatterten, ein Zeichen dafür, dass er wieder zu sich kam. Sie drehte das gedimmte Licht auf seinem Nachttisch etwas heller, um ganz sicherzugehen. Jetzt blinzelte der Patient erkennbar mit den Augen! Instinktiv blinzelte sie ebenfalls.

Als er die Augen ganz öffnete, starrte er zunächst nur desorientiert an die Decke. Anja nahm seine Hand. Langsam drehte er den Kopf, um sie anzusehen, runzelte leicht die Stirn und schloss dann die Augen wieder.

»Kannst du mich hören?«, fragte sie leise.

Er nickte schwach.

»Weißt du, wo du bist?«

Er schüttelte den Kopf.

»Du liegst im Krankenhaus. Im LUMC. Du wurdest heute Nachmittag eingeliefert.«

Wieder ein Stirnrunzeln.

»Weißt du, was passiert ist?«

Der junge Mann presste die Lippen zusammen, als wollte er sprechen, würde aber von etwas Stärkerem als ihm selbst zum Schweigen gebracht. Er versuchte, den Kopf anzuheben.

»Keine Sorge«, sagte Anja tröstend. »Was auch immer mit dir passiert ist, es ist jetzt vorbei. Du bist in Sicherheit. Hier kann dir nichts passieren.«

Ihre Worte schienen die erwünschte Wirkung zu haben, denn die Falten auf seiner Stirn verschwanden, sein Mund entspannte sich, und er ließ seinen Kopf wieder auf das Kissen sinken.

»Ich muss kurz mal weg, aber ich bin so schnell wie möglich zurück. Es dauert nicht lange.«

Anja eilte zurück zur Stationsaufnahme, um dem Bereitschaftsarzt über den Fortschritt des Patienten zu berichten. Er beruhigte sie und sagte, er würde später nach dem Patienten sehen. Es sei ja nicht dringend, da ihm medizinisch gesehen nichts zu fehlen schien.

Anja machte eine Notiz in den Akten und hielt das kurze Gespräch fest, das sie mit dem jungen Mann geführt hatte.

Sie wollte gerade wieder in das Zimmer des Patienten zurückkehren, als das Stationstelefon klingelte. Mit einem kurzen, prüfenden Blick in den Flur meldete sie sich.

»Hallo, hier ist Patrick.«

Anja und Patrick sprachen fast ausschließlich am Telefon miteinander, fast nie persönlich. Er arbeitete im Labor des Krankenhauses und rief oft an, um Testergebnisse durchzugeben.

»Bist du noch nicht zu Hause?«, fragte sie. »Das Labor hat doch geschlossen, oder?«

»Ja, normalerweise wäre ich längst weg, und außer mir ist auch keiner mehr da, aber ich rufe wegen des Mannes an, der heute Nachmittag eingeliefert wurde. Du weißt schon, der, der nach dem Unfall des Bürgermeisters gefunden wurde.«

»Ja, der ist hier. Er ist vor ein paar Minuten aufgewacht, hat aber noch nicht gesprochen. Ich habe gerade dem Arzt Bescheid gegeben.«

»Ah. Was ich sagen wollte … Die Blutuntersuchung war eigentlich erst für morgen geplant, aber sein Fall war so interessant, dass ich schon mal einen ersten Test durchgeführt habe.«

»Okay. Und?«

»Das Blut stammt tatsächlich nicht von ihm«, sagte er ein wenig zögerlich.

»Ach so«, sagte Anja, »aber da war man sich doch sowieso schon ziemlich sicher, oder? Ich meine, er hatte schließlich keine Verletzungen, stimmt's?«

»Ja, das stimmt, aber …«

»Was ist denn?«

Patrick schwieg.

»Was ist los?«, hakte Anja nach, zunehmend besorgt und neugierig zugleich.

»Also, das Blut stammt …«

»Warte mal eine Sekunde«, sagte Anja.

Sie war sich sicher, dass sie gerade aus dem Augenwinkel heraus jemanden aus dem Zimmer des anonymen Mannes hatte kommen sehen.

»Ich glaube, hier stimmt was nicht«, sagte sie zu ihrem Kollegen. »Ich lege mal kurz das Telefon aus der Hand.«

»Aber …«

Anja warf den Apparat auf den Schreibtisch und eilte zum Zimmer von Anonymus. Die Härchen auf ihren Unterarmen richteten sich auf wie Strandhafer auf einer kahlen Düne. Kaum hatte sie den Raum betreten, sah sie schon, dass der Stapel Kleidung vom Stuhl verschwunden war.

Das Bett war leer.

Anja rannte zurück zu ihrem Schreibtisch, um den Sicherheitsdienst zu rufen.

Das Telefon lag noch neben der Station. Als sie es aufhob, hörte sie wieder die Stimme ihres Kollegen.

»Ah, da bist du ja wieder. Also, was ich sagen wollte …«

»Tut mir leid, ich muss auflegen. Der Mann ist verschwunden!«

»Was? Aber … Warte, warte, warte, es ist wichtig!«

Ihr Finger schwebte schon über der Taste, um die Verbindung zu unterbrechen, aber Patrick klang so dringend, dass sie für eine Sekunde zögerte.

»Ich hab dir doch gesagt, dass das Blut nicht von ihm war?«

»Ja. Und?«

»Es ist kein menschliches Blut.«

»Wie bitte? Was meinst du damit?«

»Es stammt von einem Tier.«

5

Freitag, 20. März, 17:55 Uhr

Es waren keine Textnachrichten mehr gekommen. Nach den bizarren Ereignissen des Nachmittags trat Peters Unbehagen darüber in den Hintergrund.

Nachdem er gesehen hatte, dass jemand unter den Trümmern lag, waren er und Daniel sofort durch das Loch im Boden der Grube gekrochen. Sie hatten einen jungen Mann gefunden, dessen Unterkörper eingeklemmt war. Er war bewusstlos, atmete aber regelmäßig. Im schwachen Schein der Helmlampe hatten sie die Steine beiseitegeräumt und ihn befreit.

Ein intensiver Gestank war von dem Mann ausgegangen, und er klebte von dem geronnenen Blut, mit dem er bedeckt war. Peter und Daniel hatten mehr als einmal gewürgt.

Ihn aus dem Loch zu bekommen, war keine leichte Aufgabe gewesen. Ein weiterer Krankenwagen war schnell eingetroffen. Nachdem zunächst eine Trage in die Grube abgesenkt worden war, hatten zwei kräftig aussehende Sanitäter den Patienten in ihre Obhut genommen. Nachdem sie ihn kurz untersucht hatten, hatten sie ihn in eine Art Leichensack verpackt und ihn dann auf der Trage festgezurrt. So war es schließlich gelungen, ihn an die Oberfläche zu befördern.

Peter und Daniel hatten die Gelegenheit genutzt, um sich ein bisschen umzusehen. Sie befanden sich in einer Art Tunnel, in dem tiefe Stille herrschte. Er war etwa zwei Meter hoch und vielleicht anderthalb Meter breit. Der Boden war gepflastert, die

Wände und das halbrunde Deckengewölbe aus großen roten Ziegelsteinen gebaut.

Der Tunnel verlief in einer Richtung zur Burg hin, in der anderen scheinbar zur Hooglandse Kerk.

Peter kannte die Gerüchte über Tunnel, die angeblich unter den Straßen Leidens verliefen. Solche Geschichten machten in vielen niederländischen Städten die Runde. Manche sollten schon Teil des Bauplans der Pieterskerk, der Hooglandse Kerk und anderer Kirchen gewesen sein. Andere sollten während der spanischen Belagerung von Leiden 1573 und 1574 entstanden sein, um heimlich Vorräte in die Stadt zu schaffen. Es hieß, dass Geheimgänge von der Burg und dem Rathaus zu Orten führten, die einst außerhalb der Stadtmauern lagen.

»Das ist einfach bizarr«, hatte Daniel gesagt.

»Wie kann es sein, dass das hier nicht schon in der Planungsphase entdeckt wurde?«

»Wir haben uns auf das Katasteramt verlassen, was die Lage von Kabeln und Leitungen angeht. Und wir haben natürlich einen genauen Plan davon, wo sich zugeschüttete und überdachte Grachten befinden. Aber vielleicht gibt es Anlagen, die nie kartiert worden sind, eine Schicht darunter. Auch bei den Bohrungen wurde nichts entdeckt.«

»Ich fasse es nicht!« Peter hatte sich immer noch nicht von seiner Überraschung erholt. »Man hätte das doch schon vor Jahren entdecken müssen!«

»Hat man aber offensichtlich nicht«, hatte Daniel, inzwischen gereizt, geantwortet. »Sonst würden wir jetzt nicht hier stehen.«

»Wir müssen eines dieser Geräte mieten, einen …«

»Einen GeoSeeker meinst du? Ja, genau, daran habe ich auch schon gedacht.«

Peter hatte schon einmal mit einem GeoSeeker gearbeitet, einem Gerät, das Hohlräume unter der Erde erkannte. Schweineteuer waren die Dinger.

»Wir müssen schnell einen anfordern. Aber vor Montag können wir nicht damit rechnen, ihn zu bekommen.«

Daniel und Peter waren nur ein paar Meter in den Tunnel vorgedrungen, dann aber wieder zu ihrem Ausgangspunkt zurückgekehrt.

»Wir dürfen nicht einfach weitergehen«, hatte Daniel gesagt. »Wir müssen die Erkundung sorgfältig vorbereiten, mit einem Team, mit vernünftigem Licht und so weiter.«

Sie waren wieder hinauf auf die Straße geklettert, wo sich der Lärm und die Aktivität inzwischen gelegt hatten. Die meisten Zuschauer waren nach Hause gegangen, nachdem der junge Mann ins Krankenhaus gebracht worden war. Der Empfang war abgesagt, die Tische von der Catering-Firma abgeholt worden, und auch die Getränke und Speisen hatte man weggeräumt. Ein Transporter mit offener Ladefläche hatte alles abtransportiert. Gleich nachdem Peter und Daniel aus der Grube aufgetaucht waren, hatte die Polizei zwei Drängelgitter über die Öffnung gelegt und die Stelle mit rot-weißem Flatterband abgesperrt.

Daniel und Janna waren noch geblieben, ebenso wie der unvermeidliche Arnold van Tiegem, der sich in der Jazzbar De Twee Spieghels ein belgisches Bier geholt hatte.

Peter hatte Daniel versprochen, auf ihn zu warten und ihn ein Stück zu begleiten.

Jetzt, kurz vor sechs, saß er in einem Ladeneingang.

Auf der Toilette einer Kneipe hatte er sich die Hände gewaschen, doch egal, wie sehr er geschrubbt hatte, das Blut unter seinen Nägeln hatte er nicht ganz wegbekommen. Sein Hemd und seine Jacke waren voller Staub.

Gedankenlos saß er mit dem fremden Handy in der Hand da, irgendwie darauf wartend, dass eine neue Nachricht eintraf, aber es tat sich nichts.

Er öffnete Google. Ihm fiel auf, dass die Internetverbindung jetzt sehr schnell war. Er gab ›Wickr‹ als Suchbegriff ein und erfuhr, dass es sich um eine Handy-App handelte, die ähnlich wie Snapchat Textnachrichten verschlüsselt verschickte und nach dem Lesen löschte. Der Absender konnte festlegen, wie lange die Nachrichten gespeichert wurden, bevor sie sich selbst vernichteten. Auf der Website einer Computerzeitschrift hieß es:

> Bei Wickr handelt es sich um einen Krypto-Messenger, der End-to-End-Verschlüsselung nutzt. Dabei wird der sichere AES-Standard mit einer Schlüsselstärke von 256 Bit verwendet. »Es ist die erste End-to-End-Verschlüsselung, die keinen PGP-Key erfordert«, so Mitentwickler Professor Robert Statica. Laut Statica sehen die Server von Wickr die Accounts der Nutzer nicht. Gespeichert werden nur die kryptografische Version der Wickr-ID und die Hardware-ID des Users.

Peter las den Text, ohne ein Wort zu verstehen, außer dass die Person, die ihm die Nachrichten schickte, anonym bleiben wollte.

Aus seiner anderen Innentasche zog er ein silberfarbenes Etui hervor und klappte es auf. Noch ein Zigarillo steckte darin, gehalten von einem Clip. Jeden Sonntagabend füllte er das Etui mit genau fünf Zigarillos. Früher hatte er in seinem Büro an der Fakultät geraucht, aber seitdem an der Uni ein allgemeines Rauchverbot galt, ging das nicht mehr. Manchmal erinnerte er sich wehmütig an die Zeit, als er sich beim Schreiben einfach einen Zigarillo anzünden und hin und wieder dem sich nach oben kräuselnden Rauch nachblicken konnte, um seine Gedanken zu ordnen.

Er zündete seinen letzten Zigarillo der Woche an, holte seine Kopfhörer aus der Tasche und steckte sie sich in die Ohren. Dann öffnete er auf seinem eigenen Handy eine Spotify-Playlist, die er mit den Werken von Bach gefüllt hatte. Im Laufe der Jahre war er zu einem wahren Kenner von Bachs Kantaten geworden. Sie hatten eine meditative Wirkung auf ihn. Für kurze Zeit hatte er sich mit der numerologischen Symbolik in Bachs Kompositionen beschäftigt, aber die war ihm schon bald zu anstrengend geworden.

»Erfreut euch, ihr Herzen, entweichet, ihr Schmerzen«, ertönte leiser Gesang, »es lebet der Heiland und herrschet in euch.« Bach zu hören hatte auch seinem Deutsch gutgetan.

Nachdem er den Zigarillo angezündet hatte, versuchte er, das dünne Streichholz so lange wie möglich am Brennen zu halten. Als die Flamme an der Kuppe seines Zeigefingers leckte, ließ er es rasch zu Boden fallen.

Es sah so aus, als würden Janna, Daniel und Arnold eine heiße Diskussion über irgendetwas führen. Irgendwann wandte sich Arnold wütend von den anderen ab und verschwand in der Bar. Peter nahm an, dass er sich noch ein Bier holte.

Doch kurz darauf kam er wieder nach draußen, schnallte ungeschickt seinen Gürtel zu und marschierte direkt zu Peter hinüber, gefolgt von Daniel und Janna. »Los, komm«, sagte er, noch überraschend nüchtern, »wir gehen jetzt zusammen runter und werfen mal einen Blick in dieses Loch. Ich will nur …«

»Kommt gar nicht infrage!«, unterbrach ihn Janna.

Daniel wackelte mit dem Kopf, wie Inder es tun, wenn sie weder Ja noch Nein sagen wollen.

»Ich will der Erste sein, der ein Stück in diesen Tunnel hineingeht«, sagte Arnold lachend zu Janna. »Weiter, als ihr wart. Kommt schon, gönnt dem alten Sack hier doch mal ein bisschen Vergnügen.«

»Es kann doch nicht schaden, mal einen kurzen Blick hineinzuwerfen, oder?«, fragte Daniel ein wenig unsicher.

Peter schaltete seine Musik aus und stand auf. *Aha, du willst dich lieb Kind machen,* dachte er, als er Daniel ansah.

Janna hatte die Zähne zusammengebissen. Zugleich schien ihr jedoch bewusst zu sein, dass es unklug wäre, sich dem großen van Tiegem zu widersetzen. Er war bekannt für seinen rachsüchtigen Charakter. »Also schön,« sagte sie, wie eine Mutter, die dem Drängen eines verwöhnten Kindes nachgibt und dabei versucht, trotzdem streng zu klingen, »aber nur ein paar Minuten und nicht weiter als zwanzig oder dreißig Meter. Ich übernehme keinerlei Verantwortung. Daniel und ich warten hier oben auf euch, damit ...«

Arnold zerrte bereits an den Drängelgittern, die über die Grube gelegt worden waren. Er zog mit seinem vollen Gewicht an einem von ihnen, bis es sich plötzlich bewegte und er der Länge nach rückwärts umfiel. Ein höllisches Kreischen von Metall auf Stein hallte durch die enge Straße.

Janna fluchte unterdrückt.

Daniel und Peter hoben die Gitter vorsichtig hoch und trugen sie beiseite.

»Ob das wirklich eine so gute Idee ist?«, wandte Peter noch einmal ein.

»Wir können ihn wohl kaum allein da runtergehen lassen«, sagte Daniel mit größerem Widerwillen, als er sich eben noch hatte anmerken lassen. »Und du weißt doch, wie er sein kann, wenn er sich einmal etwas in den Kopf gesetzt hat. Ich will ihn nicht gegen mich aufbringen. Andererseits will ich auch keinen Krach mit Janna, also wäre es besser, wenn du mit ihm gehst.«

»Das hat mir gerade noch gefehlt«, murmelte Peter wie ein bockiges Kind.

Janna, die für sich anscheinend beschlossen hatte, das Beste aus der Situation zu machen, indem sie zumindest alles in die richtigen Bahnen lenkte, holte die Strickleiter und befestigte sie an zwei Heringen fest im Boden. Aus einer großen Tasche holte sie zwei stabile Plastikhelme mit Lampen daran und gab sie Peter und Arnold.

»Im Zweifelsfall könnt ihr ja zusätzlich die Taschenlampen in euren Handys benutzen«, sagte sie.

Arnold war bereits auf allen vieren zur Leiter gekrochen.

»Ave, die in die Grube steigen, grüßen dich«, sagte er und klopfte als scherzhaften Gruß auf seinen Helm.

Peter war stinksauer.

Daniel half Arnold, auf die erste Leitersprosse zu klettern. Die Leiter schaukelte heftig, doch dann balancierte sich Arnold aus und fand sein Gleichgewicht.

Wenn wir im Zirkus wären, würde das Publikum jetzt erleichtert applaudieren, dachte Peter.

Als Arnold unten war, ging auch Peter mit dem Rücken zur Grube in die Knie und tastete mit einem Fuß nach der ersten Leitersprosse. Als er sicheren Halt gefunden hatte, stellte er den anderen Fuß daneben und begann mit dem Abstieg. »Herr, mein Gott, zu dir schrie ich, und du heiltest mich. Herr, du hast meine Seele aus dem Totenreich heraufgebracht«, murmelte er.

Im Hinabsteigen blickte er regelmäßig in den klaffenden schwarzen Abgrund unter ihm, wo er hin und wieder den schwachen Schein von Arnolds Helmlampe wahrnahm. Unten angekommen, legte er sich auf den Bauch, ließ die Beine über den Rand baumeln und rutschte langsam in die Dunkelheit.

»Schau dir das mal an!«, hörte er Arnold in einiger Entfernung sagen, jedoch eher so, als führe er Selbstgespräche. Und dann noch einmal, zutiefst erstaunt: »Schau dir das mal an!«

Die Lampe an Peters Helm warf einen hellen, breiten Lichtstrahl, der die Dunkelheit dahinter noch schwärzer erscheinen ließ.

Arnold war in Richtung der Hooglandse Kerk gegangen und nur wenige Meter von Peter entfernt stehen geblieben.

»Was soll ich mir anschauen?«, fragte Peter. Aber sobald er näher kam, sah er bereits, was Arnold meinte. An der Wand, ungefähr in Schulterhöhe, war ein Metallring befestigt, in dem eine verrußte Fackel steckte.

Vorsichtig berührte Arnold sie, als befürchte er, sich zu verbrennen. Er sah seine rußigen Finger an und rieb sie aneinander. »So sehen meine Hände aus, wenn ich zu Hause den Kamin ausräume, nachdem ich den ganzen Abend Feuer gemacht habe. Diese Fackel hat vor Kurzem noch gebrannt.«

»Was soll das?«, stieß Peter hervor und staunte darüber, wie gelassen Arnold mit dieser absurden Situation umging, als hätte er schon viel Wilderes erlebt.

Plötzlich hörten sie etwas fallen, nicht weit von ihnen entfernt. Arnold drehte sich so abrupt um, dass er seinen Helm verlor. Er versuchte ungeschickt, ihn aufzufangen, stolperte und schlug mit dem Kopf hart gegen die raue Wand. Schwankend prallte er gegen Peter, der ihn mit knapper Not auffing.

»Was war das?«, fragte Arnold mit der hohen Stimme eines verängstigten Kindes. Von seinem Draufgängertum von eben war nicht mehr viel übrig. Er bückte sich, um seinen Helm aufzuheben.

Peter blickte sich um zu der Stelle, an der das schwache Licht von außen die tiefe Dunkelheit durchdrang. Sie hörten Daniel etwas rufen, konnten ihn aber nicht deutlich verstehen. Erst da bemerkte Peter, dass Arnold aus einer ziemlich großen Schramme auf der Stirn blutete. »Du blutest, Arnold. Lass uns lieber umkehren.«

»Ist nicht schlimm«, erwiderte Arnold und wischte sich das Blut mit dem Ärmel von der Stirn. »Mir geht es gut. Keine Sorge.«

Peter ging zurück zu der Stelle, an der sie in den Tunnel eingedrungen waren, und rief hinauf zur Oberfläche: »Hast du etwas gesagt, Daniel?«

»Ja, wir haben ein Seil runtergeworfen!«, rief Janna zurück. »Hast du es gesehen?«

Jetzt sah Peter tatsächlich ein aufgerolltes Seil zu seinen Füßen liegen.

»Wie Ariadne, du weißt schon, in Knossos. Im Labyrinth des Minotaurus.«

»Danke! Aber wir kommen sowieso gleich wieder rauf!«, rief er. Seine Worte waren weniger für Janna als für Arnold bestimmt, aber der hatte sich bereits wieder ein paar Schritte von der Fackel entfernt.

Peter legte das Ende des Seils unter einen Haufen Steine, die nach dem Einsturz des Tunnels liegen geblieben waren. Wenn sie nicht zu fest daran zogen, würde es schon halten. Sie würden ohnehin nicht weiter in den Tunnel hineingehen, als das Seil lang war.

»Ich hoffe, dass deine erste Neugierde gestillt ist«, sagte er, als er das dünne, aber starke Seil abwickelte. »Komm, gehen wir noch ein Stück. Das Seil ist ungefähr dreißig Meter lang.«

Aber Arnold war bereits weitergegangen. Peter konnte nicht sagen, ob es an der Selbstüberschätzung durch den Alkohol lag oder an dem brennenden Wunsch, als Erster eine spektakuläre archäologische Entdeckung zu machen. Peter ging schneller, um nicht zu weit zurückzufallen.

Auf einmal verschwand das Licht von Arnolds Lampe ganz.

»Arnold?«, rief Peter. Seine Stimme hallte im Tunnel wider.

»Ich bin hier!«, kam die ferne Antwort. Der Tunnel machte offenbar einen Knick, sodass das Licht von Arnolds Helmlampe verschluckt wurde.

Sie waren jetzt etwa zwanzig Meter gelaufen; Peter hatte mehr als zwei Drittel des Seils abgerollt.

Er ging weiter den Tunnel entlang und sah, dass er tatsächlich eine Kurve beschrieb. Arnold kam wieder in Sichtweite. Er war stehen geblieben und starrte nach oben, als ob es dort etwas Interessantes zu sehen gäbe. Peter stellte sich neben ihn und schaute auf die gleiche Stelle, erkannte aber nichts.

»Was ist denn da?«

»Pst, hör doch mal!« Er hob den Zeigefinger. »Leise!«

Peter lauschte aufmerksam. Man hörte das schwache Rauschen von fließendem Wasser. Es kam von … unter ihnen.

Arnold stampfte ein paarmal mit dem Fuß auf. *»Ab urbe condita …«*, sagte er feierlich. »Hast du Livius gelesen?«

Arnold gab gerne mit seinen Griechisch- und Lateinkenntnissen vom Gymnasium an, obwohl diese sich hauptsächlich auf ein Sortiment einiger bekannter Sprichwörter und Redensarten beschränkte.

Von der Gründung der Stadt an … Das waren die Eröffnungsworte von Livius' Geschichte der Stadt Rom.

»Ja, natürlich habe ich ihn gelesen, würde aber nicht behaupten, dass ich mit seiner Arbeit vertraut bin«, erwiderte Peter.

»Genau, das ist … Es hat den Anschein, als wäre all das schon bei der Gründung der Stadt geplant worden. Ich glaube, was wir unter uns hören, ist Teil eines Entwässerungssystems. Normalerweise würden wir so weit unten doch schon auf Grundwasser stoßen. So etwas baut man nicht, ohne dass jemand davon erfährt. Nicht, wenn über einem schon eine Stadt steht.«

Peter war immer begeisterter von dem, worauf sie gestoßen waren und von dem sie noch gar nicht ahnen konnten, welches Ausmaß es haben würde. Zugleich war er von einer wachsenden Unruhe erfüllt. Ein junger Mann, der von oben bis unten voller Blut in einem unterirdischen Gang liegt … Wer konnte sagen, welche makabren Ereignisse sich hier abgespielt hatten?

»Na schön, Arnold, das alles ist wirklich fantastisch, und du bist … Wir sind die Ersten, die diesen Tunnel betreten, abgesehen von dem armen Kerl, der heute Nachmittag verschüttet wurde. Aber wir sollten es jetzt dabei belassen. Unsere erste Neugier ist gestillt. Morgen kommen wir wieder, mit einem größeren Team, mehr Licht und definitiv mehr Seil. Es wäre unverantwortlich von uns, jetzt weiterzugehen. Wir wissen nicht, was hier unten sonst noch ist. Du hast eine Kopfverletzung. Am Montag bekommen wir den Geo …«

Doch Arnold war taub gegenüber seinen Einwänden und entfernte sich wieder von ihm. »Nur noch ein bisschen weiter. Es ist einfach fantastisch!«

Der Schein ihrer Lampen zeichnete groteske Schatten auf die Wände. Ihre Schritte klangen hohl.

Inzwischen müssten wir doch schon unter der Hooglandse Kerk sein, dachte Peter. Aber es gab keine Anzeichen für ein Ende des Tunnels oder eine Steigung. Als er sich umblickte, musste er zugeben, dass er von den sauber gemauerten Wänden, dem massiven Deckengewölbe, dem trockenen, ebenen Boden und dem Entwässerungssystem beeindruckt war.

Ihnen ging das Seil aus. Es würde bis zu dem Punkt reichen, an dem Arnold jetzt stand, wenige Meter von Peter entfernt.

»Wir können nicht weiter, ich habe kein Seil mehr.«

Arnold ging weiter.

»Hey, hast du mich nicht gehört? Wir kehren um. Wir können morgen weitergehen.« Peter blieb mit dem Seilende in der Hand stehen und wusste nicht, was er tun sollte. Seine Lampe beleuchtete den geraden Weg vor ihm und schien auf Arnolds Rücken.

»Wir können uns doch hier unten nicht wirklich verlaufen. Wir haben keine Seitentunnel oder Treppen gesehen. Das ist sensationell, Peter! Ich möchte noch ein kleines Stück weitergehen.«

Da er Arnold aus den Augen zu verlieren drohte, legte Peter das Seil auf den Boden. Er schob es sorgfältig an die Wand, sodass es gut sichtbar war, und als er aufblickte, war das Licht seines Vordermannes erneut verschwunden.

Die Stille und die Dunkelheit schienen noch intensiver geworden zu sein, als wäre Arnold buchstäblich verschluckt worden.

Peter ging unsicher ein paar Schritte weiter und sah, dass sich der Tunnel nach etwa fünf Metern teilte. »Arnold?«, sagte er. Er formte seine Hände zum Trichter und rief noch einmal Arnolds Namen, aber es kam keine Antwort.

Plötzlich merkte er, wie kalt und feucht es war. Was sollte er jetzt tun? Er rief erneut, aber alles, was zurückkam, war das Echo seiner eigenen Stimme. Halbherzig schlug er den rechten Tunnel ein, stieß aber nach etwa drei Metern auf eine Mauer. Eine Sackgasse.

Er kehrte um, sorgfältig darauf bedacht, den Kontakt zur Wand, seinen einzigen Halt, nicht zu verlieren. Als er die Gabelung wieder erreichte, drang er ein paar Meter in den anderen Tunnel vor. Wiederum rief er nach Arnold, aber diesmal klang es wie ein wütendes Zischen. »Arnold!«

Unsicher ging er noch zehn Schritte weiter.

»Arnold!«, schrie er jetzt laut. Seine Stimme hallte nun nicht mehr nach.

Plötzlich hatte er das seltsame Gefühl, dass er von etwas oder jemandem beobachtet wurde, der sich knapp außerhalb der Reichweite seiner Lampe verbarg. Von einem Moment auf den anderen fühlte er sich wie ein kleines Kind, das sich nachts vor den Gespenstern unter seinem Bett fürchtet. Er wollte hier raus, zurück an die Oberfläche.

»Hallo?«, fragte er stockend. »Hallo? Ist da jemand?«

Er musste hier weg! Sofort!

Doch als er gerade umkehren wollte, flackerte seine Lampe ein paarmal und ging dann ganz aus. Absolute Finsternis umgab ihn. Die Urangst vor der Dunkelheit – eine primitive, irrationale, tief sitzende Angst – überwältigte ihn. Er schlug wild um sich, um einen unsichtbaren Feind abzuwehren.

»Und ob ich schon wanderte im finsteren Tal, ich fürchte kein Unglück, denn du bist bei mir«, murmelte er vor sich hin.

Keuchend und mit zitternden Händen zog er sein Handy heraus. Das normalerweise so sanfte Licht der Taschenlampe brannte in dieser Finsternis so hell wie der Scheinwerfer eines Leuchtturms.

Wo war nur dieser verdammte van Tiegem geblieben? Dieser eigensinnige Mistkerl!

Es war sinnlos, weiter nach ihm zu suchen.

Er beschloss, Hilfe zu holen, und drehte endgültig um.

Plötzlich spürte er einen kalten Hauch im Nacken.

Voller Panik fuhr er herum. Durch die ruckartige Bewegung flammte seine Helmlampe wieder auf. Er streifte den Helm ab und leuchtete in den Tunnel hinter ihm. Keine Spur von Arnold.

Er beschien den Boden vor sich und sah ein paar Meter entfernt das Ende des Seils liegen. Tränen stiegen ihm in die Augen, sowohl vor Erleichterung als auch vom Staub in der Luft. Er ließ das Seil an Ort und Stelle, falls Arnold hierher zurückkehrte.

Was für eine hirnrissige Idee das gewesen war! Er hatte sich von diesem verdammten van Tiegem mitreißen lassen, der unbedingt der Erste sein wollte! Noch nie, niemals zuvor hatte dieser Mann auch nur das geringste Interesse an der praktischen Arbeit gezeigt, den eigentlichen Grabungen. Ja, wenn irgendwo ein spektakulärer Fund gemacht worden war, dann war er wie der Blitz zur Stelle, um für die Kameras zu posieren.

Doch vor allem war Peter wütend auf sich selbst. Sie mussten natürlich wieder hierher zurück, mit mehr Leuten, mehr Licht und einem längeren Seil.

Er erreichte die Öffnung, durch die sie den Tunnel betreten hatten. Als er direkt darunter stand, rief er nach oben. »Daniel! Janna! Hey! Könnt ihr mich hören?« Seine Stimme überschlug sich.

»Wir hören dich, Peter! Wir sind hier! Habt ihr etwas gefunden?«

»Ich habe Arnold verloren! Der Blödmann ist einfach weitergegangen, obwohl das Seil zu Ende war. Wir müssen ihn suchen!«

»Was?«, riefen Janna und Daniel im Chor.

»Das kann doch nicht wahr sein!«, stieß Janna hervor. »Was ist passiert? Ich hab es euch doch gesagt! Ihr hättet niemals da reingehen dürfen! Ich bin nicht dafür verantwortlich!«

»Aber das weiß ich doch! Wartet, ich komme hoch.« Peter kletterte auf den Trümmerhaufen, um die untere Sprosse der Strickleiter zu erreichen. Verzweifelt kämpfte und zwängte er sich durch das Loch, voller Angst, dass ihn jeden Moment etwas oder jemand an den Beinen packte. Beim Hinaufklettern hob er den Blick und erkannte trotz der Dämmerung die Besorgnis in Daniels und Jannas Gesichtern.

Sie reichten ihm die Hände und halfen ihm auf dem letzten Stück.

Peter setzte den Helm ab. Sein Gesicht und seine Kleidung waren grau vom Staub, wie bei einem Bergarbeiter, der nach einem langen Arbeitstag unter Tage an die Oberfläche kommt.

Er beugte sich nach vorn, die Hände auf die Knie gestützt. Dann richtete er sich wieder auf und erzählte den anderen, was passiert war. Daniel neigte sich beim Zuhören ein wenig zu ihm, während Janna zurückwich, als hätte sie Angst vor ihm. Als Peter geendet hatte, packte ihn Janna am Kragen, zog ihn zu sich hin und drehte ihn halb um, damit sie ihn untersuchen konnte. Sie runzelte die Stirn und sah Peter fragend an. Er fühlte sich plötzlich sehr klein.

»Was ist?«, fragte er.

»Hier, schau dir das mal an«, sagte Janna zu Daniel. Daniel kam näher und riss die Augen auf.

Janna packte Peter fest am Oberarm. »Was ist da unten wirklich passiert, Peter?«

Peter folgte ihrem Blick zu der Stelle, auf die sie beide starrten.

Mitten auf seiner Brust war ein großer Blutfleck.

6

Freitag, 20. März, 18:50 Uhr

Alle drei starrten reglos den Blutfleck auf Peters Hemd an, wie ein Standbild zur Ankündigung eines Actionfilms.

»Der war eben noch nicht da, oder?«, fragte Janna.

Peter riss sich los. »Jetzt mach dich doch nicht lächerlich. Was soll das heißen, was da unten wirklich passiert ist? Ich habe es euch doch gesagt! Arnold ist mir voraus durch den Tunnel gegangen und um eine Ecke gebogen. Das Seil war zu Ende, aber ich bin ihm trotzdem nachgelaufen und habe nach ihm gerufen. Als er nicht geantwortet hat, bin ich zurückgekommen, um euch zu Hilfe zu holen.«

»Und das Blut auf deinem Hemd? Ist das von dir?«, bohrte Janna.

»Nein, es ist von Arnold. Er ist gestolpert. Es hat einen Knall gegeben, als ihr das Seil runtergeworfen habt, und wir haben uns erschreckt. Arnold hat eine unkontrollierte Bewegung gemacht und seinen Helm verloren. Dann hat er sich den Kopf gestoßen und ist gegen mich geprallt.«

Daniel stand zwischen Peter und Janna, wie ein Fußballkapitän, der versucht zu verhindern, dass einer seiner Spieler einen Gegner angreift.

»Was dachtest du denn? Dass ich da unten im Tunnel war und dachte, oh, gute Idee, ich schlage Arnold jetzt den Schädel ein, und nie kommt einer darauf, dass ich das war?«

»Na ja … Es ist ja allgemein bekannt, dass du ihn nicht

ausstehen kannst«, erwiderte Janna.

»So, jetzt reicht's«, ging Daniel dazwischen, »das nützt jetzt keinem was.«

»Wir müssen wieder runter!«, drängte Peter. »Alleine wollte ich nicht weitergehen.«

»Vorher rufe ich die Polizei«, sagte Janna und hob auch schon ihr Handy ans Ohr.

Für einen Moment war es still. Sie hörten sie sagen: »Polizei« und dann: »Leiden«. Peter überprüfte die Uhrzeit auf seinem eigenen Handy. Es war kurz vor neunzehn Uhr.

Janna erklärte die Situation. Nach einer kurzen Pause wurde sie laut. »Wie bitte? Was soll das heißen?« Sie hörte der Person am anderen Ende kurz zu. Dann sagte sie: »Ja, ich weiß, dass er schon öfter als vermisst gemeldet wurde, aber das ist eine ganz andere Situation. Er war in einem Tunnel ... unter der Stadt, ja ... heute Nachmittag erst entdeckt ... nein, gerade eben ... mit einem Kollegen zusammen ... nein, nur die beiden, aber ... Ja, er ist verschwunden ... Ich weiß, dass das nicht das erste Mal ist, das haben Sie jetzt schon mehrmals wiederholt, aber diesmal ist es etwas anderes ... Jetzt hören Sie mir doch mal zu! Er ist ...« Sie sah ihr Handy an, als wundere sie sich, was es dort machte. »Die hat einfach aufgelegt«, sagte sie ungläubig. »Das kann die doch nicht machen, die kann doch nicht einfach auflegen!«

»Warum hat sie das getan?«, fragte Daniel.

»Sie hat die Sache nicht ernst genommen«, antwortete Janna bedrückt. »Wer zu oft Feuer schreit ...«

»Dann sollten wir vielleicht ...«, begann Peter, brach aber mitten im Satz ab, denn aus dem Augenwinkel heraus sah er etwas in der Ferne. Es wurde schon dunkel, aber durch die Straßenlaternen konnte man dennoch fast alles erkennen.

Knapp hinter der Hooglandse Kerk stand eine Gestalt, die in ihre Richtung blickte. Sie schien die Hand zu heben, als würde sie winken. Der Mann trug keinen Mantel, und seine Kleidung schlackerte um ihn herum, als wären ihm Hemd und Hose viel zu groß. Als er bemerkte, dass Peter ihn gesehen hatte, drehte er sich abrupt um.

»Hey!«, schrie Peter. »Hey! Du! Warte!«

Janna und Daniel schauten jetzt ebenfalls in die Richtung des Mannes, aber er war bereits um die Ecke gebogen und im Beschuitsteeg verschwunden.

Peter rannte ihm hinterher. »Bleib hier!«, hörte er Janna wütend rufen, aber er rannte weiter. Er sah, wie der Mann nach links abbog und am Nieuwe-Rijn-Kanal entlanglief. Peter passierte das Auswanderer-Museum. Am Ende der Gasse sah er, dass der Mann die schmale Boterbrug überquert hatte und wieder nach links rannte, in Richtung Van der Werfpark. Der Abstand zwischen ihnen war jetzt zu groß, als dass Peter ihn hätte einholen können, und außerdem schmerzten seine Knie. Deshalb beschloss er, es darauf ankommen zu lassen, dass der andere in den Park lief, wo man sich um diese Zeit gut verstecken konnte.

Keuchend und schwitzend rannte Peter durch den Mosterdsteeg. Ab Montag mache ich Diät, nahm er sich vor.

Nachdem er die Breestraat überquert hatte, bog er an der Buchhandlung De Kler rechts ab in den Boomgaardsteeg. Dieser führte ihn auf die Steenschuur. Jenseits der Gracht lag der Park, in dem es schon ziemlich dunkel war. Peter glaubte, jemanden durch den linken Eingang in den Park kommen zu sehen, gemächlich schlendernd wie bei einem abendlichen Spaziergang. Hatte er sich das nur eingebildet? Auch Peter verlangsamte jetzt seine Schritte, hielt sich in der Nähe des Lorentzgebouws und zwang sich, nicht über seine Schulter zu blicken, um keinen Verdacht zu erregen. Er überquerte die Steegbrug.

Die schattenhafte Gestalt ging jetzt hinter der Statue des Burgemeester van der Werff her und setzte sich auf eine Bank. Der Mann wirkte immer noch entspannt, fast so, als würde er jeden

Moment ein Butterbrot auspacken, wie es Büroangestellte manchmal in der Mittagspause taten. Doch stattdessen blickte er starr geradeaus.

Peter näherte sich dem Mann so, dass dieser ihn nicht sehen konnte. In dem Moment, als er sich zu einem neuerlichen Verfolgungssprint bereit machte, drehte sich der Mann um und sah ihn an.

»Ach, da bist du ja«, sagte er ruhig, als hätten sie sich genau zu diesem Zeitpunkt hier verabredet.

Perplex blieb Peter stehen. »Was soll das heißen, ›Da bist du ja‹?« Er ging ein wenig näher, sodass er nur ein paar Schritte von ihm entfernt war. »Wer bist du?«, fragte er.

Das Gesicht des Unbekannten war im Dunkeln nicht deutlich zu erkennen, aber Peter sah, dass er jung war und keinen Bart trug. Er war schlank und hatte mittellanges, dunkelblondes Haar und ein etwas mausartiges Gesicht. Seine Kleidung war so unpassend, dass sie einem anderen zu gehören schien.

»Aber du bist doch …«, sagte Peter verblüfft, »du bist doch der, der heute Nachmittag im Tunnel gelegen hat!«

Ohne auf Peters Worte zu reagieren, sagte der junge Mann: »Ich habe eine Botschaft für dich.«

»Was hast du da gemacht? Wie bist du dorthin gekommen?«

»Das ist im Moment irrelevant.«

»Irrelevant? Mein Kollege ist in diesem Tunnel verschwunden!«

Der Mann sah ihn überrascht an. Es schien nicht gespielt zu sein. »Verschwunden?« Nachdenklich runzelte er die Stirn. »Wie dem auch sei«, fuhr er fort. »Ich habe eine Botschaft für dich.«

Peter öffnete seinen Mund, um etwas zu erwidern, aber der Mann schnitt ihm das Wort ab.

»Du bist auserwählt«, sagte er abrupt, als wolle er die Diskussion ein für alle Mal beenden.

»Auserwählt?«

»Ja, auserwählt. Das ist eine große Ehre.«

»Jetzt hör mir mal zu«, entgegnete Peter gereizt, »ich habe jetzt keine Zeit für so etwas. Mein Kollege ist gerade verschwunden und ich …«

»Es tut mir leid, von deinem Kollegen weiß ich nichts.«

Es entstand eine kurze, unangenehme Pause.

»Ich wurde … auserwählt?«, fragte Peter, verwirrt über die Wendung, die das Gespräch genommen hatte.

»Ja, richtig.« Der junge Mann richtete sich auf. »Hast du *Matrix* gesehen?«

Peter nickte ungeduldig.

»Das mit der roten und der blauen Pille«, fuhr der Mann fort. »Neo hat die Wahl: Wenn er die rote Pille nimmt, wird er aufwachen und die Welt so erleben, wie sie wirklich ist. Wenn er die blaue Pille nimmt, ändert sich nichts, und er macht weiter wie bisher.«

»Und damit wärst du Morpheus, was?«

Der Mann lachte geräuschlos. »Peter …«

Peter war unangenehm überrascht, dass der junge Mann seinen Namen kannte.

»Hör zu«, sagte der Mann und stand von der Bank auf. Sie standen jetzt nicht weiter als einen Meter voneinander entfernt. Als der Mann wieder sprach, war seine Stimme sehr ruhig. »Wie der Gefangene, der aus Platons Höhle entkommt und die Wahrheit entdeckt, kannst auch du befreit werden, entkoppelt, um bei *Matrix* zu bleiben.«

»Dann müsste ich wohl die rote Pille wählen?«

»Du brauchst jetzt noch nicht alles zu verstehen, das wirst du schon noch. ›Die Stunde ist gekommen.‹ So lautet die Botschaft.«

»Die Stunde ist gekommen?«

»Hora est.«

»Hora est. Das ist doch …« Peter stand unentschlossen da, seine Arme hingen schlaff an den Seiten herunter. »Woher weißt du, wer ich bin? Und wer bist du? Hast du auch einen Namen?«

»Du kannst mich Raven nennen.«

Peter verlor die Geduld. Er war erschöpft von der Verfolgungsjagd, vom Abenteuer im Tunnel, von der Sorge darüber, was mit Arnold geschehen sein könnte. »Weißt du was, jetzt reicht's mir, ich …«

»Vorsicht! Hinter dir!«, sagte der Mann plötzlich.

Peter drehte sich um. Daraufhin stieß Raven ihn um, sodass er stürzte und mit dem Kopf gegen die Bank schlug. Der Schmerz explodierte in seinem Kopf.

Der älteste Trick der Welt.

Der Mann rannte davon, blieb aber in etwa dreißig Metern Entfernung noch einmal stehen und rief: »Die Erlösung ist nah!«

7

Freitag, 20. März, 19:30 Uhr

Peter rieb sich die schmerzende Stelle am Kopf. Wie blöd von ihm, darauf hereinzufallen! »Vorsicht! Hinter dir!« Das riefen Kinder, um bei Rangeleien ihren Gegner abzulenken.

Er ging in die gleiche Richtung, in die Raven gelaufen war, zum Parkausgang, über den Steenschuur-Kanal. Er überquerte die Breestraat und gelangte durch ’t Gangetje zum Nieuwe Rijn. Die Straße war still und verlassen. Das Licht der Straßenlaternen spiegelte sich in der Wasseroberfläche der Gracht.

Was sollten sie tun? Die Polizei schien van Tiegems soundsovieltes Verschwinden nicht ernst zu nehmen, aber diesmal war alles anders. Vielleicht sollte einer von ihnen zur Hauptwache an der Langegracht gehen, um die Situation genauer zu erklären. Am Telefon musste die Geschichte, dass Arnold bei der Erkundung eines geheimen Tunnels plötzlich verschwunden war, ziemlich absurd geklungen haben.

Sobald er wieder zurück an der Grube war, würde er sich mit Janna und Daniel über die nächsten Schritte beraten.

Doch als er in den Beschuitsteeg einbog, sah er geradeaus vor sich Blaulicht über die Fassade der Hooglandse Kerk wandern. Vorsichtig ging er noch ein paar Schritte weiter, wobei er sich dicht an den Häusern auf der linken Seite der Gasse hielt. Jetzt konnte er auch das Knistern eines Funkgeräts hören. Also war die Polizei doch noch gekommen. Wie sollte er sein plötzliches Verschwinden erklären? Die Art und Weise, wie er vorhin abgehauen war, machte ihn natürlich verdächtig nach Arnolds Verschwinden. Und was sollte er sagen? Dass er im Park mit einem Mann namens Raven gesprochen hatte, der wollte, dass er sich zwischen einer roten und einer blauen Pille entschied? Ach ja, und dass dieser Mann gesagt hatte, die Stunde sei gekommen und die Erlösung nahe?

Sie würden ihn sofort mitnehmen und festsetzen, bis sie wussten, was mit Arnold geschehen war.

Peter blieb am letzten Haus der Straße stehen und spähte vorsichtig um die Ecke. Zwei Polizeifahrzeuge waren eingetroffen, und mehrere Polizisten standen zusammen mit Daniel und Janna um das Loch herum. Sie schienen aufgeregt zu beratschlagen, wobei einer der Beamten tatsächlich in ein Funkgerät sprach. Als ein Polizist in seine Richtung schaute, zog sich Peter schnell zurück und beschloss, umzukehren. Ich muss zuerst herausfinden, was hier vor sich geht, dachte er. *Wer weiß, wie viel wertvolle Zeit verloren geht, wenn sie mich verhaften, während ich ermitteln will. Ermitteln muss!*

Er ging auf demselben Weg zurück, auf dem er heute Nachmittag gekommen war.

Die Fakultät war wie ausgestorben, als er dort ankam. Nachdem er mit seiner Schlüsselkarte die Tür geöffnet hatte, ging er sofort in sein Büro.

In seinem Zimmer zog er seine staubigen Kleider aus und legte die beiden Handys und sein Portemonnaie auf den Schreibtisch. Er nahm ein sauberes Hemd, eine Hose und Socken aus dem Schrank. Während des Anziehens verschlang er zwei der Müsliriegel, die er als Nachmittagssnack in seiner Schreibtischschublade aufbewahrte.

Er ging auf die Toilette und steckte so gut es ging den Kopf unter den Wasserhahn. Das Wasser, das ins Waschbecken lief, war grau. Er tupfte sein Gesicht mit Papierhandtüchern trocken und betrachtete sich in dem kleinen, runden Spiegel. Er sah müde aus. Das Weiße seiner Augen war rot geädert, und er hatte eine Schramme auf der Nase. Er fuhr sich mit den Händen durchs Haar, wobei immer noch so viel Staub herausregnete, als litte er stark unter Schuppen.

Außerdem hing ihm deutlich sichtbar ein Stück Salat zwischen den Zähnen. Er holte es heraus und spülte sich den Mund aus.

Jetzt, da er sich beruhigt hatte, wurde ihm klar, dass es eine blöde Idee gewesen war, wegzulaufen. Die seltsame Begegnung mit Raven, die Textnachrichten und Arnolds Verschwinden hatten bewirkt, dass er auf eigene Faust ermitteln wollte. Aber wo sollte er anfangen?

Er ging zurück in sein Büro und nahm den Ordner des Nachmittagsseminars aus der Tasche. Die Studierenden mussten mindestens zu achtzig Prozent ihrer Vorlesungen erscheinen, und er musste genaue Aufzeichnungen über ihre Anwesenheit führen. Alle einzeln aufzurufen und jeden Namen abzuhaken, dauerte viel zu lange, sodass er stets die Anwesenheitsliste herumgehen ließ. Natürlich kam es manchmal vor, dass mehr Zuhörer auf dem Papier anwesend waren, als tatsächlich im Hörsaal saßen. Normalerweise tat er das mit einem Witz ab. (»Wieder einmal habe ich den Eindruck, dass wir, genau wie bei einer russischen Wahl, mehr Stimmen als Wähler haben.«)

Er fuhr mit dem Finger die Liste der Namen entlang und versuchte, sich an die dazugehörigen Gesichter zu erinnern. Nur in ein oder zwei Fällen gelang es ihm. Er erkannte schnell, dass dies ein völlig nutzloses Unterfangen war. Was hatte er sich erhofft? Einen Seminarteilnehmer namens Raven Ravensbergen? Oder einen roten Pfeil, der auf einen Namen und die Worte »hora est« zeigte?

Ungeduldig faltete er die Liste wieder zusammen. Als er sie wieder in den Ordner schob, fiel sein Blick auf das kleine Buch, das er im Seminar benutzt hatte. Es war eher eine dicke Broschüre als ein Buch; der Einband war auf das gleiche Papier wie der Inhalt gedruckt. Auf der Vorderseite stand: EIN RUNDGANG ENTLANG UNSICHTBARER GRACHTEN, herausgegeben von der Waterambacht Leiden und der Historischen Vereniging Oud Leiden. Es war ein Führer entlang aller Grachten in Leiden, die überdacht oder zugeschüttet worden waren.

Gedankenlos nahm er sie in die Hand. Wie konnte es bloß sein, dass der Tunnel bisher nie entdeckt worden war?

Er schlug die Broschüre auf und las eine zufällige Seite, auf der Suche nach Antworten auf seine Fragen.

Leiden war schon immer eine wasserreiche Stadt. Gegen Mitte des 16. Jahrhunderts beschrieb sie der italienisch-flämische Kaufmann Guicciardini als einen wahren Archipel. Er zählte 31 Inseln, die durch 145 Brücken miteinander verbunden waren. Zu dieser Zeit hatte die Stadt noch ihre mittelalterliche Ausdehnung.

Er las weiter.

Und auch heute noch macht Leiden einen wasserreichen Eindruck. Im Laufe der Jahre wurden jedoch viele der Grachten aufgefüllt oder überbaut. Dieser Rundgang soll einen Eindruck von diesen Veränderungen vermitteln. Die Route umfasst mehr als dreißig Orte, an denen die Kanäle der Stadt im Laufe der Jahrhunderte trockengelegt wurden, und zeigt, wie das Wasser allmählich aus Leiden verschwand.

Wie das Wasser allmählich aus Leiden verschwand …

Im Mittelalter wurde die Bebauung Leidens immer dichter, und im Laufe des siebzehnten Jahrhunderts wurde die

Stadt dreimal erweitert – ein Wachstum, das nicht zuletzt zu einer Zunahme des Straßenverkehrs führte. Diesem Umstand wurde nicht nur durch die Auffüllung einiger Grachten Rechnung getragen, sondern vor allem durch den Bau großer unterirdischer Entwässerungskanäle sowie durch Überdachung der Grachten.

Der Tunnel, den sie an diesem Nachmittag entdeckt hatten, befand sich so tief unter der Erde, dass er sogar unter den mittelalterlichen Grachten hindurchführte. Peter blätterte durch die Broschüre und suchte nach der Illustration, die alle zugeschütteten und überbauten Grachten der Stadt zeigte.

Seit einigen Jahren wurde die Führung zu den ehemaligen Grachten durch einen Stadtrundgang ergänzt, an dem auch Peter und Judith einmal teilgenommen hatten. Unterwegs machte der Stadtführer regelmäßig halt und erzählte eine Geschichte über den jeweiligen Ort. Anschließend mussten die Teilnehmer erraten, ob sie stimmte oder nicht. Unter anderem war die Rede von einem Brunnen in der Burg, den es angeblich aber nicht gegeben hatte. Schon im siebzehnten Jahrhundert ging die Sage, dass dieser Brunnen der Eingang zu einem unterirdischen Gang sei, der bis zum römischen Waffenarsenal »by Cat-wijck« führe, wie es die Quellen ausdrückten. Der Tunnel sollte während der spanischen Belagerung der Stadt in den Jahren 1573–1574 gebaut worden sein. Der Legende nach wurde im Brunnen ein lebender Hering gefangen, der angeblich bewies, dass es eine Verbindung zur Küste gab. Diese Geschichte wurde schon damals ins Reich der Fabeln verwiesen, aber die hartnäckigen Gerüchte über die Tunnel hielten sich lange.

Und befanden sich nicht Kneipen wie »Annie's Verjaardag« in den Gewölben der Altstadt, von denen jeder »wusste«, dass sie Teil eines unterirdischen Tunnelsystems ausmachten, das zur Burg führte? Durch die dichte Bebauung in diesen Gegenden hatte die Stadt jedoch nie ernsthafte Anstrengungen unternommen, den Wahrheitsgehalt dieser alten Geschichten zu überprüfen.

Obwohl Peter viel über die Geschichte von Leiden wusste, hatte er nicht einmal bei der Hälfte der Geschichten auf der Tour richtig geraten. Die Lektion, die er und Judith aus der Erfahrung gezogen hatten, war: Wenn eine Geschichte zu unwahrscheinlich klang, um wahr zu sein, dann stimmte sie vermutlich.

Er fuhr mit dem Zeigefinger die Nieuwstraat entlang, die ebenfalls über einer zugeschütteten Gracht verlief. Er kniff die Augen zusammen, bis die feinen Umrisse der Gebäude verschwammen und er nur noch die roten und blauen Linien sah, die einen alternativen Stadtplan bildeten.

Er tippte auf die Zeichnung.

Wenn es ab urbe condita schon einen Tunnel gegeben hätte, dachte er, *dann wäre es vielleicht gar kein so großer Aufwand gewesen, ihn mit den überdachten und zugeschütteten Grachten zu verbinden. Was wäre, wenn es nicht nur einen Tunnel gäbe, sondern ein ganzes Labyrinth von Tunneln unter der Stadt? Mein Gott, das könnte die archäologische Entdeckung des Jahrhunderts sein!*

Er legte die Broschüre beiseite und griff wieder nach dem gefundenen Handy. Die einzigen Apps darauf waren die vom Hersteller vorinstallierten und Wickr. Morgen würde er damit in ein Fachgeschäft gehen und versuchen herauszufinden, auf welchen Namen es registriert war.

Peter erschrak, als sein eigenes Handy klingelte. Unwillkürlich synchronisierte er seine Atmung mit dem Klingelton, atmete bei jedem Geräusch ein und zwischendurch aus.

Eine 0900er-Nummer. Vielleicht die Polizei.

Er wollte sich gerade melden, da hörte das Klingeln auf.

Unmittelbar darauf klingelte es wieder. Diesmal meldete er sich.

»Spreche ich mit Meneer de Haan?«, fragte eine freundliche, förmliche Stimme.

»Ja, am Apparat.«

»Hier ist die Polizei Regio Hollands Midden, Stadt Leiden. Wir suchen Sie, Meneer de Haan.«

»Das, äh … Ja, ich verstehe. Ich …« Peter spürte, dass er rot anlief. Er würde einen schlechten Kriminellen abgeben. Schon beim ersten Verhör würde er sich verraten.

»Wo sind Sie jetzt? Wir können Sie abholen, wenn das für Sie einfacher ist.«

»Es geht um Arnold van Tiegem, oder? Gibt es etwas Neues?«

»Das würden wir lieber persönlich mit Ihnen besprechen. Ich kann Ihnen einen Wagen schicken. Das wäre der schnellste Weg, denke ich. Wo sind Sie jetzt?«

»Ich bin … Ich komme zu Fuß zu Ihnen.«

»Meneer, würden Sie uns bitte …«

Peter legte auf. Er steckte beide Handys in die Innentasche seiner Jacke, das Portemonnaie stopfte er in seine Hosentasche.

Auf dem Weg hinaus fiel ihm ein, dass er durch das Handy leicht zu orten war. Selbst wenn er beschließen würde, nicht zur Polizei zu gehen, könnten sie ihn anhand dessen ohne Weiteres ausfindig machen. Vor den Postfächern der Fakultät blieb er stehen und schob sein Handy in das Fach mit seinem Namen. Es war eine intuitive Entscheidung, die sich sofort richtig anfühlte.

Er beschloss, zuerst zu Judith zu gehen. Sie war die einzige Person, mit der er ganz offen über diese absurde Situation reden konnte, und auf dem Weg zur Polizeidienststelle an der Langegracht kam er praktisch bei ihr vorbei.

Keine zehn Minuten später erreichte er das Sionshofje, das in einer Seitenstraße der Haarlemmerstraat lag. Er schob das schwere grüne Tor auf und gelangte in den großen Innenhof, der von einem geklinkerten Fußweg umgeben war. In Marks Wohnung brannte kein Licht. Logisch, er war ja verreist, aber auch in Judiths Wohnung war es dunkel. Aber so früh ging sie doch noch nicht zu Bett? War sie ausgegangen?

Er schaute durch das Fenster, aber das Wohnzimmer sah verlassen aus. Er wusste, dass Judith einen Schlüssel unter einem Blumentopf in der Nähe der Haustür aufbewahrte. Er holte ihn darunter hervor, öffnete vorsichtig die Tür und schaltete das Licht ein.

Als er eintrat, erhielt er eine neue Nachricht.

Schnell öffnete er sie.

»Gramprophet!«, rief ich voll Zweifel, »ob Du Vogel oder Teufel!
Bei dem ew'gen Himmel droben, bei dem Gott, den ich verehr' –
Künde mir, ob ich Lenoren, die hienieden ich verloren,
Wiederfind' an Edens Thoren – sie, die thront im Engelsheer –
Jene Sel'ge, die Lenoren nennt der Engel heilig Heer!«
Sprach der Rabe: »Nimmermehr!«

Obwohl er in Poesie nicht sehr bewandert war, erkannte er sofort, dass dies eine Strophe aus Edgar Allen Poes berühmtem Gedicht »Der Rabe« war, über den mitternächtlichen Besuch eines mysteriösen Raben bei einem Mann, der um seine verstorbene Geliebte trauert.

Nimmermehr ... Dem verzweifelten Protagonisten des Gedichts wird die Hoffnung genommen, jemals wieder mit seiner verstorbenen Geliebten vereint zu werden. Kaum hatte Peter die Verse gelesen, schon verschwand die Nachricht. Nimmermehr ...

Peter rief laut Judiths Namen, aber es kam keine Reaktion. Er stieg die schmale Treppe zum ersten Stock hinauf, aber auch dort war alles dunkel. Mit wenigen Sprüngen war er wieder unten.

Jetzt bereute er es, sein eigenes Handy zurückgelassen zu haben. Seit er ein Smartphone besaß, kannte er, wie so viele andere auch, kaum noch eine Telefonnummer auswendig.

Jetzt kam eine neue Nachricht. Er unterdrückte einen Fluch.

Hole keine Hilfe. Nur Du kannst sie finden.

Unmittelbar darauf folgte eine weitere Nachricht.

Folge dem schwarzen Raben!

Auch diese Worte verschwanden nach ein paar Sekunden.

Folge dem schwarzen Raben … Was hatte das zu bedeuten? Hole keine Hilfe? Sie finden? Judith? Was hatte sie damit zu tun?

Das Handy vibrierte. Diesmal war es ein Link. Er klickte ihn an. Eine Digitaluhr erschien auf seinem Bildschirm, auf der die Zeit rückwärtslief.

17:08:22 – 17:08:21 – 17:08:20 …

Wie hypnotisiert starrte er auf das Display.

In der linken oberen Ecke wurde die Startzeit angegeben. Zwei Uhr nachmittags.

Fast sieben Stunden waren schon vergangen.

DIE ERSTE VISION

Und siehe, ich sah einen jungen Mann am Bug stehen, mit ausgebreiteten Armen wie ein Vogel, den Blick himmelwärts gerichtet, die Augen aber geschlossen. Er ist klein, trotz seiner Jugend bereits kahlköpfig, hat eine recht lange Nase und scheint von freundlichem Gemüt zu sein. Durch das Spiel von Schatten und Licht auf seinem Gesicht sieht er mal wie ein Mensch, dann wieder wie ein Engel aus.

Und der Bug des Schiffes durchpflügt das klare blaue Wasser. Es wird von den Wellen hochgehoben und fällt klatschend auf der anderen Seite herunter, schaumige Gischt aufspritzend. Aber der junge Mann gerät nicht aus dem Gleichgewicht. Standhaft wie eine Statue steht er da, wie ein Mann mit einer Mission. Er hat keinen Blick für seine Umgebung, weder für die grüne Küste auf der Backbordseite, an der sie in gleichmäßigem Abstand entlangfahren, noch für die Delfine, die das Schiff begleiten. Hin und wieder erheben sie sich mit eleganten Sprüngen aus dem Wasser und schweben für einen Moment schwerelos zwischen Himmel und Erde, bevor sie wieder eintauchen.

Und dann öffnet er plötzlich die Augen, und es ist, als sähe er mich, als blicke er mitten durch mich hindurch. Als wolle er mir sagen: Ich kenne dich, ich weiß, wer du bist. Sein intensiver, feuriger Blick bohrt sich durch meine Seele, vorbei an allen Barrieren, allen Äußerlichkeiten, all dem schönen Schein. Meine Maske fällt ab, und da stehe ich – nackt. Du weißt, wer ich bin, sagt er wortlos. Ich werde dir den Weg zeigen. Folge mir, die Erlösung ist nahe.

Und siehe, der Abend kommt, und der junge Mann nimmt ein Stück Brot und eine kleine irdene Amphore aus seinem Rucksack. Er geht zur Steuerbordseite. Mit beiden Händen hebt er das Brot hinauf zur untergehenden Sonne und murmelt ein Gebet. Dann wiederholt er das Gleiche mit der Amphore. Er bricht das Brot und isst es bedachtsam. Ab und zu nimmt er einen Schluck aus dem Krug, wobei ihm der Wein aus dem Mundwinkel in den Bart läuft. Dann sucht er sich einen ruhigen Platz an Deck, an den er sich zurückziehen kann. Seinen Ranzen legt er unter den Kopf, und es dauert nicht lange, bis ihn der Schlaf übermannt.

Und siehe, das Schiff legt in einem Hafen an. Der Marmor der Tempel schimmert in der Sonne, und vom Kai aus kann er bereits das große Theater und das Hippodrom sehen. Der junge Mann schultert seine Reisetasche, die nicht viele Habseligkeiten zu enthalten scheint. Ohne sich umzusehen oder zu verabschieden, überquert er die Laufplanke und geht in die Stadt, um eine Herberge für die Nacht zu suchen.

Am nächsten Morgen macht er sich schon vor Tagesanbruch auf den Weg. Er hat sich einer Gruppe von Reisenden angeschlossen und bezahlt den Anführer für den Schutz. Sie werden nur bei Tageslicht reisen und auf der großen Straße bleiben, die nach Jerusalem führt, das sechzig Meilen entfernt liegt. Unterwegs spricht er mit niemandem, und während sie Rast machen, sondert er sich ab, isst sein Brot und trinkt sein Wasser.

Nach drei Tagen betreten sie die ewige Stadt. Schon von Weitem sehen sie in der Ferne den Tempel, der in der Sonne schimmert. Viele Reisende fallen auf die Knie, manche fangen an zu weinen, die Hände gen Himmel erhoben. Aber er, er geht weiter und lässt die Gruppe zurück.

Er geht durch die engen Gassen der Stadt. Er kennt sie nicht, aber er weiß, dass sie in der kommenden Zeit seine Heimat sein werden. Er weiß, wohin er gehen muss, er hat sich den Weg fest eingeprägt. Leute versuchen, ihn aufzuhalten. Händler halten ihm Stoffmuster hin, bieten Kostproben der Früchte von ihrem Stand an, preisen ihre Keramikwaren. Frauen mit stark geschminkten Gesichtern zerren an seinem Ärmel und buhlen um seine Gunst. Über der Stadt liegt der Geruch von verkohltem Fleisch von den ständigen Brandopfern im Tempel. Bettler bitten um Almosen, mit entstellten Gesichtern, ohne Hände; manche schleppen sich mit missgebildeten Beinen über den Boden. Aber er lässt sich von nichts aufhalten. Seine Augen sind auf einen Punkt in der Ferne gerichtet.

Und siehe, er gelangt ins Gerberviertel. Die blutigen Häute hängen stinkend zum Trocknen in der Sonne. Dies ist die Gegend, die von den Juden gemieden wird, weil sie unrein ist durch das viele Blut. Aber hier wird der junge Mann bleiben, hier wird er sein Handwerk ausüben. Sein Nähzeug, ein Geschenk seines Vaters, trägt er in seinem Rucksack. Ein paar Jahre lang wird er hier wohnen, weit weg von zu Hause. Er muss seine Flügel ausbreiten und in die weite Welt hinausziehen, so lautet sein Auftrag.

Vor einem großen grünen Tor bleibt er stehen. Er hält den schweren Eisenklopfer in Form eines Bullen in der Hand und zögert. Doch dann klopft er dreimal, sodass es laut widerhallt. Schritte nähern sich, und das Tor geht auf. Ein alter Mann erscheint, von hünenhafter Gestalt, mit vollem grauen Bart und kurz geschorenem Haar. Der junge Mann fällt auf die Knie. Der alte Mann legt ihm die rechte Hand auf den Kopf, als wolle er ihn segnen.

»Pater«, sagt der junge Mann. Vater.

»Willkommen, mein Sohn«, antwortet der alte Mann. Der junge Mann steht auf, und sie umarmen sich brüderlich.

Und siehe, kurz bevor er eintritt, dreht sich der junge Mann plötzlich um und sieht mich zum letzten Mal an. Er bewegt seine Lippen, doch kein Geräusch kommt hervor. Tief im Herzen höre ich seine Worte:

Ich bin Raven.

NYMPHUS

DER BRÄUTIGAM

8

Freitag, 20. März, 20:00 Uhr

»Vater.«

Der junge Mann kniete mit einem Bein auf dem rauen Steinboden und neigte den Kopf.

Der alte Mann legte seine Hand auf das Haar des jungen Mannes und ließ sie dort ruhen.

»Steh jetzt auf«, sagte er.

Der junge Mann stand auf, hielt aber den Kopf gesenkt, den Blick zu Boden gerichtet.

»Darf ich dich etwas fragen?«

»Frag nur.«

Der junge Mann hielt inne. »Tun wir wirklich das Richtige?«

»Sieh mich an.« Der Mann erwiderte eindringlich seinen Blick, wie ein Vater, der zu ergründen versucht, ob sein Kind ihn herausfordert oder nur eine ehrliche Antwort will. Er seufzte. »Hör zu …«, sagte er, sorgfältig seine Worte wählend. »Ich kann nicht erwarten, dass ihr dieselbe Einsicht habt wie ich, aber die Stunde ist gekommen, die Zeit ist angebrochen. Wir haben doch heute Morgen in der Versammlung darüber geredet. Ich habe es euch erklärt.«

»Aber …«

»Genug!«, rief der Alte plötzlich.

Der Wutausbruch kam so unerwartet, dass dem jungen Mann die Schamesröte in den Hals stieg.

»Es tut mir leid, Vater. Ich zweifle nicht an dir. Du weißt, dass ich dir immer treu gewesen bin.«

»Es ist gut«, erwiderte der alte Mann salbungsvoll, wie ein Herrchen, das seinen verängstigten Hund beruhigt. »Dieser Tag wäre früher oder später sowieso gekommen«, erklärte er gelassen. »Es liegt jetzt an uns. Wir entscheiden, was zu welchem Zeitpunkt enthüllt wird. Wie du weißt, habe ich jemanden auserwählt. Ich bin sicher, dass er sich als würdig erweist.«

»Es tut mir leid, Vater, dass ich an dir gezweifelt habe.«

»Zweifel ist nichts Schlimmes. Selbst Thomas hat gezweifelt. Aber: Selig sind, die nicht sehen und doch glauben. Hab Vertrauen. Dir ist vergeben.«

»Danke.« Der junge Mann schien beruhigt zu sein.

»Du kennst unsere Geschichte«, sagte der Mann in belehrendem Tonfall. »Wir haben in der Vergangenheit viel Schlimmeres durchgemacht und sind immer noch da. Wir sind nicht untergegangen, weil wir in der Wahrheit leben. Wir dienen etwas, das höher ist als wir selbst, größer, als wir verstehen können. Und unser Lohn wird auch groß sein, ein ewiger Lohn. Wir sammeln Schätze im Himmel. Wo sie nicht durch Motten oder Rost beschädigt oder von Dieben gestohlen werden können. Und wo dein Schatz ist, da wird auch dein Herz sein, damit erzähle ich dir nichts Neues. Unser Herr, der alles sieht, was im Verborgenen geschieht, wird uns belohnen. Denke immer daran.«

Mit einem Lächeln und einem väterlichen Klaps auf die Schulter des jungen Mannes beendete er seine Predigt.

Der junge Mann neigte erneut den Kopf als Zeichen des Respekts. »Es ist ja nicht so, dass ich dir nicht vertraut hätte, aber …«

»Es ist gut, mein Sohn, alles ist gut«, beruhigte ihn der Mann nochmals. »Habe Vertrauen in mich, so wie ich Vertrauen in Ihn habe. Wir müssen standhaft sein, wenn wir Seinen Willen tun und das empfangen wollen, was Er versprochen hat. Also, machen wir es richtig, lasst uns nicht aufgeben, sodass wir bald ernten können, wenn die Zeit dafür gekommen ist.«

»Die Stunde ist gekommen.«

»Die Stunde ist gekommen, in der Tat.«

Der alte Mann stand auf. Zu zweit verließen sie das kleine Zimmer und betraten die spärlich eingerichtete Küche, von der aus eine Tür in den Garten führte.

Der junge Mann nahm einen Mantel von einem Küchenstuhl und zog ihn an. »Ich gehe nach Hause. Du weißt, wo du mich finden kannst, wenn du mich brauchst«, sagte er zum Abschied.

Der alte Mann schloss die Tür hinter ihm ab, schenkte sich ein Glas Wasser ein und trank es langsam aus. Dann ging er die Treppe hinauf in ein ebenfalls spartanisch möbliertes Arbeitszimmer. Es enthielt nur einen groben Holztisch, einen Stuhl, ein schmales Bett und ein Regalbrett mit Büchern.

Er setzte sich an den Tisch und kehrte in Gedanken einundzwanzig Jahre in der Zeit zurück. Vierzig war er damals, ein schönes, symbolträchtiges Alter. Vierzig war die Zahl der Prüfungen: Vierzig Jahre lang zog das Volk der Israeliten durch die Wüste, vierzig Tage verbrachte Mose auf dem Berg Sinai, bevor er die Tafeln mit den Zehn Geboten erhielt, vierzig Tage und Nächte fastete Jesus, bevor ihm der Teufel erschien.

Er war noch nicht lange als Priester in Leiden tätig gewesen, als er zum geistigen Führer einer Gruppe junger, katholischer Männer wurde, die es sich zur Aufgabe gemacht hatten, gegen Aberglaube und Götzendienst in all seinen Formen zu kämpfen. Ihre Feinde waren nicht so sehr die Christen, die den warmen Schoß der Mutterkirche verlassen hatten – dieser Kampf war gewissermaßen verloren –, sondern die Hellseher, die Medien, die Wahrsager, die Wünschelrutengänger und Tarotkartenleser. Sie betrachteten es als ihre Pflicht, gegen diese falschen Propheten zu kämpfen, da sie Menschen vom einzigen Weg ablenkten, der zur Erlösung führte, nämlich Christus. Denn nur er allein war der Weg, die Wahrheit und das Leben. Mit ihren Tricks brachten sie ihre Kunden, diese armen Schäfchen, auf dem direkten Weg zu der Straße, die schließlich in die Hölle führte.

Der Mann und seine Gruppe infiltrierten jede paranormale und spirituelle Messe in und um Leiden, große Events, bei denen Leute wie Rasti Rostelli, Scharlatane in ihren Augen, ihre Künste zeigten. Manchmal gingen sie sogar zu Vorträgen, bei denen Praktiken wie Meditation und Yoga als heilsam angepriesen wurden. Sie befolgten die christlichen Gesetze wesentlich strikter als die meisten ihrer Generation und setzten sich engagiert für die Traditionen ihrer Vorfahren ein.

Bei den Veranstaltungen stellten sie sich vor die Tür, teilten Broschüren an die Besucher aus und versuchten, sie davon abzuhalten, hineinzugehen. Gelegentlich kam es zu einer Konfrontation mit den Organisatoren oder mit einem der auftretenden Medien. Viele verstanden nicht, wofür sie kämpften, und fanden, dass sie die Leute in Ruhe lassen sollten, schließlich sei es ihre freie Entscheidung. Sogar in seiner eigenen Kirche stieß er auf Unverständnis. In seinen Predigten erklärte er eindringlich, dass sich ihr Kampf nicht gegen die Menschen richtete, sondern gegen himmlische Fürsten, die Herrscher und Mächte der Finsternis, gegen die bösen Geister der himmlischen Sphären. Darum müssten sie die Waffen Gottes ergreifen, damit sie sich widersetzen und standhaft bleiben konnten.

Sie richteten ihre Pfeile auch gegen die Theosophische Gesellschaft, das International Study Centre for Independant Search for Truth oder I.S.I.S. – ein Akronym, das den Namen einer ägyptischen Fruchtbarkeitsgöttin bildete –, die monatlich Vorträge zu Themen wie Reinkarnation, Homöopathie und Kosmos organisierte. Bald waren die »Ritter Christi«, wie sie ihre Gruppe getauft hatten, eine feste Größe bei jedem Vortrag. Die meisten Besucher tolerierten die Anwesenheit der jungen Männer, mieden aber jegliche Diskussion mit ihnen. Praktisch jedes

Mal gab es jedoch heftige Zusammenstöße zwischen dem Priester und Ane, dem I.S.I.S.-Vorsitzenden, der einmal die gesamte Gruppe von der Polizei hatte abführen lassen, nachdem es ihm irgendwann zu bunt geworden war. Die Polizei lud sie in zwei Transporter, um sie unter dem Vorwurf der Ruhestörung auf die Wache zu bringen. Hinten im Laderaum hatten sie sich wie moderne Märtyrer gefühlt; sie litten schließlich im Namen Jesu. Die Androhung einer einstweiligen Verfügung brachte sie dazu, ihre Aktionen gegen I.S.I.S. vorerst auf Eis zu legen.

Für ihn war es sowieso besser, eine kurze Pause bei ihren Aktivitäten einzulegen. Die epileptischen Anfälle, die ihn seit seiner Kindheit heimsuchten, traten sehr heftig auf, wenn er sich zu sehr aufregte. Seine Mitstreiter hatten ihn mehrfach davor bewahren müssen, seine Zunge zu verschlucken, wenn er mit Schaum vor dem Mund gestürzt war, am ganzen Körper von heftigen Krämpfen geschüttelt. Die ersten paarmal waren sie vor lauter Panik hilflos gewesen, aber irgendwann wussten sie, was zu tun war. Die Anfälle waren sogar eine Art Gradmesser für die Bedeutung der jeweiligen Angelegenheit geworden: Wenn ein Thema den Priester so wütend und zornig machte, dass es einen Anfall hervorrief, musste es äußerst wichtig sein.

Doch jetzt hatte sich ein neues Ziel ergeben.

9

Freitag, 20. März, 20:30 Uhr

»Es ist wirklich eigenartig«, sagte Janna und blickte dabei strenger denn je. Sie schien auch noch gebeugter dazustehen als sonst, als stünde sie in einem Raum mit niedriger Decke und befürchte, sich den Kopf zu stoßen. »Wirklich eigenartig«, wiederholte sie, als führe sie Selbstgespräche.

Zwanzig Minuten waren vergangen, seit die Polizei Peter angerufen hatte. Sie hatten danach mehrmals bei der Hauptwache nachgefragt, aber als klar wurde, dass er sich dort bisher nicht gemeldet hatte, war die Fahndung nach ihm ausgeschrieben worden.

Als die Polizei Jannas ersten Anruf nicht ernst genommen hatte, hatte sie es noch einmal versucht, und dabei war es ihr gelungen, die Beamten vom Ernst der Lage zu überzeugen. Diesmal war Arnold van Tiegem nicht wieder einfach nur abgetaucht und würde in ein oder zwei Tagen wieder auftauchen. Schließlich hatte man Janna und Daniel ans Herz gelegt, nichts auf eigene Faust zu unternehmen, sondern auf den Streifenwagen zu warten, der sofort losgeschickt werden würde.

Als dieser eingetroffen war, hatten Daniel und Janna den Beamten kurz berichtet, was sich ereignet hatte, seitdem Peter und Arnold in den Tunnel gestiegen waren. Überstürztes Handeln konnte man der Polizei kaum vorwerfen; als Janna und Daniel geendet hatten, hatten die Beamten ihre Notizbücher weggesteckt und waren dann unentschlossen von einem Fuß auf den anderen getreten.

»Und was jetzt?«, hatte Daniel schließlich gefragt.

»Wir sollten …«, hatte einer der Polizisten unsicher geantwortet. »Wir sollten Verstärkung anfordern.«

Kurz darauf waren zwei weitere Polizisten in einem anderen Streifenwagen eingetroffen, ein älterer Mann und eine jüngere Frau. Sie hatten auf dem Rücksitz zwei starke Scheinwerfer mitgebracht, geschützt von einem stabilen Drahtgeflecht, und mit diesen hatten sie in die dunkle Grube hineingeleuchtet.

Die beiden zuerst angekommenen Beamten hatten sich entschieden, oben zu bleiben; die beiden Neuankömmlinge waren mit Daniel und Janna in den Tunnel gegangen.

Sobald sie unter der Erde waren, konnten sie dank der verbesserten Beleuchtung erst richtig erkennen, wie beeindruckend das Bauwerk war.

Auch die beiden Polizisten waren beeindruckt. Die Frau stieß einen bewundernden Pfiff aus. »Das ist doch erstaunlich, so direkt unter der Stadt, oder?«, fragte sie. Ihr Funkgerät knisterte leise, verstummte aber nach etwa zehn Metern im Tunnel.

»Uns kann hier nichts passieren«, sagte ihr Kollege zu niemand Bestimmtem. Es war nicht klar, ob es nur eine Feststellung war oder der Versuch, sich zu beruhigen.

Als sie den Punkt erreichten, an dem sich der Tunnel gabelte, bogen sie nach rechts ab, stießen aber schnell auf die Wand und gingen in der anderen Richtung weiter.

Die Beamten hielten die Lampen in Taillenhöhe und schwenkten sie in einer gleichmäßigen Bewegung von links nach rechts, mal über den Boden, mal über die Decke. Der Tunnel schien solide gebaut zu sein, wie ein gepflegter Weinkeller unter einem großen Schloss.

»Übrigens«, sagte der Polizist und blieb stehen, »der junge Mann, der heute Nachmittag im Tunnel gefunden wurde, ist aus dem Krankenhaus abgehauen.«

»Was?«, rief Janna aus.

Daniel ballte die Faust, wie ein Sportfan, dessen Mannschaft eine große Chance vermasselte.

»Er ist weg«, wiederholte der Beamte, als sei es die normalste Sache der Welt. »Er ist aufgewacht und abgehauen. Leider konnten wir keine Fotos von ihm machen, weil er so blutverschmiert war. Die Befragung war für morgen angesetzt, falls er bis dahin wieder bei Bewusstsein gewesen wäre. Aber nun ja, jetzt ist es anders gekommen.«

»Das wird ja immer geheimnisvoller«, flüsterte Janna Daniel zu.

»Wo sind wir jetzt ungefähr?«, fragte die Beamtin. Sie sah auf ihr Handy, steckte es aber sofort wieder weg. »Kein Empfang hier unten, aber das habe ich mir schon gedacht. Ich habe gehofft, wir könnten kurz auf einen Stadtplan schauen.«

»Ich glaube«, sagte ihr Kollege, »dass wir unter der Hooglandse Kerk durch und irgendwo unter der Hooglandsekerkgracht sind, aber ...« Er blieb stehen. »Das ist ja merkwürdig.«

Daniel und Janna schauten an den Beamten vorbei, damit sie sehen konnten, was er meinte.

Er ging ein paar Schritte weiter und schwenkte den Scheinwerfer hin und her. Jetzt konnten sie alle erkennen, dass der Tunnel nicht weiterführte.

»Aber wie ist das möglich?«, fragte Janna und warf ungläubig die Hände in die Luft wie eine schlechte Amateurschauspielerin.

Die junge Polizistin ging in die Hocke, um die Mauer genauer zu untersuchen. Dann richtete sie sich langsam auf und hielt dabei den Scheinwerfer in eine Ecke.

»Ich weiß ja nicht, wonach du auf der Suche bist, Indiana Jones«, sagte ihr Kollege spöttisch, »aber bewegliche Wände und geheime Durchgänge sind doch eher etwas für Hollywood, meinst du nicht?«

»Dieser ganze Tunnel ist was für Hollywood«, entgegnete sie schroff, ohne die Mauer aus den Augen zu lassen. Sie studierte den Punkt, an dem sich Wand und Decke trafen, dann hockte sie sich hin, um die Unterkante zu begutachten.

»Ich kann nichts Ungewöhnliches erkennen«, sagte sie schließlich.

Der ältere Polizist wandte sich an Janna und Daniel. »Meine Herrschaften, wie auch immer man es betrachtet, wir stehen hier vor einem Rätsel.«

Janna und Daniel nickten zustimmend.

»Wir brauchen bessere Ausrüstung.«

»Einen GeoSeeker«, pflichtete Daniel ihm bei.

Der Beamte grunzte undefinierbar.

»Wir müssen uns hier definitiv unter der Lutherse Kerk befinden«, sagte Daniel.

»Könnte ich die Lampe für eine Sekunde haben?«, fragte Janna die Polizistin, die sie ihr sofort gab.

Mit weiträumigen Bewegungen suchte Janna systematisch den Boden ab, als würde sie einen Rasen mit einem Graskantenmäher schneiden.

»Wonach suchst du, Janna?«, fragte Daniel.

»Hat Peter nicht behauptet, Arnold hätte sich am Kopf verletzt? Das würde doch bedeuten, dass es irgendwo Blutspuren geben muss, oder?«

»Ich glaube nicht, dass es eine klaffende Wunde war. Er hat sich nur den Kopf gestoßen. Das meiste Blut hat er an Peters Hemd geschmiert.«

Janna ignorierte ihn und begann, langsam rückwärtszugehen.

Die anderen folgten ihr, ebenfalls die Blicke auf den Boden gerichtet.

»Hier!«, rief Janna triumphierend, nachdem sie noch etwa zehn Meter rückwärtsgeschlurft war. Sie stellte die Lampe mit einem Knall hin, ging auf die Knie und schaute sich irgendetwas aus der Nähe an.

Die anderen hockten sich neben die Stelle, an der Janna glaubte, etwas entdeckt zu haben.

Vorsichtig kreiste sie mit dem Zeigefinger über eine Stelle, die etwas dunkler als die Umgebung zu sein schien, als hätte sich etwas Feuchtes und Rotes mit dem Sand vermischt.

Die Polizistin tippte mit dem kleinen Finger in den Fleck und schnupperte an ihrer Fingerspitze. »Hmm«, sagte sie, »das ist zweifellos Blut, dieser metallische Geruch …«

»Aber es sieht nicht so aus, als wäre es heruntergetropft«, sagte ihr Kollege, »sonst würde es wie ein auseinandergespritzter Regentropfen aussehen. Es scheint eher, als wäre hier jemand gestürzt.«

»Arnold«, schloss Janna.

»Das können wir nicht mit Sicherheit sagen, obwohl ich verstehe, warum Sie das glauben«, sagte der Beamte ein wenig zu ernst. »Wir können bisher nichts weiter sagen, als dass jemand vor Kurzem hier war, dass er verletzt wurde und sehr wahrscheinlich gestürzt ist, aber abgesehen davon …«

»Wir müssen zurückgehen«, drängte seine Kollegin. »Wir können eine der Lampen hierlassen. Wir müssen die Stelle für die Spurensicherung absperren, und wir brauchen ein Set, um Blutproben zu nehmen.«

Daniel rührte sich nicht.

»Alles in Ordnung mit dir?«, fragte Janna.

»Nein, kann ich nicht behaupten«, antwortete er. »Das war nicht das, was wir uns erhofft hatten.«

Janna legte ihm die Hand auf die Schulter. »Nein, das ist nicht das, was wir heute Nachmittag erwartet haben. Es hätte ein so festlicher Tag werden sollen!«

Daniel nickte.

»Komm, lass uns gehen.« Sie versetzte ihm einen sanften Stoß.

Zu viert gingen sie zurück, wobei sie eine Lampe in der Mitte des Tunnels zurückließen, wie ein Leuchtfeuer auf See.

Als sie das Loch erreichten, ging die Polizistin ein paar Meter weiter in die andere Richtung. »Hier geht es noch weiter, oder?«, fragte sie und leuchtete mit der Lampe in den Gang hinein. Aber auch dort fiel das Licht nach etwa zehn Metern auf eine Wand. »Nein, scheint auch eine Sackgasse zu sein.«

»Ja, Peter und ich sind heute Mittag schon ein Stück hineingegangen«, bestätigte Daniel.

»Schau doch einfach mal nach«, brummte der ältere Beamte mit einem Hauch von Zynismus in seiner Stimme. »Vielleicht findest du da einen Geheimgang.«

Sie halfen sich gegenseitig, wieder an die Oberfläche zu klettern. Steine lösten sich unterwegs und stürzten in einer Staubwolke zu Boden.

»Nächstes Mal bringen wir eine Leiter mit«, keuchte der ältere Beamte.

Nur ein Kollege wartete oben auf sie. Der andere saß vorne im Streifenwagen, mit den Beinen aus der Tür und dem Funkgerät in der Hand.

»Es kommt gerade eine Meldung rein«, sagte der Polizist am Rand der Grube und streckte eine Hand aus, um ihnen zu helfen.

Der Mann im Auto sprach in das Funkgerät, aber aus dieser Entfernung konnten sie nur Piepen und Rauschen hören.

Schließlich steckte er das Gerät wieder in die Halterung und blieb kurz sitzen, die Hände auf den Knien, die Handflächen nach oben. Dann stand er auf und ging auf sie zu. »Es sieht so aus, als müssten wir da unten nicht weitersuchen«, sagte er zögernd.

»Wassolldasheißen?«, fragte Daniel, die vier Worte zu einem zusammengezogen.

»Ich habe gerade erfahren, dass eine Leiche im Nieuwe Rijn gefunden wurde, unter der Brücke neben ›Annie's Verjaardag‹.«

Daniel schlug die Hände vor das Gesicht.

In amtlichem Tonfall fuhr der Polizist fort: »Allem Anschein nach handelt es sich um Meneer van Tiegem.«

10

Freitag, 20. März, 20:58 Uhr

Peter eilte nach draußen und schlug Judiths Haustür hinter sich zu. Mit großen Schritten überquerte er den Innenhof zu Marks Häuschen, hämmerte gegen die Fenster und rief dessen Namen. Doch gleich darauf wurde ihm klar, dass es sinnlos war.

Hilflos streckte und krümmte Peter die Finger, als knete er einen unsichtbaren Stressball. Seine Lippen waren fest zusammengepresst.

Natürlich musste er zur Polizei gehen, wie er es ursprünglich beabsichtigt hatte. Dort konnte er die Sache mit Arnold erklären und die Gründe erläutern, warum er vorhin so kopflos davongelaufen war. Er würde völlig offen und ehrlich sein, sogar in Bezug auf seine Begegnung mit Raven im Park.

Er drehte sich auf dem Absatz um, wie ein Soldat bei der Wachablösung. In genau diesem Moment traf eine weitere Nachricht ein.

Hole keine Hilfe. Die gleiche Botschaft wie eben. Doch dann folgte eine Drohung: *Wenn Du sie jemals lebend wiedersehen willst.*

Voller Panik blickte er auf. Das Timing der Nachrichten war beunruhigend präzise, als ob jemand jeden Schritt, den er tat, beobachtete. Er suchte den Himmel ab. Flog über ihm eine Drohne mit einer Kamera, die ihn beobachtete?

Hole keine Hilfe …

Er öffnete Google und gab »schwarzer Rabe Leiden« ein,

aber das brachte keine nützlichen Ergebnisse. Der erste Treffer war ausgerechnet ein Friseur in Groningen. Also versuchte er es mit »Rabe Leiden«. Ein Studierendenwohnheim, Einträge im Telefonbuch von Leuten namens Rabe, ein Ferienpark am Meer, die Marionette aus einer Kinderfernsehsendung … das alles führte zu nichts.

Peter hatte das schier unbezwingliche Bedürfnis, etwas zu unternehmen, aber er wusste nicht, worauf er seine Energie richten sollte. Er fühlte sich wie ein Ersatzspieler bei einem Fußballspiel, der gerade eine halbe Stunde damit verbracht hat, sich an der Seitenlinie aufzuwärmen, und dann erfährt, dass er nicht eingewechselt wird.

Auf einmal hatte er eine Idee. Sie konnten natürlich das Handy orten! Er schlug sich an die Stirn, fast so, als wolle er die grauen Zellen im Inneren aufwecken.

Er öffnete »Einstellungen« und deaktivierte »Standortverfolgung«. Er kam sich sehr schlau vor, obwohl es das Naheliegendste der Welt war.

»Rabe, Rabe …«, murmelte er. Folge dem schwarzen Raben. Es musste symbolisch gemeint sein. Sie konnten doch unmöglich einen echten Raben gemeint haben. Oder?

Wieder öffnete er Google und gab »Rabe Symbol« ein. Weniger als eine halbe Sekunde später hatte der Suchbegriff Zehntausende von Treffern ergeben. Auf der ersten Seite gab es einen Hinweis auf den Raben, den Noah freigelassen hatte, aber Peters Blick fiel auf den Text, der unter der blauen unterstrichenen Überschrift eines der Links stand. »In zahlreichen Mythen aus aller Welt wird der Rabe als Bote dargestellt …«

Peter hatte das Gefühl, auf der richtigen Spur zu sein, also klickte er den Link an, der zu einer Website über Mythologie im Lauf der Jahrhunderte führte und dort zu einer schier endlosen Liste von Tieren in mythologischen Geschichten. Er klickte den Eintrag »Rabe« an und überflog den Text.

Wieder die Geschichte über Noah, griechische Mythologie, Ägypten, chinesische Literatur … der Rabe als Vorbote des Todes … Edgar Allan Poe … Und, geografisch dichter an den Niederlanden, die norwegischen Mythen und Sagen. »Der Gott Odin hatte zwei Raben«, las er. »Munin und Hugin, die tagsüber um die Welt flogen und nachts zu Odin zurückkehrten, um ihm alles zu erzählen, was die Menschen trieben.«

Genau wie Raven im Park, dachte Peter.

Ungeduldig schloss er Seiten und Programme und schob das Handy in seine Tasche. Dann verließ er den Innenhof durch das große Tor, einfach nur, um in Bewegung zu bleiben, um das Gefühl zu haben, etwas zu tun. Er ging am Kino Het Kijkhuis und den stilisierten Überresten der Vrouwekerk vorbei.

Auf der Harlemmerstraat schien noch viel los zu sein, obwohl die Geschäfte bereits geschlossen hatten. Der Donnerstag war in Leiden traditionell der Abend, an dem man ausging, wie in vielen anderen niederländischen Universitätsstädten auch. Viele Studierende fuhren freitags zu ihren Eltern nach Hause, meist mit dem unvermeidlichen Sack Schmutzwäsche im Gepäck. Deswegen wurde donnerstagabends bei den Studierendenverbindungen gefeiert, und die Bars in der Stadt waren voller als freitags und samstags.

Eine Gruppe von Leuten ging vorbei, zwei Studentinnen in identischen roten Studierendenverbindungsjacken zusammen mit jeweils zwei älteren Männern und Frauen, die sich angeregt unterhielten.

»Wie schön«, hörte Peter eine der Frauen sagen, »nach allem, was wir schon gehört haben, endlich mal mit eigenen Augen zu sehen, wo ihr so viel Zeit verbringt.«

Viele Studierendenverbindungen veranstalteten jährlich einen »Elternabend« und luden die Eltern ein, sich umzusehen. Es war selbstverständlich, dass an diesen Abenden alles viel ruhiger ablief als sonst. Es gab keine Pöbeleien, keine fliegenden Biergläser, und die Musik lief nur so laut, dass man dabei noch Gespräche führen konnte.

Als die Gruppe an ihm vorbeikam, las Peter das Wort DIONYSOS auf dem Rücken der roten Jacken. Es war der Gott des Weins, aber auch ein Zweig der Studierendenverbindung Quintus. Einer seiner Kollegen war dort Mitglied gewesen und hatte ihm davon erzählt. Peter selbst hatte sich nie einer Verbindung angeschlossen.

Ein Gedanke nahm irgendwo in seinem Hinterkopf Gestalt an. Er hielt inne, schloss die Augen und konzentrierte sich. Er konnte nicht genau sagen, was es war. Etwas, das er gesehen hatte.

Peter ging ziellos weiter, vermied aber die Haarlemmerstraat. Er überquerte die Lange Mare, die bis Anfang der 1950er-Jahre eine Gracht gewesen war, dann aber aufgefüllt wurde. Sie stimmten also doch, die Geschichten über die Tunnel unter der Stadt, noch unterhalb der vielen ehemaligen Grachten. Unvorstellbar!

Peter dachte an seine Italienreise 1978 zurück, als er zum ersten Mal ohne seine Eltern unterwegs gewesen war. Er war gerade mit der Schule fertig und bereit, die Welt zu erobern.

Er hatte lange Zeit in Rom verbracht und in einer schäbigen Jugendherberge gewohnt, wo man mit zwanzig Mann in Etagenbetten auf schmuddeligen Matratzen schlief. Er tat alles, was er konnte, um sein Geld so lange wie möglich beisammenzuhalten. Er lebte nicht *low budget*, sondern quasi *no budget*.

Er hatte die Katakomben besucht, das weitläufige System von Tunneln mit unterirdischen Grabkammern, von denen einige erst in der zweiten Hälfte des 20. Jahrhunderts entdeckt worden waren. Viele der Tunnel waren heimlich von den verfolgten Urchristen angelegt worden. In Rom war es vergleichsweise einfach, Tunnel und Kammern in den weichen, vulkanischen Tuffsteinuntergrund zu hauen. Wenn es der Luft ausgesetzt war, härtete das Gestein im Laufe der Zeit aus, und das Ergebnis war eine stabile Struktur, eine Stadt unter der Stadt, bis zu vier Schichten tief. In die Wände wurden längliche Nischen für die Toten geschlagen, und die Gräber wurden anschließend mit Platten aus Terrakotta oder Marmor versiegelt, wobei diese wahrscheinlich nicht verhindern konnten, dass der Geruch von Tod und Verwesung diese Unterwelt erfüllte.

Er hatte zahlreiche Fotos gemacht und die Filmrollen wochenlang in ihren kleinen Dosen mit sich herumgetragen, damit er sie in den Niederlanden entwickeln lassen konnte. Zu Hause musste er enttäuscht feststellen, dass seine vielen Aufnahmen von den Fresken überbelichtet waren, weil er mit Blitz fotografieren musste.

Aber wer in Gottes Namen hatte diesen Tunnel in Leiden angelegt? Und wie war es möglich, dass er jahrhundertelang unentdeckt geblieben war? Vermutlich hatte die Tiefe des Tunnels eine Rolle gespielt, noch unter den Grachten hindurch, die darüber hinweggeführt hatten oder es noch immer taten.

Konnte es wirklich ein ganzes System von Tunneln unter der Stadt geben? Es war schwer zu glauben. Rom war auf Tuffstein gebaut, Leiden jedoch auf weichem Untergrund. Man hatte mit Grundwasser und Setzungen zu kämpfen. Wie hatten die Baumeister es geschafft?

Peter verlangsamte sein Tempo. Er ging ein paar Meter in den Mirakelsteeg hinein und lehnte sich an eine Wand.

Da war etwas … ganz dicht unter der Oberfläche seines Bewusstseins …

Er sah im Geiste das einzige Foto von einem Fresko vor sich, das gut gelungen war. Es hatte jahrelang an der Korkpinnwand in seinem Studierendenzimmer gehangen. Der Blitz hatte versagt, sodass die einzige Beleuchtung das schwache Licht der Katakombenlampen gewesen war. Obwohl das Fresko fast zweitausend Jahre alt war, war es noch erstaunlich deutlich erhalten. Es zeigte Raben, die über lilienartigen Blumen flogen, einen

Verweis auf das Lukasevangelium. In diesem berühmten Text legte Jesus seinen Jüngern ans Herz, sich nicht zu sehr um ihr Leben zu sorgen, ob sie genug zu essen hätten, gesund seien oder genug Kleidung besäßen. »Betrachtet die Raben!«, sagte er zu ihnen. »Sie säen nicht und ernten nicht, sie haben weder Speicher noch Scheunen, und Gott nährt sie doch. Wie viel mehr seid ihr wert als die Vögel! Betrachtet die Lilien, wie sie wachsen! Sie spinnen nicht und weben nicht; ich sage euch aber, dass auch Salomo in aller seiner Herrlichkeit nicht gekleidet gewesen ist wie eine von ihnen! Euch jedoch muss es um sein Reich gehen; dann wird euch das andere dazugegeben.«

Folge dem schwarzen Raben …

Plötzlich hatte er einen Geistesblitz. Er wusste, wo er hinmusste.

Es waren tatsächlich die Studentinnen mit ihren Eltern gewesen, die er vorhin gesehen hatte. In dem Moment war er nicht darauf gekommen, woran sie ihn erinnerten, so als würde man vergeblich versuchen, sich an den Namen eines Schauspielers in einem Film zu erinnern.

Und dann, einfach so, fällt er einem wieder ein.

Peter kehrte um und ging ein Stück des Weges zurück, auf dem er gekommen war.

Er musste zur Studierendenverbindung.

Er musste zu Quintus.

11

Freitag, 20. März, 21:35 Uhr

Zwei Polizisten standen auf dem Kai und versuchten, die im Wasser treibende Leiche mit dem Haken am Ende einer langen Stange zu sich zu ziehen, aber das war gar nicht so einfach. Die Leiche schien festzuhängen, vielleicht an einem der Fahrräder, die zu Hunderten jedes Jahr in die Grachten geworfen wurden.

Hinter ihnen wartete ein Krankenwagen, hinter dem zwei Streifenwagen quer über der Straße standen. Zwei Sanitäter lehnten sich gegen ihr Fahrzeug und beobachteten die Bemühungen der Polizisten.

Als sich der Körper nicht bewegte, gaben die Polizisten ihren Versuch auf.

»Was machen wir jetzt?«, fragte der eine, während er vorsichtshalber die Leiche und ihre Position im Wasser fotografierte.

Sie sahen sich um. Kleine Gruppen von Gaffern hatten sich hinter dem rot-weißen Flatterband versammelt, das die Polizei in aller Eile gespannt hatte. Einige von ihnen hielten ihre Handys in der Luft, um Fotos zu machen oder Videos aufzunehmen. Die Lichtpunkte auf ihren Apparaten sahen aus wie eine Konstellation von hellen kleinen Sternen.

Hinter manchen Fenstern bewegten sich Vorhänge, und Leute schauten hinaus.

In der Ferne sahen sie ein Ruderboot ankommen. Zwei Polizisten hatten die Geistesgegenwart besessen, ein Boot zu nehmen, das weiter oben an der Gracht festgemacht war. Als sie die Leiche erreichten, manövrierten sie das Boot neben sie. Einer von ihnen zog seinen Mantel aus und rollte seinen Hemdsärmel hoch, sodass er den Arm ins Wasser stecken und die Leiche von dem befreien konnte, woran sie sich verhakt hatte.

Es war in der Tat ein Fahrradlenker.

Die Männer im Boot nahmen die Stange von ihren Kollegen an und hängten den Haken in den Hemdkragen des Opfers. Sie ruderten mit dem Boot weiter den Kanal hinunter zum Pier gegenüber dem Rathaus, der normalerweise als Dock für Kanaltourboote diente und etwas niedriger war. Die Leiche schleppten sie hinter sich her wie Fischer einen zu großen Fang, den sie nicht an Bord hieven konnten.

An den Steintreppen wuchteten sie die Leiche mit vereinten Kräften auf den Kai. Die Sanitäter holten eine Trage heraus.

»Das ist tatsächlich der vermisste Professor«, stellte einer der Polizisten fest. »Das ist van Tiegem.«

Er nahm sein Funkgerät, um die Nachricht der Leitstelle zu übermitteln.

»Was für ein trauriges Ende«, sagte jemand.

Van Tiegem lag auf dem Rücken, den Kopf zur Seite gerollt und die Augen weit aufgesperrt, wie jemand, der schreckliche Angst hatte.

Ein Beamter kniete sich hin, schloss van Tiegems Augenlider und murmelte etwas, was die anderen nicht hören konnten, während sein Kollege Fotos machte, um die Szene sicherheitshalber zu dokumentieren.

Van Tiegems Socken waren heruntergerutscht und entblößten ein Stück seiner weißen, blond behaarten Beine. Er hatte einen Schuh verloren.

»Nach seiner Haut zu urteilen, hat er nicht sehr lange im Wasser gelegen«, sagte einer der Polizisten. »Höchstens zwei Stunden, definitiv nicht mehr.«

Die beiden Polizisten ruderten das kleine Boot zurück zu seinem Liegeplatz. Als sie zurückkamen, trugen sie zu viert die überraschend schwere Leiche von der Gracht weg und hoben sie auf die Trage. Wasser strömte von dem Toten zu Boden, bis die Krankenwagenbesatzung ihn in eine Plastikplane gewickelt und mit zwei Gurten angeschnallt hatte.

Durch das Wuchten und Schieben war van Tiegems Jacke nach oben gerutscht. Zur allgemeinen Verwunderung kam dabei eine leere Weinflasche zum Vorschein, die aus seinem Hosenbund ragte.

»Haben Sie Handschuhe für mich?«, fragte einer der Beamten einen Sanitäter.

Dieser ging zum Krankenwagen und kam mit einem Paar Latexhandschuhen zurück. Der Polizist zerrte sie über seine nassen Hände.

Mit Daumen und Zeigefinger zog er die Flasche heraus. Das Etikett hing herunter, war aber dennoch lesbar: ein Beaujolais Nouveau vom Weingut Dionysos.

»Mitra«, sagte sein Kollege. »Diese Flasche stammt aus der Weinhandlung Mitra. Die ist doch hier im Stadtzentrum, oder?«

»Wenn du das sagst«, antwortete der andere und schob die Flasche vorsichtig in einen durchsichtigen Plastikbeutel, den der andere Sanitäter in der Zwischenzeit vorsorglich aufgetrieben hatte.

»Dann sollten wir später dort vorbeigehen. Vielleicht erinnert sich noch jemand daran, wer diese Flasche gekauft hat. Vielleicht gibt es sogar eine Überwachungskamera.«

Sie rollten die Trage über das unebene Kopfsteinpflaster, was gar nicht so einfach war, und hoben sie in den Krankenwagen.

»Fangen wir erst mal mit einer Haus-zu-Haus-Befragung von der Koornbrug bis zu ›Annie's‹ an«, sagte einer der Polizisten. »Vielleicht hat jemand etwas gesehen.«

Er zückte sein Notizbuch. Sie beobachteten, wie die Sanitäter die Leiche van Tiegems in den Krankenwagen schoben.

Einer von ihnen kletterte in den hinteren Teil des Krankenwagens, und der andere schloss die Türen hinter ihm, sanft, als wolle er van Tiegem nicht wecken. Er ging nach vorne und stieg auf den Fahrersitz, aber noch bevor er den Schlüssel in die Zündung gesteckt hatte, flogen die Türen auf der Rückseite auf, und sein Kollege, der wie zu einer Totenwache neben van Tiegem gesessen hatte, sprang heraus. Er klopfte laut auf die Seite des Krankenwagens und gestikulierte wild in Richtung der Polizisten.

»He, was …«, sagte der Beamte mit dem Notizbuch.

Die beiden rannten zu dem Sanitäter, zu dem sich inzwischen auch wieder sein Kollege gesellt hatte. »Was ist los?«, fragte der Beamte, als sie sie erreichten.

»Da ist etwas …«, sagte der Mann. »Ich glaube, Sie sollten sich das lieber mit eigenen Augen ansehen.«

Er stieg wieder in den Krankenwagen, dicht gefolgt von den Polizisten.

Van Tiegems Körper war bis zum Hals in Plastik gehüllt. Sein frei liegender Kopf war zur Seite gedreht, und darunter hatte sich eine Wasserlache gebildet.

Als sich die beiden Polizisten in den engen Raum neben der Trage gezwängt hatten, brauchte ihnen der Sanitäter nicht mehr zu erklären, warum er Alarm geschlagen hatte.

Sie konnten es deutlich sehen.

Van Tiegem hatte etwas im Mund.

12

Freitag, 20. März, 21:55 Uhr

Peter überquerte rasch die Harlemmerstraat. Durch den schmalen Vrouwensteeg gelangte er direkt auf die Kippenbrug. Als er die Mitte der Brücke erreichte, blieb er stehen, weil er zu seiner Linken das Blaulicht eines Krankenwagens oder Streifenwagens sah, das über die Häuser am Nieuwe Rijn huschte.

Dann ging er weiter und bog rechts auf den Boommarkt ab.

Noch immer waren viele Studierende mit ihren Eltern zur Quintus-Studierendenverbindung unterwegs. Sie hatte ihn vorhin auf den richtigen Weg gebracht, ohne dass es ihm zunächst klar gewesen war.

Sein Ex-Quintus-Kollege hatte ihm einmal von den beiden Raben im Wappen der Gesellschaft erzählt. Sie wurden sogar Hugin und Munin genannt, nach den Raben von Odin. Die Quintus-Mitglieder verglichen sich gern mit den mythischen Vögeln: Tagsüber schwärmten sie aus, abends kehrten sie ins Nest der Gesellschaft und teilten ihre Erfahrungen und das neu gewonnene Wissen. Vieles bei Quintus hatte einen Bezug zu den Raben, etwa der Veranstaltungsraum *Raevenzaal*, der Besprechungsraum, der als das *Raevenest* bezeichnet wurde, und ihre jährliche Gala, die *Raevenuesse*.

Quintus, 1978 gegründet, war im Vergleich zu den anderen Studierendenverbindungen in Leiden noch relativ jung. Die älteste Verbindung war die 1814 entstandene Minerva, zu deren

Mitgliedern Angehörige der königlichen Familie und viele spätere Politiker, Direktoren und Industrielle gehört hatten. 1889 entstand die SSR, ursprünglich nur für Mitglieder der niederländischen protestantisch-reformierten Kirche, inzwischen jedoch allen zugänglich. Die zunächst rein katholische Augustinus-Verbindung gab es seit 1893. Über fünfzig Jahre lang, bis 1952, waren dies die einzigen Studierendenverbindungen Leidens; dann kam Catena hinzu, die die traditionellen gesellschaftlichen Schranken von Geschlecht und Religion zu überwinden versucht. 1978 wurde die fünfte gegründet, Quintus auf Lateinisch. Ihr Motto lautete *Numquam Desperate*, »Verzweifle nie« oder – aufs Studium gemünzt – »Gib niemals auf«.

Peter kam sich im Nachhinein sogar ein wenig dumm vor, dass er den Zusammenhang nicht schon früher hergestellt hatte. Er war erstaunt, dass selbst Google den Link nicht gefunden hatte.

Er erinnerte sich noch an etwas anderes, was ihm sein Kollege erzählt hatte: Es gab zwei ausgestopfte Raben im Sitzungssaal, die einfach in den Bücherschränken standen, nicht einmal nebeneinander. Das hatte Peter endgültig davon überzeugt, dass er auf dem richtigen Weg war. Das musste mit der Anweisung »folge dem schwarzen Raben« gemeint sein.

Peter beschloss, sich als Vater eines der Mitglieder auszugeben, und hoffte inständig, dass keiner der Türsteher Geschichte oder Archäologie studierte.

Welchen Namen sollte er wählen? Für einen Sohn … Egbert? Oder Diederik? Laurens? Johan? Er konnte sich nicht zwischen Fleur, Frederique und Johanna für eine Tochter entscheiden.

Ein Nachname, ein Nachname … Lammers war der erste, der ihm in den Sinn kam. Johan Lammers, irgendwie klang der Name vertraut.

Er mischte sich unter die Menschenmenge, die auf dem Weg zum Quintus-Gebäude war.

An der Tür standen Mitglieder der Verbindung, die T-Shirts mit der Aufschrift COMMISSIE OUDERDAG trugen. Sie waren eifrig damit beschäftigt, die Gäste willkommen zu heißen.

Als einer der Schüler ihn neugierig ansah, winkte er einer unsichtbaren Person begeistert zu. »Hey, Fleur!«, rief er, ein klein wenig zu laut. »Hier bin ich! Mama ist auf dem Weg!«

Der Junge sah sich kurz um und lächelte Peter freundlich nickend zu.

»Ich hänge nur schnell meinen Mantel auf«, rief er, entschlossen, seine Rolle überzeugend zu spielen, entschied aber dann, seinen Mantel bei sich zu behalten. Er wollte keine Zeit damit verschwenden, sich in der langen Schlange vor der Garderobe anzustellen.

Er folgte dem Beispiel einiger anderer Eltern und legte den Mantel über seinen Arm, damit er nicht auffiel.

Er ging die etwa zehn Stufen des breiten Treppenhauses hinauf, das in einer großen Halle mündete. Eine Treppe auf der linken Seite führte zu einem großen Saal ein Stockwerk höher. Ein stetiger Strom von Menschen passierte einander auf dem Weg hinauf und hinunter.

Peter ging weiter, bis er in einen anderen Raum gelangte, einen Saal mit einer Bar auf der rechten Seite. Hinter der Bar befand sich ein Korridor, der zur Seite des Gebäudes führte, die entlang der Breestraat verlief.

»Hallo«, sprach er einen Studierenden an. »Ich würde mir gerne einmal den Sitzungssaal ansehen. Ist er heute Abend geöffnet?«

»Ja, natürlich, Meneer«, antwortete der junge Mann, der die Hände in Brusthöhe faltete, als wäre er überaus erfreut, die richtige Antwort geben zu können. »Es gibt Führungen durch das Gebäude, denen können Sie sich einfach anschließen.«

»Ah, ausgezeichnet«, sagte Peter und imitierte die Art, wie

der junge Mann die Hände hielt, »aber ich würde gerne allein einen kurzen Blick hineinwerfen. Ist er hier im Erdgeschoss, oder muss ich …«

»Ja, er ist hier im Erdgeschoss. Sie gehen an der Bar vorbei, den Flur entlang, dann ist der Sitzungssaal auf der linken Seite.«

»Vielen Dank! Sehr nett von Ihnen.«

»Gern geschehen, Meneer.«

Mit viel Mühe zwängte sich Peter durch die dicht gedrängte Menge im Raum, aber als er schließlich den Flur erreichte, war es viel ruhiger. Der Sitzungssaal war offen. Ein Student in einem schicken Anzug und einer Verbindungskrawatte erklärte einigen Eltern etwas.

Der junge Mann warf Peter einen kurzen, irritierten Blick zu, setzte dann aber seine Erklärungen fort. »Also, wie ich schon sagte, Hugin und Munin.« Er deutete mit gestrecktem Arm auf die beiden ausgestopften Vögel, wie ein perfekter Reiseleiter. »Aber welcher Hugin und welcher Munin ist, weiß ich ehrlich gesagt nicht.«

Alle lachten höflich.

»Und da drüben …«, sagte der junge Mann, drehte sich um, und sein Publikum folgte ihm. Er ging in eine Ecke des Raumes, wo auf einem Schrank etwas stand, das von einem roten Samtstoff, bestickt mit dem Quintus-Wappen, verborgen wurde. Es sah aus wie eine Truhe oder Kiste, etwa einen halben Meter breit und einen halben Meter hoch.

»Und da, meine Damen und Herren, ist das Quintus-Geheimnis, und ich darf Ihnen nicht zeigen, was sich unter dem Tuch verbirgt.« Er stellte sich zwischen das Objekt und die Eltern, um zu demonstrieren, wie ernst er es meinte. »Erst wenn die neuen Mitglieder ihre Initiationsphase überstanden haben, dürfen sie es sehen. Früher wurden die Neuen übrigens wirklich schikanösen Prüfungen unterzogen und galten erst dann als würdig, unserer Gesellschaft beizutreten. Diese Praxis wurde abgeschafft, aber eine Einführung gibt es immer noch. Dabei geht es heutzutage aber spaßiger zu.«

Er deutete auf das Tuch, das den Kasten verbarg. »Wenn die Neuen also offizielle Mitglieder werden, zieht der Vorsitzende der Verbindung das Tuch zurück, um zu enthüllen, was Nichtmitglieder nie sehen werden. Und sie dürfen niemandem ein Sterbenswörtchen verraten.«

»Könntest du den Schleier nicht ein wenig lüften?«, fragte ein Vater. »Im wahrsten Sinne des Wortes.«

Die Frau, die neben ihm stand, stieß ihm in die Rippen.

»Nein, das ist nur Eingeweihten vorbehalten«, erwiderte der Student feierlich und genoss es sichtlich, diese Spannung zu erzeugen. »Wobei übrigens nicht einmal ich mit Sicherheit sagen kann, ob sich das Geheimnis tatsächlich unter dem Tuch befindet. Es wurde vielleicht entfernt, um zu verhindern, dass Uneingeweihte einen Blick darauf werfen, wenn niemand hinsieht.« Er warf dem Vater, der die Frage gestellt hatte, einen strengen Blick zu. »Es kann etwas unter dem Tuch sein oder auch nicht. Ein bisschen wie Schrödingers Katze. Wie dem auch sei, wenn Sie mir jetzt folgen würden?«

Die Gruppe verließ den Raum. Peter bildete das Schlusslicht, damit alle vor ihm gingen. Als sie weg waren, näherte er sich einem der Raben, um ihn genauer zu inspizieren. Im Schnabel hielt der Vogel nichts. Er fuhr mit den Fingern über die Federn und hob sanft einige der lockeren an. Anschließend hob er das ganze Tier an, um es aus allen Blickwinkeln zu betrachten, fand aber nichts Ungewöhnliches. Auf dem Sockel war auch nichts zu sehen.

Was hattest du denn erwartet, dachte er niedergeschlagen. *Einen Brief im Schnabel? Einen kleinen Köcher am Bein?*

Er untersuchte den anderen Raben, aber auch an ihm gab es nichts zu sehen. »Folge dem schwarzen Raben«, murmelte er. »Das muss die Lösung sein. Es gibt sonst keine Raben in ganz Leiden.«

Schließlich ging er zu der Kiste hinüber, die das geheime Objekt enthielt, von dem der junge Mann vorhin gesprochen hatte.

Gerade als er im Begriff war, eine Ecke der Abdeckung hochzuheben, um einen Blick darauf zu werfen, kam eine junge Frau in den Saal, gefolgt von einer Gruppe Eltern.

Sie sah Peter überrascht an. »Hallo, Meneer de Haan«, sagte sie. »Was führt Sie denn hierher?«

»Ich, äh … also … Ich wollte …«

»Ich war im ersten Studienjahr bei Ihnen im Seminar, Einführung in die Archäologie.«

Die Eltern blickten amüsiert.

»Fleur«, erinnerte sie ihn.

Peter lächelte, konnte sich aber beim besten Willen nicht an sie erinnern. Blondes Haar, schulterlang, ein hübsches, offenes Gesicht, aber nicht besonders markant. Doch er sagte: »Ja, natürlich erinnere ich mich. Wie schön, dich hier zu sehen, Fleur. Ich hatte keine Ahnung, dass du Mitglied bei Quintus bist.«

»Ich bin sofort beigetreten, gleich in der Erstsemesterwoche – und habe es nie bereut.«

»Freut mich, freut mich.«

»Und Sie? Ist eines Ihrer Kinder Mitglied? Vielleicht kenne ich sie oder ihn.« Sie drehte sich um, um ihre Gruppe anzusehen, und war sich plötzlich wieder ihrer eigentlichen Aufgabe bewusst, ihnen hier alles zu erklären.

»Ich? Nein, ich …«, stammelte er. »Ich bin zufällig hier vorbeigekommen und habe die vielen Leute hineingehen sehen. Ich schreibe ein Buch, und, äh, darin kommt auch ein Kapitel über Studierendenverbindungen vor, und bei dieser hier war ich noch nie. Ein Kollege hat mir von den Raben erzählt, und da dachte ich … Vielleicht sollte ich wohl besser einen Termin vereinbaren und noch einmal wiederkommen, wenn es etwas ruhiger ist.«

»Oh, aber das ist gar kein Problem. Sie können natürlich bleiben, wenn Sie wollen.« Sie wandte sich wieder ihrer Gruppe zu.

»Entschuldigen Sie bitte. Sind alle drinnen? Das hier ist also der Sitzungssaal.«

Peter entschied sich zu bleiben und hoffte, noch einmal die Chance zu haben, einen Blick unter den Samtstoff zu werfen. Scheinbar interessiert hörte er Fleur zu, ab und zu nickend, als wäre er ganz begeistert von dem, was sie zu erzählen hatte.

Sie erklärte der Gruppe ziemlich weitschweifig, wie sich der Vorstand von Quintus zusammensetzte und die Verbindung aufgebaut war, und kam dann auf die beiden ausgestopften Raben. Sie führte die kleine Gruppe in die Ecke, in der Peter stand, und erzählte ihnen die gleiche Geschichte, die Peter vorhin von dem jungen Mann gehört hatte.

Endlich ging die Gruppe. Eine Mutter, die das Schlusslicht bildete, stieß mit einem jungen Mann zusammen, der hereingestürmt kam. Als sie nicht für ihn beiseiteging, war er gezwungen, ein paar Schritte zurückzutreten.

Peter nutzte schnell die Gelegenheit, den Stoff anzuheben, und erhaschte einen Blick auf das, was ihm als Uneingeweihten hätte verborgen bleiben sollen.

Doch dann wurde seine Aufmerksamkeit von etwas abgelenkt, was zu Boden fiel.

Vor seinen Füßen lag eine Taschenbuchausgabe von »Per Anhalter durch die Galaxis« von Douglas Adams. Er starrte das Buch verwirrt an, doch ihm blieb nicht viel Zeit zum Nachdenken, deswegen bückte er sich schnell und hob den alten Schmöker auf. Er konnte ihn gerade noch in die Jacke stecken, bevor ihn der junge Mann sah.

»Meneer«, fragte er mit etwas zittriger Stimme, »gehören Sie nicht zu der Gruppe, die gerade gegangen ist?«

Peter ging auf ihn zu. »Ich gehöre zu keiner Gruppe. Ich habe es Fleur schon erklärt, einer meiner Studentinnen. Ich arbeite an einem Buch, und ein Kapitel handelt von Studierendenverbindungen. Ich dachte, ich könnte mal einen kurzen Blick auf eure berühmten Raben werfen. Ich war zufällig in der Gegend, das Gebäude war offen, also …«

»Warum haben Sie keinen Termin gemacht?«

»Natürlich. Du hast völlig recht. Weißt du was, ich werde morgen einen Termin vereinbaren, anstatt …«

Ein anderer Student betrat den Raum. Er kam ihm bekannt vor.

»Ist er noch da?«, fragte er, aber dann bemerkte er Peter. »Ah, sehr gut. Hallo, Meneer de Haan, Fleur hat mir gesagt, dass Sie hier sind. Sie kennen mich doch, oder? Ich bin in Ihrem Seminar.«

»Ah ja, Egbert. Wie schön, so viele Studierende aus meinem Seminar hier zu treffen«, sagte Peter, schon auf dem Weg zur Tür. »Wie geht es dir, alter Junge?« Ihm wurde heiß. Alter Junge? Was soll der Quatsch, dachte er bei sich. *Normalerweise gehe ich nicht so leutselig mit meinen Studierenden um.*

»Mir geht's gut, danke, aber die Sache ist die, Meneer de Haan …« Er zog sein Handy aus der Tasche, tippte ein paarmal auf den Bildschirm und hielt ihn dann Peter hin. Er zeigte einen kurzen Artikel mit Peters Foto daneben auf einer lokalen Nachrichten-Website. Darüber die Schlagzeile: POLIZEI SUCHT NACH LEIDENER UNIVERSITÄTSDOZENT.

»Es tut mir leid«, sagte er. »Ich weiß nicht, was los ist, aber eines unserer Mitglieder benachrichtigt gerade die Polizei. Ich würde vorschlagen, dass …«

»Es ist nur ein Missverständnis, Egbert, du weißt doch, wer ich bin, oder?«

»Ich bin sicher, dass es nichts Ernstes ist, Meneer, aber dann macht es doch auch nichts aus, wenn die Polizei kommt, oder? Dann kann das Missverständnis ausgeräumt werden.«

»Das ist wirklich nicht nötig, Egbert.«

Egbert straffte den Rücken und machte sich breiter, wie ein Mann, der sich auf einen Kampf vorbereitet. Inzwischen scharten sich Leute im Flur.

Peter erkannte, dass es keine Option war, sie einfach beiseitezuschubsen und sich aus dem Staub zu machen.

»Würden Sie bitte mit uns kommen?«

»Ja, natürlich, kein Problem«, sagte Peter so locker wie möglich. Er hatte keine andere Wahl, als den beiden Studierenden zu folgen. »Es ist wirklich alles in Ordnung.« Er war überrascht, wie ruhig er war. Vielleicht konnte er doch besser schauspielern als gedacht. Direkt gegenüber dem Sitzungssaal befand sich eine weitere Tür. Egbert schloss sie auf und führte Peter in einen großen Raum voller Schreibtische, Computer und mit Ordnern überladener Schreibtische. Auf dem Boden lagen leere Weinflaschen, und Bierkästen stapelten sich an einer Wand. Es roch nach schalem Alkohol.

Nachdem Egbert Peter in das Büro gebracht hatte, wollte er gehen und hinter sich abschließen.

»Aber das ist doch nicht nötig, Egbert!«, protestierte Peter schwach. Aber Egbert klappte ohne ein Wort die Tür zu und drehte den Schlüssel im Schloss.

Das kann ich jetzt nicht auch noch gebrauchen, dachte Peter. *Wenn die Polizei kommt und mich mitnimmt, dauert das Stunden.*

Jetzt, da er allein war, zog er das Taschenbuch aus der Jacke.

Peter hatte den »Anhalter« in den Achtzigerjahren gelesen. Ihm hatte die Geschichte gefallen, wie der ahnungslose Arthur Dent mit seinem außerirdischen Freund Ford Prefect auf eine Reise durch das Universum mitgenommen wird. Nur um Haaresbreite überlebt er die Zerstörung der Erde, die einer intergalaktischen Umgehungsstraße weichen muss.

Er kam zu dem Schluss, dass das Buch für ihn dort hingelegt worden sein musste, ansonsten ergab die Sache keinerlei Sinn. Er konnte sich nicht vorstellen, dass dieses alte Taschenbuch etwas mit den Quintus-Einführungsritualen zu tun hatte.

Aber warum ausgerechnet dieser Roman?

Peter hielt das Taschenbuch in der rechten Hand und blätterte es mit dem Daumen seiner linken durch.

»Aha!«, sagte er auf einmal laut, als wolle er einem anderen im Zimmer verkünden, dass er etwas gefunden hatte.

Zwischen den Seiten 42 und 43 steckte ein zusammengefaltetes Stück Papier.

Er klappte das Buch auf und nahm es heraus.

Ihre Säulen machte er von Silber, ihre Lehne von Gold,
ihren Sitz von Purpur, das Innere mit Liebe gestickt.

Von den Töchtern Jerusalems …

Das Hohelied, Peter erkannte es sofort. Dafür brauchte man kein Bibelkenner zu sein; es war unverwechselbar. Das König Salomo zugeschriebene Liebesgedicht, das Lied der Lieder, war eines der kürzeren Bücher des Alten Testaments. Wer mit der Bibel nicht vertraut war, reagierte oft schockiert auf die unverblümte Erotik der Verse. Brüste wie zwei Kitzlein, von den Lippen tropft Honig, süßer als Wein ist die Liebe …

Pfosten in Silber … Kissen aus Purpur … Konnte das auf eine Chuppa hindeuten, den Trauhimmel, der bei einer jüdischen Hochzeit über Braut und Bräutigam gehalten wird?

Aber jetzt musste er erst mal einen Weg hier raus finden. Er hätte seinem Studenten ja eben schlecht sagen können: Es ist nicht das, wonach es aussieht, glaub mir, ich komme demnächst irgendwann vorbei und erkläre alles.

Mit dem Ohr an der Tür lauschte er auf das, was draußen vor sich ging, aber er hörte nichts, als sei der Flur menschenleer. Nur aus dem Saal mit der Bar ertönten Stimmengewirr und Musik.

Den einzigen Ausweg bot das deckenhohe Fenster, das in sechs Butzenscheiben unterteilt war.

Jetzt kam es darauf an, schnell zu handeln.

Er nahm eine halb leere Flasche aus einem Bierkasten und spritzte den Inhalt gegen die untere rechte Fensterscheibe, direkt über dem Rahmen. Die Scheiben waren leicht getönt, boten aber einen guten Blick auf die Breestraat. Die Straße war ruhig; nur hin und wieder fuhr ein Bus vorbei.

Er holte eine Zeitung, die auf einem Schreibtisch lag, nahm die mittlere Seite heraus, faltete sie ganz auseinander und klebte sie an das nasse Fenster. Es war ein alter Trick, der verhindern sollte, dass einem die Glassplitter um die Ohren flogen.

An einem der Bücherregale lehnte ein lächerlich großer Hammer, dessen Griff mindestens einen Meter lang war. Peter konnte nur raten, wofür er benutzt wurde.

Er hob ihn auf, so dicht wie möglich am Kopf, und trug ihn zum Fenster. Zur Sicherheit schaute er noch einmal hinaus, ob niemand vorbeikam, und schlug dann mit dem Hammer gegen die Scheibe, in der sofort ein Sprung entstand. Die nasse Zeitung riss.

Nach zwei weiteren Schlägen zog sich ein großer Riss quer über das Glas. Noch zwei weitere, vorsichtigere Hiebe, und auf dem Fenster breiteten sich die Risse aus wie um ein Loch im Eis. Peter legte den Hammer hin, schnappte sich ein Geschirrtuch von einem Schreibtisch, wickelte es um seine Hand und wackelte an den großen Glassplittern, bis sie sich lösten. Schon bald hatte er die Scheibe größtenteils herausgebrochen und eine Öffnung geschaffen, durch die er hindurchpassen musste.

Er entfernte weitere Splitter aus dem Rahmen und warf seinen Mantel hinaus. Vorwärtsgewandt trat er mit einem Bein vorsichtig hinaus, bis er den Bürgersteig unter sich spürte. Auf der Straße war es noch immer ruhig.

Aber das Loch war doch nicht groß genug: Glasscherben stachen ihm in den Rücken. Er fragte sich kurz, ob er den Versuch aufgeben und im Büro bleiben sollte.

Doch ihm blieb keine Zeit, lange zu überlegen, denn in dem Moment wurde die Bürotür geöffnet. Er drehte den Kopf zur Seite, so weit es ging, und kletterte weiter. Sein Jackett verhakte sich an dem zerbrochenen Glas.

Ein Polizist betrat den Raum, gefolgt von Egbert. Sie blieben beide wie angewurzelt stehen, mit fassungslosem Gesichtsausdruck. Peter nutzte ihre Verwirrung aus, um sich gänzlich durch das Fenster zu zwängen.

Sobald er draußen war, hob er seinen Mantel vom Boden auf.

Der Polizist war ein großer Kerl, der offensichtlich nicht durch das Loch im Fenster passen würde. Er sagte etwas in sein Funkgerät, aber Peter hatte bereits die Straße überquert und war in die Papengracht gerannt.

Ein Baldachin, eine jüdische Hochzeit … Er konnte an nichts anderes denken.

Es gab nur einen Ort in Leiden, an dem er einen solchen Baldachin finden konnte.

13

Freitag, 20. März, 23:05 Uhr

Leise stöhnend rollte Judith ihren Kopf von links nach rechts, um ihre Nackenmuskeln zu lockern. Rings um den Hals und unter den Achseln war ihre Bluse schweißnass.

Sie öffnete die Augen weit und gähnte herzhaft, war aber nicht mehr müde. Allerdings fühlte sie sich benommen und hatte Kopfschmerzen.

Desorientiert blickte sie sich um. Wo war sie? Der Raum, in dem sie sich befand, wurde nur von einer großen Kerze in der Mitte erleuchtet. Eine Zelle! Sie war in einer Zelle! Sie fuhr auf, wie aus einem Albtraum erwacht.

Sie schwang die Beine seitlich von ihrer Pritsche. So blieb sie eine Weile sitzen und zerbrach sich den Kopf über die Frage, wo sie hier war und warum.

Soweit sie erkennen konnte, befand sie sich in einem quadratischen Raum mit einem Fußboden, bedeckt von kleinen terrakottafarbenen Fliesen. In der Mitte des Zimmers schien ein Abfluss zu sein, der jedoch mit einem Metalldeckel hermetisch verschlossen war. Die Wände und die Decke waren aus einer Art rauem Lehm. Sie schätzte, dass der Raum zwei mal zwei Meter groß war und eine Höhe von ungefähr drei Metern hatte.

Die dicke Kerze in der Mitte war etwa fünfzig Zentimeter hoch und glich einer Altarkerze. Es sah aus, als würde rings um die Flamme, die ein sanftes Licht verbreitete, eine durchsichtige goldfarbene Kugel schweben.

An der Wand stand eine Holzpritsche mit Matratze, so dünn, dass sie kaum ihren Namen verdiente. Eine ziemlich schwere, muffig riechende Decke schützte sie ein wenig vor der feuchten Kälte. Ihr Mund war trocken.

In den schimmelig riechenden Raum drang kein Geräusch von außen. Sie ging zu der massiven Tür und hämmerte dagegen, aber sie bebte nicht einmal.

Judith begann, am ganzen Körper unkontrolliert zu zittern.

»Hallo!«, rief sie, so laut, dass sich ihre Stimme überschlug. »Hallo?«

Ihr Schrei hallte von den Wänden wider, erstarb danach aber sofort. Sie schlug noch mehrmals gegen die Tür, aber ohne rechte Überzeugung.

»Hallo!«, rief sie noch einmal, und der Schrei ging in ein Schluchzen über. »Was mache ich hier?«, flüsterte sie. Sie schluckte ein paarmal und versuchte, ihren Brechreiz zu unterdrücken. Der Druck auf ihrer Brust war so groß, dass sie kaum Luft bekam. Sie stolperte zurück zur Pritsche und ließ sich vorsichtig daraufsinken. Dann legte sie sich hin, die Hände flach auf dem Bauch, in dem Versuch, ihren Atem unter Kontrolle zu bringen.

»Wo bin ich?«, flüsterte sie vor sich hin. »Wie bin ich hierhergekommen?«

Langsam, aber sicher stiegen Erinnerungen in ihr auf, bruchstückhaft, und allmählich dämmerte es ihr, wie Morgennebel, der über einer Weide verdunstete, wenn die Sonne höher stieg.

14

Freitag, 20. März, 23:15 Uhr

Peter rannte bis ans Ende der Papengracht und bog links ab auf Het Gerecht, den kleinen Platz, auf dem früher Verbrecher hingerichtet wurden. Er folgte dem kleinen Muskaldelsteeg und ging rechts um die Pieterskerk herum. Dort passierte er den Gedenkstein, der an die Zeit erinnerte, in der die Pilgerväter sich in Leiden aufhielten, bevor sie in die Neue Welt aufbrachen.

In dem Zitat aus dem Hohelied war die Rede von Pfosten aus Silber und in manchen Bibelversionen von einem Baldachin. Juden heirateten unter einem Traubaldachin, einer Chuppa, dem Symbol für das Haus, das das Brautpaar gemeinsam bewohnen würde. Wenn möglich fand die Hochzeit im Freien und gegen Abend statt. Wenn die Dunkelheit hereinbrach, erinnerten die Sterne an Gottes Versprechen gegenüber Abraham, dass seine Nachkommen zahlreich sein würden wie die Sterne am Firmament.

Der einzige Ort in Leiden, wo es eine Chuppa geben konnte, oder jedenfalls der einzige Ort, der ihm einfiel, war die Synagoge am Levendaal, neben dem jüdischen Studierendenwohnheim. Peter ging davon aus, dass die meisten Synagogen eine solche Chuppa besaßen, quasi als festen Bestandteil ihrer Ausstattung. Doch wie sollte er in die Synagoge hineinkommen? Das würde gar nicht so einfach werden.

Er war in den Herensteeg eingebogen und kam an dem kleinen

Restaurant »La Bota« vorbei, wo er Stammgast war und mindestens einmal pro Woche essen ging.

Am Ende der Gasse bog er links ab zur Rapenburg, der breiten Gracht, die quer durch das Zentrum verlief. Rechts und links war sie gesäumt von alten, würdevollen Herrenhäusern, eine der teuersten Wohngegenden der Stadt.

Zum zweiten Mal an diesem Abend überquerte er die Nieuwsteegbrug und gelangte in den Van der Werfpark, wo er zuvor Raven begegnet war. Er folgte dem schnurgeraden Weg aus Muschelschalen, der am Wasser entlangführte. Ab und zu blickte er sich um, aber er schien nicht verfolgt zu werden.

Kurz darauf stand er auf dem Garenmarkt, wo sich an einer Ecke die Synagoge befand. Der Platz war mit Autos zugeparkt, aber es war keine Menschenseele zu sehen.

Er konnte nicht einfach klingeln; bestimmt wurde inzwischen nach ihm gefahndet.

Peter ging am jüdischen Studierendenwohnheim entlang, wo hier und da noch Licht brannte, bis er vor der großen Tür der Synagoge stand. Er drückte dagegen, aber nur leicht, denn es war unwahrscheinlich, dass sie offen war.

Dann trat er ein paar Schritte zurück und blickte an dem Gebäude hinauf. Im ersten Stock brannte Licht, aber man sah keine Bewegungen. Die Hände in die Seiten gestützt, blieb er unentschlossen stehen.

»Ob vielleicht doch etwas anderes gemeint ist?«, murmelte er leise vor sich hin. Im Leidse Hout gab es eine Musikkneipe, die im Sommer Freiluftkonzerte veranstaltete. Ein Gartenpavillon war ja auch eine Art Baldachin. Aber er hatte natürlich keine Beziehung zum Hohelied. Hier musste er richtig sein.

Falls jemand zu Hause war, kannte die betreffende Person vielleicht Judith, fiel ihm plötzlich ein. Judith, die sich schon solange er sie kannte mit ihrer jüdischen Herkunft beschäftigte. Sie hatte Kurse über jüdische Kultur im Studienzentrum besucht, das sich im selben Gebäude wie die Synagoge befand. Leiden war eine kleine Stadt. Seitdem Peter hier angefangen hatte zu studieren, war er noch nie jemandem begegnet, mit dem er keine gemeinsamen Bekannten hatte.

Ohne länger zu zögern, trat er einen Schritt nach vorn und drückte die Klingel.

Ein durchdringendes Summen zerriss die Stille und hallte im Eingangsbereich wider.

Vielleicht endete die Geschichte hier, wenn derjenige, der ihm öffnete, ihn der Polizei meldete, aber sie würde ohnehin enden, wenn man ihn nicht einließ, denn dann wusste er wirklich nicht mehr weiter.

»Hallo?«, ertönte nach einer Weile eine gedämpfte Stimme auf der anderen Seite der Tür.

»Hallo, bitte entschuldigen Sie die späte Störung«, sagte Peter laut, damit man ihn durch die Tür hörte. »Ich bin Peter de Haan, Dozent an der Universität. Ich bin ein Freund von Judith, Judith Cherev.«

Die Tür wurde aufgeschlossen.

»Ein Freund von Judith, sagen Sie?«, fragte der Mann, als er die Tür öffnete. Er war in den Fünfzigern, ziemlich untersetzt, und hatte einen grauen Vollbart und Lachfältchen um die freundlich funkelnden Augen. Um den Hals hing ihm eine Lesebrille. »Sie sind aber wirklich spät noch unterwegs.« Der Mann trat in die Tür, ohne sie loszulassen.

»Darf ich kurz reinkommen?«, fragte Peter und setzte schon einmal einen Fuß auf die Schwelle, wodurch sich der Mann gezwungen sah, einen Schritt zurückzutreten. »Es ist eine ziemlich verrückte Sache«, begann er.

»Aber es hat etwas mit Judith zu tun?«, fragte der Mann besorgt.

»Ja. Dürfte ich vielleicht kurz eintreten? Dann erzähle ich Ihnen die ganze Geschichte.«

»Geht das nicht hier, an der Tür?«

»Nein. Wissen Sie, ich suche sie dringend. Sie ist … verschwunden.«

Der Mann wich zurück, einen Schritt weg von der Schwelle, auf der Peter noch immer stand. Skeptisch musterte er ihn.

Peter holte den »Anhalter« heraus und reichte seinem Gegenüber den Zettel, einen Finger zwischen die Seiten geklemmt. Der Mann setzte seine Lesebrille auf und las den Text laut vor:

Die Pfosten in Silber, die Lehne in Gold,
der Sitz in Purpur, das Innere mit Steinen belegt.

»Das Lied der Lieder«, sagte er, fast ein wenig sentimental. »Die Hochzeit König Salomos. Ich habe dem Hohelied eine ganze Studie gewidmet. Aber was ist damit?«

Keine zwanzig Meter entfernt, über die Korevaarstraat, fuhr ein Streifenwagen. Plötzlich wurde die Sirene eingeschaltet. Peter machte vor Schreck noch einen Schritt nach vorn, sodass er ganz im Eingangsbereich stand. »Die Hochzeit Salomos, haben Sie gesagt?«

Der Mann seufzte und winkte Peter nun endlich herein. Während er die Tür hinter ihnen schloss, sagte er: »Ihr Töchter Jerusalems, kommt heraus und schaut, ihr Töchter Zions.«

Jetzt war Peter an der Reihe, ihn erstaunt anzusehen.

»So geht der Text weiter«, erklärte der Mann amüsiert. Er ging Peter auf der Treppe nach oben voran. »Ich kenne den ganzen Text auswendig. Keine besondere Leistung, wenn man bedenkt, dass ganze Volksstämme den kompletten Koran rezitieren können.«

Sie gelangten auf einen kleinen Treppenabsatz, von dem zwei Türen abgingen. Eine stand offen.

»Kommen Sie rein«, sagte der Mann. »Ich wohne hier nicht, wissen Sie. Das hier ist unser Studienzentrum, hier sitze ich gerne abends und arbeite. Es ist so schön ruhig.«

Ein überfüllter Bücherschrank nahm eine ganze Wand des großen Zimmers ein. In der Mitte stand ein langer Tisch mit sechs Stühlen. Vor dem Fenster befand sich ein Schreibtisch mit Computer. Auf dem Bildschirm war ein griechischer Text zu sehen, und ein dickes Buch lag aufgeschlagen neben der Tastatur.

»Setzen Sie sich«, sagte der Mann.

Sie setzten sich einander gegenüber an den Tisch.

»Mein Name ist Avram, aber Sie können auch Abraham sagen. Oder Ap, wie man mich in der Schule genannt hat.« Der Mann lächelte. »Judith ist verschwunden, haben Sie gesagt? Was ist denn passiert?«

Peter überlegte, was er ihm alles erzählen sollte und wie viele Details er preisgeben konnte. Er beschloss, Avram ins Vertrauen zu ziehen, schließlich war er ein Bekannter von Judith.

»Ja, Judith ist weg, und das ist im Moment das Allerwichtigste. Es scheint, dass sie entführt wurde, und ich muss sie suchen. Die Entführer geben mir Hinweise. Mir ist klar, dass das vollkommen verrückt klingt, aber ich hoffe inständig, sie wiederzufinden, wenn ich die Anweisungen befolge. Angefangen hat alles mit einer Handynachricht. Sie lautete: ›Folge dem schwarzen Raben.‹«

»Nicht ›Folge dem weißen Kaninchen‹, wie bei ›Alice im Wunderland‹?«

»Nein, folge dem schwarzen Raben. Das hat mich zu Quintus geführt. Die Verbindung trägt den Raben im Wappen, und im Sitzungssaal stehen zwei ausgestopfte Tiere. Dort habe ich auch den Hinweis gefunden, der mich hierhergebracht hat, den Zettel, den ich Ihnen eben gegeben habe. Mir wurde außerdem eine Uhr aufs Handy geschickt, die rückwärtszählt, bei vierundzwanzig Stunden angefangen bis null. Wie spät ist es jetzt?«

Avram warf einen Blick auf die Uhr, die hinter Peter hing. »Kurz nach halb zwölf, also ...«

»Dann habe ich noch etwas über vierzehn Stunden.«

»Und was ist der Grund für diese ...« Avram suchte einen

Moment nach dem richtigen Wort. »... diese *challenge*, wie die jungen Leute heute sagen würden? Wobei es ja schon ein bisschen merkwürdig ist, so etwas ohne Vorankündigung zu tun und mit diesem Einsatz. Worum geht es überhaupt?«

»Ich habe keine Ahnung«, gab Peter zu.

»Weiß Mark schon Bescheid?«, fragte Avram. »Sie brauchen gar nicht so erstaunt zu gucken. Natürlich kenne ich Mark, brillanter Mann.«

»Nein, er weiß es nicht. Er ist in Deutschland und nicht erreichbar.«

Avram legte den Kopf ein wenig schräg und wartete darauf, dass Peter weitererzählte.

»Also«, begann dieser. »Heute Nachmittag wurde in der Innenstadt ein Tunnel entdeckt, vielleicht haben Sie davon gehört. Während der kleinen Feier anlässlich der Versenkung des ersten unterirdischen Müllcontainers ist ein Bagger eingebrochen, und dabei hat sich herausgestellt, dass sich unter der Baugrube ein Hohlraum befand. Ich bin zusammen mit Arnold von Tiegem, meinem Chef, hinuntergestiegen, und er ist dort unten auf mysteriöse Weise verschwunden.« Peter zögerte einen Moment. »Die Situation hat sich deshalb noch verkompliziert, weil man glaubt, ich hätte etwas mit seinem Verschwinden zu tun. Die Polizei fahndet nach mir.«

Avram starrte auf die Tischoberfläche, auf der seine beiden Hände ruhten, und schwieg einen Moment. »Ein Tunnel unter der Stadt ... Ich habe das immer für Gerüchte gehalten, Legenden, wie es sie in jeder Stadt gibt. Wussten Sie, dass angeblich auch unter der Synagoge ein Tunnel verläuft? Sodass die Juden im Falle eines Pogroms flüchten konnten. Ich habe van Tunneln unter der Pieterskerk, der Hooglandse Kerk und der Burg gehört. Will man diesen Geschichten Glauben schenken, befindet sich ein ganzes Labyrinth unter unseren Füßen, eine unterirdische Stadt. Glauben Sie, dass diese Geschichten wahr sind?«

»Haben Sie hier nach diesem Tunnel gesucht?«

»Nein, das habe ich nicht. Ich bin eher ein Mann der Bücher als der Muskelkraft. Lieber Worte statt Taten, könnte man sagen.«

»Ich wollte Sie etwas fragen«, sagte Peter, der jetzt durchaus endlich Taten folgen lassen wollte. »Dürfte ich vielleicht einen Blick in die Synagoge werfen? Der Text aus dem Hohelied scheint mir auf irgendeine Konstruktion mit Säulen zu verweisen, vielleicht einen Baldachin.«

»Sie dürfen sich gerne umsehen«, sagte Avram, »aber ich, glaube nicht, dass Sie etwas finden werden. In unserer Synagoge gibt es keine Chuppa, jedenfalls nicht als Teil des Gebäudes, sagen wir mal so. In Leiden finden nur selten jüdische Hochzeiten statt, daher haben wir keinen Bedarf. Obwohl irgendwo in einem Abstellraum bestimmt eine zusammengelegte Chuppa verstaut ist. In der Synagoge selbst gibt es jedoch wenig zu sehen, befürchte ich.«

»Können wir trotzdem einmal nachschauen?«, drängte Peter. »Wenn auch nur, um diese Möglichkeit auszuschließen. Dann weiß ich, dass ich anderswo suchen muss.«

Avram schob seinen Stuhl zurück und ging an seinen Schreibtisch. Er öffnete eine Schublade und holte einen Schlüsselbund heraus. »Na, dann kommen Sie, lassen Sie uns einmal nachsehen.«

Unten im Foyer wandten sie sich erst nach links und gingen dann durch einen breiten Flur auf eine große braune Tür zu.

»Am späten Nachmittag sind zwei Arbeiter von der Stadt hier gewesen«, berichtete Avram, während er den Schlüssel ins Schloss steckte. »Bei Grabungsarbeiten auf der Korevaarstraat wurde ein Wasserrohr beschädigt, und sie wollten sichergehen, dass hier drin kein Schaden entstanden ist. Ich habe sie hereingelassen, aber ich habe sie nicht weggehen hören, deswegen nehme ich an, dass alles in Ordnung ist.« Er drehte sich um. »Jetzt, wo ich das so sage, finde ich es ziemlich merkwürdig. Sie haben behauptet, es hätte etwas mit den unterirdischen Containern zu tun, aber die werden doch auf dieser Straßenseite gar nicht aufgestellt, fällt mir jetzt ein. Ob diese angeblichen Arbeiter etwas mit Judiths Verschwinden zu tun haben?« Er drehte den Schlüssel ganz um, stieß die Tür auf und blieb auf der Schwelle stehen. »Was ist das denn?«, flüsterte er.

Peter stellte sich auf die Zehenspitzen, um über Avrams Schulter hinweg in die Synagoge schauen zu können.

Mitten im Raum war eine Chuppa aufgebaut, beleuchtet von einem einzelnen Spot, während der übrige Raum in Dunkelheit getaucht war, als sei der Hochzeitsbaldachin ein Prunkausstellungsstück in einem Museum.

Eine Hand auf Avrams Schulter gelegt, drängte Peter ihn sanft hinein. Der verdutzte Mann schaute sich das Arrangement an, als hätte er noch nie in seinem Leben eine Chuppa gesehen. Während er dort stand wie angewurzelt, schlüpfte Peter an ihm vorbei, um sich den Baldachin aus der Nähe anzusehen.

In der Mitte der Chuppa hing ein zusammengebundenes Laken herunter, das unter der Spitze des Baldachins festgeknotet war. An das Laken war ein Foto geheftet.

Vorsichtig griff Peter danach, aber es war zu dunkel, um erkennen zu können, was darauf war.

»Könnten Sie bitte das Licht einschalten?«, bat Peter.

Avram erwachte wieder zum Leben und schaltete die Lampen ein, wodurch der Raum vollständig in grelles Licht getaucht wurde.

»Ich hätte schwören können, dass sie wirklich von der Stadt waren«, sagte er, als wolle er sich entschuldigen. »Die Overalls, das Logo, diese Selbstverständlichkeit, mit der sie aufgetreten sind!«

Peter hatte inzwischen das Foto vom Laken gelöst und kam unter dem Baldachin hervor, um es sich besser anschauen zu können.

Auf dem Foto war ein großer Felsen mit einem auffälligen Vorsprung oben in der Mitte zu sehen. Wenn man genau hinsah, trug er menschliche Gesichtszüge.

Wieder stieg das unbestimmte Gefühl in ihm auf, dass er wusste, was er da betrachtete, ohne darauf zu kommen, was es war. Plötzlich ging ihm ein Licht auf. Er wusste, wo dieses Foto aufgenommen worden war. Mehr noch: In seinem Fotoalbum klebte ein Bild, das eine Kopie von diesem hätte sein können.

Einerseits war er erleichtert, weil er es herausgefunden hatte, doch zugleich erfüllte ihn großes Unbehagen. Wie gut kennen mich diese Leute?, fragte er sich. Wie lange beobachten sie mich schon?

Vor ein paar Jahren hatte er allein – er reiste immer alleine – eine Reise entlang der Westküste der Türkei unternommen und dabei natürlich auch das Artemision besucht, den Tempel der Artemis in Ephesos.

Wussten sie, dass er auch das kleine Dorf Manisa bei Izmir besucht hatte?

Peter kniff die Augen zu Schlitzen zusammen, teils aus Gereiztheit und teils, um das Foto besser erkennen zu können.

Er war dorthin gefahren, um die Hütte Marias, der Mutter Jesu, zu besuchen, die laut Überlieferung nach dem Tod ihres Sohnes dorthin gezogen war.

Ein unerwartetes Extra war der Besuch beim weinenden Felsen gewesen. Er hatte noch nie zuvor davon gehört, aber der alte Mann, der ihm für ein wenig Bakschisch eine kleine Führung gegeben hatte, hatte ihn darauf aufmerksam gemacht. Es war eine schöne, wenn auch durch die heiße Sonne anstrengende Wanderung durch die karge Felslandschaft gewesen, die herrlich nach Kräutern geduftet hatte.

Wie war das noch gleich?, fragte sich Peter fieberhaft. Es hatte irgendetwas mit Niobe zu tun, einer Gestalt aus der griechischen Mythologie, so viel wusste er noch, aber wie lautete ihre

Geschichte? Irgendetwas Tragisches, natürlich, schließlich war sie Griechin.

»Entschuldigung, haben Sie schon einmal von Niobe gehört?«, fragte er Avram und ging auf ihn zu, um ihm das Foto zu zeigen.

»Niobe«, wiederholte Avram nachdenklich. »Ja, der Name sagt mir etwas, aber ich kann ihn im Moment nicht einordnen.«

Peter griff zu seinem Handy, um ihn zu googeln.

Als erster Treffer erschien, wie so oft, der entsprechende Wikipedia-Eintrag. Er las den Text laut vor, in der Hoffnung, dass Avram ihm irgendwie helfen konnte. Während des Lesens erinnerte er sich hier und da an die Informationen, die er damals seinem Reiseführer entnommen hatte.

»Niobe – die Tochter des Tantalos, dem Mann, der bei Zeus und den Göttern am Tisch sitzen durfte, aber alles verdarb, indem er Nektar und Ambrosia stahl, damit auch seine Freunde von diesen Götterspeisen kosten konnten. Dafür erhielt er eine ewige Strafe: Er musste im Wasser stehen, mit einem Durst, der nicht zu löschen war, denn immer, wenn er trinken wollte, sank der Wasserspiegel, und mit einem Hunger, der nicht zu stillen war, denn wenn er die Früchte an den Bäumen über ihm zu pflücken versuchte, gingen die Zweige hoch, sodass er sie nicht erreichen konnte. Und dann hing auch noch ein Felsen über seinem Kopf, der jeden Moment abzustürzen drohte – die Tantalosqualen.«

»Die Griechen hatten wirklich eine blühende Fantasie«, bemerkte Avram.

»Es geht um eine universelle menschliche Erfahrung. Eigentlich schön in Worte gefasst. Das Gefühl, das nicht erreichen zu können, was man braucht, und irgendwie immer danebenzugreifen.«

Er las weiter. »Niobe heiratete Amphion, einen phrygischen König, einen Sohn des Zeus, dem sie vierzehn Kinder gebar, sieben Töchter und sieben Söhne. Aber sie erhob sich über die Titanin Leto und hinderte das Volk von Theben an deren Verehrung. Leto war schließlich unsichtbar, während sie – Niobe – von allen gesehen werden konnte. Außerdem hatte Leto nur zwei Kinder und sie vierzehn. Ein typischer Fall von Hybris, der von den Göttern stets hart bestraft wurde. Apollo und Artemis, die Kinder der Leto, töteten die Kinder der Niobe, wonach ihr Mann Amphion Selbstmord beging. Niobe flüchtete auf den Berg Sipylos, den Berg auf dem Foto, und verwandelte sich in einen Stein. Laut der Bewohner ist es ihr Gesicht, das man auf dem hervorspringenden Felsen erkennen kann, obwohl es wahrscheinlicher ist, dass der Fels die Göttin Kybele darstellt, ebenfalls eine Muttergöttin.«

Er scrollte zum Ende der Seite. »Sogar ein chemisches Element wurde nach Niobe benannt, das Niobium, NB, Ordnungszahl 41«, murmelte er.

»Geben Sie mir das mal«, unterbrach ihn Avram, nahm ihm das Foto aus der Hand und hielt es dichter vor die Augen. »Unverkennbar ein Gesicht«, sagte er.

»Aber seitdem weint sie jedenfalls«, erklärte Peter, wobei er wieder aus seinem eigenen Wissen schöpfte. »Der Felsen besteht aus Kalkstein, aus dem Wasser sickert, wodurch es tatsächlich aussieht, als weine sie. Ihre Tränen bilden den Ursprung eines kleinen Flusses.«

»Aber was hat das alles mit Judith zu tun?«

»Alles, so scheint es. Es geht immer um Verlust, Trauer und Tod«, dachte Peter laut.

In dem Gedicht »Der Rabe« ging es auch um den Verlust einer Geliebten, ohne Hoffnung, sie im Jenseits wiederzutreffen.

Ob Judith in Lebensgefahr war? War der Einsatz viel höher, als ihm bisher klar geworden war?

»Das ist doch wirklich eigenartig«, sagte Avram, während er auf die Chuppa zuging. Er gab das Foto Peter zurück, der ihm folgte, in der Hoffnung, dass es noch etwas anderes gab, was ihm vielleicht einen Hinweis darauf verschaffen würde, wie der nächste Schritt aussah. Musste er in die Türkei? Wollten sie ihm das sagen?

Avram blieb unter dem Laken stehen, das unter der Chuppa hing. Er nahm es und zog auf einer Seite daran, sodass es sich ausbreitete. In der Mitte war ein Loch, eigentlich mehr ein Schnitt, der in wollweißem Garn mit Blumenranken umstickt war. Als er es losließ, entfuhr ihm ein tiefer Seufzer.

Nun nahm Peter das Laken und breitete es aus, so wie es Avram gerade getan hatte. »Was ist das für ein Tuch?«, fragte er.

»Das ist …« Avram musste lachen, aber es klang traurig. »Das ist eines dieser Dinge … Sehen Sie mal.« Er nahm Peter das Laken aus der Hand und zog mit einer heftigen Bewegung daran, worauf es zu Boden flatterte. »Nehmen Sie mal die beiden anderen Enden«, sagte er, nachdem er selbst das Laken auf einer Seite hochgehoben hatte.

Sie breiteten es auseinander, sodass nun noch besser zu sehen war, dass sich in der Mitte eine Öffnung befand, ein Schlitz.

»Das ist eines dieser hartnäckigen Stereotypen«, sagte Avram verärgert, »dem wir anscheinend nicht entfliehen können. In manchen ultraorthodoxen Kreisen legt ein Paar beim Sex dieses Laken auf die Frau. Der Mann steckt … Na ja, Sie wissen schon. Dem liegt die Vorstellung zugrunde, dass Sex zwar eine Pflicht in der Ehe ist, vor allem der Sex, der zur Fortpflanzung führt, dass aber allzu großer Genuss vermieden werden sollte. Er könnte einen von Gott ablenken. Ehe man sich versieht, wird man abhängig und macht nichts anderes mehr. Doch diese Sitte ist nie ein fester Bestandteil der jüdischen Kultur gewesen, sie war nie weitverbreitet, auch wenn man dieser Geschichte bis heute begegnet, manchmal sogar in der seriösen Berichterstattung. Offenbar regt die Vorstellung die Fantasie an. Wie alles, was mit Sex zu tun hat.«

Avram hatte begonnen, das Tuch wieder zusammenzufalten, und Peter half ihm dabei.

»Und was jetzt?«

»Vielleicht ist das Laken der Hinweis?«, schlug Avram vor. »Dieses Laken ist so ungewöhnlich … Wenn es nur um das Foto gegangen wäre, hätten sie es doch auch an eine Kordel binden können, oder?«

Peter nickte. Langsam nahm ein Gedanke in seinem Kopf Gestalt an. »Ich muss mal eben gründlich nachdenken. Das Laken … Sie haben eben etwas darüber gesagt …«

Avram sah ihn wohlwollend an, als wolle er gerne helfen, wüsste aber nicht, wie. »Das Laken … Sex als Pflicht …«, begann er, aber Peter schüttelte den Kopf.

»Allzu großen Genuss vermeiden«, fuhr Avram fort, »Abhängigkeit …«

Peter begrub das Gesicht in den Händen. »Es geht also um Selbstbeherrschung«, sagte er schließlich und rieb dabei ein paarmal mit den Händen über das Gesicht.

»Ja, danach strebt das Judentum. Tut das nicht jede Religion? Die Begierden zähmen, um sich nicht ständig vom Fluss der Leidenschaften mitreißen zu lassen. Dadurch kann man sich auf das wirklich Gute richten, auf Gott.«

»Es ist ein Kampf.«

»Ein bisschen wie bei Plato.«

In *Phaedrus*, einem seiner Dialoge, hatte Plato die Seele mit einem Wagenlenker verglichen, der ein Gespann von Pferden im Zaum halten muss. Das gute Pferd stand für den Willen und das Durchsetzungsvermögen, das schlechte Pferd für die Begierden und Triebe.

»Ja, genau. Aber dem begegnet man überall, diesem Streben nach dem Überwinden von Begierde und Verlangen. Im Buddhismus, weil Begierde und Verlangen das Leiden des Menschen verursachen. Im Hinduismus, weil man, indem man sich auf das Vergängliche konzentriert, im ewigen Kreislauf der Wiedergeburt gefangen bleibt. Die Seele bleibt damit nämlich im Stofflichen, in der Materie eingebunden. Es ist ein uraltes Thema, das uns in sehr vielen Geschichten begegnet. Schon die Ritter, die gegen Drachen kämpften, der berühmte heilige Georg, der den Drachen erschlug – immer geht es dabei um den Sieg über unsere animalische Natur.«

Peter hatte das Gefühl, dass er etwas auf der Spur war, konnte es aber nicht so recht beschreiben. »Im Christentum haben wir natürlich Paulus ... Bei ihm geht es doch auch um ...«, sagte er zögernd. Immer mehr wurden seine Gedanken in Richtung Paulus gezogen. Die Nachrichten auf Wickr, die Hinweise im Brief, der Text aus dem Paulusbrief an die Römer ...

»Paulus«, wiederholte Avram, der laut Peters Gedanken folgte. »Paulus sagte, es wäre besser, keine Frauen zu berühren. Es sei nicht schlecht, zu heiraten, aber besser, es nicht zu tun.«

»Aber wenn man sich wirklich nicht beherrschen kann, sollte man lieber heiraten. Denn es ist besser, zu heiraten, als vor Begierde zu brennen«, ergänzte Peter. »Es geht um den Kampf. Paulus hat an verschiedenen Stellen eine sehr kriegerische Sprache benutzt.«

Sie schwiegen.

»Darum lasst uns ablegen die Werke der Finsternis und anlegen die Waffen des Lichts«, zitierte er Paulus.

»Wenn es tatsächlich um Kampf geht und um Paulus ...«

»Ich weiß es nicht, es ist so ein Gefühl, als würde ich in diese Richtung gezogen.«

»Sie kennen doch die Passage aus dem Brief an die Epheser? Paulus ermuntert die Leute, die Rüstung Gottes anzulegen, um sich gegen den Teufel zu schützen. Der Kampf richtet sich nicht gegen Menschen.«

»Genau«, sagte Peter, der jetzt in Fahrt kam, »und dann folgt diese lange Passage mit der Beschreibung der Uniform eines römischen Soldaten.«

»Richtig.«

»Vielleicht ist es das, wonach ich suche, aber …«, zweifelte Peter sofort wieder. »Von einem Laken zur Rüstung eines römischen Soldaten … Ich weiß nicht.«

»Es passt nicht eins zu eins, aber wenn Sie selbst das Gefühl haben, in Richtung Paulus suchen zu müssen, ist es keine schlechte Assoziation«, ermunterte ihn Avram.

»Darf ich vielleicht kurz Ihr Telefon benutzen?«, fragte Peter, der jetzt eine Eingebung hatte. »Ich würde gern jemanden anrufen.«

Das gefundene Handy wollte er nicht benutzen. Vielleicht wurde es irgendwie abgehört.

Sie gingen die Treppe zum Arbeitszimmer hinauf, wo sich Peter an den Tisch setzte.

Avram gab ihm sein Handy. »Tut mir leid, es ist fast leer«, sagte er. »Mein Ladegerät liegt zu Hause, aber ein Telefonat müssten Sie damit noch führen können.« Danach öffnete er die Tür eines Schranks, in den er das zusammengefaltete Tuch legte. Er schüttelte den Kopf, ob vor Ärger oder Staunen war nicht zu sagen.

Peter konnte nicht mehr viele Telefonnummern auswendig, aber eine davon war die von Fay Spežamor, Dozentin am Konservatorium für römische und etruskische Kunst am Rijksmuseum voor Oudheden. Wenn ihm irgendjemand etwas über die Ausrüstung eines römischen Soldaten erzählen konnte, dann war sie es.

Es war schon spät, Viertel nach zwölf, aber er riskierte es trotzdem.

Er gab die Nummer ein. Das Telefon klingelte nur zwei Mal, schon wurde abgenommen.

»Einen wunderschönen guten Morgen!«, ertönte die muntere Stimme von Fay.

»Hallo, Fay«, sagte er, »hier ist Peter, Peter de Haan. Tut mir leid, dass ich dich störe.«

»Peter!«, sagte Fay überrascht. »So ein Zufall. Ich habe gerade an dich gedacht. Was ist denn los, mein Lieber? Ich habe gelesen, dass nach dir gesucht wird!«

»Ich muss dich dringend etwas fragen«, schnitt Peter ihr das Wort ab, »es ist sehr, sehr wichtig! Es stimmt, dass nach mir gesucht wird, aber es ist nicht … Es ist kompliziert.«

»Ich höre.«

Peter schwieg einen Moment, weil er nicht wusste, wo er anfangen sollte oder welche Einzelheiten wichtig waren.

»Okay, ich mache es kurz. Meine gute Freundin Judith Cherev ist verschwunden. Du kennst sie. Ich muss sie unbedingt finden!«

»Und was ist mit der Polizei?«

»Ich darf nicht um Hilfe bitten.«

»Und was tust du jetzt gerade?«

»Ich glaube, die Polizei ist gemeint. Also, ich habe den Auftrag erhalten, einem schwarzen Raben zu folgen. Ich bin zur Studierendenverbindung Quintus gegangen, die haben dort zwei ausgestopfte Raben, und da habe ich ein Buch mit einem Text gefunden, der mich zur Synagoge am Levendaal geführt hat. Da bin ich jetzt. In der Synagoge war eine Chuppa aufgebaut, du weißt schon, der Baldachin, unter dem Braut und Bräutigam heiraten.«

Es war still in der Leitung, als sei niemand mehr dran.

»Bist du noch da?«, fragte Peter ein wenig verzweifelt.

»Natürlich, aber ich muss das alles erst mal verarbeiten.«

»Tut mir wirklich leid, dass ich dich so spät noch anrufe«, fuhr er fort, »aber mir fällt im Moment wirklich niemand sonst ein, der mir helfen könnte.«

Erneutes Schweigen.

»In der Synagoge wurde ein neuer Hinweis hinterlassen. Es ist, als könnte ich Judith finden, wenn ich diesen Hinweisen folge. Jemand spielt ein seltsames Spiel mit mir. Das Problem ist, dass ich nicht richtig weiß, wie ich das erklären soll. Avram und ich haben uns also gedacht …«

»Ein Rabe«, unterbrach ihn Fay. »Ein Bräutigam.«

»Ja, was ist damit?«

»Ich glaube, dass ich dir helfen kann.«

»Wirklich?«, fragte Peter hoffnungsvoll.

»Ich weiß, wonach du suchst«, sagte Fay entschieden. »Bleib, wo du bist, ich komme zu dir.«

»Was denn? Wonach soll ich suchen?«

»Nach einem Soldaten.«

DIE ZWEITE VISION

Und siehe, ich sah den jungen Mann, einige Jahre älter jetzt, auf dem Platz vor dem großen Tempel, wo er mit dem Hohepriester verhandelte. Schon lag ein hoher Stapel Häute auf seinem Wagen. Großabnehmer ist er, zusammen mit seinen Handwerkskollegen, Zeltmacher wie er, Sandalenmacher, oder was auch immer aus Leder gefertigt wird. Die Häute werden teuer verkauft; sie sind eine wichtige Einnahmequelle für die Priester. Der Zeltmacher ist der Wortführer seiner Gruppe, zungenfertig, obwohl er die Sprache der Juden nicht gut beherrscht. Griechisch spricht er, Latein spricht er, einen seltsamen Mischmasch dieser Sprachen, gewürzt mit Aramäisch und einigen Brocken Hebräisch. Und damit gelingt es ihm immer wieder, einen guten Handel abzuschließen.

Und siehe, sie tritt aus dem Vorhof heraus, die Tochter des Hohepriesters. Zwei Tauben sind ihre Augen. Ihr Haar gleicht einer Herde von Ziegen, die herabzieht von Gileads Bergen. Ihre Zähne sind wie eine Herde frisch geschorener Schafe, die aus der Schwemme steigen. Jeder Zahn hat sein Gegenstück, keinem fehlt es. Rote Bänder sind ihre Lippen, lieblich ist ihr Mund. Dem Riss eines Granatapfels gleicht ihre Schläfe hinter dem Schleier. Wie der Turm Davids ist ihr Hals, in Schichten von Steinen erbaut; tausend Schilde hängen daran, lauter Waffen von Helden. Ihre Brüste sind wie zwei Kitzlein, wie die Zwillinge einer Gazelle, die in den Lilien weiden.

Und der Zeltmacher denkt: Zeig mir dein Gesicht, lass mich deine Stimme hören, denn deine Stimme ist so lieblich, dein Gesicht so bezaubernd, meine Braut, du verführst mich, entzückst mich, mit einem Blick deiner Augen, mit einem Funkeln deiner Kette.

Der Hohepriester betrachtet den jungen Mann, der wie vom Blitz getroffen dasteht, und er schaut seine Tochter an, die ihm freundlich zunickt. Es sieht den Lederbearbeiter mit seiner schmutzigen Mütze in den Händen, den Trauerrändern unter den Nägeln und den Händen, die fleckig vom Blut und der Gerberlohe sind, mit seinen krummen Beinen, Schmutz in den Falten seines Gesichts und dem Blick eines verliebten Kalbes.

Der junge Mann beschließt: Ich lasse mich beschneiden und ändere meinen Namen. Fortan werde ich Saul heißen, nach dem großen König aus alten Zeiten. Ich werde ein Jude für die Juden sein. Er verlässt das Haus des Vaters, der ihn mit Bedauern gehen lässt, nachdem der junge Mann gerade die zweite Stufe der Leiter erklommen hat. Er unterzieht sich sieben rituellen Bädern, entsagt sich unreiner Nahrung und studiert die Bücher der Alten, die Septuaginta, da das Hebräische zu schwer ist für ihn.

Und siehe, er lässt sich beschneiden, aber durch einen Ausrutscher kommt es zu einem Blutbad, und seine Männlichkeit wird verstümmelt. Mit der Zeit verheilt alles, aber fortan geht er missgestaltet durchs Leben und das Wasserlassen schmerzt. Um dem Hohepriester zu gefallen, schließt er sich der Tempelpolizei an. Fanatisch ist er, ein Eiferer vor dem Gesetz, Abweichungen von der Lehre müssen bestraft werden. Fortan zieht er in den Kampf, ein Pharisäer will er sein. Der Hohepriester erteilt ihm Befehle, und er freut sich auf jedes Treffen mit ihm, weil es ihm die Möglichkeit bietet, sie zu sehen, die schönste aller Frauen. Wie eine Lilie zwischen den Disteln, so ist seine Geliebte zwischen den Mädchen.

Und höret, so spricht Stephanus: »Ihr Halsstarrigen und Unbeschnittenen an Herzen und Ohren! Ihr widerstrebet allezeit dem Heiligen Geiste; wie eure Väter, also auch ihr! Welchen

Propheten haben eure Väter nicht verfolgt? Und sie haben die getötet, welche von dem Kommen des Gerechten vorher verkündigten, dessen Verräter und Mörder ihr nun geworden seid; ihr, die ihr das Gesetz auf Anordnung von Engeln empfangen und es nicht gehalten habt!«

Als sie aber das hörten, schnitt es ihnen ins Herz, und sie knirschten mit den Zähnen gegen ihn.

Sie aber schrien mit lauter Stimme, hielten sich die Ohren zu, stürmten einmütig auf ihn los, stießen ihn zur Stadt hinaus und steinigten ihn. Und die Zeugen legten ihre Kleider zu den Füßen eines Jünglings nieder, welcher Saulus hieß. Und sie steinigten den Stephanus, welcher ausrief und sprach: »Herr Jesus, nimm meinen Geist auf!« Er kniete aber nieder und rief mit lauter Stimme: »Herr, rechne ihnen diese Sünde nicht zu!« Und nachdem er das gesagt hatte, entschlief er.

Saulus aber hatte seiner Hinrichtung zugestimmt.

Und siehe, der Arbeiter erhält seinen verdienten Lohn. Mit einem Brief wird er vom Hohepriester nach Damaskus geschickt, auf einer geheimen Mission. Ihm wird dies anvertraut, er ist auserwählt. Bei seiner Rückkehr wird er dann endlich als würdig befunden werden. Er wird um die Hand der Tochter anhalten. Wie schön sind deine Liebkosungen, meine Schwester, meine Braut; wie viel besser sind deine Liebkosungen als Wein, und der Duft deiner Salben als alle Wohlgerüche! Honigseim träufeln deine Lippen, o Braut, Honig und Milch sind unter deiner Zunge, und der Geruch deiner Kleider ist wie der Geruch des Libanon!

Und er macht sich auf den Weg, mit seinen Helfern, den Brief in einem Lederbrustbeutel um den Hals. Während er seinem Pferd auf den unwegsamen Straßen nach Damaskus die Sporen gibt, denkt er:

Ich bin Bräutigam.

MILES

SOLDAT

15

21 Jahre zurück, Frühjahr 1994

Ein neues Ziel ergab sich für den Priester und seine »Ritter Christi«, als im April 1994 das Archeon seine Türen öffnete, ein archäologischer Themenpark in Alphen aan den Rijn. Der Park sollte einen Eindruck vom Leben in verschiedenen geschichtlichen Epochen vermitteln, etwa der Römerzeit und dem Mittelalter. Man hatte Häuser rekonstruiert, die Mitarbeiter trugen zeitgenössische Kleidung, und es wurden typische Aktivitäten wie Brot im Steinofen backen, Töpfern und Bogenschießen angeboten.

Außerdem hatte man einen Tempel errichtet, der der Gottheit Nehalia oder Nehalennia geweiht war, einer germanischen Fruchtbarkeitsgöttin, die im zweiten und dritten Jahrhundert im Gebiet um die Scheldemündung verehrt wurde. Hauptsächlich Reisende huldigten ihr, darunter viele Seeleute und Händler. Ihre Anhänger opferten Speisen und weihten ihr einen Altar, wenn sie wohlbehalten von ihren Reisen zurückkehrten.

Als ihm einer seiner Ritter von dem Park erzählte, war dem Priester zunächst nicht klar, was er mit ihrem Kampf gegen Ketzerei zu tun haben könnte. Dann erfuhr er jedoch, dass es einen heidnischen Tempel gab, und damit nicht genug: Mehrmals pro Tag wurde für die Besucher ein Opferritual durchgeführt. Da wusste er, dass sie einschreiten mussten. Archeon mochte nach außen hin wie harmlose Volksbelustigung wirken, doch die Rituale waren beunruhigend realistisch. Zwei als Priesterinnen verkleidete Angestellte entfachten in einer Opferschale ein

Feuer und forderten das Publikum auf, kleine Gegenstände wie Blätter, Beeren oder Kornähren zu opfern, um damit den Segen der Göttin für ihre Vorhaben zu erbitten. Wie leicht konnte sich durch dieses Spektakel das Böse Zugang zu den nichts ahnenden Besuchern verschaffen, besonders den unschuldigen Kinderseelen, die noch keine Ahnung hatten von Satan, der wie ein brüllender Löwe daherkam, auf der Jagd nach Opfern, die er verschlingen konnte.

Einer seiner Mitstreiter schlug vor, eine Feuerschale ins Archeon einzuschmuggeln, das Holz darin mit Wasser zu tränken und Gott um Feuer anzubeten, aber das lehnte er ab. Elia mochte es geglückt sein, Feuer vom Himmel fallen zu lassen, aber ob ein solches Zeichen noch einmal gewährt werden würde? Nein, wenn das Feuer vom Himmel ausblieb, stünden sie buchstäblich da wie begossene Pudel.

Viel einfacher würde es sein, die Opferschale mit dem brennenden Feuer umzutreten, über Jesus als das wahre Licht der Welt zu predigen und eine Parallele zwischen den Flammen des Opferfeuers und dem Höllenfeuer zu ziehen, das auf die Menschen wartete, welche sich nicht zu dem einzigen, dem wahren Gott bekannten.

Sie waren zu dreizehnt an jenem Tag. Sie kauften brav Eintrittskarten am Eingang, obwohl sich einige darüber beschwerten, weil sie das Archeon damit schließlich finanziell unterstützten. Auf den weißen Fahrrädern, die der Park seinen Besuchern gratis zur Verfügung stellte, fuhren sie gemeinsam in Richtung des Tempels. »Ich bin ein Ritter auf einem weißen Stahlross«, scherzte einer der Studenten.

Der Priester fuhr voran; seine zwölf Ritter folgten ihm paarweise.

Im Nachhinein vermuteten sie, dass der Anfall durch das stroboskopartige Flackern der Sonnenstrahlen zwischen den Bäumen ausgelöst wurde. Als der Tempel in Sichtweite kam, wurde der Priester jedenfalls plötzlich von einem Licht aus dem Himmel umstrahlt. Er stürzte vom Rad und hörte eine Stimme, die zu ihm sagte: »Warum verfolgst du mich?«

Der Priester fragte seinerseits: »Wer bist du?«

Die Antwort lautete: »Ich bin, der ich bin. Ich habe viele Gesichter. Ich bin es, der dich verfolgt. Du quälst dich nur selbst durch deine sinnlose Halsstarrigkeit.«

Seine Reisegefährten standen sprachlos daneben. Manche meinten, eine Stimme zu hören, obwohl sie niemanden sahen. Andere erzählten später, sie hätten das Licht gesehen, aber keine Stimme gehört.

Irgendwann zwangen sie sich jedoch zum Handeln, denn ihr Anführer lag zuckend und zitternd auf dem Boden, mit weißem Schaum vor dem Mund. Sie sahen, wie sich seine Lippen bewegten, als rede er mit einem unsichtbaren Gegenüber. Jemand steckte ihm einen Finger in den Mund, um seine Zunge herauszuziehen, ein anderer klemmte ihm ein Stöckchen zwischen die Zähne. Das alles entging dem Priester, weil er zu sehr mit anderen Dingen beschäftigt war.

Die Stimme sprach zu ihm: »Erhebe dich, steh auf, denn ich bin dir erschienen, um dich zu meinem Diener zu machen, auf dass du verkündest, dass du mich gesehen hast, und alles bezeugst, was ich dir noch zeigen werde. Ich werde dich dabei vor der Welt beschützen, in die ich dich aussende, um den Menschen die Augen zu öffnen, sodass sie sich von der Finsternis zum Licht wenden und von der Macht Satans zu Gott. Durch den Glauben an mich werden sie Vergebung für ihre Sünden erlangen, und zusammen mit allen, die zu mir gehören, sollen sie teilhaben an meinem Königreich.«

Der Priester beruhigte sich und richtete sich auf, doch obwohl er die Augen geöffnet hatte, konnte er nichts sehen.

Eine Priesterin aus dem Tempel, die eine Erste-Hilfe-Ausbildung hatte, war inzwischen herbeigeeilt. Als sie feststellte, dass der Priester sein Augenlicht verloren hatte, nahm sie über Funk Kontakt mit der Rezeption auf, die den Notruf wählte und einen Krankenwagen rief. Florine, so hieß sie, hielt die Hand des Priesters, bis der Krankenwagen eintraf.

Der Priester saß auf dem Boden und lehnte sich halb an Florine, die sich hinter ihn gesetzt hatte. Ihre Körperwärme, die er durch seine Kleidung hindurch spürte, war auf eine wundervolle Art beruhigend. Für einen Moment fühlte er sich wieder wie ein kleiner Junge, der auf dem Schulhof gestürzt war und von der Lehrerin getröstet wurde.

»Sie kommen gleich«, sagte sie leise zu ihm. »Keine Sorge, alles wird gut.«

Mit Bedauern löste er sich von ihr, als er schließlich auf die Trage gehoben wurde.

Drei Tage lag er im Krankenhaus. Man hatte ihm über eine Infusion Flüssigkeit zugeführt, gegen seinen Willen, denn die ganze Zeit über hatte er sich geweigert, zu essen und zu trinken, wie ein Heiliger, der sich vorgenommen hat zu fasten, bis er die Antwort auf eine Frage gefunden hat.

Am Ende des dritten Tages spürte er die Anwesenheit einer Person, die neben seinem Bett saß, obwohl diese Person schwieg.

»Wer ist da?«, fragte er unsicher.

Keine Antwort.

»Wer ist da?«, fragte er nochmals.

»Ane«, sagte eine Stimme, die ihm vertraut vorkam. »Florine hat mir erzählt, was passiert ist. Sie hat dich von den monatlichen Protesten bei uns wiedererkannt.«

Der Priester richtete sich auf, ließ sich aber gleich wieder auf sein Kissen zurückfallen.

»Florine ist eine Hexe.« Anes Stimme klang amüsiert. »Aber im positiven Sinne des Wortes. Sie ist, wenn man das so sagen darf, eine Anhängerin des Wicca, der Naturreligion, die du natürlich kennst. Für sie ist die Rolle der Priesterin, die sie im

Archeon spielt, mehr als eine Rolle. Sobald sie ihr Gewand übergestreift hat, ist sie die Priesterin.« Ane umfasste den Oberarm des Priesters. »Sie hat etwas gespürt, eine starke Präsenz, und sagt, so etwas hätte sie noch nie erlebt. Du schienst mit jemandem zu sprechen, und auch sie hat eine Stimme gehört.«

Der Priester nickte langsam.

»Ich glaube, ich weiß, was passiert ist«, sagte Ane. »Auch ich habe eine Vision gehabt, in der du vorkamst. Ich weiß, dass du uns Böses wolltest, uns am liebsten hättest verhaften lassen, aber ich glaube, dass du das Instrument bist, das auserwählt wurde, um unsere Botschaft zu verbreiten. Ich bin von demjenigen geschickt worden, der dir im Archeon erschienen ist, um dir dein Augenlicht zurückzugeben.«

Es war, als fielen dem Priester Schuppen von den Augen. Er schlug die Lider auf und konnte wieder sehen, stand auf und wusch sich das Gesicht mit kaltem Wasser. Nachdem er etwas von dem Mittagessen zu sich genommen hatte, das trotz seiner Proteste in sein Zimmer gestellt worden war, kam er wieder zu Kräften.

Eine Schwester war zwischenzeitlich hereingekommen, und als sie feststellte, dass der Patient wieder sehen konnte, sagte sie sofort dem diensthabenden Arzt Bescheid. Dieser führte ein paar Tests durch. Am Nachmittag würden weitere Untersuchungen ergeben, ob bleibende Schäden entstanden waren.

»Kannst du dich noch daran erinnern, was passiert ist?«, fragte Ane.

»Es war«, versuchte der Priester seine Erfahrung in Worte zu fassen, »es war tatsächlich so, als würde jemand mit mir sprechen. Genauso, wie du und ich jetzt miteinander reden, so real war es. Zuerst habe ich noch keine Gestalt gesehen, nur ein helles Licht, aber aus diesem Licht heraus hat jemand zu mir gesprochen. Die junge Frau hat es doch auch gehört, oder?«

»Nicht alles, aber ein paar Bruchstücke hat sie mitbekommen. Einige deiner ›Ritter‹« – betonte er ironisch – »glauben auch, eine Stimme gehört zu haben. Andere sagen, sie hätten zwar ein Licht gesehen, aber nichts gehört.«

»Hast du mit ihnen gesprochen?«

»Ja. Als ich vor zwei Tagen schon einmal hier war, waren auch einige deiner ›Anhänger‹ zu Besuch. Herzlich empfangen haben sie mich nicht, das kann ich dir versichern. Sie fragten mich, was ich hier wollte, und verlangten, dass ich dich in Ruhe lasse.«

»Und doch haben sie dir erzählt, was sie erlebt haben.«

»Ja, dass sie ein Licht gesehen oder eine Stimme gehört hätten. Für sie war es ein deutliches Zeichen …«

»Paulus!«, rief der Priester plötzlich aus.

»Paulus, ja, genau! Sie haben mir davon erzählt, weil auch sie natürlich die Ähnlichkeit zwischen deiner Erfahrung und Paulus' Erscheinung auf dem Weg nach Damaskus erkannt haben. Auch er war unterwegs, um gegen jene zu kämpfen, die in seinen Augen Ketzer waren. Er wollte Mitglieder dieser neuen Sekte, der Christen, verhaften und mit zurück nach Jerusalem bringen. Und auch er stürzte, und eine göttliche Stimme sprach zu ihm. Die Parallelen sind in der Tat frappierend! Deine Mitstreiter haben es als Zeichen interpretiert, ein Zeichen Gottes. Deswegen haben sie es mir erzählt, um mir klarzumachen, dass Gott auf eurer Seite steht und nicht auf meiner.«

»Die Worte, die ich gehört habe, waren auch praktisch dieselben Worte, die Paulus hörte, nachdem er vom Pferd gefallen war.«

»So gut wie?«

»Ja, so gut wie, aber nicht ganz. Es gab einen Unterschied … Und es war auch nicht Christus, der mit mir gesprochen hat.« Der Priester setzte sich auf. »Es war eine Stimme, weder die eines Mannes noch die einer Frau. Ich könnte dir auch nicht sagen, wer diese Person war, die ich sah. Es war eine Art ... Licht. Manchmal verschwand die Person im Licht, und manchmal war sie ganz deutlich sichtbar, so wie ich dich jetzt sehe. Ich hatte das Gefühl, als könne ich ihn oder sie berühren. Und es war, als wolle mir die Erscheinung klarmachen, dass das, was ich tue, nicht richtig ist, und das, was ich verfolge, nichts Böses beinhaltete.«

Er schwieg gedankenverloren. »Ich versuche mal, es in Worte zu fassen. Die Person sprach nicht richtig, ihre Lippen bewegten sich nicht, aber ich hörte die Stimme in meinem Kopf, so echt, als hätte jemand die Worte laut ausgesprochen. Als wollte der- oder diejenige sagen ...«

»Ja, was?«

»Als wolle der- oder diejenige sagen: ›Warum verfolgst du mich?‹ Ja, genau das hat die Stimme gesagt! So wie Jesus Paulus gefragt hat, aber quasi andersherum, warum ich im Namen Jesu andere verfolge. Und das Verrückte ist, es fühlte sich gut an, friedlich. Es war auch kein Tadel, ich wurde nicht zur Ordnung gerufen. Es war mehr ... aus Interesse, würde ich beinahe sagen, aus aufrichtigem Interesse. Ich wusste nicht recht, was ich antworten sollte.«

Ane nickte verständnisvoll und schien sich sehr über das Gehörte zu freuen.

»Ich muss das alles noch verarbeiten. Es war einfach eine sehr merkwürdige Erfahrung. Und jetzt dieses Gespräch mit dir. Auch das fühlt sich anders an als sonst. Ich spüre im Moment keinerlei Feindseligkeit, nicht in mir und auch nicht zwischen uns. Ich habe das Gefühl, dass mir eine große Erkenntnis zuteilwurde, weiß aber nicht richtig, inwiefern. Rede ich nur dummes Zeug, Ane? Oder wirst du einigermaßen schlau daraus?«

Ane lächelte und legte beruhigend eine Hand auf den Unterarm des Priesters.

»Hast du immer schon solche Anfälle gehabt, Tiny? Ich darf dich doch Tiny nennen, oder?«

Tiny nickte bestätigend.

»Ich kann mich nämlich daran erinnern, dass du einmal während deiner Protestaktionen bei uns einen erlitten hast.«

Der Priester lächelte peinlich berührt, als wolle er nicht daran erinnert werden.

»Ich habe diese Anfälle schon seit der Pubertät«, erklärte er, »aber nicht allzu häufig. Allerdings oft genug, um mein Leben nachhaltig zu beeinflussen. In der Pubertät war es am schlimmsten. Untersuchungen, Medikamente ... Alles sehr belastend für einen jungen Menschen. Ich durfte nicht allein Rad fahren, musste früh zu Bett und deswegen als Erster von Partys nach Hause gehen und so weiter. Epilepsie lässt sich im Allgemeinen gut behandeln, und ich habe meine einigermaßen im Griff, solange ich meine Medikamente nehme und ein regelmäßiges Leben führe, also genügend schlafe und so weiter.«

»Und indem du Aufregung vermeidest«, bemerkte Ane lachend.

»Genau, keine große Aufregung. Und natürlich habe ich mich sehr aufgeregt bei euren Versammlungen. Das hat bestimmt auch eine Rolle gespielt, als ich auf dem Weg zum Tempel im Archeon war. Auch der Stroboskopeffekt durch das Sonnenlicht, das zwischen den Bäumen hindurchfiel, kann eine Rolle gespielt haben.«

»Hast du dich eingehend damit beschäftigt? Mit der Epilepsie?«

»Im Sinne von alles darüber gelesen? Nein, das habe ich nicht. Es ist ein Bestandteil meines Lebens, auf den ich immer ein wenig Rücksicht nehmen muss, aber ich habe mich nicht übermäßig in das Thema vertieft.«

»Für die alten Griechen war Epilepsie eine heilige Krankheit, wusstest du das? In vielen primitiven Gemeinschaften wird sie immer noch als solche betrachtet. Die Menschen glauben, dass der Epileptiker während eines Anfalls in direkten Kontakt mit einer Gottheit tritt, je nachdem, welche in der jeweiligen Kultur verehrt wird. Das Wort ›epilepsia‹ bedeutet ja auch so etwas wie ›Besitz ergreifen von‹.«

»Es könnte also auch der Teufel sein.«

»Ja, so ist es auch schon oft interpretiert worden. Du kennst doch die Geschichte von Jesus, der einen besessenen jungen Mann heilt. Wenn man das liest …« Er griff zum Nachtschränkchen neben dem Bett und öffnete die Schublade, in der eine kleine Gideonbibel lag. Nachdem er kurz im Markusevangelium geblättert hatte, fand er die gesuchte Stelle. Er las vor:

> Und er fragte die Schriftgelehrten: Was besprechet ihr euch mit ihnen? Und einer aus dem Volke antwortete: Meister, ich habe meinen Sohn zu dir gebracht, der hat einen sprachlosen Geist; und wo der ihn ergreift, da reißt er ihn, und er schäumt und knirscht mit seinen Zähnen und wird starr; und ich habe zu deinen Jüngern gesagt, sie sollten ihn austreiben; aber sie vermochten es nicht! Er aber antwortete ihnen und sprach: O du ungläubiges Geschlecht, wie lange soll ich bei euch sein? Wie lange soll ich euch ertragen? Bringet ihn her zu mir! Und sie brachten ihn zu ihm. Und sobald der Geist ihn sah, riss er ihn heftig, und er fiel auf die Erde, wälzte sich und schäumte. Und er fragte seinen Vater: Wie lange geht es ihm schon so? Er sprach: Von Kindheit an; und er hat ihn oft ins Feuer und ins Wasser geworfen, um ihn umzubringen; kannst du aber etwas, so erbarme dich über uns und hilf uns!

Ane klappte die Bibel zu und legte sie wieder in die Schublade. »Jesus befiehlt dem Geist, den Jungen zu verlassen, und er fährt unter heftigen Zuckungen seines Wirtes aus ihm heraus. Der Junge bleibt danach wie tot liegen. Doch Jesus fasst ihn an der Hand und richtet ihn auf, und der Junge erhebt sich.«

»Wie dumm von mir«, bemerkte der Priester. »Ich habe nie verstanden, dass es dabei ganz einfach um einen epileptischen Anfall geht. Dasselbe gilt natürlich für die Geschichte des Mannes, der von einer ganzen Schar unreiner Geister besessen ist. Auf Befehl Jesu fahren die Dämonen in eine Schweineherde, die sich anschließend von einer Klippe ins Wasser stürzt.«

»Ja, das stimmt!«, bestätigte Ane enthusiastisch. »Und es gibt noch mehr Beispiele. Damals hat man die Anfälle mit Besessenheit und bösen Geistern erklärt, aber natürlich nur, weil niemand verstanden hat, was da passierte. Wobei so ein Anfall durchaus dramatisch aussehen kann.« Er hielt kurz inne, fuhr aber dann fort. »Im neunzehnten Jahrhundert ist Psychiatern aufgefallen, dass Epilepsiepatienten oft überdurchschnittlich religiös waren, vor allem diejenigen, bei denen die Epilepsie im Temporallappen begann. Manche dachten damals, dass viele Heilige möglicherweise diese Krankheit gehabt hätten, allen voran Paulus, der behauptete, während eines Anfalls mit Jesus gesprochen zu haben. Außerdem haben viele Epileptiker während eines Grand Mals intensive religiöse Erfahrungen. Joseph Smith zum Beispiel, der Gründer der Mormonen. Mit vierzehn soll er auch einen epileptischen Anfall gehabt haben, bei dem er das Gefühl hatte, eine seltsame Macht ergriffe Besitz von ihm. Alles um ihn wurde dunkel, und über seinem Kopf erschien ein Pfeiler aus Licht, der langsam auf ihn niedersank. Danach sah er zwei Personen, die ihm erzählten, dass keine bestehende Kirche oder Sekte die Wahrheit predige. Laut Smith waren es Gott und Christus.«

»Warum erzählst du mir das alles?«

»Ist dir immer noch nicht klar, dass du vor drei Tagen etwas ganz Ähnliches erlebt hast? Du hattest eine Erscheinung, eine Person, ein Licht! Du sagst selbst, dir wäre eine tiefe Erkenntnis zuteilgeworden, auch wenn du noch nicht genau weißt, wie du sie in Worte fassen sollst.«

»Bei mir kam noch ein ganz starkes Gefühl dazu – wie soll ich es bloß ausdrücken? Wie gesagt, die Gestalt stellte mir eine Frage, eine unangenehme Frage, aber es war nicht so, als verurteile sie mich. Im Gegenteil, ich hatte das Gefühl, als hätte die Gestalt Verständnis für mich. Ich empfand … Ich kann es nicht anders beschreiben als eine große Liebe. Und ich hatte ein starkes Gefühl der Verschmelzung und zugleich ein Gefühl von Raum- und Zeitlosigkeit. Ich könnte auch nicht sagen, wie lange das Ganze gedauert hat. Vielleicht nicht mal eine Sekunde, ich weiß es nicht.«

»Ich sage dir jetzt mal was«, erwiderte Ane, »du hast, wie wir es ausdrücken, Kontakt mit der Quelle unserer Existenz gehabt. Es gibt Leute, die … Wir bilden eine Gruppe. Ich kann dich einführen. Sie wissen, dass ich hier bei dir bin.«

»Eine Gruppe? Was für eine Gruppe? Ich weiß nicht, ob ich das möchte. Ich bin noch dabei, das alles einzuordnen. Und ich bleibe Mitglied nur eines Vereins, und das ist die katholische Kirche.«

»Selbstverständlich kannst du dortbleiben, auch wenn du das verarbeitet hast, was meiner Meinung nach mit dir passiert ist. Du kannst Priester bleiben, der Vater, der du jetzt bist, aber mit einem anderen Hintergrund. Ich glaube, dass sich sogar deine alltäglichen Rituale ein wenig verändern werden. Wir sind nicht so verschieden von euch.«

»Ich verstehe kein Wort«, sagte der Priester, plötzlich erschöpft. »Ich glaube, ich möchte jetzt schlafen. Lass uns noch einmal miteinander reden, falls ich es mir bis dahin nicht anders überlege.«

Ane stand auf, um sich zu verabschieden.

»Eure Gruppe«, fügte der Priester noch hinzu. »Wie lange gibt es die schon? Seit wann trefft ihr euch?«

Ane machte eine Kunstpause, bevor er antwortete. Er lächelte so flüchtig, sodass es eher einem nervösen Tic glich. »Schon seit über zweitausend Jahren.«

16

Samstag, 21. März, 00:30 Uhr

»Du suchst einen Soldaten«, hatte Fay gesagt.

Waren er und Avram doch auf der richtigen Fährte gewesen? Das Laken mit einem Loch darin, um die Lust, die mit dem Fortpflanzungsakt einhergeht, zu zügeln … Der ewige Kampf gegen die irrationalen Triebe, die jeden Menschen drohten mitzureißen, der Mensch als Soldat, der sich gegen die unsichtbaren Feinde wappnen musste, welche nicht nur von außen kamen, sondern auch in ihm selbst hausten …

Peter war noch nicht ganz überzeugt, aber auf Fay zu warten schien momentan die beste Lösung zu sein. Er hatte das Gefühl, ohne sie mit leeren Händen dazustehen. Er stand auf, um Avram, der sich an seinen Computer gesetzt hatte, das Handy zurückzugeben. Mit einem leisen Piepton schaltete sich das Gerät ab.

»Eine Freundin von mir kommt gleich«, sagte Peter. »Sie hofft, dass sie mir helfen kann. Seltsam, aber sie hat sofort etwas von einem Soldaten gesagt. Genau die Lösung, auf die wir auch gekommen sind. Wenn sie da ist, gehen wir, dann hast du deine Ruhe.«

»Ach, ist schon in Ordnung«, sagte Avram.

Sie schwiegen einen Moment lang.

»Woran arbeitest du gerade, wenn ich fragen darf?«, erkundigte sich Peter, der sich wieder gesetzt hatte, und brach damit das Schweigen. Mit einem Nicken deutete er auf den Computer.

»Ob du es glaubst oder nicht, aber im Augenblick beschäftige ich mich mit Paulus. Was heißt im Augenblick – im Grunde beschäftige ich mich ständig mit ihm. Neben meinem täglichen Studium der Thora ist er im Hintergrund immer präsent. Er ist so eine Art Lebensthema für mich.«

»Wie kommt das?«

»Paulus ist ... Ich habe eine regelrechte Hassliebe zu diesem Mann entwickelt. Es heißt ja, dass er zuerst ein fanatischer Jude gewesen sei, der aktiv Christen verfolgte, aber dann soll er plötzlich Christ geworden sein und unter den Juden missioniert haben! Für mich ist Paulus der Begründer des Christentums. Er ist derjenige, der letzten Endes für die unüberbrückbare Kluft zwischen den ursprünglichen Jüngern Jesu, die alle jüdisch waren, und den anderen Juden gesorgt hat.« Avram seufzte, als sammle er Kraft. »Mit Jesus hatten die Juden zu seiner Zeit keinerlei Probleme«, erzählte er. »Sie konnten ihn leicht integrieren. Du musst wissen, aber wahrscheinlich weißt du es ohnehin schon, dass Juden von der Diskussion leben, sie tun nichts lieber, als zu lernen, zu studieren und scharfsinnige Dispute zu führen. Was bedeutet diese oder jene Passage? Steht sie nicht im Widerspruch zu jenem Text da und da? Was hat dieser Gelehrte darüber gesagt? Und wie hat der und der darauf reagiert? Wenn man am Sabbat kein Feuer machen darf, gilt das dann auch für elektrisches Licht? Und wie übertragen wir zwei-, dreitausend Jahre alte Vorschriften in die heutige Zeit? Juden tun nichts anderes und haben nie etwas anderes getan. Darum ging es auch in den Gesprächen zwischen Jesus und den Pharisäern, den jüdischen Rechtsgelehrten. Darf man jemanden am Sabbat heilen? Zählt das Pflücken und anschließende Essen von Ähren als Arbeit, wenn man am Sabbat über einen Acker geht? Muss eine Frau wirklich gesteinigt werden, wenn sie Ehebruch begangen hat, oder gibt es Spielraum für Vergebung? Wie gesagt, Juden lieben die Diskussion. Bring zwei Juden zusammen, und du hast drei

Meinungen. Es ist eine Kunst, eine Lebensart. Daher fiel Jesus gar nicht so störend auf, wie die Evangelien uns glauben machen wollen.«

»Aber hat er nicht die Rechtsgelehrten als Nattern und Schlangenbrut bezeichnet?«, fragte Peter. »So steht es doch bei Matthäus. Er beschuldigt die Pharisäer der Heuchelei und der Habgier.«

Avram lächelte amüsiert, wie ein Dozent, der sich freut, dass ihm ein Student klug widerspricht. »Na ja, das mit den Evangelien ist aber doch so eine Sache, das brauche ich dir wahrscheinlich gar nicht zu erzählen. Das älteste Evangelium, das von Markus, ist um das Jahr siebzig herum entstanden, also etwa vierzig Jahre nach Jesu Tod. Paulus hat seine ersten Briefe aber schon Mitte der Vierzigerjahre des ersten Jahrhunderts verfasst. Alle seine Briefe, und auch diejenigen, die ihm zugeschrieben werden, sind daher älter als die Evangelien. Viele wissen das nicht, weil die Paulusbriefe im Neuen Testament hinter den Evangelien eingeordnet sind. Aber Paulus war der Erste, der die Vorstellungen der Menschen von Jesus entscheidend prägte und ihnen damit, wohlgemerkt, seinen Stempel aufdrückte. Diese Vorstellungen widersprachen teilweise denen der ersten Jünger Jesu, dessen Bruder Jakobus und derjenigen, die Jesus auf seinen Reisen begleitet hatten, die ihn reden hörten, ihn seine Wunder vollbringen sahen. Stell dir vor, du bist ein Jünger Jesu, du weißt genau, was er gesagt und getan hat, und dann kommt jemand daher, der Jesus nie begegnet ist, und will dir erzählen, was Jesus eigentlich gemeint hat, welche Botschaft er verbreiten wollte und dass diese Botschaft außerdem wesentlich weniger streng sei als deiner Auffassung nach. Die Beschneidung sei gar nicht nötig, um dazuzugehören, man müsse sich nicht an die strengen religiösen Gesetze halten und könne alles essen, was man nur möchte. Da waren sie natürlich wütend, das kannst du dir ja vorstellen. Sie sagten: ›Was weißt du denn schon davon? Du bist ihm ja nicht mal begegnet. Wir werden doch wohl besser wissen, was er gemeint hat? Wir haben mit ihm rund um das Feuer gesessen, wenn er seine Geschichten erzählte. Jesus hat uns gesagt, welche tiefere Bedeutung sie besaßen. Wir waren dabei, wenn er den Menschen Hoffnung gab, die Blinden zum Sehen und die Lahmen zum Gehen brachte. Wir haben ihn selbst sagen hören, dass er nicht gekommen sei, um das Gesetz oder die Propheten abzuschaffen, sondern im Gegenteil, um sie zur Vollendung zu bringen.‹ Sie fügten hinzu, er habe ihnen versichert, dass solange Himmel und Erde bestehen blieben, jedes Jota und jeder Paragraf der Gesetze in Kraft bliebe.«

»Aber das Misstrauen Paulus gegenüber rührte doch eher daher, dass er die Christen früher verfolgt hatte und sich ihnen dann anschließen wollte?«, fragte Peter.

»Ach, weißt du, Peter, diese ganze Geschichte von Paulus als Christenverfolger … Zu dieser Zeit war doch noch gar nicht die Rede von Christen. In der Apostelgeschichte steht bei der Beschreibung des Lebens der ›Anhänger des neuen Weges‹, wie die Jünger genannt wurden, dass sie sich jeden Tag treu und einmütig im Tempel versammelten. Im Tempel, hörst du, wie alle anderen Juden auch! Und niemand legte ihnen Steine in den Weg. Sie folgten Jesus genauso, wie auch andere Juden einem bestimmten Rabbi folgten.«

»Und was ist mit der Reise nach Damaskus?«

»Von Paulus? Er fällt vom Pferd, sieht ein helles Licht, hört eine Stimme – je nachdem, welche der drei oder vier Versionen dieser Geschichte man liest – und glaubt, das sei Jesus. Ein hübsches Beispiel für Geschichtsklitterung. In Jerusalem treffen sich die Anhänger Jesu jeden Tag im Tempel, ohne dass sie verfolgt werden. Es scheint nicht den geringsten Konflikt gegeben zu haben, und dann soll Paulus bis nach Damaskus reisen, um dort Christen zu verfolgen? Das muss im Jahr 32 oder 33 gewesen sein, nicht lange nach Jesu Tod. In Jerusalem selbst war nur eine

Handvoll Anhänger Jesu übrig. Wie viele, meinst du, gab es zu diesem Zeitpunkt in Damaskus? Außerdem hatte Paulus dort gar nichts zu sagen. Er hatte keinerlei Befugnis, dort Leute aufzugreifen. Und dann? Stell dir mal vor, er hätte dort ›alle, die seinen Namen anrufen‹« – Avram zeichnete Anführungszeichen in die Luft – »verhaftet, was dann? Hätte er sie den ganzen Weg mit zurück nach Jerusalem genommen, um sie den Römern auszuliefern? Die Römer hätten große Augen gemacht. Für sie war das Problem nach der Kreuzigung Jesu gelöst. Wurden die Anhänger Jesu nach seinem Tod von den Römern verfolgt? Mussten sie bei Nacht und Nebel Jerusalem verlassen und waren dann ihr Leben lang auf der Flucht? Nein, sie blieben alle einfach in Jerusalem wohnen und versammelten sich« – jetzt schlug Avram bei jedem Wort mit der flachen Hand auf den Tisch – »jeden Tag im Tempel.«

»Und was sollte das dann?«

»Die ganze Geschichte stimmt einfach nicht. Die Römer haben die Anhänger Jesu in Ruhe gelassen, und auch die anderen Juden, die Jesus nicht gefolgt waren, ließen sie in Ruhe. Und dann sollte Paulus nach Damaskus reisen? Kann ja sein, dass er diese Reise unternommen hat, aber dann aus einem anderen Grund. Vielleicht als Bote, um einen Brief dorthin zu bringen, wer weiß das schon.«

Peter wollte etwas erwidern, überlegte es sich aber anders.

»Was vielen Leuten auch nicht klar ist«, fuhr Avram fort, »ist, dass Paulus nach seiner sogenannten Bekehrung zum Christentum drei Jahre lang wartete, bevor er nach Jerusalem zurückkehrte. Drei Jahre! Man würde doch erwarten, dass man nach so einer lebensverändernden Erfahrung am liebsten schnellstmöglich zu den Menschen zurückkehren möchte, die Jesus wirklich gekannt haben. Nach drei Jahren kommt er zurück, bleibt zwei Wochen in Jerusalem bei Jakobus und trifft sich mit Petrus, sonst niemandem. Würde man nicht erwarten, dass er so lange wie möglich bleibt, um so viele Menschen wie möglich zu sprechen, die Jesus noch gekannt haben? Aber nein, nach zwei Wochen, in denen er kaum mit jemandem gesprochen hat, bricht er wieder auf, um dann erst vierzehn Jahre später wieder zurückzukehren.« Avram holte ein Taschentuch hervor und wischte sich damit die Stirn ab.

Wo bleibt denn eigentlich Fay?, fragte sich Peter. Sie hätte längst hier sein müssen.

Es waren tatsächlich schon über zwanzig Minuten vergangen, seitdem er mit ihr telefoniert hatte. Um sich von seiner Unruhe abzulenken, beschloss er, sich weiter mit Avram zu unterhalten. »Aber als Pharisäer, als Rechtsgelehrter, war es doch logisch, dass Paulus …«

»Paulus, Pharisäer?«, rief Avram zynisch aus. »So ein Unsinn! Noch so ein Märchen, das man sofort durchschaut, wenn man auch nur eine Sekunde lang darüber nachdenkt.«

»Aber was ist mit seinen berühmten Worten? Wie ging das gleich wieder? Dass er am achten Tag beschnitten wurde und zum Volk Israels gehörte, zum Stamm Benjamin, ein geborener Hebräer mit der Rechtsauffassung eines Pharisäers? Ein geborener Jude also.«

»Ja, ja«, erwiderte Avram wenig beeindruckt, »er hat ja auch als Schüler zu Füßen des großen Gelehrten Gamaliel gesessen und ist nach den Gesetzen der Väter erzogen worden.«

»Ja, genau!«

»Aber das sind alles nur leere Worte, die auf seinen Aussagen beruhen«, sagte Avram ein wenig entnervt. »Wirklich, ich habe diese Diskussion so oft geführt. Die Frage, die ich den Leuten dann stelle, kann niemand beantworten, nämlich: Kannst du mir einmal einen Konflikt zwischen den Auffassungen der Pharisäer und den sogenannten neuen Ideen von Jesus nennen? Dieser Gamaliel, dieser Schriftgelehrte, ist doch wohlgemerkt derjenige, der sich in der Apostelgeschichte für die Christen einsetzt! Hier …«

Er stand auf, ging zum Bücherschrank und nahm eine Bibel heraus. Er blätterte heftig darin, auf der Suche nach einer bestimmten Passage. »Hier, hör mal, Apostelgeschichte, Kapitel 5, Vers 33 bis einschließlich 42. Hier steht es doch. Was mich so ärgert, ist, dass alles so eindeutig ist. Dazu braucht man nicht jahrelang zu studieren, aber jeder plappert es immer nur den anderen nach. Hier steht, dass die Mitglieder des Sanhedrin, des jüdischen Gerichtshofs, in großer Wut entflammen, als Petrus und die anderen erzählen, dass sie den Menschen weiterhin über Jesus berichten werden, obwohl es verboten ist. Und dann steht der alte Gamaliel auf, tritt vor sie hin und sagt:

Und jetzt sage ich euch: Stehet von diesen Menschen ab und lasset sie! Denn ist dieses Vorhaben oder dieses Werk von Menschen, so wird es zunichte werden; ist es aber von Gott, so vermöget ihr es nicht zu vernichten. Dass ihr nicht gar als solche erfunden werdet, die wider Gott streiten!«

Er klappte das Buch wieder zu und legte es auf seinen Schreibtisch. »Und Paulus soll bei ihm studiert haben?«, fragte er heftig. »Bei diesem jüdischen Gelehrten, der als Einziger die Anhänger Jesu verteidigt? Und dieser Paulus soll anschließend die Christen verfolgen, die sein Lehrmeister in Schutz genommen hat? Der angebliche Christenhass des ›jüdischen‹ Paulus wird nirgendwo erklärt, und er erscheint noch rätselhafter, falls er wirklich ein Schüler Gamaliels gewesen wäre. Ich glaube kein Wort davon. Paulus, dieser falsche Schriftgelehrte, zitiert das Alte Testament nur aus der griechischen Übersetzung, die voller Fehler steckt. Ein echter Pharisäer hätte das niemals getan, denn der las den Tanach selbstverständlich auf Hebräisch. Manchmal liefert er auch ›Zitate‹, die bis auf den heutigen Tag niemand, egal in welcher jüdischen Überlieferung, hat finden können. In 1 Korinther schreibt er: ›dass Christus für unsre

Sünden gestorben ist, nach der Schrift, und dass er begraben worden und dass er auferstanden ist am dritten Tage, nach der Schrift.‹ Doch auch nach zwanzig Jahrhunderten ist es noch niemandem gelungen, eine ›Schrift‹ zu finden, in der dieses angebliche Zitat steht. Der Messias muss vielen, ja Dutzenden Voraussetzungen entsprechen – Jesus entspricht übrigens keiner einzigen –, aber das stellvertretende Leiden und die Auferstehung am dritten Tage, um in einer unbestimmten Zukunft wiederzukehren und die unerledigte Aufgabe zu Ende zu führen, gehören nicht dazu. Die Juden kennen auch dieses ganze Konzept von der Notwendigkeit eines Retters nicht, das wäre gotteslästerlich. Genau wie Jesus glauben wir, dass jeder, der sich mit Reue und Glaube an Gott wendet, Vergebung empfängt. Dafür braucht man kein Menschenopfer. Jesus hat auch nie gesagt, dass er anstelle anderer leiden würde und alle Schuld auf sich nähme.« Erneut wischte sich Avram über die Stirn. »Ein Schüler des großen Gelehrten Gamaliel, so ein Quatsch.« Jetzt lachte er verbittert auf. »Das wäre so ähnlich, als würdest du behaupten, du hättest Sartre als Schüler zu Füßen gesessen, würdest anschließend Leute bekämpfen, mit denen Sartre kein Problem hatte, und sein Werk ausschließlich auf Englisch zitieren, weil du des Französischen offenbar nicht mächtig bist.«

»Aber daraus folgt doch, dass es durchaus einen Konflikt gab? Die Anhänger sollten doch daran gehindert werden, die Botschaft Jesu weiterzuverbreiten?«

»Schon, aber jeder sogenannte ›Konflikt‹« – wieder die Anführungszeichen in der Luft – »zwischen Jesus und den Schriftgelehrten, über den wir im Neuen Testament lesen, ist der Konflikt, den Paulus mit den Pharisäern hatte, nach Jesu Tod. Die Evangelien sind entstanden, nachdem Paulus den Streit mit den ursprünglichen Anhängern darüber, wie die Frohe Botschaft Jesu verbreitet werden sollte, gewonnen hatte. Der Konflikt, den Paulus mit den Juden hatte, sowohl mit den Pharisäern als auch mit der ersten Gemeinde, finden wir im Neuen Testament wieder als Konflikt zwischen Jesus und den Pharisäern. Wie gesagt, die Juden konnten jemanden wie Jesus problemlos integrieren. Im Haus unseres Vaters gibt es viele Zimmer.« Avram schwieg einen Moment lang. Er schien noch mehr sagen zu wollen, war aber unsicher, ob er es tun sollte. Peter sah auf die Uhr.

»Fay ist jetzt schon beinahe eine halbe Stunde unterwegs«, sagte er besorgt. »Es muss etwas schiefgegangen sein.«

»Nur noch eines möchte ich dir mit auf den Weg geben«, sagte Avram, »dann höre ich auf. Du musst dir gut überlegen, welche Konsequenzen das alles möglicherweise hat: Paulus war weder Pharisäer noch Schüler Gamaliels. Und noch etwas.« Er legte eine dramatische Kunstpause ein. »Ich bin davon überzeugt, dass Paulus eigentlich gar kein Jude war, sondern Grieche. Epiphanius zitiert das Ebionitenevangelium …« Er hob den Zeigefinger der rechten Hand, um seine Worte zu bekräftigen, wurde aber unterbrochen.

Unten im Eingang schellte die Klingel.

Erleichtert stand Peter auf, um seinen Mantel anzuziehen. Er ging hinaus auf den Treppenabsatz.

Avram trat wie üblich ans Fenster, um nachzusehen, wer vor der Tür stand. »Warte!«, rief er Peter zu, der schon die Treppe hinuntergehen wollte. Avram drehte sich um und sah Peter eindringlich an. »Die Polizei steht vor der Tür!«

17

Samstag, 21. März, 00:55 Uhr

»Aber woher können die denn wissen, dass ich …«, rief Peter.

Nochmals klingelte es, länger als zuvor.

Avram klopfte ans Fenster und winkte einem Beamten zu, der neben dem Streifenwagen stehen geblieben war. Er deutete erst auf sich und dann nach unten, zum Zeichen, dass er käme.

»Schnell!«, sagte Avram zu Peter, der immer noch auf dem Treppenabsatz stand. »Es gibt eine Tür zum Studierendenwohnheim nebenan. Nimm die, geh durch den Flur und dann einfach zur Vordertür hinaus. Aber warte noch fünf Minuten, dann sind sie bestimmt weg.«

Sie gingen die Treppe hinunter. Avram zeigte Peter die Tür zum Studierendenwohnheim. »Weil du ein Freund von Judith und Mark bist. Ihre Freunde sind meine Freunde«, sagte er zum Abschied.

Genau in dem Moment, als Peter die Tür hinter sich schloss, hörte er, wie Avram die Eingangstür öffnete und die Beamten mit einem freundlichen »Schalom« begrüßte.

Peter gelangte in einen langen Gang, von dem mehrere mit Postern und Ansichtskarten behangene Türen abgingen. Am Ende des Flures gab es zwei Toiletten. Da er sowieso noch warten musste, benutzte er sie. Währenddessen holte er noch einmal das Taschenbuch aus dem Mantel, in dem der Zettel mit dem Text aus dem Hohelied steckte.

»Was soll ich bloß damit anfangen?«, murmelte er. Er schlug

das Buch an der Stelle auf, an der der Zettel steckte, und überflog erst Seite 42 und dann Seite 43. Nichts wies auf eine tiefere Bedeutung hin. Auch den Text auf dem Zettel las er noch einmal.

Ihre Säulen machte er von Silber, ihre Lehne von Gold, ihren Sitz von Purpur, das Innere mit Liebe gestickt von den Töchtern Jerusalems.

Dieser Text hatte ihn hierhergeführt und damit wiederum zu dem Foto von Niobe und dem weinenden Felsen. Hybris, Verlust, Trauer und Tod ... Nimmermehr ... Der Kampf gegen die eigene animalische Natur, Befreiung von inneren Dämonen ...

Was war hier los? Wie war ausgerechnet er da hineingeraten? Und Judith ... Wo mochte sie sein? Hoffentlich war nichts Schlimmes passiert!

Er zog ab.

Warum brauchte Fay so lange bis zur Synagoge? Wo war sie?

Er ging zum Ausgang des Wohnheims. In dem Moment, als er die Hand auf die Klinke legte, wurde eine Tür im Flur geöffnet.

Ein Student in einem altmodisch anmutenden Pyjama kam heraus. Er sah schläfrig aus; er hatte die Falten des Kissens auf der Wange. Er blickte auf das Display seines Handys, das einen sanften blauen Schein auf seinen Oberkörper warf. Als er Peter sah, blieb er wie angewurzelt stehen. »Was machen Sie hier?«, fragte er mit einem leichten Zittern in der Stimme und hielt das Handy mit beiden Händen fest, als suche er Halt.

»Ich war zu Besuch bei Avram«, sagte Peter schnell. »Ich arbeite an der Universität und hatte etwas mit ihm zu besprechen.«

Der junge Mann kniff die Augen zu Schlitzen zusammen.

»Wohnst du hier?«, fragte Peter und versuchte, ehrlich interessiert zu klingen.

»Warum nehmen Sie dann diesen Ausgang?«, fragte der Student, der auffällig höflich blieb. »Und wollten Sie wirklich gerade gehen?«

»Avram hat den Haustürschlüssel nicht gefunden«, antwortete Peter, der allmählich doch etwas unruhig wurde. Dieses Gespräch dauerte viel zu lange. »Du kennst ihn doch, zerstreuter Professor. Er sagte, dass ich auch hier hinausgehen könne.« Er öffnete die Tür, um seinen Worten Taten folgen zu lassen. In dem Moment, als er sich noch einmal zu dem Studenten umdrehte, um sich so lässig wie möglich zu verabschieden, machte dieser ein Foto von ihm.

»Ich rufe die Polizei«, sagte der junge Mann entschlossen, kehrte in sein Zimmer zurück und schloss sofort ab.

Als er draußen stand, stieß Peter einen unterdrückten Fluch aus. Ängstlich schaute er nach links. Der Streifenwagen war schon weg, aber wer weiß, wie schnell die Polizei wieder auftauchte, wenn der junge Mann sie tatsächlich anrief. Er war noch nicht um die Ecke gebogen, als sein Blick von einer Gestalt angezogen wurde, die sich unter den Bäumen am Eingang zum Van der Werfpark aufhielt.

Peter blieb sofort stehen und hob kampflustig die Fäuste.

»Hier rüber!«, zischelte die Person und winkte so eifrig mit dem rechten Arm wie jemand, der ein vermisst geglaubtes Familienmitglied am Flughafen begrüßt.

Zögernd ging Peter ein paar Schritte in ihre Richtung. Die Gestalt trat aus dem Schatten der Bäume ins Licht der Straßenlaternen. Jetzt erkannte Peter sie.

Fay.

Peter rannte auf sie zu. »Was machst du denn hier?«, fragte er beunruhigt. »Warum bist du nicht zur Synagoge gekommen, wie verabredet?«

»Entschuldige, ich habe mich verspätet, ich habe den Museumsschlüssel nicht gefunden. Ich möchte dir gerne etwas zeigen.

Ich habe noch einmal bei der Nummer zurückgerufen, von der aus du mich angerufen hast, aber nur die Mailbox erreicht. Und als ich eben hier ankam, stand der Streifenwagen vor der Tür.«

»Das Handy war leer, wie ärgerlich.«

Peter sah Fay ins Gesicht. Sie war ungefähr in seinem Alter und hatte unverkennbar slawische Züge. Ihre tschechischen Eltern waren nach dem Prager Frühling in die Niederlande geflüchtet, und Fay, damals noch ein ganz junges Mädchen, hatte sie begleitet. Kurz nach der Geburt ihrer Tochter Agapé hatte sie ihren Mann durch Krebs verloren. Obwohl dieser Schicksalsschlag Spuren in ihrem Gesicht hinterlassen hatte, war sie noch immer eine attraktive Frau.

Peter war ihr bisher nur wenige Male begegnet, aber sie waren sich von Anfang an sympathisch gewesen. Einmal hatte er an einer Führung teilgenommen, die sie in ihrer Abteilung des Museums gegeben hatte. Es zeigte sich, dass Fay das Talent besaß, über ein auf den ersten Blick unbedeutendes Artefakt aus dem Stegreif eine lange, spannende Geschichte zu erzählen. In einer kleinen Vase oder Fibel liefen dann mit einem Mal alle roten Fäden der Geschichte zusammen, sodass man sich fragte, warum der Gegenstand nicht einen zentralen Platz in der Ausstellung erhalten hatte.

»Ist etwas, Peter?«

Obwohl Peter immer noch misstrauisch war, wusste er, dass er nicht anders konnte, als sie ins Vertrauen zu ziehen. Fay war zurzeit der einzige Mensch, der ihm möglicherweise weiterhelfen konnte. »Welchen Schlüssel hast du gesucht?«, fragte er. »Und was hast du damit gemeint, dass ich einen Soldaten suche?«

»Ganz ruhig, Peter, du bist ja ganz aufgeregt!«

»Entschuldige, es ist so viel passiert in den letzten Stunden!«

»Ich habe den Schlüssel zum Museum gesucht. Wir können durch den Eingang an der Papengracht hineingehen.« Sie hatte noch nicht ausgeredet, da machte sie sich schon auf den Weg durch den Park. »Was ist denn mit Judith passiert?«, wollte sie wissen.

»Ich weiß es nicht, sie ist einfach verschwunden! Und ich muss sie suchen; ich bekomme Hinweise, denen ich folgen muss. Was wollen wir denn im Museum?«

»Was sagt dir der Name Mithras?«

»Leider nicht viel. Ich weiß, dass der Mithraskult eine Mysterienreligion war. Man musste eingeweiht werden, um dazuzugehören. Warum fragst du? Hat das etwas mit dem Soldaten zu tun?«

»Ja, es war ein reiner Männerkult, und besonders Soldaten fühlten sich zu ihm hingezogen. Bis das Christentum Ende des vierten Jahrhunderts Staatsreligion des Römischen Reichs wurde, war der Mithraskult eine starke Konkurrenz. Es hätte nicht viel gefehlt, und die heutigen Christen wären Mithrasanhänger. Aber das Christentum hat gewonnen, und die Sieger schreiben die Geschichte, also sind wir jetzt Christen.«

Ein leichtes Zittern überlief Peter am ganzen Körper. Es war, als würde er seinen alten Dozenten Hoogers reden hören.

»Der Mithraismus wurde zur mythologischen Geschichte erklärt, das Christentum ist Historie geworden.«

»Nur mit dem Unterschied«, erwiderte Peter, »dass Jesus eine historische Person war und Mithras nicht.«

»Na ja, da können wir uns nicht ganz sicher sein, aber das Entscheidende ist, dass es große Übereinstimmungen zwischen den Ritualen und Überlieferungen gibt. Nur wurden sie bei der einen Religion ins Reich der Mythologie verwiesen, während sie bei der anderen einen festen Bestandteil der Tradition ausmachen. Es ist ein bisschen so, als würde man einem Kind, das noch an den Nikolaus glaubt, erzählen, dass es den Weihnachtsmann nicht gibt.«

»Aber was ist nun mit dem Soldaten?«

Sie hatten ein strammes Tempo vorgelegt und den Park inzwischen verlassen. Sie überquerten die Rapenburg-Gracht, die zu dieser Stunde still dalag.

»Weißt du, als du mir davon erzählt hast, wie du dem schwarzen Raben gefolgt bist, bis zu den Raben von Quintus, und das mit dem Bräutigam unter der Chuppa, ist bei mir der Groschen gefallen. Rabe, Bräutigam, Soldat.«

Peter warf ihr einen fragenden Seitenblick zu.

»Mithras hatte sieben Einweihungsgrade, entsprechend der Anzahl der Planeten, von denen damals nur fünf bekannt waren – Saturn, Jupiter, Mars, Venus und Merkur – plus Sonne und Mond, macht zusammen sieben. Zu jedem Grad gehörte ein bestimmtes Einweihungsritual, nach dem man in den nächsten Rang innerhalb des Ordens aufgenommen wurde, mit neuen Rechten, aber auch neuen Pflichten. So stieg man allmählich auf.«

Ob das, was ich hier mitmache, auch eine Art Initiationsritus ist, fragte sich Peter plötzlich. *Ist das der Grund, warum ich mit hineingezogen wurde? Muss ich mich vielleicht als würdig erweisen? »Du bist auserwählt«, hatte Raven zu ihm gesagt.*

Sie überquerten die Doelenbrug hinüber zur Houtstraat, die zur Papengracht führte. Schon bald standen sie vor dem Personaleingang des Museums. Fay öffnete die Tür und schaltete die Alarmanlage aus. Ein kurzer Piepton ertönte, wonach sie die Tür hinter sich schlossen.

»Der erste Grad war Rabe, Corax auf Latein«, nahm Fay den Faden ihrer Geschichte wieder auf. »Der Rabe wird mit dem Element Luft und mit dem Planeten Saturn verbunden. Man war eine Zeit lang Rabe und musste sich quasi mit der Gestalt des Raben identifizieren. In diesem Stadium musste man eine Zeit lang sein Heim und seine Familie verlassen. Man ging auf Reisen, zog in die Welt. Wenn man in diesen ersten Grad eingeweiht war, war man ein ›Bote‹. Man pendelte als Übermittler zwischen verschiedenen Orten hin und her, an denen sich Mithrastempel befanden, und wohnte bei anderen Mithrasanhängern.«

»Und der zweite Grad?«

»Der zweite Grad ist der Bräutigam.«

Fay und Peter durchquerten einen großen Raum mit sehr hoher Decke. Durch eine Tür gelangten sie ins Museum und kamen neben der Buchhandlung heraus. Danach passierten sie den Tempel von Taffeh, der in den Sechzigerjahren des vergangenen Jahrhunderts aus Ägypten gerettet worden war, wo damals durch den Bau des Assuan-Staudamms ein großes Gebiet überflutet wurde.

Die kleineren Türen zum eigentlichen Museum waren abgeschlossen, aber Fay öffnete eine mit ihrer Magnetkarte.

»Gibt es hier eigentlich keine Kameras?«

»Doch, natürlich«, antwortete Fay. Zur Demonstration hob sie einen Daumen in Richtung einer der Überwachungskameras. Sofort senkte Peter den Kopf.

»Die Security kennt mich«, sagte Fay beruhigend. »Wenn die überhaupt auf die Monitore schauen.«

»Was war nun mit dem Bräutigam?«

»Ach so, ja, der Bräutigam. Beim zweiten Grad heiratet man in gewisser Weise Mithras, die Sonne; eine mystische Hochzeit. Mithras wurde manchmal auch Sol Invictus genannt, die unbesiegbare Sonne. Es war kein Zufall, dass man sein Fest am 25. Dezember feierte, drei Tage nach der Sonnenwende. Weil das Licht wieder einmal über die Düsternis gesiegt hatte.«

»Ja, diese Geschichte kenne ich. Das heidnische Fest war so populär und unausrottbar, dass die katholische Kirche dachte: Prima, dann feiern wir an dem Tag doch fortan den Geburtstag Jesu. Er war schließlich auch das Licht, das die dunkle Welt erleuchtete.«

»Genau.«

Sie nahmen die Treppe in den ersten Stock, die Abteilung mit römischen Ausstellungsstücken.

»In ganz Europa gibt es noch Reste von Mithrasheiligtümern, sogenannten Mithräen. Allein in Rom kennt man über hundert, und auch in London, Spanien und im belgischen Tienen, ja, und auch hier in den Niederlanden, zum Beispiel unter der reformierten Kirche in Elst bei Helden und in Limburg. Viele Mithräen hat man in Deutschland, Frankreich und Spanien gefunden, aber auch in Osteuropa, Ägypten und Syrien. Es war wirklich ein sehr weit verbreiteter Kult. Aber zurück zum Bräutigam. In dieser Phase sonderte man sich eine Zeit lang ab und durfte nicht sprechen.«

Im ersten Saal fiel Peter sofort die Vitrine mit der bronzenen Visiermaske auf, die im Leidener Viertel Roomburg gefunden worden war, dem ehemaligen römischen Feldlager Matio.

»Und der dritte Grad ist also der Soldat«, bemerkte Peter, während sie zu einer Puppe in römischer Rüstung gingen.

»Ja«, sagte Fay, »und wo sonst außer in Leiden findet man einen römischen Soldaten?«

Sie blieben vor dem Modell stehen, dessen kupferfarbene Rüstung schwach in der sparsamen Nachtbeleuchtung des Saales glänzte.

Doch es war kein Hinweis zu sehen.

18

Samstag, 21. März, 01:40 Uhr

Intuitiv entfernte sich Peter einen Schritt von Fay, den Oberkörper leicht zurückgeneigt, als wolle er noch mehr Distanz zwischen ihnen schaffen.

War er hier irgendwie reingelegt worden? Es gab nichts zu sehen. Hatte sie ihn bewusst in eine Sackgasse gelockt?

War sie eine verdammt gute Schauspielerin, die ihre Gesichtszüge perfekt beherrschte? Oder hatte sie ihm wirklich helfen wollen?

Fay hatte einen Stift aus der Innentasche ihrer Jacke gezogen und hob jetzt die länglichen, horizontalen kupferfarbenen Plättchen der Soldatenrüstung eines nach dem anderen an. »Wonach genau suchen wir eigentlich, Peter?«

»Das weiß ich auch nicht. Bei der Studierendenverbindung habe ich ein Taschenbuch gefunden, in dem ein Zettel mit einer Passage aus dem Hohelied steckte. Der hat mich zur Synagoge geführt, wo ich ein Foto fand. Ich weiß nicht, wonach wir suchen! Das hier ist ein Schuss ins Blaue.«

»Das würde ich nicht sagen«, erwiderte Fay, die unerschütterlich mit der Untersuchung des antiken Kettenhemdes fortfuhr. Zuletzt rüttelte sie das Modell vorsichtig hin und her, in der Hoffnung, dass es sein Geheimnis preisgeben würde, aber vergeblich.

»Der Rabe, der Bräutigam und Miles, der Soldat – der Dienst des Eingeweihten ist Kriegsdienst, das Leben auf Erden ein

Feldzug im Dienste des siegreichen Gottes. Aber es geht nicht um den Kampf mit konkreten Waffen, sondern man kämpft gegen die eigene Natur, gegen die eigenen fleischlichen Gelüste und Begierden, die deine Seele immer wieder hinunterziehen und sie an diesen Körper ketten.«

»Über dieses Thema habe ich eben auch mit Avram gesprochen.«

»Der Krieger, der Soldat, erhielt zu Beginn des dritten Stadiums ein Schwert und eine Krone. Das Schwert musste er annehmen, als Symbol für den inneren Kampf. Aber die Krone musste er abweisen, mit den Worten: ›Nein, Mithras ist meine Krone.‹«

»Kein Wunder, dass sich die Soldaten der römischen Legionen zu Mithras hingezogen fühlten, bei der ganzen militärischen Symbolik.«

»Soldaten und übrigens auch Händler haben den Mithraskult im ganzen Reich verbreitet. Wenn wir doch bloß wüssten, wonach wir suchen!«

Peter schaute überall in den Vitrinen nach, aber alles schien an seinem Platz zu sein. Er blickte in die schwarzen Löcher der Visiermaske, und diese starrte ausdruckslos zurück, mit demselben Ausdruck, der vor zweitausend Jahren von ihrem Schöpfer in Bronze gegossen worden war.

Peter ging halb in die Knie, den Oberkörper leicht verdreht, in dem Versuch, einen Blick auf die Innenseite der Maske zu werfen, aber sie sah genauso aus wie vor zwanzig Jahren, als er sie vom Holzfußboden im Fundzelt der Ausgrabung in Matilo aufgehoben hatte.

»Das war es, stimmt's?«, fragte Peter. »Oder gibt es noch mehr?«

»Ja, das war's«, antwortete Fay ein wenig enttäuscht. »Ich dachte wirklich, dass das hier die Lösung sei, Peter, dass du hier deinen nächsten Hinweis finden würdest.«

Sie standen nebeneinander.

»Was ist der folgende Grad?«

»Der vierte ist der Löwe. Das könnte ein Problem sein, denn in Leiden wimmelt es von Löwen. Der Eingang zur Burg, Giebelsteine von Häusern, das Tor an der Doelengracht und Ornamente auf Brücken. Das hat keinen Sinn, da musst du wirklich etwas Konkretes haben. Danach kommt der Perser.«

»Der Perser? Wie aus Persien, dem heutigen Iran?«

»Richtig, denn die Mithrasverehrung stammt ursprünglich aus Persien. Dazu musst du noch etwas sehr Wichtiges wissen, damit du unter Umständen das, was du später noch findest, besser einordnen kannst. Im Mithraskult stehen zwei Mächte einander gegenüber. Im Reich des Lichts herrscht Ahura Mazda, der gute Gott, im Reich der Finsternis Ahriman, der böse Gott, der Teufel. Mithras ist ein Mittler, er nimmt die Position zwischen den beiden Welten ein, zwischen Gut und Böse. Ein bisschen wie die Rolle des Heiligen Geistes in der Lehre mancher frühchristlichen Sekte. Als Kämpfer für das Gute hilft er dabei, das Böse zu überwinden; solange das nicht geschehen ist, ist er die Schaltstelle zwischen dem reinen Licht und dem Menschen, der an die Materie gebunden ist.«

»Ein Mittler zwischen Gott und den Menschen.«

»Richtig, eine Art Zwischenwesen. Und der Gott Mithras, der von den römischen Soldaten angebetet wurde, stammt zwar aus Persien, ist aber wahrscheinlich nicht identisch mit dem altpersischen Gott Mithra.«

»War da nicht auch irgendetwas mit einem Stier? Der hat doch im Mithraskult eine wichtige Rolle gespielt, oder?«

»Ja, das stimmt, das Töten des Stieres. In Mithrastempeln steht immer eine Abbildung zentral, auf der Mithras einen Stier tötet.« Sie ging in die Hocke, ein Knie auf dem Boden. »Mithras kniet in der Stiertötungsszene mit einem Bein auf dem Rücken des Stiers. Mit dem anderen Bein stemmt er sich ab, mit der linken Hand reißt er den Kopf des Stieres nach hinten, und mit der rechten Hand tötet er das Tier durch einen Dolchstoß in die Schulter. Dabei wendet Mithras sein Gesicht vom Stier ab, ähnlich wie Perseus beim Töten der Medusa.« Sie holte mit dem rechten Arm und geballter Faust aus und machte es vor. »Während der Stier auf dem Boden liegt, geht das aus ihm hinausfließende Blut in Kornähren über. Ein Hund und eine Schlange versuchen, das Blut der Wunde aufzulecken; ein Skorpion umklammert mit seinen Scheren die Geschlechtsteile des Stieres.« Sie stand wieder auf.

»Und was bedeutet das alles?«, fragte Peter.

»Tja, das wissen wir nicht genau. Manche glauben, dass Mithras sowohl der Stiertöter als auch der Stier ist. Der Stier ist sozusagen das Alter Ego des Gottes. Er bringt ein erlösendes Opfer für alle, die an ihn glauben. Doch aus dem Blut entsteht neues Leben, und das ist im Grunde der Kern aller antiken Mysterienreligionen. Diese konzentrieren sich immer rings um den ewig wiederkehrenden Kreislauf der Natur. Indem man an diesen Mysterien teilhatte, sicherte man sich das ewige Leben, weil man mit der Gottheit starb und mit der Gottheit wiederauferstand. Was übrigens noch sehr wichtig ist: Die Rituale fanden in unterirdischen Räumen statt, und wenn man sie betrat, tauchte man Zeige- oder Mittelfinger der rechten Hand in ein Schüsselchen Wasser und malte sich damit ein Kreuz auf die Stirn.«

»Im Ernst?«, rief Peter aus.

»Ja«, bestätigte Fay und musste lächeln. »Ich weiß, dass das alles vielleicht schockierend klingt, wenn man es zum ersten Mal hört, aber so ist es nun mal. Das Kreuz ist nichts weiter als ein uraltes Symbol, ein Archetyp. Die Mithrasanhänger glaubten, dass man seine animalische Natur, seine Stiernatur, kreuzigen müsse. Der Geist des Menschen ist in der stofflichen Welt gefangen. Er wird festgehalten, obwohl er hier gar nicht hingehört. Sein wahres Zuhause ist Gott, aber davon wurde er getrennt, weil er in die Materie verstrickt ist. Der Geist steckt im Körper wie ein Gefangener im Gefängnis. Aber es ist unser Ziel, im Leben zu Gott zurückzukehren. Und der Tod Gottes, ob am Kreuz oder nicht, symbolisiert den Tod unserer animalischen Natur, unseres Körpers, und befreit die Seele. Diese überwindet damit die Sünde, die sie von Gott trennt, wodurch sie wieder mit Gott vereinigt wird.«

»In diesem Kult stecken viel mehr christliche Elemente, als ich dachte.«

»Ja, und das sind noch längst nicht alle. Die Mithrasanhänger kannten eine rituelle Mahlzeit mit Brot und Wein, bei der das Brot den Körper des Stieres und der Wein sein Blut symbolisierte.«

Peter war sprachlos.

»Und hör dir das mal an: ›Wer nicht isst von meinem Körper und trinkt von meinem Blut, sodass er eins wird mit mir und ich mit ihm, wird keine Erlösung finden.‹«

»Haben die Mithrasanhänger so etwas Ähnliches gesagt?«

»Etwas Ähnliches? Dieser Satz stammt aus dem Mithraskult! Bei allen Mysterienreligionen, auch beim Mithraskult, ging es um das Streben nach dem ewigen Leben, die Hoffnung auf das Jenseits und die Wiedervereinigung mit seinen Lieben. Es ist …«

»Weißt du, Fay«, unterbrach sie Peter, den jetzt eine gewisse Mutlosigkeit überfiel. »Ich glaube, hier finden wir nichts, was meinst du?« Fay schwieg.

Peter kamen plötzlich die Worte Avrams wieder in den Sinn, wie das Signal einer Weltraumsonde, das mit großer Verzögerung eine Satellitenschüssel auf der Erde erreicht. »Vielleicht ist das Laken der Hinweis«, hatte er gesagt.

»Tut mir leid, Fay, ich muss jetzt los.«

»Wo willst du denn hin? Kann ich dir nicht helfen?«

»Nein, aber du hast mir schon sehr geholfen, wirklich, vielleicht sogar mehr, als du ahnst. Es war eine gute Idee, hierherzukommen, es war naheliegend, aber ich glaube, dass ich etwas Besseres habe.«

»Und was?«

Peter zögerte. »Ich halte dich auf dem Laufenden, versprochen. Ich ruf dich morgen an.«

»Aber …«

»Tschüs!« Ohne sich noch einmal umzusehen, rannte Peter zur Treppe. Immer ein paar Stufen auf einmal nehmend, stürmte er hinunter. Das war ein bisschen abrupt, erkannte er, und undankbar vielleicht auch, aber er wollte jetzt nur noch weiter.

Sein nächstes Ziel war die Lakenhal, das städtische Kunstmuseum, das sich in einer ehemaligen Tuchfabrik befand. Leiden hatte im zwanzigsten Jahrhundert von der Tuchherstellung gelebt. Augenblicklich fand im Museum eine Ausstellung der Werke von Leidens berühmtestem Sohn statt, Rembrandt, und auch das berühmte Triptychon *Das Jüngste Gericht* von Lucas van Leyden war zu sehen. Außerdem hingen dort genügend Schützenstücke sowie Gemälde mit Kriegsszenen, also Soldaten im Überfluss.

Die Lakenhal.

Das Laken selbst war tatsächlich der Hinweis gewesen!

Kurz bevor Peter zur Tür hinausging, vibrierte das Handy wieder, das er zwischenzeitlich ganz vergessen hatte.

Er zog es aus der Innentasche seines Mantels, während er die Papengracht entlangging.

Es wurde ein Foto gesendet, doch es dauerte ein bisschen, bis die Übertragung ganz abgeschlossen war. Ungeduldig hielt Peter einen Finger über das Display, um zu erfahren, was darauf war.

Auf einer unscharfen Aufnahme war eine Frau zu sehen, die rücklings auf einem provisorischen Bett in einem spärlich erleuchteten Raum lag, die Augen geschlossen, als schliefe sie.

Er hielt das Gerät dicht vor die Augen. Erst kurz bevor sich das Foto in einem Feuerwerk von Pixeln wieder auflöste, begriff er, wer die Frau war. Er erkannte sie an dem Rock, den sie am Freitag beim Mittagessen im LAK getragen hatte.

19

Samstag, 21. März, 02:15 Uhr

Viertel nach zwei. Noch zwölf Stunden. Weniger sogar – elf Stunden und fünfundvierzig Minuten. Und er hatte erst zwei Anhaltspunkte gefunden.

Er fragte sich, warum sie ihm ein Foto von Judith geschickt hatten. Sie hatte die Augen geschlossen und schien zu schlafen, aber wer weiß? Vielleicht war sie sogar tot … *Nein, nein, nein!* Mit aller Macht versuchte er, diesen Gedanken aus seinem Kopf zu verbannen. Er musste sie finden, das war der Auftrag, den man ihm gegeben hatte! Wer immer auch dahintersteckte. Judith zu ermorden wäre doch vollkommen sinnlos gewesen. Sicher war jedoch, dass sie auf irgendeine Weise Druck auf ihn ausüben wollten. Könnte er doch jetzt bei ihr sein! *Meine liebe, liebe Judith …*

Mit schnellen Schritten eilte Peter die Papengracht entlang und hielt sich dabei dicht an den Hausfassaden.

Er hatte Fay aus einem Impuls heraus angerufen. Eigentlich logisch, schließlich war sie eine Spezialistin, und auch Avrams Assoziationen hatten zu dem Soldaten geführt. Das Rijksmuseum voor Oudheden war daher naheliegend gewesen, hatte sich aber als Sackgasse erwiesen.

Rasch überquerte er die verlassene Breestraat und bog in den kleinen Kabeljauwsteeg ein. Danach folgte gefährliches Terrain, am Boommarkt entlang. Er schaute nach rechts, wo er Studierende der Quintus-Verbindung kommen sah, jetzt nicht mehr in Gesellschaft ihrer Eltern.

Schließlich raffte er seinen Mut zusammen, rannte auf die Prinsessekade und lief geradeaus weiter, mit gesenktem Kopf und in der Hoffnung, keinem Bekannten zu begegnen.

An der schmalen Caeciliastraat bog er rechts ab. Er ließ die Schultern sinken. Offenbar hatte er sie die ganze Zeit unbewusst hochgezogen. Ein warmer Spannungsschmerz floss über seinen Rücken hinweg davon.

Kurz darauf schlug er links den Lange Lijsbethsteeg ein. An dessen Ende sah er die Lakenhal liegen, die wie eine uneinnehmbare Festung an einer toten Gracht lag, über die eine Brücke führte.

Er überquerte die schmale Fußgängerbrücke und schlüpfte sofort in die Lange Scheidstraat, die am Museum entlangführte. Am Ende bog er links ab in die Langegracht und blieb erst stehen, als er bei einer Reihe baufälliger Häuser hinter der Lakenhal angekommen war.

Noch vor zwei Wochen hatte er hier zusammen mit Daniel, der ihn dazu eingeladen hatte, an einer Führung teilgenommen. Um die Lakenhal wie geplant erweitern zu können, mussten diese Gebäude abgerissen werden. Eine Künstlerin hatte den Auftrag, sie mit einer architektonischen Installation umzugestalten, bevor sie endgültig abgerissen wurden. Das Projekt hieß »Verwoest Huis Leiden«.

Die Künstlerin selbst hatte die Führung geleitet und erklärt, dass sie die Installation als eine Art Requiem für diese Gebäude und eine Feier des Neubeginns betrachtete. Sie hatte über Sterben und Aufblühen gesprochen, Konzepte, die eigentlich nur für lebendige Wesen galten, die sie aber auch passend für unbelebte Dinge fand, etwa ein Gebäude, das auch ein Leben gehabt hatte, mit Geburt, Blüte, Tod, und in manchen Fällen eben wieder einer Art Wiederauferstehung.

Sie hatte Fußböden schief einziehen, absacken oder lotrecht nach unten fallen lassen, sodass sie wieder zur Wand wurden.

Alles mit Material, das bereits vorhanden war, nichts Neues war hinzugekommen.

An der Tür hing ein kleines Schild mit der Aufschrift: ZUTRITT VERBOTEN, BAUARBEITEN.

Peter drückte die Klinke hinunter und versetzte der Tür ein paar Stöße mit der Schulter. Sie krachte und gab praktisch sofort nach. So geräuschlos wie möglich schloss er sie hinter sich.

Es war ziemlich dunkel, aber schon bald hatten sich seine Augen an das schwache Licht gewöhnt, das teilweise von den Straßenlaternen draußen stammte. Das Gebäude war nahezu vollständig entkernt worden. Auf dem Boden lag Werkzeug, und an der Wand lehnte ein großer Vorschlaghammer. Auf einer langen Werkbank standen ein paar Teller mit Essensresten und leere Bierdosen.

Irgendetwas, was die Künstlerin bei der Führung erzählt hatte, spukte ihm im Hinterkopf herum. Peter zermarterte sich das Gehirn und inspizierte die Wand, die die Rückseite der Lakenhal bildete, fand aber nicht, was er suchte.

Er ging die Treppe hinauf.

Da fiel es ihm wieder ein.

Einen halben Meter vor der Mauer war über die ganze Länge hinweg rot-weißes Flatterband gespannt. Er ging wieder hinunter, holte den großen Vorschlaghammer und schleppte ihn mit nach oben. Das Ding glich ein wenig dem Hammer bei Quintus, war aber noch wuchtiger und schwerer.

Die Künstlerin hatte erzählt, dass man ihr bei der Gestaltung der Gebäude absolute Freiheit gelassen hatte; nur die tragenden Wände mussten stehen bleiben, und mit der Mauer, vor der Peter jetzt stand, dürfe sie nichts machen, weil sie nur backsteindünn war und die Verbindung zur Lakenhal bildete.

Daniel hatte Peter angesehen und ein wenig zu laut gescherzt, dass man gratis ins Museum käme, wenn man die Mauer durchbräche. Die Künstlerin hatte nur säuerlich gelächelt.

Das passt mir jetzt gut, dachte Peter, holte mit dem Hammer weit aus und ließ ihn mit einem donnernden Schlag gegen die Wand krachen.

Er würde alles tun, um Judith zu finden, und er legte seine ganze Sorge um sie in sein Zerstörungswerk. Immer wieder schlug er auf möglichst dieselbe Stelle ein.

Die Mauer war tatsächlich nur einen Backstein dick, sodass ziemlich schnell ein Loch von der Größe eines Fußballs entstanden war. Mit einigen weiteren gezielten Schlägen ließ es sich noch vergrößern. Endlich legte Peter den Hammer auf einen großen Sack Zement, der an der Wand lehnte, ging in die Knie und zerrte mit den Händen an den Steinen rings um das Loch, die sich erstaunlich leicht lösten.

In dem halbdunklen Raum hinter der Mauer sah er einige Gemälde an der Wand hängen. Das Loch befand sich einen halben Meter über dem Fußboden des Museums.

Peter wischte sich den Schweiß von der Stirn.

Es erstaunte ihn, wie leicht es war, hineinzukommen. Andererseits hatten die Diebe, die damals in die Kunsthalle von Rotterdam eingebrochen waren, nichts weiter als eine Leiter und einen Schraubendreher gebraucht.

So einfach konnte es also sein. Manchmal übertraf die Realität jede Fantasie.

Peter steckte zuerst die Arme und dann den Kopf durch die Öffnung und schob den Oberkörper hinterher. Unter Drehen und Winden gelang es ihm hindurchzukriechen.

Er klopfte sich Staub und Schmutz von der Kleidung, als er auf einmal innehielt. Auf seiner Stirn gruben sich tiefe Denkfalten ein, wie Sandwellen, die starker Wind am Strand hinterlässt.

Er legte den Kopf ein wenig schräg.

Aus den Lautsprechern ertönte leise die Matthäuspassion von Bach, wie er sofort erkannte. Passend zur Jahreszeit, aber mitten in der Nacht in einem Museum?

Der Effekt war gespenstisch.

Peter konnte den ganzen Text der Matthäuspassion auswendig. Nicht nur, weil er sie so oft gehört hatte, sondern auch, weil er mehrmals an einer »Scratch Matthäuspassion« teilgenommen hatte: Ein zusammengewürfelter Chor studierte tagsüber ein Stück ein und führte es abends auf.

Während Peter durch die Säle streifte, auf der Suche nach irgendetwas, das ihm weiterhelfen könnte, erklangen die Worte von Jesus und Matthäus im Hintergrund, das letzte Abendmahl:

Nehmet, esset, das ist mein Leib.

Und er nahm den Kelch und dankte, gab ihnen den und sprach:

Trinket alle daraus, das ist mein Blut des Neuen Testaments, welches vergossen wird für viele, zur Vergebung der Sünden. Ich sage euch: Ich werde von nun an nicht mehr von diesem Gewächs des Weinstocks trinken bis an den Tag, da ich's neu trinken werde mit euch in meines Vaters Reich.

Peter fühlte sich wie in einem Traum. Im Halbdunkel irrte er an den Gemälden vorbei, begleitet von der unvergänglichen Musik Bachs. Er stellte plötzlich fest, dass er mitsang, trotz seiner angespannten Situation.

Er musste an die zauberische Szene aus dem Film *Nosferatu* von Werner Herzog denken, mit dem wahnsinnigen Klaus Kinski in der Rolle des Vampirs. Zu den hypnotisierenden Klängen eines georgischen Volkslieds irrte dessen Geliebte auf dem Grote Markt von Delft umher, wo sich die todgeweihten Pestkranken einem absurden letzten Abendmahl mit Musik, Wein und Gesang hingaben, einem *Danse macabre*.

Peter betrat nun den Hauptsaal in der Mitte des Museums, wo

das Glanzstück der Sammlung stand, *Das Jüngste Gericht* von Lucas van Leyden. Ursprünglich hatte es nahe des Taufbeckens in der Pieterskerk gehangen, doch jetzt stand es so auf einer offenen Pfeilerkonstruktion, dass man ringsherum gehen konnte. Es gehörte zu den wenigen Altaraufsätzen in den Niederlanden, die den Bildersturm von 1566 überlebt hatten.

Im Hintergrund lief immer noch Bach.

Ich will mich in dir versenken.

Die Atmosphäre, die die Musik erzeugte, und die Assoziation mit dem Film passten gut zu dem Gemälde. Lucas van Leyden hatte eine sehr lebendige Darstellung vom Tag des Jüngsten Gerichts geschaffen, wie er im Johannesevangelium geschildert wurde. Auf dem großen Mittelteil war zu sehen, wie Engel Menschen, alle nackt, auswählten, unter dem prüfenden Auge Jesu, der auf einem Thron über den Wolken saß, rechts und links von Aposteln flankiert. Sie schieden die Spreu vom Weizen. Wie in Matthäus 25 beschrieben, gingen die guten Menschen, die die Frierenden gekleidet, die Hungrigen gespeist und die Durstigen gelabt hatten, nach links – von Jesus aus gesehen nach rechts. Sie wurden hinauf in den Himmel geleitet, wo sie die ewige Belohnung erwartete. Diejenigen, die keines der sechs guten Werke getan hatten, wurden von grässlichen Dämonen zur anderen Seite abgeführt, wo das Fegefeuer bereits hoch aufloderte. Auf sie warteten ewige Folterungen, Heulen und Zähneklappern.

Peter schaltete die Taschenlampe des Handys ein und beleuchtete damit den Fußboden, weil irgendetwas seine Aufmerksamkeit geweckt hatte. In einem regelmäßigen Punktemuster verlief eine gleichmäßige Linie von seinem Standpunkt aus unter dem Gemälde hindurch zur Rückseite.

Er ging in die Hocke, um sie sich aus der Nähe anzuschauen.

Die dünne Spur bestand aus kleinen roten Tröpfchen.

20

Samstag, 21. März, 03:00 Uhr

Peter starrte die rote Linie an, die wie in einer Gothic-Version von Hänsel und Gretel unter dem Gemälde hindurchlief.

Auch dieses Bild handelt wieder vom ewigen Leben, dachte Peter. Das Leben nach dem Tod, Belohnung, Strafe …

Er folgte der Spur, sorgfältig darauf bedacht, nicht in die Tropfen zu treten, und umrundete das Gemälde.

Auf der Rückseite des Triptychons waren auf den beiden Außenflügeln Petrus und Paulus dargestellt, beide in derselben Landschaft, beide mit nackten Füßen auf einem Felsen sitzend, im Hintergrund eine große Wasserfläche und weitere Berge. Petrus war auf dem rechten Flügel zu sehen, in Grün gekleidet und mit einem großen weißen Tuch halb über den Körper drapiert. Auf der linken Seite saß Paulus, in Blau, halb mit einem roten Tuch bedeckt. Zu Paulus' Füßen lag ein Schwert und mit der linken Hand hielt er eine Bibel, die auf seinem linken Bein ruhte. Petrus deutete zwar auf Paulus, hatte aber den Kopf von ihm abgewandt, während Paulus ebenfalls mit einer Geste auf Petrus zu weisen schien, dabei aber zugleich in seine Richtung blickte.

Die Spur endete vor dem Flügel mit Paulus darauf.

»Was soll das jetzt wieder bedeuten?«, flüsterte Peter leise.

Wo die Spur endete, glitzerte etwas Goldfarbenes im Licht der Taschenlampe.

Peter ging auf die Knie und senkte den Kopf bis dicht über

den Boden. Vorsichtig schnupperte er an den roten Tropfen, denen unverkennbar der metallische Geruch von Blut anhaftete.

Dann betrachtete er die goldfarbenen Zeichen. Da stand etwas geschrieben! Indem er das Licht der Taschenlampe seitlich darauf richtete, konnte er die Zeichen besser erkennen.

Das sieht ja aus wie ... Honig, dachte er erstaunt.

Er näherte sich noch mehr, bis sein Kopf nur noch wenige Zentimeter über der Erde schwebte.

Die goldenen Zeichen sagten ihm nichts; es schienen bedeutungslose Symbole zu sein. Er richtete sich wieder ein wenig auf und beugte sich dann erneut mit leicht schräg geneigtem Kopf vornüber. Durch den veränderten Lichteinfall erkannte er jetzt, dass die Kritzeleien auf dem Boden Zahlen waren.

Genau, das waren Zahlen!

Vielleicht sollte er nach Zahlen suchen? Nach einem Code?

Ein Funke Hoffnung keimte in ihm auf, und er war froh, endlich eine Art Anhaltspunkt zu haben.

Bach!, schoss es ihm durch den Kopf.

Am liebsten hätte Peter mit der flachen Hand auf den Boden geschlagen, aber er beherrschte sich rechtzeitig, sodass seine Hand sanft aufkam. 41!

Falls er nach Zahlen suchen musste, musste eine davon die 41 sein. Bach hatte immer die verschiedensten Zahlen in seiner Musik versteckt; einfach nur zu komponieren, war ihm zu langweilig gewesen. Er hatte sich selbst gewisse Hürden gesteckt, quasi als Herausforderung, eine verborgene Zahlensymbolik in seinen Kompositionen. Das bekannteste Beispiel war die Zahl 41. Wenn man die Zahlenwerte von J, S, B, A, C und H addierte, auf der Basis des damals gültigen Alphabets mit 24 Buchstaben, wobei das I und das J sowie das U und das V als ein Buchstabe behandelt wurden, kam man auf 41. J zählte neun, S 18 und so weiter.

Fasziniert zog Peter den »Anhalter« aus der Innentasche seines Mantels und schlug ihn auf Seite 42 und 43 auf, zwischen denen der Text aus dem Hohelied steckte.

42, dachte er plötzlich, wie aus dem Nichts. Es ging um die Zahl 42! Im »Anhalter« wurde nach der Antwort auf die Frage nach dem Leben, dem Universum und dem ganzen Rest gesucht. Es wurde ein Computer gebaut, der die Antwort auf diese Frage errechnen sollte. Nach siebeneinhalb Millionen Jahren spuckte er schließlich die Lösung aus: 42. Mit dieser Antwort konnte niemand etwas anfangen, aber vielleicht konnte er es.

Er schob das Buch zurück in die Innentasche.

Er hatte jetzt also die 42 aus dem Anhalter, die 41 von Bach – ja, die 41 passte auch zu Niobe aus der Synagoge, deren Element die Ordnungszahl 41 besaß.

41, 41 und 42, was immer das bedeuten mochte. Der Funke Hoffnung erlosch fast genauso schnell, wie er aufgekeimt war, wie die Flamme eines Teelichts beim ersten Windhauch.

Peter fuhr mit dem Zeigefinger an den Zeilen entlang, die auf den Fußboden geschrieben worden waren. Er las sie langsam, wie ein kleines Kind, das die Zahlen noch nicht kann.

Sechs … Zehn … Und dies hier ähnelte einer 17. Zusammengenommen ergab das 33. Vielleicht war es also nicht die Zahl 41 von Bach, sondern …

Oder war es wieder ein Verweis auf eine Bibelstelle? Kapitel 6, Vers 10-17. Aber welches Buch?

Da fielen ihm zwei Kritzeleien auf – kaum wahrnehmbar, was erklärte, warum er sie eben übersehen hatte –, die den Zahlen vorausgingen. Es sah so aus, als wären sie mit einem Nagel gekratzt worden. Die erste formte ein E, die zweite war schwieriger zu erkennen. War es ein Buchstabe oder eine Zahl? Sie glich noch am meisten einem altmodisch geschriebenen f, wie das frühere Zeichen für Gulden.

Ef …

Bei »Ef« musste er sofort an »Epheser« denken, einen der Paulusbriefe im Neuen Testament. Das war insofern logisch, als er gerade vor einem Gemälde von Paulus stand oder besser: kniete.

Epheser, Kapitel 6, Vers 10-17, das war doch schon mal ein Anfang.

Einen Teil des Buchstabens E wischte er mit der Fingerspitze auf und hielt sich die Substanz dicht vor die Nase. Dann leckte er daran.

Es war Honig.

Epheser, Epheser ... War das nicht der Text mit dem Aufruf zum Kampf?

Rasch zog er sein iPhone aus der Mantelinnentasche, gab bei Google Epheser 6,10-17 ein und öffnete gleich den ersten Treffer. Er las den Text im Flüsterton, wie ein Gläubiger, der routiniert ein oft wiederholtes Gebet herunterleiert:

Im Übrigen, meine Brüder, erstarket im Herrn und in der Macht seiner Stärke. Ziehet die ganze Waffenrüstung Gottes an, damit ihr den Kunstgriffen des Teufels gegenüber standzuhalten vermöget; denn unser Kampf richtet sich nicht wider Fleisch und Blut, sondern wider die Herrschaften, wider die Gewalten, wider die Weltbeherrscher dieser Finsternis, wider die geistlichen Mächte der Bosheit in den himmlischen Regionen. Deshalb ergreifet die ganze Waffenrüstung Gottes, damit ihr am bösen Tage zu widerstehen vermöget und, nachdem ihr alles wohl ausgerichtet habt, das Feld behalten könnet. So stehet nun, eure Lenden umgürtet mit Wahrheit, und angetan mit dem Panzer der Gerechtigkeit, und die Füße gestiefelt mit Bereitwilligkeit, die frohe Botschaft des Friedens zu verkündigen. Bei dem allen aber ergreifet den Schild des Glaubens, mit welchem ihr alle feurigen Pfeile des Bösewichts auslöschen könnet. Und nehmet den Helm des Heils und das Schwert des Geistes, nämlich das Wort Gottes.

Ein sehr bekannter Text, den Priester und Pfarrer gerne benutzten, um Gläubige dazu zu ermuntern, ein aktives, streitbares christliches Leben zu führen, als Soldaten Gottes.

Peter hatte sich wieder aufgerichtet. Er starrte die Abbildung von Paulus an, das Schwert an dessen Füßen.

Und da sah er es, so scharf wie jemand, der, ohne es zu wissen, schon seit Jahren schlechte Augen hat und dann eine Brille mit der richtigen Sehstärke aufsetzt.

Er erhielt nicht die Gelegenheit, das, was er gesehen hatte, gänzlich zu erfassen. Denn plötzlich brach die Musik ab, die die ganze Zeit im Hintergrund erklungen war, mitten im Stück.

Die Stille war überwältigend.

Rasch kehrte er zurück zu der Stelle, wo er durch die Wand gekrochen war. Er hörte, wie in einem Nebenraum eine Tür geöffnet wurde, gefolgt von Schritten auf dem Holzfußboden. Er kroch durch das Loch zurück, was gar nicht so einfach war, weil es sich einen halben Meter über dem Boden befand und dieser nicht auf derselben Höhe war wie der im Abbruchhaus. Als er fast ganz hindurchgekrochen war, packte ihn jemand am Knöchel.

»Hiergeblieben!«, schrie die Gestalt auf der anderen Seite der Wand. Sie umklammerte mit eisernem Griff Peters rechten Knöchel und versuchte, ihn zurück ins Museum zu zerren.

Peter strampelte mit dem linken Bein. Dabei schlüpfte er halb aus seinem Schuh, aber er trat weiter. Er spürte, dass er etwas Weiches traf, worauf ein unterdrückter Fluch folgte und der Griff um seinen Knöchel lockerer wurde. Nochmals trat er in ungefähr dieselbe Richtung. Es fühlte sich an, als ob er getroffen hatte. Einen Augenblick lang ließ der Mann ihn los, wodurch es Peter gelang, vollständig durch das Loch zu kriechen.

Auf der anderen Seite der Mauer kniete jemand auf dem Boden. Am Ärmel seiner Jacke sah Peter das Logo einer Sicherheitsfirma. Der Mann versuchte, von seiner Position aus durch das Loch zu schauen, um einen Blick auf Peter zu erhaschen.

»Glaub bloß nicht, dass du …«, schrie er, aber der Rest seines Geschreis wurde von dem großen Sack Zement erstickt, den Peter umwarf, womit er das Loch größtenteils verschloss.

Hastig schlüpfte er wieder in seinen Schuh und eilte die Treppe hinunter. Durch die noch einen Spalt offen stehende Tür rannte er hinaus.

Die Turmmühle De Valk war von Scheinwerfern erleuchtet. Vor ihr lag die Riesenbaugrube der neu entstehenden Tiefgarage. Sieben Stockwerke unter der Erde, dachte Peter. Ob sie dort auch auf einen Tunnel stoßen würden?

Er bog links ab in Richtung der Tweede Binnenvestgracht, weil er sich von den großen Straßen fernhalten wollte. Rasch überquerte er die Steenstraat. Er entspannte sich erst ein wenig, als er im Windschatten des Museums für Völkerkunde in Richtung Morspoort ging.

Honig, dachte er. Honig, Blut, 41, 42 … Epheser …

Eine Spur aus Blutstropfen war an sich schon spektakulär, aber dazu noch die Musik von Bach, das Letzte Abendmahl, Jesus, der seinen Jüngern von seinem nahen Tod erzählt, wie er Leib und Blut opfert und sie dessen mit einer Mahlzeit von Brot und Wein gedenken sollen. Nur der Honig passte nicht dazu.

Was hatte er soeben gesehen? Erst jetzt erfasste er die Bedeutung dessen, was er erkannt hatte, als er vor dem Bild von Paulus gestanden hatte.

Das Schwert, mit dem Paulus traditionell abgebildet wurde, so wie alle Heiligen ihre festen Attribute hatten, Petrus zum Beispiel seine Schlüssel …

Fay hatte es ihm gesagt, als sie ihm vom dritten Einweihungsgrad erzählt hatte, Miles, dem Soldaten. Zu Beginn des dritten

Stadiums wurden dem Kandidaten ein Schwert und eine Krone angeboten. Das Schwert durfte er annehmen, die Krone aber musste er ablehnen.

Denn unser Kampf richtet sich nicht wider Fleisch und Blut, sondern wider die Herrschaften, wider die Gewalten, wider die Weltbeherrscher dieser Finsternis, wider die geistlichen Mächte der Bosheit in den himmlischen Regionen.

Auf diesem Gemälde von Paulus lag ein Schwert zu seinen Füßen. Als habe er kurz zuvor die Mithraskrone abgelehnt.

21

Samstag, 21. März, 03:35 Uhr

Nur mit äußerster Konzentration konnte sich Judith Fetzen der Geschehnisse in Erinnerung rufen; ihr Kopf war wie benebelt. Nach und nach gelang es ihr, die Puzzlestücke zu einem Bild zusammenzusetzen.

Nach dem Mittagessen mit Mark und Peter war sie in ihr Büro gegangen, um ihre Sachen wegzubringen. Sie hatte ihre Kamera in die Tasche gesteckt, um schon einmal ein paar Fotos von den Sachen machen zu können, die der Mann im Angebot hatte.

Es schien ein Routinejob zu werden: Sie würde sich seine Geschichte anhören und die Objekte – Briefe, Kleidung oder was auch immer – betrachten und fotografieren. Der Mann wohnte im Mierennesthofje an der Hooglandsekerkgracht.

Judith war zu Fuß dorthin gegangen, da es nicht weit von der Fakultät entfernt war, und hatte geklingelt. Ein Summer ertönte, und sie drückte die Tür auf und betrat einen langen, schmalen und schlecht beleuchteten Gang. Am anderen Ende wurde eine weitere Tür geöffnet, aber durch das Gegenlicht konnte sie die Person, die dort stand, anfangs nicht richtig erkennen.

Schon in dem Moment hatte sie ein seltsames Ziehen im Unterleib gespürt, wie einen stillen Alarm, es aber ignoriert.

»Hallo«, sagte sie und blieb vor der Tür stehen. »Ich bin mit Meneer Straus verabredet.«

»Guten Tag«, sagte die Person am Ende des Ganges, der Stimme nach zu urteilen ein junger Mann. »Meneer Straus ist mein Vater. Er ist hinten im Haus, bitte folgen Sie mir.« Er trat zurück und hielt die Tür einladend auf.

Judith trat ein Stück vor, und sie schüttelten sich die Hand. Seinen Namen sprach der Mann so schnell aus, dass sie ihn nicht richtig verstand. Er ging ihr voraus in den kleinen Innenhof, eine Oase der Ruhe, genau wie das Sionshofje, an dem sie wohnte. Judith sah, dass der Hof nur von fünf oder sechs kleinen Häusern umgeben war. Im Gegensatz zu dem Hofje, an dem sie wohnte, war dieses nicht für Touristen zugänglich, die den ganzen Tag über jeden Moment hereinkommen konnten.

Vor den Häuschen lag ein großer Garten mit einer Wiese, in deren Mitte ein Baum stand. Rechts wurde der Garten von einer mindestens drei Meter hohen Mauer begrenzt.

Sie gingen durch bis zum kleinsten der Häuser.

Einen kurzen Moment lang zögerte Judith, als sie vor der Tür stand. Sie setzte zunächst nur einen Fuß über die Schwelle, wie jemand, der fühlt, ob das Wasser in einem Schwimmbecken nicht zu kalt ist. Doch als sie in der einfach eingerichteten Küche tatsächlich einen älteren Mann sitzen sah, der vor sich auf dem Tisch unter anderem eine bronzefarbene Menora, mehrere sichtlich alte Bücher und einen Stapel Briefe in vergilbten Umschlägen hatte, entspannte sie sich ein wenig.

»Kommen Sie rein, kommen Sie rein«, sagte der Mann herzlich und machte Anstalten, aufzustehen.

»Bitte bleiben Sie sitzen«, sagte Judith und ging auf ihn zu, um ihm die Hand zu schütteln.

Sie schätzte ihn auf Mitte sechzig. Er hatte volles graues Haar und war ein wenig untersetzt, machte aber keinen ungesunden Eindruck. Aschgraue Tränensäcke unter den Augen wiesen allerdings auf Schlafmangel hin.

Er rutschte ein paarmal auf seinem Stuhl hin und her und sagte dann: »Ich habe meinen Sohn gebeten, dabei zu sein. Er ist mir eine große Hilfe.«

»Kein Problem«, sagte Judith.

Der junge Mann, den er als seinen Sohn bezeichnet hatte, obwohl Judith auf den ersten Blick keinerlei Ähnlichkeit erkannte, stellte, ohne zu fragen, drei Gläser Cola auf den Tisch, mit Eiswürfeln und einer Scheibe Zitrone. Sie fand es seltsam, Cola angeboten zu bekommen anstatt Tee oder ein Glas Wasser, aber die Eiswürfel klimperten einladend.

Der alte Mann hob sein Glas, als wolle er ihr zuprosten, und alle drei tranken gleichzeitig ein paar Schlucke.

Beim Trinken merkte Judith, dass sie Durst hatte. Sie hatte zum Mittagessen nichts getrunken, und ehe sie sich versah, war ihr Glas leer.

»Möchten Sie noch etwas?«, fragten Vater und Sohn fast gleichzeitig, aber sie lehnte das Angebot ab, indem sie ihre Hand auf das Glas legte. Sie wischte sich den Schweiß von der Stirn, obwohl ihr eigentlich nicht warm war. Vielleicht lag es an der kleinen Küche, in der sie zu dritt saßen, wodurch es ein wenig stickig war.

Sie unterhielten sich ausführlich über die Gegenstände auf dem Tisch. Der Mann erzählte Judith eine lange Geschichte über eine jüdische Großtante, die in einem Lager gewesen war. Während sie noch lebte, hatten sie sich kaum gesehen, daher war er selbst überrascht gewesen, als er vom Testamentsvollstrecker einen Brief erhielt, in dem ihm mitgeteilt wurde, dass er etwas von ihr geerbt hatte. Es sei nur ein bescheidenes Erbe gewesen, fügte er hinzu, ohne enttäuscht zu klingen.

Schon bald fiel es Judith schwer, ihm zu folgen. Ihr war schwindelig, als sei sie ein wenig betrunken. Das ist nicht gut, dachte sie, und hätte sich am liebsten verabschiedet, aber es erschien ihr ein wenig unhöflich, einfach so zu gehen. Deswegen blinzelte sie ein paarmal kräftig mit den Augen und versuchte, sich auf das zu konzentrieren, weshalb sie gekommen war.

Auf den ersten Blick erschienen ihr die Menora und die alten Bücher wenig interessant, jedenfalls hätte sie dafür im Museum nicht gleich eine Vitrine frei geräumt. Die Briefe hingegen sahen vielversprechender aus. Es sei die Korrespondenz der Großtante und ihres Gatten, erklärte der Mann, die im Zwischenlager Westerbork interniert gewesen seien und von dort aus Briefe an die Verwandten zu Hause in Voorschoten und Leiden geschrieben hätten.

»Augenzeugenberichte aus dem Krieg«, betonte der junge Mann. »Wenn sie als Buch erscheinen würden, wäre das doch ein guter Titel.«

Wieder blinzelte Judith, und ihr schwindelte jetzt so sehr, dass sie befürchtete, ohnmächtig zu werden. »Entschuldigen Sie, ich …«, stotterte sie.

Der ältere Mann und sein Sohn sahen sie interessiert an, so wie man wohlwollend einem kleinen Kind zuhört, das eine unzusammenhängende Geschichte erzählt.

»Es geht mir auf einmal gar nicht gut. Könnten wir vielleicht ein andermal …« Judith spürte ein Kribbeln im ganzen Körper, und ihr Herz schlug immer schneller. Es erstaunte sie, dass die beiden Männer so ruhig blieben, obwohl es ihr doch sichtlich schlecht ging.

Plötzlich wurde ihr schwarz vor Augen, und sie kippte vornüber. Sie spürte, dass sie aufgefangen wurde, bevor ihr Kopf den Tisch berührte. Obwohl sie sich nicht mehr bewegen konnte, war sie sich auf eine merkwürdige Art noch ihrer Umgebung bewusst. Sie hörte, wie die Männer ruhig miteinander diskutierten, aber ihre Stimmen klangen irgendwie verzerrt.

Einer der beiden fasste sie unter den Achseln und zog ihren Stuhl zurück. Das Schaben der Stuhlbeine über den Fußboden klang widerlich, als kratzten Nägel über eine Schultafel. Es brachte sie wieder ein bisschen zu sich, obwohl sie immer noch nichts sehen konnte.

Inzwischen hatte der andere ihre Knöchel gepackt. Es fühlte sich an, als würde sie getragen, denn ihr Rücken schrammte schmerzhaft über den Boden, und als sie sie danach eine kleine Treppe hinuntertrugen, schlug ihr Gesäß hart auf die Steinstufen.

Kurz darauf wurde sie auf den Boden gelegt. Die Kälte, die sich über ihren ganzen Körper ausbreitete, fühlte sich angenehm an, aber nur für kurze Zeit.

Sie haben etwas in meine Cola getan, dachte sie. Ich werde vergewaltigt werden. Sie versuchte, um sich zu treten und zu schlagen, aber ihr Körper war wie gelähmt, wie in einem Albtraum, in dem man flüchten will, aber nicht vorankommt.

Der bittere Geschmack in ihrem Mund, der eben noch durch die Zitronenscheibe überdeckt worden war, kehrte jetzt mit aller Intensität zurück. Sie fühlte, wie ihr der Mageninhalt hochkam, nach Galle schmeckender Schleim, wodurch ihr noch übler wurde.

Erneut wurde sie hochgehoben und wieder eine Treppe hinuntergetragen, eine längere diesmal. Von einem auf den anderen Moment sank die Temperatur, und es wurde richtig kalt. Es roch muffig und feucht, wie in einem schlecht belüfteten Keller. Ihre Sinne schienen geschärft zu sein; sie hörte und roch besser, nur sah sie noch immer nichts und fühlte sich extrem schlapp.

Sie hätte nicht sagen können, wie lange sie so umherirrten, aber ihrem Gefühl nach dauerte es eine Ewigkeit, als ob sie in einer Unterwelt ihrem Tod entgegenschwebte, eine Nahtoderfahrung, nur ohne den Tunnel aus Licht. Mehrmals hörte sie Geräusche – das Schleifen von Stein auf Stein und das Knarren von Scharnieren, worauf jedes Mal ein Luftzug folgte, als würden zwei einander gegenüberliegende Türen geöffnet.

Endlich wurde sie auf eine Matratze gelegt, durch die sie das Bett darunter spürte. Die Tür wurde zugeschlagen, und danach folgte absolute Stille.

Sie hatte das Gefühl gehabt, lebendig begraben zu sein; sie konnte sich nicht bewegen, nichts sehen und nichts hören. Der Geruch von feuchter Erde und Lehm hatte alle anderen Gerüche überdeckt. Ihr Körper fühlte sich wie eine beklemmende Hülle an, als stecke sie in einem zu engen Taucheranzug. Sie versuchte zu schreien, aber es kam nur ein heiseres Röcheln heraus.

Ohne sich dagegen wehren zu können, war sie nach einer Weile in tiefen Schlaf gesunken.

Doch nun war sie wieder wach.

Und sie hatte einen Plan.

DIE DRITTE VISION

Und siehe, ich sah den jungen Mann seinem Schicksal entgegengehen. Er gab seinem Pferd die Sporen und träumte herrliche Träume. Sieh da, ich komme. Ich springe über die Berge, hüpfe über die Hügel. Der Gazelle gleicht dein Geliebter, dem jungen Hirsch. Ja, draußen stehe ich, an der Wand deines Hauses; ich blicke durch die Fenster, spähe durch die Gitter. Dein Geliebter spricht zu dir: Steh auf, meine Freundin, meine Schöne, so komm doch!

Und siehe, da huscht eine Schlange über die Straße, das verschlagenste aller wilden Tiere. Das Pferd erschreckt, steigt und wirft seinen Reiter ab. Ein Anfall erfasst ihn, die heilige Krankheit; der junge Mann zuckt und zittert am ganzen Körper, mit Schaum vor dem Mund. Seine Reisegefährten eilen herbei und entwirren seine Zunge, damit er nicht erstickt. Er schreit, er stöhnt. Die Augen kneift er zusammen, als starre er in ein helles Licht, das niemand außer ihm sieht. Er murmelt, als antworte er auf Fragen, die niemand außer ihm hört. »Wer bist du, Herr?«, fragt er. Und dann: »Was soll ich tun?« Nur er hört die Antwort: »Ich habe dich schon im Mutterleib auserwählt. Erhebe dich, steh auf, denn ich bin dir erschienen, um dich zu meinem Diener zu machen, auf dass du verkündest, dass du mich gesehen hast, und alles bezeugst, was ich dir noch zeigen werde. Ich werde dich dabei vor deinem eigenen Volk beschützen und vor den Juden, zu denen ich dich aussende, um ihnen die Augen zu öffnen, sodass sie sich von der Finsternis zum Licht wenden und von der Macht des Bösen zu mir. Durch den Glauben an mich werden sie Vergebung für ihre Sünden erlangen, und zusammen mit allen, die zu mir gehören, sollen sie teilhaben am ewigen Leben.«

Der junge Mann beruhigt sich. Er öffnet die Augen, sieht aber nichts. Er kann nicht mehr allein auf dem Pferd sitzen, deshalb heben sie ihn zu einem anderen in den Sattel, der ihn von hinten festhält. Drei Tage lang bleibt er blind, isst und trinkt nicht. Und er sagt: »Der Herr ist mir erschienen.« Seine Reisegefährten freuen sich mit ihm, wissen aber nicht, von welchem Herrn er spricht.

Und dann plötzlich, siehe, fällt es ihm wie Schuppen von den Augen. Er steht auf und isst wieder. Dann, allein auf seinem Ruhebett, öffnet er den Brief, der schon die ganze Zeit auf seiner Brust gebrannt hat. Er ruft einen Gefährten, um ihm die hebräischen Worte zu übersetzen, die Botschaft des Hohepriesters an das Oberhaupt der Juden in Damaskus. Sein Gefährte zögert und weigert sich zunächst, aber Saulus zwingt ihn. Und die Botschaft lautet:

> Halte diesen Mann einige Monate in Damaskus fest, gib ihm eine Aufgabe, egal welche. Meine Tochter steht kurz vor der Heirat mit einem Mann, dem sie schon bei ihrer Geburt versprochen wurde. Halte Saulus fern von uns. Meine Tochter lacht über ihn und amüsiert sich über seinen Eifer, mit dem er das Gesetz verteidigt. Wie konnte er sich einbilden, eine Partie für sie zu sein, dieser Unreine, dieser römische Grieche mit seiner verstümmelten Männlichkeit? Er ist von Nutzen gewesen und wird von Nutzen bleiben, aber als Diener des Gesetzes, als Teil der Tempelpolizei, nicht als Mitglied meiner Familie. Sei gegrüßt, Kaiphas

Und Wut erfüllt seinen Geist, sein Gefühl der Erniedrigung kennt keine Grenzen. Er verbirgt sich unter der Decke auf seinem Bett, heiß vor Scham und Hass.

Trotz allem erreichen ihn die Berichte von der Hochzeit, einem so großartigen Fest, dass sich niemand an dergleichen erinnern kann. Mit seiner Geliebten als strahlendem Mittelpunkt, wie die Königin von Saba, wie eine Batseba. Wie eine Delila, wie die Hure von Babylon.

Und er betet: Vergib mir, mein Gott, dass ich vom Wege abgekommen bin, demütig wende ich mich an dich, erhöre mich! Hilf mir, deine Botschaft zu verbreiten. Ich werde einen Weg finden. Und hilf mir, mich an ihm zu rächen, an dem Mann, der mich erniedrigt hat, der das Licht auf meinem Weg verdunkelt hat. Unterminieren werde ich ihn, seine Religion und sein Gesetz. Ich werde sie aushöhlen wie ein Wurm, der ein Möbelstück von innen auffrisst. Von außen sieht es unversehrt aus, aber wehe dem, der darauf Platz nehmen will. Der wird zu Boden stürzen und sich im Staub wälzen. Und auch sie werde ich beugen, diese Schlange mit ihren verräterischen Blicken. Von außen ist sie schön, aber von innen voller Raubgier und Bosheit. Es ist besser für einen Mann, nicht an eine Frau gebunden zu sein!

Und er bricht unverzüglich nach Arabien auf und kehrt von da aus wieder zurück nach Damaskus. Drei Jahre bleibt er dort, ohne zu sprechen, wie es dem wahren Bräutigam geziemt. Er nimmt seinen ursprünglichen Namen wieder an, der ihm von seinen Eltern gegeben wurde. Paulus, der Geringe, der Kleine, der Unansehnliche.

Und er denkt: Ich werde stark durch die Kraft und Macht des Herrn! Ich ziehe die Rüstung Gottes an, damit ich den listigen Anschlägen des Teufels widerstehen kann. Denn ich habe nicht gegen Menschen aus Fleisch und Blut zu kämpfen, sondern gegen die Fürsten und Gewalten, gegen die Beherrscher dieser finsteren Welt, gegen die bösen Geister der himmlischen Regionen. Darum lege ich die Rüstung Gottes an, damit ich am Tag des Unheils standhalten, alles vollbringen und den Kampf bestehen kann.

So stehe ich nun, meine Lenden umgürtet mit Wahrheit, und angetan mit dem Panzer der Gerechtigkeit, und die Füße gestiefelt mit Bereitwilligkeit, die frohe Botschaft des Friedens zu verkündigen. Bei dem allen aber ergreife ich den Schild des Glaubens, mit welchem wir alle feurigen Pfeile des Bösewichts auslöschen können. Und ich nehme den Helm des Heils und das Schwert des Geistes, nämlich das Wort Gottes, Mithras.

Ich bin Soldat.

LEO

LÖWE

22

21 Jahre früher, Frühling 1994

Schon am nächsten Tag wurde der Priester aus dem Krankenhaus entlassen. Nachdem er wieder sehen konnte und weitere Untersuchungen nichts ergeben hatten, gab es keinen Grund mehr, ihn länger dazubehalten.

Schon bald nahm er seine Arbeit wieder auf. Die Erinnerung an die Vision im Archeon blieb in ihm lebendig. Mehrmals am Tag erinnerte er sich daran, manchmal, ohne es zu wollen, häufiger aber, weil er bewusst darauf hinsteuerte.

Seine Aktivitäten für die Ritter Christi hatte er vorerst stark eingeschränkt, mit der Begründung, dass er allzu große Aufregung vermeiden müsse. Seine Mitstreiter hatten Verständnis dafür. Ihre Proteste gegen diejenigen, die Irrlehren verbreiteten, führten sie allerdings unvermindert fort, unter der Leitung eines jungen Mannes, der vor noch nicht allzu langer Zeit zum Katholizismus übergetreten war und fanatischer agitierte als alle anderen zusammen.

Ane hatte der Priester nach dessen Besuch im Krankenhaus nicht mehr gesehen. Auf seine Anregung hin hatte er sich allerdings eingehender mit dem Phänomen Epilepsie beschäftigt, besonders im Zusammenhang mit mystischen Erfahrungen. Es wunderte ihn selbst, dass er das vorher nie getan hatte. Außer in medizinischen Zeitschriften oder auf Beipackzetteln hatte er kaum etwas über die Krankheit gelesen. Er hatte sie als Teil seines Lebens akzeptiert, und ob er nun mehr oder weniger darüber wusste, ändern konnte man sowieso nichts.

Doch jetzt las er über den Temporallappen, einen Teil der Großhirnrinde, mit dem seit den Fünfzigerjahren des vergangenen Jahrhunderts experimentiert wurde. Wurde dieser Lappen bei Hirnoperationen gereizt, berichteten die Patienten anschließend manchmal von einem »kosmischen Bewusstsein«, einer spirituellen Präsenz oder anderen bizarren Erlebnissen. Ein anderer Teil des Temporallappens wurde mit außerkörperlichen Erfahrungen in Verbindung gebracht.

Der Neuropsychiater Michael Persinger hatte in den Achtzigerjahren ein Gerät entwickelt, das magnetische Reize an den Schläfenlappen sandte. Es war ein modifizierter Motorradhelm und wurde Religionshelm genannt, da Persinger versuchte nachzuweisen, dass er mithilfe der Reize spirituelle Erfahrungen in den Probanden hervorrufen könne.

Der Priester las das alles und nahm es zur Kenntnis. Für ihn änderte dieses Wissen jedoch nichts an der Realität seiner eigenen Erlebnisse. Selbst wenn die Vision ihren Ursprung in seinem Schläfenlappen hatte, konnte es doch trotzdem möglich sein, dass er mit einem unbekannten Wesen Kontakt gehabt hatte. Vielleicht war das eben die Art und Weise, wie der Mensch überhaupt mit einer anderen Welt in Berührung kommen konnte, ebenso wie ein richtig eingestelltes Radio das Signal eines Senders empfing.

Er dachte gerne an sein Erlebnis zurück, und oft überkam ihn wieder dieses Gefühl von Frieden und Ruhe, dieses Angenommenwerden mit allen seinen Mängeln, ohne verurteilt zu werden. Ab und zu dachte er daran, sich bei Ane zu melden, doch jedes Mal hatte er das Gefühl, die Zeit sei noch nicht reif dafür.

Anes Worte gingen ihm jedoch nicht aus dem Kopf. »Du kannst Priester bleiben, der Vater, der du jetzt bist«, hatte er gesagt, »jedoch mit einer anderen Auslegung.«

Ane hatte ihm auch prophezeit, dass er die Rituale, die er täglich für seine Gemeinde zelebrierte, nicht einmal zu verändern brauche. Die Form würde gleich bleiben, nur der Hintergrund wäre ein anderer. Ein faszinierender Gedanke, fand Tiny.

Der Moment der Wahrheit kam an einem Sonntagmorgen während einer Messe, die anfangs zu verlaufen schien wie hundert andere zuvor.

Als es Zeit wurde für die Eucharistie, wurde als Erstes das Brot zum Altar gebracht. Der Priester betete:

> »Gepriesen bist du, Herr, unser Gott, du schenkst uns das Brot, die Frucht der Erde und der menschlichen Arbeit. Wir bringen dieses Brot vor dein Angesicht, damit es uns zum Brot des Lebens werde.«

Danach wurden Wein und Wasser zum Altar getragen. Der Priester sprach:

> »Wie das Wasser sich mit dem Wein verbindet zum heiligen Zeichen, so lasse uns dieser Kelch teilhaben an der Gottheit Christi, der unsere Menschennatur angenommen hat.«

Er bot den Kelch Gott dar mit den Worten:

> »Gepriesen bist du, Herr, unser Gott, Schöpfer der Welt. Du schenkst uns den Wein, die Frucht des Weinstocks und der menschlichen Arbeit. Wir bringen diesen Kelch vor dein Angesicht, damit er uns der Kelch des Heiles werde.«

Mit gesenktem Haupt betete der Priester weiter:

> »Wir bitten dich im Geiste der Demut und mit zerknirschtem Herzen: Lass uns von dir angenommen werden und lass unsere Gaben heute vor deinem Antlitz wohlgefällig sein, Herr und Gott!«

Er wusch sich die Hände und betete:

»Herr, wasch ab meine Schuld, von meinen Sünden mach mich rein.«

Und er endete mit:

»Betet, Brüder und Schwestern, dass mein und euer Opfer Gott, dem allmächtigen Vater, gefalle.

Der Herr nehme das Opfer an aus deinen Händen, zum Lob und Ruhme seines Namens, zum Segen für uns und seine ganze heilige Kirche.«

Nach der Gabenbereitung und dem eucharistischen Gebet – ein Wechselgebet mit der Gemeinde – breitete er die Hände über Brot und Wein aus. Er betete, dass der Heilige Geist die Gaben zum Leib und zum Blut Christi wandeln möge:

»Ja, du bist heilig, großer Gott, du bist der Quell aller Heiligkeit. Darum bitten wir dich: Sende deinen Geist auf diese Gaben herab und heilige sie, damit sie uns werden Leib und Blut deines Sohnes, unseres Herrn Jesus Christus.«

Anschließend erzählte er die Einsetzungsgeschichte des letzten Abendmahls. Obwohl er sie schon unzählige Male vorgetragen hatte, schaute er zur Sicherheit in den Text, den ihm einer der Messdiener vorhielt.

Dies war der Moment, in dem plötzlich alles einen Sinn ergab. Es war keine Erkenntnis, die ihn wie ein Blitzschlag traf, sondern ein ruhiges und plötzliches vollständiges Begreifen des wahren Textinhalts:

»Nehmet und esst alle davon: Das ist mein Leib, der für euch hingegeben wird.

Nehmet und trinkt daraus: Das ist der Kelch des neuen und ewigen Bundes, mein Blut, das für euch und für alle vergossen wird zur Vergebung der Sünden. Tut dies zu meinem Gedächtnis.«

Nur mit Mühe unterdrückte er seine Emotionen, als er mit der Einsetzung fortfuhr und die Gemeinde zur Anrufung aufforderte:

»Geheimnis des Glaubens.«

Die Gemeinde antwortete:

»Deinen Tod, o Herr, verkünden wir, und deine Auferstehung preisen wir, bis du kommst in Herrlichkeit.«

Zum Schluss betete er:

»Schau auf das Opfer deiner Kirche und nimm das Lamm, für uns geschlachtet, als Opfer der Versöhnung. Beseele uns mit dem Heiligen Geist, sodass wir, erneuert durch den Leib das Blut deines Sohnes, als ein Leib befunden werden und eins sind im Geiste in Christi.«

Die Erkenntnis, die ihn eben getroffen hatte, hatte solche Wirkung auf ihn, dass es ihm nur mit schierer Willenskraft gelang, die Messe fortzusetzen. Hier zeigte sich, welcher Vorteil die starre Struktur einer katholischen Messe bot – man konnte selbst in einer Extremsituation alle Gesten und Gebete aufgrund seiner Erfahrung und Vertrautheit mit ihnen in ihrer festgelegten Abfolge verrichten.

Nach den Fürbitten, dem Vaterunser und dem Friedensgruß war es endlich an der Zeit für die Brotbrechung. Für einen unteilbar winzigen Augenblick erschien vor seinem geistigen Auge wieder dieses gleißende, blendende Licht. Diesmal konnte er jedoch wirklich hineinschauen, ohne auch nur blinzeln zu müssen. Erneut spürte er die Liebe und Akzeptanz, die er im Archeon erfahren hatte.

»Lamm Gottes, du nimmst hinweg die Sünde der Welt, erbarme dich unser.
Lamm Gottes, du nimmst hinweg die Sünde der Welt, erbarme dich unser.
Lamm Gottes, du nimmst hinweg die Sünde der Welt, gib uns deinen Frieden.«

Der Priester sprach diese letzten Worte mit einer solchen Intensität, dass sich einige Gläubige ein wenig überrascht, aber auch lächelnd ansahen. Es hatte für einen Moment den Anschein, als würde er in Tränen ausbrechen. Manche Gemeindemitglieder hielten den Atem an, aber für den Priester war es, als kämen ihm diese Sätze zum ersten Mal über die Lippen, als hätte er zum ersten Mal im Leben ihren Inhalt wirklich verstanden.

Er hob die Hostie hoch, nach seinem Gefühl zu dem Licht, das immer noch nicht verschwunden war, und sagte:

»Herr, ich bin nicht würdig, dass du eingehst unter mein Dach, aber sprich nur ein Wort, so wird meine Seele gesund.«

Das Licht verblasste allmählich, aber das Feuer in ihm loderte wie nie zuvor.

Bevor er die Gläubigen aufforderte, zur eigentlichen Kommunion nach vorn zu kommen, sprach er die traditionelle Warnung aus.

»Sooft ihr von diesem Brot esst und von dem Kelch trinkt, verkündigt ihr den Tod des Herrn, bis er kommt. Wer also unwürdig von dem Brot isst oder von dem Kelch des Herrn trinkt, der wird schuldig sein am Leib und Blut des Herrn. Der Mensch prüfe aber sich selbst, und so esse er von diesem Brot und trinke von diesem Kelch. Denn wer isst und trinkt und nicht bedenkt, welcher Leib es ist, der isst und trinkt sich selber zum Gericht.«

Die Leute kamen jetzt nach vorn. Eine Zeit lang war nichts anderes zu hören als das leise Orgelspiel, das Schlurfen von Füßen und hin und wieder ein Hüsteln.

Jedem Kommunikanten zeigte der Priester die Hostie und sagte:

»Der Leib Christi.«

»Amen«, antworteten die Gläubigen. Die meisten empfingen die Hostie mit der linken Hand, die sie mit der rechten stützten, und legten sie dann mit der rechten Hand in den Mund. Einige der Älteren streckten die Zunge heraus, auf die der Priester vorsichtig die Hostie legte.

Nachdem alle an der Reihe gewesen waren, reinigte er die Hostienschale und den Kelch. Es folgte ein Moment des stillen Gebets, und nach dem Schlussgebet, bei dem alle mit »Amen« schlossen, war die Eucharistie – wörtlich: die Danksagung – beendet. Der Priester segnete die Anwesenden mit einem letzten Kreuzzeichen.

»Es segne und behüte euch der allmächtige Gott, Vater, Sohn und Heiliger Geist.«

»Amen«, ertönte es im Chor.

»Gehet hin in Frieden.«

»Wir danken alle Gott.«

Der Priester verließ den Altar und den Kircheninnenraum. In der Sakristei half ihm wie immer der Küster beim Ausziehen seines Gewandes, das ordentlich auf einen Bügel gehängt wurde. Normalerweise ging der Priester anschließend sofort zum Ausgang, um den Gläubigen die Hand zu schütteln, aber er schützte Kopfschmerzen vor.

Das Licht hatte sich ihm erneut offenbart, so hell, dass alles und jeder in seiner Umgebung unsichtbar geworden war. Obwohl er keine Gestalt wahrgenommen hatte, hatte er das Gefühl, dass auch diesmal jemand anwesend war.

Er schenkte sich ein Glas Wasser ein und trank es in wenigen Zügen aus, ausgedörrt wie nach einer entbehrungsreichen Wüstentour. Dann setzte er sich und murmelte die Worte, die den Kern seines Glaubens bildeten, plötzlich aber eine neue Bedeutung erhalten zu haben schienen.

»Nehmet und esst alle davon: Das ist mein Leib, der für euch hingegeben wird.

Nehmet und trinkt daraus: Das ist der Kelch des neuen und ewigen Bundes, mein Blut, das für euch und für alle vergossen wird zur Vergebung der Sünden.«

Das Essen des Körpers von Christus und das Trinken seines Blutes, um eins mit ihm zu werden …

Er starrte das Kruzifix an der Wand an, ein besonders schönes, aus einem einzigen Stück Holz geschnitztes Abbild von Jesus am Kreuz. Davor stand die Gebetsbank, auf der er normalerweise vor und nach einer Messe kniete.

In dem Moment, als er aufstand, wurde angeklopft. Verstört

schaute er zur Tür, die geöffnet wurde, obwohl er nicht »herein« gesagt hatte.

Ein Gemeindemitglied steckte den Kopf herein. »Hier ist jemand, der Sie gerne sprechen möchte.«

»Ich …«, sagte er zögernd. »Kann derjenige keinen Termin vereinbaren?«

»Das haben wir ihm auch nahegelegt, aber er weigert sich zu gehen. Scheint ein sehr beharrlicher Mensch zu sein.«

Der Priester seufzte.

»Na schön, dann soll er kurz hereinkommen, aber sagen Sie ihm, dass ich mir im Moment nicht viel Zeit nehmen kann.«

Ein wenig verärgert stellte er sich in die Mitte der Sakristei, in Erwartung des unbekannten Besuchers, der ihn so dringend sprechen wollte. Die Arme hatte er vor der Brust verschränkt.

Erneut wurde die Tür geöffnet, und zu seiner großen Überraschung trat Ane ein.

Er schloss die Tür sorgfältig hinter sich und kam dann mit ausgestreckter Hand und einem breiten Lächeln auf ihn zu. »Tiny«, sagte er mit warmherziger Stimme, während er die Hand des Priesters ergriff. Seine freie Hand legte er darüber.

Der Priester tat es ihm nach und legte die freie Hand auf die von Ane.

»Ich war dabei heute«, sagte Ane, »und vorher schon, um ehrlich zu sein. Ich glaube, heute hat es richtig angefangen, nicht wahr?«

»Hast du es auch gesehen?«, fragte Tiny.

»Ja, ich habe es gesehen«, bestätigte Ane. »Wer nicht von meinem Fleisch isst und von meinem Blut trinkt, damit er in mir bleibt und ich in ihm, der wird das Heil nicht erlangen.«

Tiny sah ihn verständnislos an.

»Das kommt schon noch. Im Moment ist es, als würdest du in einen beschlagenen Spiegel schauen, aber bald wirst du ihm ins Auge blicken.«

»Wem?«

»Komm mit«, sagte Ane. »Wir werden erwartet.«

Tiny zögerte kurz, aber dann ging er zur Garderobe und holte seinen Mantel. »Lass uns den Hinterausgang nehmen«, sagte er. »Das geht schneller.«

Noch einmal richtete er den Blick auf das Kruzifix. Er neigte leicht den Kopf, als bitte er sowohl um Erlaubnis als auch um Vergebung für den Schritt, den er bereit war zu tun.

Die Tür hinter ihm fiel nicht mit einem Klappen ins Schloss, sondern mit einem leisen Quietschen, als protestierten die ungeölten Scharniere gegen seinen Aufbruch.

23

Samstag, 21. März, 03:45 Uhr

Paulus, ein Eingeweihter des Mithras?, fragte sich Peter entgeistert. *Das wäre ja eine weltbewegende Entdeckung! Andererseits würden sich dadurch zahlreiche biografische Fakten erklären lassen: dass er seine Heimat verlassen hatte, um als Zeltmacher in Jerusalem zu arbeiten, wo er Rabe gewesen wäre … Anschließend die Reise nach Damaskus, wonach er sich einige Jahre aus dem öffentlichen Leben zurückzieht und eine Zeit lang schweigt, als Bräutigam. Dann die Rückkehr nach Jerusalem, wo er kampfbereit die Konfrontation sucht, in einen kriegerischen Duktus verfällt und eine Rüstung trägt. Der Soldat …*

Da gab es doch diesen rätselhaften Text in einem der Briefe … Irgendetwas mit einem Aufstieg in den Himmel – wie war das gleich noch?

Er gab ins Handy »Paulus dritter Himmel« ein. Gleich der erste Treffer verriet es ihm: Zweiter Brief an die Korinther, Kapitel zwölf, Vers zwei bis einschließlich vier, wo Paulus offensichtlich von sich spricht, auch wenn er seinen Namen nicht nennt:

Ich weiß von einem Menschen in Christus, der vor vierzehn Jahren (ob im Leibe, weiß ich nicht, oder ob außerhalb des Leibes, weiß ich nicht; Gott weiß es) bis in den dritten Himmel entrückt wurde. Und ich weiß von dem betreffenden Menschen (ob im Leibe oder außerhalb des Leibes, weiß ich nicht; Gott weiß es), dass er in das Paradies entrückt wurde.

Der dritte Himmel, vor vierzehn Jahren – genau zu der Zeit, als er sich in Damaskus aufhielt. Und er sprach genau dieselbe mystische Sprache wie ein Eingeweihter. Der Eingeweihte sah und hörte Dinge, die er nicht mit anderen teilen durfte.

Als Nächstes gab Peter »Löwe Mithras vierter Grad« ein.

Hastig öffnete er die Seiten, die als Erstes angezeigt wurden, fand aber nur allgemeine Beschreibungen über den Mithraskult.

Der Löwe war mit einem langen roten Umhang bekleidet. Er stand unzweifelhaft mit dem Feuer in Beziehung, das schon von Anfang an in der Mithrasreligion heilig war. Zu seinen Emblemen gehörten die Feuerschaufel und der Blitzstrahl. Mit diesem Grad war die Kraft verbunden, die Jupiter symbolisierte. Bei den Einweihungszeremonien wurde zur Reinigung Honig verwendet (Wasser ist ein Feind des Feuers), und wahrscheinlich musste der Löwe eine Feuerprobe bestehen. Aus einem Diener oder Arbeiter wurde nun, nachdem er die Prüfungen bestanden hatte, als Löwe ein Teilnehmer an den verschiedenen Riten; ihm wurden die okkulteren und mystischeren Lehren mitgeteilt. Da alle Gelübde nicht nur für die Dauer dieses Lebens abgelegt wurden, sondern für die Ewigkeit bindend waren, wurde angenommen, dass der Löwe »am Ende der Zeiten« das Weltenfeuer überleben wird.

Das erklärt jedenfalls den Honig, dachte Peter zufrieden.

Honig, Honig …

Erneut fragte er Google um Rat: »Honig Leiden«. Es erschienen Werbeanzeigen, ein Bericht über den Leidener Bienenmarkt, die Website eines Geschäfts für Imkerzubehör. Und dann ging ihm ein Licht auf: der Hortus, der botanische Garten der Universität Leiden, wo sich die einzige Imkerei innerhalb des alten Stadtzentrums befand, der Bereich innerhalb der Singels, der Kanäle.

Er beschloss, dort hinzugehen, nicht zuletzt, weil er nicht wusste, was er sonst tun sollte.

Kurz darauf gelangte er an das Morspoort. Die Straßen waren verlassen. Über die Ziehbrücke an der Mühle De Put betrat er den Weddesteeg und passierte das Geburtshaus Rembrandts. Rasch überquerte er das Noordeinde, um beim Oude Varkenmarkt rechts abzubiegen. Vor dem Zugangstor zu den Sebastiaansdoelen blieb er stehen und blickte auf. Er war bestimmt schon Hunderte Male unter diesem Tor hindurchgegangen, aber jetzt nahm er zum ersten Mal die reichen Ornamente wahr. In einer Stadt, die einem so vertraut war, wurde man blind für seine Umgebung.

Oben auf dem Tor stand die Skulptur eines behelmten Ritters zu Pferd, der einen Drachen bezwang. Das Ungeheuer lag bereits halb besiegt unter dem Pferd und bäumte sich auf in einem letzten Versuch, dem tödlichen Speerstich zu entkommen. Sankt Georg und der Drache …

Peter ging bis zum Ende der Gracht, aber die Mauer, die den Hortus auf dieser Seite begrenzte, war viel höher als in seiner Erinnerung. Nirgendwo gab es einen hervorstehenden Stein, der ihm Halt zum Hinaufklettern bieten konnte.

Er blickte sich nach etwas um, was er notfalls schräg gegen die Mauer lehnen konnte, obwohl er befürchtete, dass das möglicherweise zu viel Lärm machen würde. Außerdem sah er nichts, was er hätte benutzen können.

Allerdings sah er, dass an der Fassade eines Hauses ein Einerkanu lag. Unwillkürlich musste er lächeln.

Er hob das überraschend leichte Kanu an und setzte es ins Wasser des Kanals, der durch einen kleinen gewölbten Tunnel in den Hortus führte. Vorsichtig stieg er ein. Das Kanu wackelte bedrohlich, stabilisierte sich aber schnell, als er einmal saß. Mit dem Paddel stieß er sich vorsichtig vom Ufer ab, und mit ein paar ruhigen Schlägen kam er langsam voran. Als er durch den

Tunnel gefahren war, legte er an. Das Kanu schaukelte heftig, sodass es ihn einige Mühe kostete, an Land zu kommen.

Der Hortus war sein Lieblingsort für einen kurzen Spaziergang während der Mittagspause oder um einfach ein bisschen frische Luft zu schöpfen. Manchmal hielt er ein Schwätzchen mit den beiden Imkern, die beide Fred hießen. Einer der beiden war der Nachfahre des Autors, der das allererste niederländischsprachige Buch über Bienen verfasst hatte. Wirklich sonderbar, wie ein Interesse manchmal vererbt wurde.

Er folgte dem Weg, der am Wasser entlangführte. Der Hortus badete im Licht des Vollmonds, durch das Peter lange Schatten warf. Er kam seitlich neben dem großen Gebäude am Nonnensteeg heraus. Hier standen einige Bienenkörbe, aber auch dort regte sich nichts. Er legte das Ohr lauschend an einen der Körbe, aber es blieb totenstill. Kein Summen, kein Zittern, nichts.

Vorsichtig hob er den Korb an.

Leer.

Auch die anderen Körbe inspizierte er auf diese Weise, nachdem er vorher sorgfältig gelauscht hatte, um sicher zu sein, dass keine Bienen darin waren. Er hatte gehofft, dass sich in einem der Körbe etwas verbarg, aber leider umsonst.

Es gab jedoch noch einen Ort, an dem er nachsehen konnte.

Er folgte dem Weg an der systematischen Abteilung vorbei, der an der Vijfde Binnenvestgracht lag und wo die Pflanzen in verwandtschaftlichen Unterklassen beisammen wuchsen.

Hinter dem kleinen Haus, wo die Angestellten des Hortus ihr Büro hatten und ihre Materialien aufbewahrten, standen, wie er wusste, weitere Bienenkästen, und er ging außen um das Gebäude herum.

Als er sich den Kästen bis auf einen halben Meter genähert hatte, sah er etwas Ungewöhnliches. Zwischen zwei Kästen standen zwei Schüsselchen, wie man sie auf Frühstücksbuffets in Hotels findet.

Peter nahm sie in die Hand. In der einen war Butter, in der anderen Honig. Er hielt das Schüsselchen Honig ins Mondlicht, konnte aber nichts Ungewöhnliches daran entdecken.

Butter und Honig … Was hatten die beiden miteinander zu tun? Bisher hatten viele Hinweise einen biblischen Ursprung gehabt.

»Land von Milch und Honig«, murmelte er vor sich hin. So wurde das Gelobte Land im Alten Testament beschrieben. Samson, fiel ihm ein, und er war ganz aufgeregt, weil er das Gefühl hatte, auf der richtigen Spur zu sein. Unterwegs zu einem Mädchen, das Samson gefiel und das er heiraten wollte, fand er den Kadaver eines Löwen, den er zuvor getötet hatte. Im Kadaver fand er einen Bienenschwarm und Honig. Er löste den Honig mit den Händen heraus, und als er nach Hause kam, gab er auch seinen Eltern davon ab.

Löwe und Honig … Aber was war mit der Butter?

Unentschlossen kehrte er zum Hauptweg zurück.

Als er um die Ecke bog, kam ihm eine Gestalt entgegen. Peter duckte sich instinktiv. Seine Muskeln spannten sich an, zur Vorbereitung auf einen Sprint, aber statt loszulaufen, blieb er wie angewurzelt stehen und starrte denjenigen an, der da in aller Seelenruhe auf ihn zukam.

Zunächst wurde die Person teilweise vom Schatten der Bäume verschluckt, unter denen sie hindurchging, aber als sie sich bis auf wenige Meter genähert hatte, erkannte Peter sie.

24

Samstag, 21. März, 04:00 Uhr

Als Judith aufblickte, sah sie, dass die Decke des Raumes aus Eisenstreben bestand – wie ein Viehgitter.

Vorsichtig beugte sie sich nach vorn, wobei das Hämmern in ihrem Kopf sich verstärkte. Sie hob die Kerze mit beiden Händen hoch und stand danach ganz vorsichtig auf. Die Augen hielt sie starr auf die flackernde Flamme gerichtet, voller Angst, dass sie ausgehen könnte. Mit gestreckten Armen hob sie die Kerze schräg in die Luft, wie eine Priesterin, die ihrem Gott ein Opfer darbringt, im Austausch gegen das Wunder, aus der Gefangenschaft befreit zu werden.

Sie sah, dass oben auf dem Gitter dicke Bretter lagen.

Judith stellte die Kerze behutsam wieder auf den Boden, seitlich an der Zellenwand, und räumte die Decken und die Matratze von der Pritsche, einem wackligen, schlampig zusammengeschraubten Holzgestell.

Wenn sie das Bett oder besser: die Gefängnispritsche schräg gegen die Wand lehnte, würde sie sie vielleicht als Leiter benutzen können, um durch die Decke zu entkommen.

Das Gestell war nicht schwer, aber sie war so geschwächt, dass sie es dennoch nur mit Mühe schaffte, es auf die Seite zu kippen. Sie musste pausieren, vornübergebeugt, die Hände auf das Holz gestützt, und wartete, sodass sich ihre Atmung wieder beruhigte. Ihre Brust hob und senkte sich wie nach einem kurzen, heftigen Sprint.

Ein so tiefes Gefühl der Verlassenheit überkam sie, dass sie unbeherrscht anfing zu weinen und in die Knie ging. Am ganzen Körper zuckend, fiel sie auf die Seite. Als sie sich nach ein paar Minuten ein wenig beruhigt hatte, blieb sie in Fötusstellung auf dem Boden liegen.

»Mark«, flüsterte sie. »Mark«, und schaukelte sich dabei hin und her.

Kurz darauf kroch sie auf allen vieren in die Mitte ihrer Zelle. Ihr Kopf hämmerte noch immer, als stünde sie neben einer Dampframme.

Neben der Kerze, die weiterhin ein gleichmäßiges Licht verbreitete, standen eine Karaffe Wasser und ein Emaillebecher, wie man ihn in Outdoorläden kaufen konnte. Sie machte sich nicht die Mühe, das Wasser in den Becher zu gießen, sondern setzte direkt die Karaffe an den Mund. Gierig trank sie ein paar große Schlucke, wobei ihr ein Teil des lauwarmen Wassers an Kinn und Hals hinunterfloss.

Den bitteren Geschmack im Mund konnte sie damit nicht wegspülen.

Anschließend rückte sie das Bett mit der kurzen Seite an die Wand. Dann setzte sie sich ans andere Ende und versuchte, es mit dem Rücken hochzudrücken. Sie saß in der Hocke, den Lattenrost auf den Schultern. Dann richtete sie sich Stück für Stück auf, bis sie aufrecht stand. Als sie ihr Gleichgewicht gefunden hatte, ging sie mit kleinen Schritten rückwärts. Das Bett bewegte sich schräg aufwärts, wie eine Brücke, die sich öffnet.

Einen Meter vor der Wand drehte sie sich um. Mit beiden Händen drückte sie die Holzkonstruktionen von sich weg, sodass sie schließlich an der Wand lehnte und nun eine breite, steile Treppe bildete. Sie bückte sich und zog das hintere Teil noch etwas näher zu sich heran.

Ihre Bluse war inzwischen schweißnass. Obwohl sie das

Gefühl hatte, jeden Moment ohnmächtig zu werden, war sie entschlossen durchzuhalten.

Sie setzte den Fuß auf die erste Querlatte und hielt sich dabei rechts und links außen fest. Dann hob sie den anderen Fuß an, um zu testen, ob das dünne Holz sie trug. Es bog sich ein wenig durch, schien aber zu halten. Sie setzte den zweiten Fuß neben den ersten, den Oberkörper dicht an den Rost geschmiegt.

»Im Frühtau zu Berge wir ziehn, fallera«, sang sie zittrig.

Nachdem sie den Lattenrost zu ungefähr zwei Dritteln hochgeklettert war, reckte sie einen Arm, um auszuprobieren, ob sie das Gitter schon berühren konnte. Sie schaffte es! Es fühlte sich kalt und feucht an. Sie kletterte noch zwei Tritte weiter und konnte jetzt mit einer Hand einen Gitterstab umfassen, sodass sie mit der anderen Hand gegen das Brett darüber drücken konnte. Es bewegte sich ein klein wenig, aber durch den Spalt, der zwischen den Brettern entstand, fiel kein Licht, wie sie gehofft hatte. Darüber war es genauso dunkel wie in dem Raum, in dem sie sich befand.

Sie ging noch einen Tritt höher, um mit mehr Kraft gegen das Gitter drücken zu können, aber es saß bombenfest. Jetzt packte sie auch mit der anderen Hand einen Stab, in der Hoffnung, mit zwei Händen das Gitter lockern zu können.

Sie spürte, wie sich das Holz des Lattenrosts unter ihrem Gewicht durchbog. Vorsichtig versetzte sie die Füße, um den Druck besser zu verteilen.

Trotzdem brach die Latte mit einem lauten Krachen. Wie durch ein Wunder behielt sie das Gleichgewicht, obwohl sie mit den Füßen ein Brett tiefer gerutscht war. Aber dann hörte sie unter sich das schabende Geräusch von Holz über Fliesen und fühlte, wie das Bett langsam wegrutschte. Sie versuchte es noch mit einem Fuß aufzuhalten, aber es gelang ihr nicht. Das Bett stürzte zu Boden.

Judith baumelte jetzt wie eine umgekehrte Fledermaus am Gitter. Sie schaute nach unten, um einzuschätzen, wo sie sich am besten auf den Boden fallen lassen konnte. Unter Aufbietung all ihrer Kräfte gelang es ihr, sich eine Stange weiter zu hangeln, sodass sie über die Matratze gelangte, anstatt über dem kaputten Holzgestell zu hängen.

Genau in dem Moment, als sie loslassen wollte, hörte sie ein Rumoren an der Tür. Ein Riegel wurde beiseitegeschoben. Kurz darauf wurde die Tür geöffnet.

In der Öffnung erschien ein Mann mit einer Fackel in der Hand. Sein Gesicht wurde von einer weiten Sturmhaube verborgen.

Zögernd betrat er den Raum, Fuß für Fuß über den Boden schlurfend. Er schwang die Fackel ein paarmal im Halbkreis hin und her. Erst dann blickte er hinauf zu Judith, die die Situation ausnutzte und sich fallen ließ.

Falls es ihre Absicht gewesen war, gleich nach dem Aufkommen wie eine Katze wieder hochzufedern und ihren Wächter zu überrumpeln, misslang ihr das gründlich.

Sie landete halb auf der Matratze, stürzte zur Seite und prallte dabei hart gegen die Wand. Ein brennender Schmerz schoss ihr durch den Fußknöchel. Noch wollte sie nicht aufgeben, obwohl sie ihr Überraschungsmoment verspielt hatte. Sie stand auf, aber zu schnell, und musste sich kurz mit einer Hand an der Wand abstützen.

Die ganze Zeit hatte der Mann geschwiegen.

»Warum bin ich hier?«, flüsterte sie, ohne ihn anzusehen.

Sie ging ein paar wacklige Schritte auf ihn zu, aber der Mann richtete seine Fackel auf sie, als wäre sie ein wildes Tier, das man von sich fernhalten musste.

»Warum bin ich hier?«, wiederholte sie ihre Frage, diesmal lauter.

Der Wächter neigte den Kopf zur Seite, als überlegte er, ob er sprechen sollte.

»Was wollt ihr von mir?« Als sie einen weiteren Schritt in

seine Richtung ging, spürte sie die angenehme Wärme des Feuers, wodurch ihr bewusst wurde, wie kalt ihr war.

»Können Sie mir sagen, warum ich hier bin?«, fragte sie, diesmal freundlich, in der Hoffnung, dass ihr Wächter sich vielleicht dazu bewegen ließ, zu antworten. »Sie können sich doch vorstellen, dass ich vollkommen durcheinander bin, oder?«, fuhr sie in ruhigem Ton fort, als führe sie ein vernünftiges Gespräch mit einem ebenbürtigen Partner.

Der Mann sah sie jetzt direkt an. »Ich kann es dir nicht sagen«, erwiderte er. »Tut mir leid.«

Es klang sogar ernst gemeint.

War er der junge Mann, der vorhin bei dem älteren Mann gewesen war? Seine Stimme kam ihr bekannt vor.

»Ich weiß nicht, wer ihr seid oder was ihr macht. Warum bin ich hier? Warum ich?«

Keine Reaktion, obwohl der Mann zu zweifeln schien.

Judith sank der Mut, und sie fing wieder an zu schluchzen. »Bitte!«, flehte sie, »lass mich gehen! Was habe ich euch denn getan?«

»Es hat nichts …«, begann der Mann. »Es hat nicht direkt mit dir zu tun. Es geht um …«

»Um was geht es? Oder um wen?«, schrie Judith mit neuer Energie.

»Es geht nicht um dich«, wiederholte der Mann nochmals.

Judith schwieg mutlos.

Aus seiner Hosentasche zog der Mann ein Handy, das in dieser beinahe mittelalterlichen Umgebung regelrecht grotesk anmutete. Der Mann richtete das Handy auf sie, offensichtlich, um ein Foto von ihr zu machen.

»Hilfe!«, schrie Judith genau in dem Moment, als der Blitz aufflammte.

Der Mann gab etwas auf der Tastatur ein. »Wenn ich gleich oben bin, wird das Foto …«

Doch bevor er den Satz zu Ende sprechen konnte, drehte er den Kopf, als hätte er etwas gehört.

Judith sah nur eine Hand mit einem dicken Holzscheit. Eine für sie unsichtbare Person schlug mit enormer Wucht auf den Kopf ihres Wächters, der sofort beide Hände hob und sowohl das Handy als auch die Fackel zu Boden fallen ließ. Noch während er jammernd seinen Kopf umklammerte, traf ihn ein weiterer harter Schlag. Er sank zu Boden, wie eine Marionette, deren Fäden alle gleichzeitig durchgeschnitten wurden.

Der andere Mann hob die Fackel und das Handy auf, wobei er mit der anderen Hand die Augen abschirmte, als blicke er in die Sonne, wodurch nur die untere Hälfte seines Gesichts zu sehen war.

Es musste sich noch eine andere Person hinter ihm befinden, denn der bewusstlose Mann wurde durch die Tür weggeschleift.

Zögernd ging Judith zur Türöffnung, um ihrem anonymen Retter, wer immer es auch war, um den Hals zu fallen. Doch noch bevor sie einen Schritt aus der Zelle hinaussetzen konnte, wurde sie grob zurückgestoßen.

»Du bleibst hier!«, sagte der Mann mit der Fackel nur.

»Aber … Ihr könnt mich doch nicht einfach zurücklassen!«, schluchzte sie. »Bitte, ich werde niemandem etwas sagen!«

Ohne eine Antwort schlug er die Tür zu.

Judith hämmerte mit beiden Händen gegen das kalte Metall, aber es gab nicht nach. Dann legte sie ihr Ohr dagegen.

Da sie nichts hörte, stellte sie sich mitten in den Raum und konzentrierte sich auf jeden Laut außerhalb der Mauern ihrer Zelle. Schließlich wurde ihre Aufmerksamkeit von einem Geräusch angezogen, das von innerhalb kam.

Sie hörte Wasser tropfen und schaute in die Richtung, aus der das Geräusch zu kommen schien. In einer Ecke der Wand, dort, wo sich die Tür befand, ragte das Ende eines Rohres hervor, so hoch, dass sie es nicht erreichen konnte. Sie war davon ausgegangen, dass es der Luftzufuhr diente, aber zu ihrem Schrecken sah sie, dass das Tröpfeln dorther stammte.

Die Tropfen wurden zu einem Rinnsal. Es wurde kurz unterbrochen, als hätte jemand entdeckt, dass er den Hahn offen gelassen hatte, und ihn wieder zudrehte. Judith hörte ein Poltern über ihrem Kopf, und danach wurde es wieder still. Genau in dem Moment, als sie den Atem ausstieß, den sie unbemerkt angehalten hatte, sprudelte das Wasser mit hohem Druck herein.

Judith hechtete mit einem Sprung zu der Stelle, an der die Kerze stand, und konnte sie im letzten Moment retten. Keine Sekunde später spritzte das Wasser hoch auf, wobei sich Flocken von ekligem weißen Schaum an der Oberfläche bildeten, und strömte in die Mitte der Zelle. Schon bald wurde die Pfütze rund um die Metallplatte, die den Abfluss darunter abschloss, immer größer. Judith kniete sich auf den Boden, wobei sie mit einem Arm die Kerze in die Luft hielt. Mit der freien Hand zerrte sie an der Metallplatte, aber sie ließ sich nicht bewegen.

Sie begann mit schriller Stimme zu schreien.

25

Samstag, 21. März, 04:40 Uhr

»Raven?«, fragte Peter zunächst erstaunt, doch dann stürmte er auf ihn los. »Raven!«, brüllte er wütend und stieß ihn mit beiden Händen gegen die Brust, sodass er rückwärtsstolperte.

Raven verteidigte sich nicht und versuchte nur, das Gleichgewicht zu bewahren.

»Wo ist Judith?«, schrie Peter, so heftig, dass Speicheltröpfchen auf Ravens Jacke landeten. Er packte ihn am Revers und zog ihn zu sich hin. Auch das ließ Raven ohne Gegenwehr mit sich geschehen. »Wo ist Judith? Was soll der Unsinn?« Peter ließ Raven jetzt los, blieb aber drohend dicht vor ihm stehen. »Ihr habt ihr doch hoffentlich nichts getan?«

»Wir beobachten dich schon sehr lange, Peter«, sagte Raven, ohne im Geringsten auf Peters Wut zu reagieren. »Wie ich dir schon gesagt habe, bist du auserwählt; das sagen jedenfalls die, die über mir stehen. Sie setzen großes Vertrauen in dich.« Er legte die rechte Hand auf Peters linken Oberarm, als wolle er ihn beruhigen.

Doch Peter packte seine Hand und drehte ihm den Arm um, sodass Raven gezwungen war, eine halbe Drehung zu machen. Er endete mit dem Rücken zu Peter, wie bei einem gewalttätigen Pas de deux für zwei Herren.

Bei dem Ringkampf fiel das iPhone aus Peters Innentasche zu Boden. Er drückte Ravens Arm nach vorne, worauf dieser ins Hohlkreuz ging und den Kopf nach hinten warf, um den

Schmerz zu lindern. »Zum letzten Mal, wo ist Judith?« Peter zog Ravens Arm noch weiter hoch.

Raven stieß nur ein heiseres Keuchen aus. »Ich kann nicht …«, brachte er mit Mühe hervor. »Ich gebe nur die Nachricht weiter, ehrlich! Ich weiß nicht, wovon du redest. Ich weiß, wer Judith ist, aber ich weiß nicht, wo sie ist.« Er keuchte. »Bitte lass mich los, ich sage die Wahrheit!«

Peter ließ locker.

Raven stieß einen Seufzer der Erleichterung aus. »Ich weiß es wirklich nicht«, fügte er noch hinzu.

Da Peter klar wurde, dass sie so nicht weiterkamen, ließ er ihn ganz los.

Mit schmerzverzerrtem Gesicht drehte sich Raven um. Er rieb sich über den Arm und rollte den Kopf nach links und rechts. »Bitte glaub mir«, sagte er mit einem entschuldigenden Unterton. »Ich gebe nur weiter, was mir aufgetragen wurde. Außer dem, was ich dir erzähle, weiß ich nichts, Ehrenwort!«

»Was soll dieser lächerliche Mist? Warum muss ich das alles tun?«

»Sie ist … Es geht um dich, das ist alles, was ich weiß. ›Die Stunde ist gekommen‹, sagen sie. Die gestrige Sonnenfinsternis …«

In dem Moment vibrierte das iPhone auf dem Boden. In einem Reflex bückte sich Peter, um zu sehen, was für eine Nachricht hereinkam.

Es war wieder ein Foto. Es dauerte eine Ewigkeit, bis es vollständig erschien.

Judith blickte verzweifelt genau in die Kamera. Ihr Mund war weit geöffnet, zweifellos zu einem Hilfeschrei, wie Janet Leigh auf dem Filmplakat von *Psycho*.

»Hier!«, rief Peter wütend und zeigte Raven das Display. Aber das Foto hatte sich schon wieder aufgelöst, bevor dieser einen genaueren Blick darauf werfen konnte.

»Kannst du mich nicht einfach zu ihr bringen?«, fragte Peter jetzt ruhig, in der Hoffnung, den jungen Mann mit Vernunft besser erreichen zu können, aber Raven schwieg. »Und was soll das mit dem Handy?«

Auf Ravens Gesicht erschien ein herablassendes Lächeln. »Jeder Schritt, den du tust, wird beobachtet, Peter«, sagte er.

»Und die Polizei? An der Synagoge?«

»Sie wollten den Druck ein wenig verstärken, indem sie die Polizei auf dich gehetzt haben, um zu sehen, wie du dich aus der Situation retten würdest. Bis jetzt hast uns nicht enttäuscht.«

»Nicht enttäuscht?«, rief Peter aus. »Was ist das für ein Wahnsinn? Ich mache das nicht mehr mit! Geh zu deinem Chef oder deinen Chefs und sage ihnen, dass ich Schluss mache. Ich bin nicht der ›Auserwählte‹ oder was auch immer. Ich gebe auf. Ihr lasst Judith frei und dann …«

Plötzlich riss Raven die Augen auf. »Pass auf, hinter dir!«, stieß er hervor.

Peter schüttelte lachend den Kopf. »Das kennen wir schon! Dieser Trick funktioniert nur einmal.« Doch noch während er sprach, hörte er Schritte auf den Kieseln hinter sich. Bevor er sich umdrehen konnte, packte ihn jemand an beiden Armen. Das Handy fiel erneut zu Boden. »Was soll das denn schon wieder!«, rief er.

Diese Wendung schien auch Raven zu überraschen. Er öffnete den Mund, aber als er sprechen wollte, kam nichts weiter als ein leises Stöhnen über seine Lippen. Er versuchte, mit den Armen auf seinen Rücken zu fassen, aber erfolglos. Er fiel erst auf die Knie, wie ein Amateurschauspieler, der eine dramatische Sterbeszene darstellen soll. Dann kippte er langsam nach vorne um, vor Peters Füße.

Zu seinem Entsetzen sah Peter, dass ein Pfeil aus Ravens Rücken ragte. Doch er hatte keine Zeit, sich lange darüber Sorgen zu machen. Der Mann hinter ihm zog seine Arme weiter aufeinander zu, sodass Peter, genau wie Raven gerade eben, den Rücken durchdrückte, um den aufflammenden Schmerz zwischen den Schulterblättern zu lindern.

Aus der Dunkelheit vor ihm tauchte eine Gestalt mit einem Bogen in den Händen auf, mit einem Pfeil darin, der jedoch zu Boden gerichtet war. Die Gestalt blieb so weit von ihm entfernt stehen, dass er ihr Gesicht nicht erkennen konnte.

Peter ließ den Kopf sinken, als ergäbe er sich. Er schloss die Augen und rechnete damit, dass jeden Moment ein Pfeil seine Brust traf.

»Sobald wir dich aus dem Weg geräumt haben«, zischte der Mann hinter ihm Peter ins Ohr, jede Silbe betonend, als spucke er die Kerne einer Frucht aus, »kommt der Vater sicher wieder zur Besinnung!«

»Der Vater? Aber ich habe das alles doch gar nicht gewollt!«, stieß Peter mit zusammengebissenen Zähnen hervor. »Lasst mich gehen! Und lasst Judith frei!«

Einen Moment lang standen sie so da, halb ineinander verschlungen. Keiner wollte nachgeben.

»Ich gehe sofort nach Hause, wenn ihr das wollt«, brachte Peter noch hervor. »Ich will das hier gar nicht. Ich will nur, dass Judith …« Er versuchte, sich umzublicken, um das Gesicht seines Angreifers zu sehen, aber er schaffte es nicht. Allerdings sah er, dass der Mann hinter ihm dem anderen zunickte, der noch immer etwa zwanzig Meter entfernt im Schatten stand. Dieser richtete jetzt Pfeil und Bogen auf ihn.

Der wird doch nicht schießen, ging es Peter durch den Kopf. *Das ist doch Wahn …* Im Bruchteil einer Sekunde sah er, dass der Schütze tatsächlich den rechten Arm nach hinten zog und den Bogen spannte. Einen Moment bevor der Pfeil von der Sehne schnellte, bückte sich Peter in einer äußersten Kraftanstrengung nach vorn, wobei er den Mann hinter sich wie in einem akrobatischen Akt über sich hinwegzog. Praktisch sofort, nachdem der verblüffte Mann vor ihm gelandet war, hörte er, wie der Pfeil mit einem trockenen »Zack« in dessen Körper eindrang. Ein furchtbarer Schrei entrang sich der Kehle des Opfers, das Peter als menschlichen Schild benutzt hatte.

Er ließ den Mann los, sah noch aus dem Augenwinkel heraus das Handy, ließ es aber auf dem Boden liegen. Dann rannte er los, immer im Zickzack, wie er es Schauspieler in Filmen hatte tun sehen, die schießenden Gegnern zu entkommen versuchten.

Er rannte in Richtung des Zauns, der an das Gelände der Sternwarte grenzte. Dicht hinter sich hörte er das Zischen eines Pfeils, der ihn um Haaresbreite verfehlte und zitternd in einem Baum stecken blieb.

Gehetzt blickte er sich um, sah aber niemanden mehr.

Auf dieser Seite wurde der botanische Garten von einem etwa zwei Meter hohen Zaun begrenzt. Peter setzte den Fuß auf eine Querstrebe und zog sich hoch, so schnell er konnte. Oben auf dem Zaun versuchte er, sich halb hinzulegen, und dann die Beine über die Spitzen zu schwingen, die ihm in Bauch und Brust stachen.

Es schien ihm zu gelingen, aber als er sich hinunterfallen lassen wollte, blieb sein Mantel an einer der Spitzen hängen, sodass er einen kurzen Augenblick zwischen Himmel und Erde schwebte. Er griff mit beiden Händen nach der Ecke, an der er festhing, in dem Bewusstsein, dass er auf diese Weise ein sehr leichtes Ziel für den Bogenschützen abgab. Aber das Problem löste sich von selbst, als der Mantel riss und er hinunterfiel.

Peter sprang auf und rannte halb geduckt los, weg von dem Zaun. Im Eingang eines der Gebäude der Sternwarte ging er einen Augenblick lang in Deckung, außer Atem und vollkommen verschwitzt.

Was war passiert?

Er atmete tief ein und aus.

Da er nicht recht wusste, was er als Nächstes tun sollte, schloss er die Augen und lehnte sich mit dem Hinterkopf gegen die Glasscheibe im Eingang. Sie war angenehm kühl. In den Büschen hinter sich glaubte er einen Zweig knacken zu hören. Er riss die Augen weit auf und hielt instinktiv den Atem an, aber als in den folgenden Sekunden kein Geräusch mehr folgte, entspannte er sich wieder ein wenig.

Da wurde auf der anderen Seite der Scheibe fest gegen das große Fenster neben der Tür geklopft.

Peter schnappte nach Luft und blickte sich um. Erst schaute er in sein eigenes, erschrockenes Gesicht, das sich in der Scheibe spiegelte, aber schon bald sah er durch seine eigene Reflexion hindurch das Gesicht eines jungen Mannes. Er wirkte fast genauso erschrocken wie er, sah ihn fragend an und bewegte die Lippen, aber da Peter nichts hörte, wusste er nicht, ob er etwas sagte oder nur geräuschlos den Mund öffnete und schloss.

»Was machen Sie hier?«, las ihm Peter schließlich von den Lippen ab. Gute Frage, dachte er bei sich. Dann klopfte er selbst gegen die Scheibe und bedeutete dem jungen Mann, er solle ihm die Tür öffnen.

Dieser zögerte einen Augenblick, bevor er mit einer Hand nach der Klinke griff und die Tür einen Spalt aufzog.

»Was machen Sie hier?«, fragte der Mann, diesmal verständlich.

»Kann ich es Ihnen drinnen erklären? Es ist eine lange Geschichte, aber vielleicht können Sie mir ja helfen.«

Der junge Mann kniff die Augen zu Schlitzen zusammen, als könne er Peter so besser sehen, und nickte dann.

»Okay.«

In dem Moment, als die Tür geöffnet wurde, hörte Peter ein Geräusch wie von einem gespannten Gummiband, das losgelassen wird. Ohne nachzudenken, hechtete er zu Boden, und nur

Sekundenbruchteile später prallte ein Pfeil von der Tür ab, die der erschrockene junge Mann offen hielt.

Auf allen vieren kroch Peter hinein. »Tür zu, schnell!«, rief er.

Der junge Mann schloss in einem Reflex die Tür, noch bevor Peter ganz drinnen war, und klemmte dabei dessen Fußknöchel ein. »Autsch!«, rief Peter mehr vor Schreck als vor Schmerz.

Der junge Mann, der inzwischen selbst halb auf dem Boden lag, öffnete die Tür wieder ein kleines bisschen.

Peter zog seinen Fuß herein, und die Tür fiel mit einem beruhigenden Schlag hinter ihnen ins Schloss.

Im Gebäude ertönte ein schriller Alarm.

Der junge Mann rannte durch den Flur, und Peter sah, wie er auf einem neben einer Tür an der Wand befestigten Apparat einen Zahlencode eingab, woraufhin der Lärm sofort aufhörte.

Sein Retter bedeutete ihm, mit ihm zu kommen. Peter warf noch einen Blick zurück. Er glaubte, in der Ferne, in den Büschen, einen Schatten zu sehen, aber es hätte auch sein können, dass ihm seine Fantasie einen Streich spielte. Er wusste, dass sein Jäger einen Plan schmieden würde, um hereinzukommen, oder sich einen Platz suchte, von wo aus er ihn gleich, in dem unvermeidlichen Moment, in dem er das Gebäude verlassen musste, erwischen konnte.

»Gehen wir rauf«, sagte der junge Mann im Flüsterton, obwohl das etwas übertrieben erschien.

Im Flur kam Peter an einem Snackautomaten vorbei, der seltsamerweise ganz leer war bis auf einen großen Marsriegel, und er merkte, dass er Appetit hatte. Auf der Uhr im Flur sah er, dass es kurz nach fünf war. Er war schon seit fast vierundzwanzig Stunden auf den Beinen und hatte seit dem Nachmittag nichts als zwei Müsliriegel gegessen.

»Eigentlich müssten wir die Polizei rufen«, sagte der junge Mann auf halbem Wege die Treppe hinauf.

»Nein«, sagte Peter entschieden. »Keine Polizei.«

Der junge Mann drehte sich um und streckte Peter die Hand hin. »Ich bin übrigens Sebastian. Und ich kann mir sehr gut vorstellen, warum du nicht die Polizei rufen möchtest, Peter.«

26

Samstag, 21. März, 05:10 Uhr

»Woher weißt du, wie ich heiße?«, fragte Peter misstrauisch.

»Aber du bist doch stadtbekannt«, erwiderte Sebastian. »Zu Hause habe ich dein Buch über Leiden, das habe ich zu meinem Abschluss bekommen.«

Peter entspannte sich ein wenig und folgte Sebastian die Treppe hinauf. »Warum bist du eigentlich nachts hier?«, fragte er. »Die Sternwarte ist doch nicht permanent besetzt, oder?«

»Nein, normalerweise ist hier niemand; ich bin nur zufällig da.«

»Was machen wir mit dem Typen draußen?«

»Wenn er versucht reinzukommen, merken wir es schon. Das ganze Gebäude ist gesichert, wie du eben schon gehört hast. Wenn er eine Tür oder ein Fenster öffnet oder eine Scheibe einschlägt, erfahren wir es sofort.«

Noch nicht hundertprozentig beruhigt, folgte Peter Sebastian. »Noch mal: Warum bist du heute Nacht hier?«

»Heute war ein besonderer Tag, wegen der Sonnenfinsternis. Wir hatten für Publikum geöffnet. Viele Eltern sind mit ihren Kindern gekommen. Ich studiere Astronomie und arbeite hier als Freiwilliger, gebe Auskünfte und erteile Anfängerkurse in Astronomie. Im Gegenzug darf ich ab und zu über Nacht bleiben, um in den Himmel zu schauen. Es ist zwar eigentlich nicht erlaubt, aber na ja.«

Peter nickte, war mit den Gedanken aber nicht ganz bei der Sache. Er musste so schnell wie möglich weg von hier, doch da draußen wartete ein unbekannter Verrückter mit Pfeil und Bogen, der nicht zögerte, davon Gebrauch zu machen. Es gab nur zwei Auswege: wieder über den Zaun zurück in den botanischen Garten zu klettern oder zu versuchen, durch den Haupteingang an der Keizerstraat zu entkommen. Beide Optionen waren gleichermaßen unattraktiv, mit einem modernen Wilhelm Tell im Gebüsch. »Kann ich vielleicht mal kurz an einen Computer? Ich möchte ein paar Dinge recherchieren, wenn es okay für dich ist.«

»Ich habe einen Computer im Büro, aber möchtest du mir nicht erst mal erzählen, warum dieser Mann hinter dir her ist?«

»Das ist …«

»Eine lange Geschichte?«

»Richtig.« Peter lachte freudlos. »Wo ist dein Büro?«

Sie befanden sich im ersten Stock des Gebäudes. Von einem langen Flur gingen verschiedene Türen ab, von denen eine geöffnet war. Peter folgte Sebastian in einen der Räume, der nur vom Schein eines Computermonitors spärlich erleuchtet wurde. Zu Peters Erleichterung waren die Lamellen vor dem Fenster zugezogen.

Sebastian bedeutete ihm, sich auf den Stuhl an seinem Schreibtisch zu setzen, und Peter nahm Platz.

»Es ist so still hier nachts. Ich schaue ein bisschen durch das Teleskop in den Himmel oder arbeite an meiner Dissertation. Hier schaffe ich mehr als an einem normalen Tag in der Unibibliothek. Aber …«

Peter gab bei Google »Butter Honig« ein. Die Ergebnisse hatten alle mit Rezepten zu tun. Honigbutter selbst gemacht, Desserts mit Honig und Butter, Spareribs mit Honig und Butter …

»Sagst du mir jetzt, was los ist oder nicht?«, fragte Sebastian ein wenig ungeduldig.

Peter drehte den Bürostuhl halb um, sodass er mit dem Rücken zum Computer saß. »Natürlich, entschuldige. Ehrlich gesagt weiß ich es auch nicht so genau. Eine Freundin von mir ist entführt worden. Ich verstehe nicht genau, warum, aber ich habe verschiedene Hinweise erhalten und gehe davon aus, dass ich sie anhand derer suchen soll. So sieht es aus. Ich war im botanischen Garten, weil ich dachte, dort würde ich einen neuen Schlüssel zur Lösung des Rätsels finden. Und ich habe auch tatsächlich etwas gefunden, aber dann kam dieser Verrückte mit Pfeil und Bogen. Ein anderer hat mich festgehalten, aber den habe ich irgendwie vor mich manövriert, sodass er an meiner Stelle getroffen wurde. Und dann bin ich getürmt und über den Zaun geklettert, aber er ist mir gefolgt, wie du gesehen hast. Wahrscheinlich hockt er da noch irgendwo im Gebüsch und wartet darauf, dass ich rauskomme.«

»Du willst keine Polizei wegen van Tiegem.«

»Van Tiegem?«

»Du wirst mit Namen und Foto auf *nu.nl* gesucht. Van Tiegem ist verschwunden, und die Polizei sucht dich, weil du der Letzte bist, der ihn gesehen hat.«

»Aber ich habe nichts damit zu tun«, stieß Peter stockend hervor. Er drehte den Stuhl wieder zurück zum Computerbildschirm. »Es ist jedenfalls nicht so, wie du denkst«, fügte er mürrisch hinzu. Er wollte schon eine neue Suche starten, aber er wusste, dass er Sebastian eine Erklärung schuldig war.

»Es gibt einen Tunnel in der Nähe der Burg«, begann er, ohne sich umzusehen. »Er wurde gestern Nachmittag entdeckt, als der Bürgermeister den ersten unterirdischen Müllcontainer neben der Bibliothek versenken sollte. Oder besser: Er sollte das Projekt symbolisch einleiten. Das ist aber schiefgegangen, weil der Bagger eingesackt ist. Der Boden der Grube, die für den Container ausgehoben wurde, ist weggebrochen, und darunter befand sich ein Tunnel, von dem bisher niemand etwas wusste.

Ich bin später mit van Tiegem in den Tunnel gestiegen und habe ihn unten verloren, weiter nichts. Ich bin zurückgegangen und habe Hilfe geholt, aber …«

»Aber?«

»Es ist eine lange Geschichte, okay? Ich weiß nicht, wo van Tiegem ist, aber für mich hat momentan die Suche nach meiner Freundin Judith absolute Priorität. Ich weiß ja auch nicht, was ich von alldem halten soll.« Peter setzte seine Google-Suche fort.

Er fügte den Suchbegriffen »Butter Honig« noch »Bibel« hinzu.

Die ersten zehn Treffer verwiesen allesamt auf eine Stelle in Jesaja, siebtes Kapitel, Vers 15:

> *Butter und Honig wird er essen, wenn er das Schlechte zu verschmähen und das Gute zu erwählen weiß.*

Rasch las er die Verse davor und danach, die er sofort wiedererkannte: Es war die Weissagung des Propheten Jesaja, die die Christen später als Ankündigung der Geburt Jesu betrachteten.

> Darum wird euch der Herr selbst ein Zeichen geben: Siehe, die Jungfrau hat empfangen und wird Mutter eines Sohnes, den sie Immanuel nennen wird. Butter und Honig wird er essen, wenn er das Schlechte zu verschmähen und das Gute zu erwählen weiß. Denn ehe der Knabe das Schlechte zu verschmähen und das Gute zu erwählen weiß, wird das Land, vor dessen beiden Königen dir graut, verödet sein.

Peter klickte den ersten Treffer an, den seine Suche ergeben hatte:

Es handelt sich bei Jesaja 7,14–17 um ein prophetisches Zeichen an die Adresse des judäischen Königs Ahas. Danach soll eine *junge Frau* einen Sohn mit dem Namen *»Mit uns (ist) Gott«* gebären, der noch keine moralische Mündigkeit erlangt haben wird, bis der Staat Juda die außerordentliche Gefahr durch seine Gegner Israel und Aram abgewendet haben wird. Der hebräische Text verwendet als Bezeichnung der Mutter das Wort עַלְמָה (*almah*), das schlicht »junge Frau« bedeutet. Bereits die griechische Übersetzung des Tanach, die Septuaginta, verwendet jedoch hier das Wort παρθένος (*parthenos*), das zwar auch zunächst lediglich »junge Frau« bedeutet, jedoch eine Neigung zur Bedeutung »Jungfrau« aufweist.

Wegen des positiven Gehalts des Namens *»Gott mit uns«* wird in der Exegese oft angenommen, der Name stehe für den Sohn des Ahas, den späteren König Hiskija. Dieser konnte tatsächlich das Reich Juda gegen die assyrische Vorherrschaft verteidigen.

An den beiden weiteren Stellen bei Jesaja, die den Namen *Immanuel* erwähnen (Jes 8,8.10), scheint es sich wegen der damit verbundenen negativen Aussagen um eine Unheilswarnung zu handeln, die das Reich Juda vor der assyrischen Großmacht bewahren will.

Ob das Bild, das Jesaja von der Erscheinung des *Immanuel* zeichnet, von sich aus in einen explizit messianischen Zusammenhang gehört, ist in der exegetischen Forschung umstritten.

Was sollte er mit dem Text anfangen? Wollten ihm diese Leute etwas über Jesus beibringen? Auch diesmal handelte die Stelle vom Bösen und Guten, der Finsternis und dem Licht, dem ewigen Kampf. Oder vielleicht war erneut die Zahl von Bedeutung, die Versnummer fünfzehn?

Er gab »Bach Zahlen« ein.

Von den angezeigten Websites brauchte er nicht einmal eine zu öffnen, denn schon auf den ersten Blick kam mehrmals J. S. Bach und der Zahlenwert seines Namens vor, die 41.

Okay, was hatte er bis jetzt? Die 42 aus dem »Anhalter«, die 41 von Bach, noch einmal die 41 von Niobe und jetzt möglicherweise die 15, die Versnummer aus Jesaja. Aber wer sollte daraus schlau werden? War es der Code eines Schlosses, das er finden und öffnen musste, um Judith zu befreien?

»Und?«, fragte Sebastian über seine Schulter hinweg.

Peter schrak aus seinen Gedanken auf. »Ich habe im botanischen Garten Schälchen mit Butter und Honig bei den Bienenkästen gefunden. Sie scheinen auf einen Text in der Bibel zu verweisen, aber mir ist nicht ganz klar, was ich damit anfangen soll. Ich hatte gehofft, hier vielleicht einen neuen Hinweis darauf zu finden, wo ich hinmuss.«

»Mir kommt das alles äußerst merkwürdig vor«, erwiderte Sebastian. »Wenn du wirklich unschuldig bist, könntest du doch zur Polizei gehen, oder? Dann könnten wir auch gleich nach dem Verrückten mit Pfeil und Bogen suchen lassen und ihn wegen Mordversuchs anzeigen. Die Polizei könnte dir doch auch dabei helfen, deine Freundin wiederzufinden?«

»Nein, nein, die haben gesagt ... Die haben mir zu verstehen gegeben, dass ich die Polizei nicht einschalten darf, und ich will sie nicht reizen, oder jedenfalls nicht noch wütender machen, als einige von ihnen schon jetzt zu sein scheinen. Wer weiß, vielleicht tun sie Judith sonst etwas an!«

»Aber das ist doch vollkommener Unsinn! Auf der einen Seite geben sie dir Hinweise, um deine Freundin zu finden, und auf der anderen Seite versuchen sie, dich zu ermorden.«

Peter dachte angestrengt nach, verstand diesen Teil des Rätsels aber ebenso wenig. Es sei denn, dies war tatsächlich eine Initiation ...

Er gab neue Suchbegriffe ein: »Mithras Grade«.

In weniger als einer Sekunde erschienen 50 000 Treffer. Auf gut Glück öffnete er den ersten niederländischsprachigen, den er fand. Er überflog den Text; seine Augen huschten hin und her über den Monitor.

Die sieben Initiationsstufen oder Weihegrade des Mithraismus sind:

1. Corax (Rabe)
2. Nymphus (Bräutigam)
3. Miles (Soldat)
4. Leo (Löwe)
5. Perses (Perser)
6. Heliodromus (Sonnenläufer)
7. Pater (Vater)

Diese Weihegrade wurden auch den sieben Wandelgestirnen Merkur, Venus, Mars, Jupiter, Mond, Sonne und Saturn zugeordnet und waren nach Kelsus eine Metapher für die Reise der Seele durch die Planetensphären zum Licht, zu den Fixsternen.

Corax, der Rabe, Quintus, Hugin und Munin. Der zweite Initiationsgrad war der Bräutigam, der *nymphus*. Diesen Hinweis hatte er in der Synagoge gefunden, unter der Chuppa.

Der verborgene Bräutigam, der Verschleierte, auf Lateinisch Nymphus Cryphius, war die zweite Initiationsstufe im Mithrasmysterium. Die beförderten Mitglieder der Weihestufe des Bräutigams (des Verborgenen) waren bei den Initiationsriten mit einer Hülle bzw. einem Schleier bedeckt und damit für die anderen Anwesenden der Mysterienfeier unsichtbar. Ein besonders feierlicher Moment des Gottesdienstes bei der Einweihung zum Verborgenen war das Geläut von Glocken, während man dem Einzuweihenden das Bild des stiertötenden Mithras enthüllte. Seine Symbole sind die Fackel, die Lampe und die Krone. Die Fackel ist die Hochzeitsfackel, die Lampe steht symbolisch für das neue Licht, das in das Leben des Einzuweihenden fällt, nachdem er die unverbrüchliche Verbindung mit dem Sonnengott eingegangen ist. Möglicherweise wurde bei der Einweihung des Nymphus das Mithräum, der Mithrastempel, plötzlich in grelles Licht getaucht. Eine Zeit lang war der Nymphus dem äußeren Leben verborgen, und in dieser Phase wurde ihm für eine Weile das Schweigen auferlegt. Er wurde dadurch empfänglich für die Inspiration aus dem Kosmos …

Im Hinterkopf begann Peter etwas zu dämmern. Es war, als versuche man mehrmals vergeblich, ein Feuerzeug anzuzünden, doch jedes Mal ging die Flamme gleich wieder aus.

Nach dem Bräutigam folgt der dritte Weihegrad, der Soldat, Miles.

Der Miles (Soldat), der Streiter, ist der Eingeweihte des dritten Grades; er darf die okkulte Weisheit, die er in sich aufgenommen hat, vor der Welt vertreten. Sein Planet ist die Erde. Der Eingeweihte kämpft nicht gegen Feinde von außen, sondern gegen die Begierden in seinem Inneren, nicht gegen Fleisch und Blut, sondern die düsteren Mächte in ihm selbst.

Peter schloss kurz die Augen, um sich besser konzentrieren zu können, und las anschließend weiter.

Der Gott Mithras ist ein *deus invictus*, ein unbesiegbarer Gott. Der Gefolgsmann des Gottes tritt in seinen Kriegsdienst ein, und mit der Weihe zum Miles gehört er endgültig zu den Fußsoldaten des Gottes, nachdem er sein *sacramentum* abgelegt hat, den Kriegseid. Er empfängt das Zeichen von Mithras auf der Stirn. Man bietet ihm eine Krone und ein Schwert an, aber der Miles muss die Krone mit den rituellen Worten abweisen: »Nur Mithras ist meine Krone. Meine Krone ruht bei meinem Gott.« Auf Abbildungen des Miles-Geweihten liegt ein Schwert zu seinen Füßen.

»Paulus!«, rief Peter empört. Aha, dachte er, jetzt definitiv überzeugt von dem, was ihm zunächst als wahnsinniges Gedankenexperiment erschienen war. Alles ergab jetzt einen Sinn. Paulus war auf dem Gemälde *Das Jüngste Gericht* ebenfalls mit einem Schwert abgebildet.

Aufgeregt drehte sich Peter zu Sebastian um, aber der stand nicht mehr in der Tür. Rasch las er weiter über den nächsten Weihegrad, Löwe, *leo*, verbunden mit dem Planeten Jupiter.

Leo, der Löwe, ist der vierte Grad der Einweihung. Er ist mit seinem Bewusstsein bis zur Stammesseele aufgestiegen. Daher rührt die Bezeichnung in der Bibel: *Der Löwe aus dem Stamme Juda.* Erst ab dem Grad des Löwen wurde dem Initiaten die aktive Teilnahme an der eigentlichen Mysterienfeier erlaubt. Als weiteren Entwicklungsschritt zu den bisherigen Stufen wurden ihm jetzt wirkliche Prüfungen auferlegt. Hierzu wurde er wiederum einer Reinigung unterzogen. Da der Löwe aber dem Feuerprinzip entspricht und das Wasser diesem feindlich ist, benutzte man für den Reinigungsritus Honig, welchen man dem Initiaten über die Hände goss und auf die Zunge strich. Damit wurde der Geweihte von jeder Befleckung durch Sünde bewahrt. Weil man dem Honig zuschrieb, unter dem Einfluss des Mondes zu stehen, bildete er nach antiker Vorstellung die Nahrung der Seligen. Jupiter (Zeus) war der Schutzgott dieser Initiationsstufe. Aus diesem Grund waren die Symbole auch der Lorbeerkranz und ein Donnerkeil sowie eine Eisenschaufel *(batillum)* und eine Rassel *(sistrum)*. Im Gebet sprach man den heiligen Vokal Jota und bat um das Erscheinen des Gottes Sol (Helios).

Peter blickte sich nochmals um, aber Sebastian war noch nicht zurückgekehrt. Ob er nach ihm suchen sollte? Nein, nicht jetzt, wo er der Lösung endlich näher kam.

Mit den Suchbegriffen »Bibel Löwe« stieß Peter hauptsächlich auf Texte, in denen der Löwe im übertragenen Sinn eine Bedrohung für das Volk Israel darstellte: »Darum schlägt sie der Löwe des Waldes … denn zahlreich sind ihre Verbrechen, schwer wiegt ihre Abtrünnigkeit.«

Peter versuchte, sich mit dem Gedanken zu beruhigen, dass Sebastian ihn kurz allein gelassen hatte, weil er momentan sowieso nicht ansprechbar war, aber es gefiel ihm nicht, dass er verschwunden war, ohne ein Wort zu sagen.

Der fünfte Weihegrad war der Perser, *perses*.

Nach seinem Jerusalem-Aufenthalt verschwand Paulus wieder von der Bildfläche, diesmal für vierzehn Jahre. Die meisten Christen glauben, er habe sofort mit seinen Missionsreisen begonnen, aber so steht es nicht in der Bibel. Bei genauerem Lesen stellte man fest, dass Paulus vierzehn Jahre lang einfach verschwunden war – das »lost weekend« des Apostels.

Der Perser ist der göttliche Schnitter. Aus dem Rückenmark und dem Blut des geschlachteten Stieres sprießen Getreideähren. Der Perser ist derjenige, der daraufhin die Ernte einholt. Der Perser ist ein treuer Gefolgsmann seines Gottes, der unter dem Schutz des Planeten Mars steht. Er ist nicht länger Kind seiner Eltern, gehört nicht länger zu diesem oder jenem Dorf …

»Für die Juden bin ich ein Jude gewesen, für die Griechen ein Grieche«, hatte Paulus geschrieben – das Chamäleon, das nicht länger zu einem bestimmten Dorf gehörte.

Der Perser ist gewachsen, hat an Kraft und Weisheit gewonnen, hat seinen Egoismus überwunden, ist eins geworden mit dem ganzen Volk. Wer ist seine Mutter? Wer sind seine Brüder? Ein jeder, der den Willen Gottes befolgt, der ist sein Bruder, seine Schwester und seine Mutter.

Der Perser, verbunden mit dem Planeten Mars. Unwillkürlich dachte Peter kurz an den Marsriegel im Süßigkeitenautomaten zurück. Google fand jede Menge Treffer für »Paulus ernten«.

Lasst uns aber im Gutestun nicht müde werden; denn zu seiner Zeit werden wir auch ernten, wenn wir nicht ermatten.

Dasselbe galt für: »Paulus säen«.

Er aber, der dem Sämann Samen darreicht und Brot zur Speise, der wird auch euch die Saat darreichen und mehren und die Früchte eurer Gerechtigkeit wachsen lassen.

Doch inwiefern brachte ihn das weiter? Wie musste der folgende Schritt aussehen? Der sechste Weihegrad war der Sonnenläufer, *heliodromus*, der siebte der Vater, *pater*.

Viel weiter kam Peter nicht, denn in diesem Moment ging der Alarm los, laut und schrill.

Peter erschrak dermaßen, dass er kurz vom Stuhl hochschnellte.

Rasche Schritte näherten sich im Flur.

»Peter, Peter!«, hörte er Sebastian rufen. »Schnell weg hier! Er ist drin!«

Einen Augenblick lang blieb Peter wie erstarrt sitzen, bevor er reagierte. »Aber wohin sollen wir gehen?«, flüsterte er, als er draußen im Flur neben Sebastian stand.

»Ich weiß nicht, wo er reingekommen ist«, antwortete Sebastian, während er zur Treppe rannte, dicht gefolgt von Peter. »Irgendwo unten. Lass uns raufgehen, uns weiter von ihm entfernen. Komm mit!«

Genauso abrupt, wie der Alarm eingesetzt hatte, erstarb er wieder. Die plötzliche Stille rauschte in Peters Ohren.

»Komisch«, sagte Sebastian. »Der Alarm lässt sich nur abschalten, wenn man den Zugangscode zum Gebäude hat.«

Lautlos schlichen sie die Treppe hinauf.

Durch das Treppenhaus konnten sie sehen, dass im untersten Geschoss das Licht eingeschaltet wurde. Die Person, die es auf Peter abgesehen hatte, gab sich keinerlei Mühe, ihre Anwesenheit zu verbergen.

Sie gelangten in einen identischen Flur wie den, aus dem sie kamen.

»Und jetzt?«, fragte Peter verzweifelt.

»Ich glaube«, sagte Sebastian, »wir hätten doch lieber nicht raufgehen sollen.«

27

Samstag, 21. März, 05:40 Uhr

»Was meinst du damit, wir hätten lieber nicht raufgehen sollen?«

»Wir haben ein kleines Problem. Wird Montag behoben. Blöd.«

»Was für ein Problem?«

»Es gibt eine Feuertreppe. Wir können zwar raus, aber die Tür ganz unten an der Treppe ist blockiert; das Schloss ist kaputt. Wir würden in der Falle sitzen!« Sebastian klang gehetzt. Er drehte sich um und ging wieder in Richtung Treppenhaus. »Es gibt keinen Ausweg!«, stieß er hervor, bevor er die Treppe hinunterrannte.

Peter beschloss, ihm hinterherzulaufen, und sah gerade noch, wie er unten an der Treppe um die Ecke bog.

Dann ertönte ein Schrei, der kaum noch etwas Menschliches hatte; er klang wie von einem verwundeten Tier. Peter schlug sämtliche Gefahren in den Wind und rannte die Treppe hinunter. Auf dem Absatz in der Mitte sah er Sebastian liegen, oder besser: Er sah nur seine reglosen Beine.

An der Wand des Flures erblickte Peter einen Schatten, der langsam größer wurde. Er bereitete sich auf die Konfrontation vor.

Schneller, als er erwartet hatte, erschien der Bogenschütze unten an der Treppe. Mit einem sardonischen Grinsen starrte er Peter an, während er seinen Bogen, in dem bereits ein neuer Pfeil eingespannt war, nach oben richtete. Ohne einen Augenblick nachzudenken, machte Peter einen Hechtsprung die Treppe hinunter. Noch bevor er aufkam, versetzte er dem Mann mit der Faust einen so harten Kinnhaken, dass er sofort rückwärtsfiel und mit dem Kopf gegen die Wand knallte. Er blieb zwar aufrecht stehen, torkelte aber wie ein Betrunkener. Peter nutzte den Moment aus, um ihm den Bogen aus den Händen zu reißen und wegzuschleudern. Der Pfeil brach in der Mitte durch.

Peter packte den Mann an der Jacke und zerrte ihn ein Stück von der Wand weg: »Was soll das?«, schrie er. »Wer bist du?«

Aus der Nase des Mannes floss Blut. Er riss die Augen weit auf; dann kippte sein Kopf zur Seite, und seine Beine gaben nach.

Peter hielt ihn an der Jacke fest, bis er knapp über dem Boden war, dann ließ er ihn los. Er drehte sich zu Sebastian um, der noch immer reglos dalag, halb auf der Seite. Er hielt sich mit der rechten Hand die linke Schulter, aus der ein Pfeil ragte. Er schien mit fest zugekniffenen Augen so still wie möglich liegen bleiben zu wollen, da vermutlich jede Bewegung Schmerzen verursachte.

Peter kniete sich neben ihn und legte ihm sanft die Hand auf den Rücken. »Kannst du aufstehen?«

Sebastian nickte kaum merklich.

»Komm, steh auf. Wir gehen runter. Dann rufe ich einen Krankenwagen.«

Sebastian nickte, deutlicher diesmal.

Ganz vorsichtig drehte er sich auf den Rücken. Peter hockte sich hinter ihn und half ihm beim Aufstehen.

Sebastian fing an zu weinen. »Es tut so weh!«, brachte er mühsam hervor.

»Das kann ich mir vorstellen, aber wir müssen jetzt weg. Wir wählen den Notruf, dann ist der Krankenwagen in ein paar Minuten hier. Du lebst noch!« Peter schob den Arm unter Sebastians Achseln und stützte ihn auf dem Weg die Treppe hinunter.

»Sollten wir ihn nicht lieber fesseln oder so?«, fragte Sebastian stöhnend.

»Du kannst im Moment gar nichts machen. Ich rufe jetzt den Krankenwagen. Dann gehen wir raus und warten, bis Hilfe kommt. Wir rufen auch die Polizei an, einverstanden? Dann können die ihn mitnehmen.«

»Und was ist mit dir?«

»Sobald ich Blaulicht sehe, laufe ich weg, okay?«

»Wohin denn?«

Gute Frage. In der Sternwarte hatte er nichts weiter herausgefunden. »Der Perser« war der nächste Schritt, aber wo sollte er den suchen?

Unten angekommen, gingen sie ins nächstbeste Büro. Peter ließ Sebastian kurz los und ging zu dem Schreibtisch, wo ein Telefon stand. Er wählte den Notruf, und nach etwa zehn Sekunden, die eine Ewigkeit zu dauern schienen, meldete sich eine Frau, die als Erstes fragte, ob er die Polizei, die Feuerwehr oder einen Krankenwagen brauchte.

»Krankenwagen!«, schrie er in den Hörer.

»Die Adresse bitte.«

»Keizerstraat, Leiden, zum Eingang der Sternwarte.«

Kurze Pause. »Der Krankenwagen ist unterwegs«, sagte die Frau. »Bleiben Sie am Apparat.«

Peter überlegte, sofort aufzulegen, tat es aber doch nicht. Er wollte zumindest erklären, welche Verletzung Sebastian hatte.

»Können Sie mir sagen, was passiert ist?«, fragte die Frau nach einer kurzen Stille.

»Jemand wurde angeschossen. Mit einem Pfeil. In die Schulter.«

Die Frau am Telefon sagte erst einmal nichts. Wahrscheinlich hatten sie einen solchen Fall während ihrer Ausbildung nicht geübt. »Mit einem ... Pfeil?«, wiederholte sie zögernd.

»Ja, mit einem Pfeil. Wir brauchen dringend Hilfe!«

»Ihr Name?«

Er zögerte kurz.

»Ich brauche Ihren Namen«, drängte sie.

Rasch beendete Peter das Gespräch und kehrte zu Sebastian zurück. »Komm, wir gehen raus. Der Krankenwagen ist unterwegs.«

Sie gingen zur Eingangstür. Sebastian stolperte neben Peter her. Als dieser die Tür öffnete, schrillte wieder die Alarmanlage, aber Peter ignorierte sie und zog die Tür hinter ihnen zu. So gut es ging, machten sie sich langsam auf den langen Weg zur Hauptstraße.

»Geht's noch?«, fragte Peter und sah Sebastian von der Seite an. Blöde Frage, sagte er sich in dem Moment selbst.

Mit zusammengebissenen Zähnen schüttelte Sebastian den Kopf.

»Wir sind gleich da, nur noch ein kleines Stück.«

»Was«, stammelte Sebastian mühsam, »was wollen die eigentlich von dir? Und wer sind die?«

»Ich habe keine Ahnung. Irgendwelche Leute. Ich weiß es wirklich nicht.«

Inzwischen hatten sie das Ende des Weges erreicht und blieben dort stehen. Kurz darauf sah Peter rechts vom Witte Singel her einen Krankenwagen mit Blaulicht kommen. »Tut mir leid, ich muss dich jetzt leider allein lassen.«

Sebastian schien das schon nicht mehr zu registrieren. Er fiel erst auf die Knie und legte sich dann auf die rechte Seite, die Hand immer noch auf der Stelle, wo der Pfeil aus seiner Schulter ragte.

Peter hockte sich neben ihn und sah gehetzt nach rechts. Der Krankenwagen war inzwischen in die Keizerstraat eingebogen, hatte auf Schritttempo verlangsamt und suchte den Patienten. »Ich muss jetzt wirklich gehen, der Krankenwagen ist schon da.«

Er war nur noch zwanzig, dreißig Meter von ihnen entfernt. Peter richtete sich auf, um in die andere Richtung zu rennen. Praktisch sofort prallte er gegen zwei Polizeibeamte, die aus knapp zwei Metern Abstand die Szene beobachtet hatten. Beide packten ihn jeweils an einem Arm und hielten ihn fest, sodass er sofort jeden Widerstand aufgab. Knapp fünfzig Meter weiter sah er quer über der Straße einen Streifenwagen ohne Licht stehen. Er war so auf den Krankenwagen konzentriert gewesen, dass er den Streifenwagen nicht hatte kommen hören.

Der Krankenwagen hatte inzwischen kurz vor Sebastian angehalten. Ein Mann und eine Frau sprangen heraus. Die Frau kümmerte sich um Sebastian, während der Mann den Rettungswagen hinten öffnete und eine Trage herauszog.

»Was ist hier passiert?«, fragte einer der Polizeibeamten, ohne Peter anzusehen. Er sah verwundert zu der Stelle, wo der stöhnende Sebastian lag.

»Sie sind doch …«, begann der andere Beamte.

»Ja, ich bin Peter de Haan«, ergänzte Peter.

»Nach Ihnen wird schon die ganze Nacht gefahndet!«, sagte der Polizist und sah Peter genauer an. Er nickte seinem Kollegen zu, der Peter den Arm auf den Rücken drehte.

Peter nahm von selbst den anderen Arm hinter den Rücken, da er wusste, dass Widerstand zwecklos war.

Der erste Polizist hakte die Handschellen von seinem Gürtel.

Peter fühlte, wie sich der kalte Stahl erst um das eine, dann um das andere Handgelenk schloss.

Der andere Polizist ging zu den Rettungsassistenten, die Sebastian versorgten.

»Ich habe hiermit nichts zu tun! Und ich habe jetzt wirklich keine Zeit, mit Ihnen zu kommen!«, protestierte Peter schwach. »Der Schütze ist übrigens da drin«, fügte er hinzu. »Ich habe Sebastian besucht, den jungen Mann, der dort liegt. Irgendein Idiot ist eingebrochen und auf uns geschossen. Ich weiß nicht, warum. Ich habe ihn k. o. geschlagen. Er liegt im ersten Stock.«

Sofort rief der Polizist über Funk die Zentrale und forderte Verstärkung an.

»Und im botanischen Garten«, fuhr Peter fort, »im Hortus liegen noch zwei Opfer, die von einem Pfeil getroffen wurden, aber ich glaube, die sind tot.«

Der Polizist sah ihn schockiert an und gab die Meldung über Funk weiter.

Sebastian stieß Schmerzensschreie aus, als die Besatzung des RTWs ihn behutsam auf die Trage legte und ihn mit zwei Gurten festschnallte. Sie hoben die Trage an, aus der Stützen mit Rädern ausklappten, und eilten zum Rettungswagen. Der Mann blieb hinten bei Sebastian, die Frau öffnete die Fahrertür und hob kurz in Richtung der Polizisten die Hand zum Gruß, bevor sie am Steuer Platz nahm. Jetzt erst wurde das Blaulicht ausgeschaltet, und der Wagen wendete und fuhr davon.

Der zweite Polizist kehrte zurück. »Bring du ihn schon mal zum Wagen«, sagte er zu seinem Kollegen, »dann warte ich hier.«

Der Kollege nickte. »Meneer de Haan«, sagte er, an Peter gewandt, »ich nehme Sie jetzt fest, unter dem Verdacht des Mordes an Professor van …«

»Mord?«, rief Peter aus. Er versuchte, sich umzudrehen, aber der Polizist hinderte ihn grob daran.

»Professor van Tiegem«, fuhr er ungerührt fort. »Sie haben das Recht zu schweigen.«

»Mord? Was soll das heißen? Arnold ist doch nur verschwunden!«

»Er wurde inzwischen gefunden. Er trieb in einer Gracht. Tot.«

»Aber …« Peter ließ den Kopf sinken. Ermordet, dachte er erschrocken. *Was ist bloß los? Judith!* Panik ergriff ihn. *Oh Gott, hoffentlich tun sie ihr nichts an!*

»Sie kommen jetzt mit auf die Wache, und da erzählen Sie uns, was in diesem Tunnel passiert ist«, sagte der Polizist auf dem Weg zum Streifenwagen. »Und warum dieser arme Mann sterben musste.«

»Ich habe nichts damit zu tun! Ich weiß auch nicht, was da unter der Erde passiert ist.«

Der Polizist reagierte nicht.

»Meine Freundin Judith Cherev ist verschwunden!«, stieß Peter hervor, der jetzt beschloss, mit offenen Karten zu spielen. »Mir bleibt nur wenig Zeit, um sie zu finden! Sie müssen mir helfen!«

Der Polizist ließ sich davon nicht beeindrucken. »Das können Sie alles auf der Wache erklären«, sagte er ruhig und professionell, so wie er routinemäßig auf die Ausreden reagierte, mit denen Verhaftete so oft ihre Unschuld beteuerten.

»Verdammt noch mal!«, fluchte Peter. »Sie verstehen das nicht!« Er machte halbherzig den Versuch, sich loszureißen, wusste aber, dass er keine Chance hatte mit auf dem Rücken gefesselten Armen.

Der Polizist öffnete eine der hinteren Wagentüren und ließ Peter einsteigen, die Hand auf seinen Kopf gelegt, damit er sich nicht stieß.

Er öffnete die Handschellen auf einer Seite. Erstaunt legte Peter beide Hände auf den Schoß. Ein Funke Hoffnung keimte in ihm auf, doch sofort griff der Polizist die geöffnete Handschelle und schloss sie an das Gitter an, das den hinteren Teil des Innenraums vom vorderen trennte.

Niedergeschlagen blickte Peter ins Leere, einen Arm ausgestreckt, die Finger teilweise ins Gitter verflochten wie ein Affe im Zoo.

Mit einem lauten Schlag schloss der Polizist die Tür. In einem Reflex fasste Peter nach dem Griff, aber die Tür ließ sich natürlich nicht öffnen. Und selbst wenn ihm das gelungen wäre, hätte er nicht fliehen können. Der Polizist stieg ein und startete den Motor. Langsam fuhr er in Richtung seines Kollegen, der immer noch an derselben Stelle wartete. Er stieg aus und gesellte sich zu ihm.

Bald darauf kam ein zweiter Streifenwagen, aus dem zwei Beamte ausstiegen. Fast gleichzeitig bog ein VW in die Straße ein, auf dem seitlich der Name eines Sicherheitsdienstes stand. Zwei uniformierte junge Männer stiegen aus.

Nach kurzer Beratung zogen die drei Beamten wie auf Kommando ihre Waffen aus den Holstern und gingen auf das Gebäude der Sternwarte zu.

Der Kollege, der Peter abgeführt hatte, kehrte zum Wagen zurück und stieg ein. Er startete den Motor und sagte mit einem Blick in den Rückspiegel: »Ich bringe Sie jetzt erst mal auf die Wache. Dort können Sie eine Aussage machen.«

»Hören Sie, ich bin da in etwas hineingezogen worden, ich weiß nicht, von wem, aber eine Freundin von mir, Judith Cherev, ist entführt worden! Ich habe vierundzwanzig Stunden, um sie zu finden, und mir bleiben nur noch ungefähr acht!«

Der Beamte schaltete das Radio ein.

Sie fuhren über den Witte Singel und passierten das LAK-Gebäude der Fakultät. Kurz darauf waren sie schon am Beestenmarkt und fuhren an der Mühle De Valk vorbei. Der Beamte ging vom Gas und bog rechts in die Einfahrt zum Präsidium ein. Sie warteten vor dem automatischen Tor, bis es beiseiteglitt und den Weg zum Parkplatz freigab.

Noch bevor sie geparkt hatten, kamen bereits zwei weitere Beamte heraus.

Der Fahrer stieg aus und öffnete die hintere Tür. Er stützte sich mit einem Knie auf den Rücksitz, öffnete die Handschellen am Gitter und schloss sie um sein eigenes Handgelenk.

»Das finde ich jetzt wirklich etwas übertrieben«, bemerkte Peter mit einem müden Seufzer.

Die beiden anderen Beamten sahen schweigend zu.

»Hey, Mani«, sagte der eine. »Du hast doch heute Nacht gar keinen Dienst?«

»Stimmt«, antwortete sein Kollege lachend, »aber ich konnte nicht schlafen und habe den Funk abgehört. Und weil so viel passiert ist, dachte ich, ich schau trotzdem mal rein. Und da so viele Wagen unterwegs sind, wurde ich tatsächlich gebraucht.«

Mani besaß ein unverkennbar mediterranes Aussehen, schwarzes Haar und olivfarbene Haut. Trotz der frühen Stunde machte er einen gut gelaunten und freundlichen Eindruck, wie ein Mensch, der eine innere Quelle der Ruhe gefunden hat.

Sie betraten die Wache durch den Hintereingang. Am Schalter wurden Peter endlich die Handschellen abgenommen. Eine junge Beamtin nahm seine Personalien auf und gab sie ein.

»Sie können gleich Ihre Aussage machen«, sagte sie freundlich zu Peter, als täte sie ihm einen Gefallen.

»Aber ich habe gar keine Zeit für diesen ganzen Mist!«, schrie Peter jetzt wütend. »Judith ist weg!« Er schlug mit beiden Fäusten gleichzeitig auf den Empfangstresen.

Sofort packten ihn zwei Beamte an den Oberarmen und drängten ihn beiseite.

Ich muss hier weg, dachte Peter. Er begann, sich heftig zu wehren, aber die Beamten ließen sich nicht davon beeindrucken und brachten ihn zu einer Zelle.

»Ab hier schaffe ich es allein«, sagte der Beamte, der Mani hieß. »Nicht wahr, Meneer de Haan?«

Peter nickte niedergeschlagen.

Der zweite Polizist ließ sie allein.

»Bitte ziehen Sie Ihren Gürtel und die Schnürsenkel aus.«

Peter gab dem Beamten nur seinen Gürtel, da er Slipper ohne Schnürsenkel trug. »Wie lange dauert es, bis ich mit jemandem sprechen kann?«

Mani sah auf seine Armbanduhr. Peter folgte seinem Blick und bemerkte, dass keine gewöhnlichen Ziffern darauf abgebildet waren.

Amüsiert sah der Beamte Peter an. Offenbar wunderte sich nicht zum ersten Mal jemand über seine Armbanduhr.

»Das sind persische Ziffern«, erklärte er ungefragt. »Ich komme ursprünglich aus dem Iran und habe diese Uhr von meinem Vater geerbt.«

Peter betrat die kleine Zelle. »Iran?«, fragte er.

»Ja, Iran, obwohl wir lieber den alten Namen benutzen, Persien«, sagte Mani und lächelte Peter zu, der ihn verständnislos ansah.

Der Beamte schloss die Tür, doch noch bevor sie ganz ins Schloss fiel, fügte er noch hinzu: »Ich bin Perser.«

28

Samstag, 21. März, 06:25 Uhr

Peter setzte sich auf die Pritsche in seiner Zelle, die nichts weiter als eine harte Plastikbank war. Ansonsten war der Raum vollkommen leer, »vandalismusresistent«, wie es in der Behördensprache hieß.

Auf der Bank lag ein kleines blaues Buch, das er sofort als eine Gideonbibel erkannte, wie sie oft in Hotelzimmern auf dem Nachtschränkchen lag. Er wunderte sich darüber, dass man sie auch in den Zellen des Präsidiums auslegte. Vielleicht war es auch nur die persönliche Initiative eines gläubigen Beamten. Wenn man eingesperrt war, hatte man nicht nur Zeit zum Nachdenken, sondern stand vielleicht auch an einem Punkt in seinem Leben, an dem man offen für das Evangelium war.

Daneben lag ein Marsriegel. So ein Zufall, dachte Peter. Ihm kam wieder in den Sinn, was er vorhin über den Perser gelesen hatte: »Er ist nicht länger Kind seiner Eltern, gehört nicht länger zu diesem oder jenem Dorf. Der Perser steht unter dem Schutz des Planeten Mars.«

Vorsichtig nahm er das Mars in die Hand und inspizierte es, aber es war nichts Besonderes daran. Also wickelte er es aus und biss zweimal gierig hinein.

Dann schlug er die kleine Bibel auf. Sie begann auf der ersten Seite mit dem berühmten 16. Vers aus dem dritten Kapitel des Johannesevangeliums:

Denn Gott hat die Welt so geliebt, dass er seinen eingeborenen Sohn gab, damit jeder, der an ihn glaubt, nicht verloren gehe, sondern ewiges Leben habe.

Rasch blätterte er weiter, das Buch in der Linken, mit dem rechten Daumen über die Seiten fahrend, aber nirgendwo fand er eine Anmerkung oder unterstrichenen Text. Enttäuscht wollte er die Bibel schon wieder zurücklegen, als er sah, dass fast ganz am Ende ein kleines Lesezeichen zwischen zwei Seiten steckte.

Da nichts, was an diesem Tag geschah, Zufall war, musste auch das eine Bedeutung haben.

Er schlug die Seiten mit dem Lesezeichen auf und gelangte zum zweiten Brief von Paulus an die christliche Gemeinde im griechischen Korinth. Es war der letzte Teil von Kapitel sieben und der Anfang von Kapitel acht.

Rasch überflog er Kapitel sieben, in dem Paulus über die Freude nach dem Kummer schrieb. Er hatte die Gemeinde wohl schon früher einmal ermahnt, und die Gläubigen hatten sich gebessert.

Nein, nein, das hat nichts zu bedeuten, dachte Peter mutlos. *Vielleicht interpretiere ich jetzt in alles zu viel hinein. Genau wie in die letzten Worte des Polizisten, kurz bevor er die Zellentür schloss: Ich bin Perser.*

Aber das war doch beinahe unmöglich? Wie weit ging das Ganze? Wer steckte alles unter einer Decke? Der Mann, Mani, hatte eigentlich keinen Dienst heute Nacht. War so etwas möglich? Hatte er vielleicht von höherer Hand den Auftrag erhalten, hierherzukommen und die Ereignisse im Auge zu behalten? Oder hatte er rein gar nichts mit der Sache zu tun, und er bildete sich nur ein, dass seine Aussage etwas zu bedeuten hatte – nur weil sein Verstand inzwischen fieberhaft nach einer Möglichkeit suchte, alle losen Enden miteinander zu verknüpfen?

Wer steckte dahinter? Welchen Sinn hatte das alles? Und Judith … Oh Gott, Judith!

Peter stand auf und ging zur Tür und schlug ein paarmal mit der flachen Hand fest dagegen. »Hallo!«, rief er. Seine Stimme hallte in dem kleinen Raum wider. »Hallo, ich muss unbedingt mit jemandem reden! Ich will Ihnen alles erzählen! Wir müssen Judith suchen!«

Keine Reaktion.

In einer Ecke seiner Zelle, so hoch, dass er sie nicht erreichen konnte, hing eine kleine Kamera. Er stellte sich in die Mitte des Raumes, sprang auf und nieder und fuchtelte mit den Armen wie ein Schiffbrüchiger auf einer einsamen Insel, der in der Ferne ein Schiff vorbeifahren sieht.

Kurz darauf wurde die Luke geöffnet, und Manis Gesicht erschien.

»Sie müssen sich noch ein wenig gedulden«, sagte er freundlich, aber bestimmt. »Es herrscht ziemlich viel Aufregung in der Stadt, wie Sie sich denken können.«

Rasch ging Peter näher an die Luke, woraufhin Mani instinktiv das Gesicht etwas zurückzog, obwohl ihm da draußen natürlich nichts passieren konnte.

»Was wissen Sie darüber, Mani? Warum haben Sie gesagt, dass Sie Perser sind?«

Der Beamte sah ihn verständnislos an. Entweder war er ein geübter Schauspieler, oder er wusste wirklich nicht, was Peter andeutete.

»Natürlich weil ich Perser bin, Iraner. Sie haben meine Armbanduhr betrachtet, daraufhin habe ich es Ihnen erklärt.«

»Nein, nein«, flüsterte Peter, »Sie wissen schon, was ich meine. Perser ist der fünfte Weihegrad. Mithras? Jetzt kommen Sie schon! Sie haben mir doch nicht umsonst gesagt, dass Sie aus dem Iran kommen, aus Persien.«

»Hätte ich denn sagen sollen, dass ich aus Marokko bin?«, erwiderte Mani sarkastisch. »Ich habe das nur gesagt, weil dort nun einmal meine Wurzeln liegen, wie es so schön heißt.«

»Den Marsriegel, haben Sie den hingelegt? Und warum ist eine Bibel in der Zelle? Wissen Sie, wo Judith ist?« Peter starrte Mani eindringlich an, mit zusammengekniffenen Augen, aber dieser verzog keine Miene.

»Ich kann Ihnen ein Glas Wasser bringen«, sagte Mani daraufhin.

Peter gab auf und nickte. »Danke«, sagte er. Das Mars hatte ihn durstig gemacht.

Mani schloss die Luke und kehrte schon bald mit einem Plastikbecher Wasser zurück. Er hielt ihn noch kurz fest, obwohl Peter den Becher schon in der Hand hatte. Es war fast, als wollte er ihn ärgern, aber Manis Gesicht hatte sich plötzlich verändert, es wirkte finsterer.

»Es lag schon eins für dich in der Sternwarte bereit, aber das hast du übersehen. Wir mussten daher improvisieren.«

»Was meinen Sie mit ›es lag schon eines bereit‹?«

»Auf die erste Person, die einen Mars aus dem Automaten in der Sternwarte zieht, wartet eine Überraschung.«

»Aber …«

Mani ließ den Becher so plötzlich los, dass er hinunterzufallen drohte. Instinktiv griff Peter auch mit der anderen Hand danach. Im selben Moment schloss Mani mit einem Schlag die Luke.

Peter stürzte das Wasser herunter, kehrte zur Pritsche zurück und setzte sich. Wieder schlug er die Bibel auf, diesmal bei den Kapiteln acht und neun des zweiten Briefs an die Korinther. Sein Blick wanderte von links nach rechts über den Text. Er fand den Satz wieder, der schon eben auf dem Computer in der Sternwarte als Treffer erschienen war, 2 Korinther 9, Vers sechs: »Das aber bedenket: Wer kärglich sät, der wird auch kärglich ernten; und wer im Segen sät, der wird auch im Segen ernten.« Der Perser war derjenige, der die Ernte einbrachte; er holte ein, was gesät und mit großer Sorgfalt zum Wachsen gebracht worden war.

Beide Kapitel handelten von der Sammlung für Jerusalem, die Paulus während der berühmten Zusammenkunft der Apostel in Jerusalem versprochen hatte. Dabei wurde endgültig beschlossen, dass Petrus und die Seinen sich bei der Verbreitung von Jesu Botschaft fortan auf die »Beschnittenen« konzentrieren sollten, die Juden also, und Paulus und Barnabas auf die »Unbeschnittenen«, die Heiden. Paulus versprach, für die Gemeinde in Jerusalem Geld zu sammeln.

Peter konnte sich noch erinnern, dass diese angebliche Kollekte eines der Rätsel war, über das sich Bibelforscher schon seit Jahrhunderten den Kopf zerbrachen. Warum sammelte Paulus Geld bei den anderen Christen im Römischen Reich, Geld für die Christen in Jerusalem, wenn er selbst nie nach Jerusalem wollte? Außerdem war er der Meinung, dass jeder für seinen eigenen Lebensunterhalt sorgen sollte. Er betonte andauernd, dass auch er für sein Brot arbeitete. Wenn jemand nicht arbeiten wollte, sollte er selbst die Folgen dafür tragen. Und dann kam er nach diesen vielen Jahren mit Geld zurück nach Jerusalem? Wollte er sich mit diesem Geld vielleicht den guten Willen der Christen in Jerusalem erkaufen? Wollte er zeigen, dass man ihm vertrauen konnte und er mit dem Herzen bei der Sache war? Wie dem auch sei, Paulus wurde nicht gerade mit offenen Armen empfangen wie der sprichwörtliche verlorene Sohn. Mehr noch, ehe er sich versah, zerstritt er sich mit allen möglichen Leuten und wurde von den Römern in Schutzhaft genommen, weil ihn ein jüdischer Mob beinahe gelyncht hätte. Zwei Jahre stand er unter einer Art Hausarrest in einer römischen Kaserne in Cäsarea. Niemand kam ihm zu Hilfe, keiner seiner christlichen Brüder, niemand aus Jerusalem. Und was mit dem Geld geschah, wurde nie aufgeklärt.

Kapitel zehn handelte größtenteils davon, dass Paulus sich nicht selbst rühmen wollte, dass ihm das widerstrebte. So sehr, dass er in Kapitel elf und zwölf zum Mittel der Ironie, der

»Narrenrede« griff, um auf seine Leistungen hinzuweisen. Er fühlte sich gezwungen, dies zu tun, um jenen entgegenzutreten, die ihn verächtlich machen wollten. Den militärischen Duktus behielt er anfangs noch bei:

Denn ob wir schon im Fleische wandeln, so streiten wir doch nicht nach Art des Fleisches; denn die Waffen unsrer Ritterschaft sind nicht fleischlich, sondern mächtig durch Gott zur Zerstörung von Festungen …

Peter kam zu dem Schluss, dass Kapitel acht und neun nichts weiter als gewöhnliche Bettelbriefe waren, in denen sich Paulus die Schuldgefühle der Korinther zunutze machte. »Brüder, wir wollen euch jetzt von der Gnade erzählen, die Gott den Gemeinden Mazedoniens erwiesen hat«, schrieb er. »Denn trotz vieler Trübsalsproben hat ihre überfließende Freude und ihre so tiefe Armut den Reichtum ihrer Gebefreudigkeit zutage gefördert. Denn nach Vermögen, ja ich bezeuge es, über ihr Vermögen waren sie bereitwillig.« Und so weiter und so fort, nach dem Motto: »Natürlich steckte kein Zwang dahinter«, und »macht das bitte nur, wenn ihr es selbst wollt«.

Es ging also um das Sammeln von Geld, was man auch als eine Form der Ernte betrachten konnte. Aber was bedeutete das für den nächsten Schritt, den Peter unternehmen musste? Zweifellos sollte er an einen Ort gehen, wo gesammelt wurde, aber das galt natürlich für jede Kirche.

Peter legte die Bibel beiseite. Er bereute es, das Mars gegessen zu haben, weil er davon Durst bekommen hatte und der Becher schon leer war.

Er legte sich seitlich halb auf die Pritsche. Obwohl er erschöpft war, nahm er sich vor, wach zu bleiben.

Innerhalb von einer Minute schlief er tief und fest.

DIE VIERTE VISION

Und siehe, ich sah einen Mann mit Haaren wie eine Löwenmähne. Der Vater bestreicht seine Hände mit Honig, um sie von allem Bösen rein zu halten, von jedem Verbrechen und jedem Übel. Er bestreicht seine Zunge mit Honig, um sie von jeder Sünde zu reinigen. Mit einer brennenden Fackel streicht man über seinen nackten Körper. Die Flammen lecken an seiner Haut, der Geruch verbrannter Haare erfüllt den Raum. So säubert man ihn, und so wird er zu einem neuen Menschen.

Und siehe, er ist zurück in Jerusalem, in der Blüte seiner Jahre. Er wohnt bei Simon Petrus, weil er auf ihn seine Gemeinde aufbauen will. Er trifft sich mit keinem der Apostel, außer mit Jakobus, dem Bruder des Herrn. Er behauptet, sich ihnen anzuschließen und einer der Ihren zu sein. Die Leute reden über ihn: »Der Mann, der uns früher verfolgt hat, verkündet jetzt den Glauben, den er versuchte auszurotten.« Sie preisen Gott seinetwegen.

Zwei Wochen bleibt er dort, im Hause des Petrus. Den Hohepriester besucht er nicht, aber sie sieht er, und er wird sie zu Fall bringen. Er wird die Gemeinschaft des Petrus stärken; sie wird größer werden, und die Pharisäer müssen kleiner werden, dieses Natterngezücht! Weiß gekalkte Gräber sind sie; von außen sehen sie schön aus, aber von innen sind sie gefüllt mit toten Gebeinen und Unreinheit. Sie sind voller Scheinheiligkeit und Ungerechtigkeit. Sie erheben sich und werden erniedrigt werden, aber er erniedrigt sich und wird erhoben werden.

Er ist bereit zum Angriff. Sein Plan hat drei Jahre gereift, drei lange Jahre. Wie ein Apostel für die Apostel wird er sein. Sein

Herr wird ihr Herr werden, seine Botschaft ihre Botschaft, auch wenn sie das nie verstehen werden. Er begibt sich wie ein Schaf unter die Wölfe. Vorsichtig wie eine Schlange muss er sein und nach außen hin aufrichtig wie eine Taube. Doch er hält seine Pläne vor Petrus verborgen, er hält seine Pläne vor Jakobus verborgen. Wie ein Geschenk empfangen sie ihn, so wie die Trojaner das Pferd in die Stadt holten und sich über den Sieg freuten. Brüderlich nehmen sie die Mahlzeiten ein, gemeinschaftlich beten sie zum Herrn.

Er kehrt zurück nach Kilikien, zurück nach Tarsus, wie ein Vogel, der in sein Nest zurückkehrt. Doch der Rabe ist zum Löwen geworden, und er ist genauso stark wie einer. Er jagt seine Beute, dieser Sohn, und kehrt in sein Lager zurück. Er wird erst ruhen, wenn er seine Beute verschlungen und das Blut seiner Beute getrunken hat.

Und siehe, vierzehn Jahre lang ist er unterwegs, in Syrien, Kilikien, Kleinasien und Hellas. In Rom wohnt er, unermüdlich ist er, schreibt Briefe und gründet Gemeinden. Fünfmal wird er von den Juden mit vierzig minus einem Peitschenschlag gestraft, dreimal mit Stockschlägen. Er wird mit Steinen beworfen und erleidet dreimal Schiffbruch. Einmal treibt er vierundzwanzig Stunden lang im Meer. Ständig ist er unterwegs, bedroht von reißenden Flüssen, Räubern, Bekannten und Fremden, der Gefahr ausgesetzt in der Stadt, in der Wüste und auf See. Er rackert und schuftet, oft ohne zu schlafen, hungrig und durstig, oft ohne zu essen, frierend und ohne Kleider. In Damaskus hält er sich auf. Der Statthalter von König Aretas lässt die Stadt verbarrikadieren, um ihn gefangen zu nehmen; er entkommt, indem man ihn in einem Korb durch ein Fenster in der Mauer hinunterlässt.

Und so verkündet er seine Botschaft. Er bricht das Brot, den Leib seines Herrn Mithras, und trinkt den Wein, das Blut, ohne das keine Rettung möglich ist. Er lehrt sie: »Wer nicht von meinem Leib isst und von meinem Blut trinkt, sodass er eins wird mit mir und ich mit ihm, wird keine Erlösung erlangen.« Die Menschen hören die Botschaft. Sie kennen die Geschichten schon; es ist alter Wein in einem neuen Schlauch. Sie nehmen die Botschaft freudig an. Und er denkt: Ich bin es, der Ephraim angreift wie ein Löwe, wie ein starker Löwe wende ich mich gegen das Volk von Juda: Ich selbst werde sie alle zerreißen, ich werde sie wegschleifen, und niemand kann sie retten.

Ich bin Löwe.

PERSES

PERSER

29

21 Jahre vorher, Frühjahr 1994

Tiny saugte das neue Wissen, das Ane ihm vermittelte, auf wie durstiger Wüstenboden den ersten Frühlingsregen.

Zu festgesetzten Zeiten trafen sie sich heimlich. Beide hatten das Gefühl, auf einem dünnen Seil zu balancieren. Tiny übte weiterhin so gut es ging seine täglichen Pflichten als Hirte seiner Gemeinde aus. Sein neues Wissen musste er zwangsläufig für sich behalten. Doch für ihn war es, als öffne sich eine ganz neue Welt, als wären ihm buchstäblich die Schuppen von den Augen gefallen. Das traditionelle Wissen, das ihm im Theologiestudium vermittelt worden war, rückte durch die vielen Gespräche mit Ane in ein ganz neues Licht. Beispielsweise konnte er die Kommunion, das Brechen des Brotes und das Trinken des Weines, weiterhin genauso feiern, wie er es gewohnt war. Doch während sich für die Gläubigen, die mit ihm gemeinsam zu der großen Hostie aufblickten, die er brach, und mit ihm hinaufschauten zu dem Kelch, den er mit gestreckten Armen hochhielt, nichts am Geheimnis der mystischen Einswerdung mit Christus veränderte, veränderte sich für ihn so vieles!

Anfangs konzentrierten sich Ane und Tiny auf die Überlieferungen, die Tiny durch und durch vertraut waren. Was man ihm während seines Studiums nicht verraten hatte, wurde ihm nun durch Ane offenbart. Etwa, dass die Israeliten erst nach der babylonischen Gefangenschaft die mündlich tradierten Geschichten schriftlich festlegten und wie sehr sie von den Mythen und

Sagen ihrer Nachbarvölker inspiriert wurden. Die Geschichte von der Sintflut und der Arche Noah wurde zum Beispiel unmittelbar aus dem sumerischen Gilgameschepos übernommen. Schon lange vor Mose hieß es von Sargon von Akkad, er sei als Baby in einem mit Pech abgedichteten Weidenkörbchen den Wellen des Euphrat anvertraut worden. Die Juden brachten die persischen Geschichten und die persischen Vorstellungen aus der Gefangenschaft mit, darunter den Kampf zwischen Dunkelheit und Licht, Himmel und Hölle, der Ankunft eines Erlösers, dass es einen Anfang und ein Ende der Zeit gäbe, bei dem alle Menschen gerichtet werden würden. Sie integrierten diese Sagen in ihre Überlieferungen, wobei schon eine Generation später niemand mehr wusste, was wirklich geschehen war und was nicht, was noch auf ihrer eigenen Tradition beruhte und was sie übernommen hatten.

Ane wies Tiny auch auf die vielen Anachronismen in der Bibel hin. So gab es die Kamele, mit denen der arme Josef nach Ägypten gebracht wurde, nachdem seine Brüder ihn verkauft hatten, zwar zu der Zeit in dieser Gegend, als die Geschichte niedergeschrieben wurde, aber nicht zu der Zeit, in der die Handlung stattgefunden haben sollte. Und das mächtige Jericho, dessen Mauern gefallen sein sollen, nachdem die Israeliten siebenmal darum herumgelaufen waren? Ausgrabungen hatten ergeben, dass es in jener Zeit nichts weiter als eine Ansammlung von Lehmhütten gewesen war. Das bedeutende Jerusalem war höchstens ein etwas ausgeufertes Dorf, und die legendären Könige Saul, David und Salomo waren aus verschiedenen anderen Persönlichkeiten zusammengesetzte Charaktere. Und was den sagenhaften Reichtum des Salomo anging, so war nach einem Jahrhundert der Grabungen bisher nicht mal ein goldener Fingerhut gefunden worden. Die Bibel müsse in erster Linie als Besitzurkunde betrachtet werden, mit der die Israeliten nach ihrer Rückkehr aus der babylonischen Gefangenschaft ihre Gebietsansprüche geltend machen wollten. »Dieses Land gehört uns«, sagten sie, »denn es hat schon unseren Vorfahren gehört, und außerdem wurde es uns von unserem Gott versprochen. Hier, lest es selbst in diesem Buch, darin ist alles genau aufgeschrieben.«

Die Israeliten hatten zunächst nicht nur einen Gott, sondern beteten viele Götter an, zu denen unter anderem der Sturmgott Jahwe und seine Gattin Aschera gehörten. Das konnte man ganz einfach nachlesen, zum Beispiel in Psalm 82, Vers 1: »Gott steht in der Gottesversammlung, inmitten der Götter richtet er.« Daraufhin wurden erst Gottes Eifersucht und seine Besessenheit begreiflich, mit der er die Anbetung anderer Götter verurteilte. Gleich das zweite Gebot lautete: »Du sollst keine anderen Götter haben neben mir.« Wobei auf Hebräisch in der Schöpfungsgeschichte *elohim* stand, »Götter«, unverkennbar der Plural von *eloi*.

Tiny erfuhr, dass die Verfasser des Alten Testaments im siebten Jahrhundert vor Christus versucht hatten, eine heroische Vergangenheit zu erschaffen, voller legendärer Helden, die nicht mehr der historischen Realität entsprachen als die Geschichten Vergils. Kein Italiener würde die Äneis zitieren, um mit der Geschichte über die Gründung Roms das Recht der Italiener auf dieses spezielle Stück Grund und Boden zu beweisen. Die Autoren der Bibel wollten mit ihren Schriften die Bevölkerung durch eine gemeinschaftliche Geschichte binden und die gemeinsamen Normen und Werte im Gegensatz zu denen der Nachbarvölker festlegen. Wenn man dies einmal wusste, konnte man es nicht mehr anders sehen. Man konnte dieses neue Wissen nicht mehr ignorieren; aus dem Wissen konnte kein Nichtwissen werden.

Anes Erzählungen bewegten sich immer mehr in die Richtung der Person Jesu. Wie seine angeblich jungfräuliche Geburt auf eine falsche Übersetzung der Weissagung Jesajas zurückzuführen war, in der von einer »jungen Frau« die Rede war, die schwanger werden würde. Der Evangelist Matthäus hatte daraufhin eine ganz neue Legende erschaffen. Er führte sogar *magoi* ein, was als »Weise« übersetzt worden war, obwohl tatsächlich »Magier« gemeint waren, und zwar zoroastrische Priester, die den Stall in Bethlehem besuchten. Zu wie vielen sie waren, wurde nirgendwo angegeben; ihre Dreieinigkeit basierte auf der Anzahl der Geschenke, die sie angeblich mitbrachten. Die anonymen Weisen wurden später weiß, schwarz und gelb, um zu beweisen, dass der Erlöser für jede Hautfarbe geboren worden war. Mit ihren drei Lebensaltern spiegelten sie die drei Lebensphasen des Menschen wider. Erst Jahrhunderte später erhielten sie Namen, und ihre Persönlichkeiten wurden aus früheren Geschichten zusammengebastelt. Der zwanzigjährige Balthasar aus Asien hatte Myrrhe bei sich, nach Psalm 45, der die Hochzeit des Königs besang. In Vers neun hieß es: »Nach Myrrhen, Aloe und Kassia riechen deine Kleider; aus elfenbeinernen Palästen erfreut dich Saitenspiel.« Der vierzigjährige Melchior aus Europa brachte Gold mit, das unmittelbar aus Psalm 72 stammte: »Und er wird leben, und man wird ihm vom Gold aus Saba geben.« Und dann gehörte noch der sechzigjährige Kaspar dazu, der Weihrauch schenkte, gemäß Jesaja 60, Vers 6: »Sie alle werden von Saba kommen, Gold und Weihrauch bringen und mit Freuden das Lob des Herrn verkündigen.« Das Gold verwies auf den Reichtum des Königs, Weihrauch auf den Priester und den Ehrendienst, Myrrhe auf den Tod.

Diese Astrologen, denn das waren die Weisen, erschienen genau zu dem Zeitpunkt, als das Zeitalter des Widders endete und das der Fische begann, die eine so wichtige Rolle in der Verkündigung Jesu spielen sollten: »Fürchte dich nicht! Von jetzt an wirst du Menschen fangen«, sagte er zu Simon Petrus nach dem großen Fischfang. Ane sagte, zurzeit würden wir uns auf ein neues Zeitalter vorbereiten, das des Wassermannes, Aquarius; es erwarte uns eine Phase großer Veränderungen.

Für praktisch jede Geschichte im Neuen Testament fand man ein Äquivalent in den Geschichten anderer Länder des Nahen Ostens, die oft viele Jahrhunderte älter waren als die Geschichten über Jesus. Wie Hirten das Kind anbeteten, wie Weise das Kind erblickten und es als den Erlöser erkannten, auf den man so lange gewartet hatte, wie ein böser König das Kind suchte, um es zu ermorden, und wie die Eltern durch einen Traum gewarnt wurden und flüchten konnten – warum hatten Josef und Maria eigentlich nicht die anderen Eltern gewarnt, sodass auch sie fliehen konnten? – und wie das Kind schon früh außergewöhnliche Klugheit bewies. Wie es im Buch Kohelet hieß: »Es gibt nichts Neues unter der Sonne.«

All dieses neue Wissen nahm Tiny auf und füllte damit viele Notizbücher.

Aus einem Notizbuch des Priesters

Osiris und Isis – Osiris war der Sohn des Erdgottes Geb und der Himmelsgöttin Nut. Ein großes Fest fand im Frühjahr statt, wenn der tote Gott Osiris begraben wurde. Die »Leiche«, die ins Grab gelegt wurde, war eine Tonfigur, die mit Schlamm aus dem Nil und Getreide gefüllt war. Dieses Bildnis wurde nass gemacht, sodass das Getreide keimte. Ein Tag tiefer Trauer folgte der Beerdigung, aber am dritten Tag verkündeten die Priester, dass das Grab leer und Osiris von den Toten auferstanden sei. Der Priester sprach: »Ich bin aus den Urwässern gekommen … Ich bin völlig rein geworden. Ich habe meine Kleider ausgezogen und bin gesalbt worden …« Der Sarkophag des Osiris trug die Worte: »Ich lebe, ich sterbe, ich bin Osiris. Ich bin in dich eingegangen und erscheine durch dich wieder.«

Eine andere Geschichte von Osiris handelte davon, wie ihn sein neidischer Bruder Seth mithilfe einer List in einem

Sarkophag einschloss, den er anschließend in den Nil warf. Aber Isis, Osiris' Frau, fand den Sarkophag. Seth hackte Osiris voller Wut in vierzehn Teile, die er über das ganze Land verstreute. Isis sammelte die Teile – Spuren dieser Geschichte findet man in der Tradition der Ostereiersuche im Frühjahr – und setzte seinen Körper wieder zusammen. Obwohl sie seinen Penis als einzigen Teil nicht wiederfand, wurde Isis von Osiris schwanger und gebar ihm einen Sohn. Dieser Sohn war der Gott Horus, der ebenfalls zweimal geboren wurde: das erste Mal bei der Wintersonnenwende im Dezember und das zweite Mal während der Frühlingssonnenwende. Isis war auch als Stella Maris oder »Stern des Meeres« bekannt. Bilder von ihr mit Horus auf dem Schoß inspirierten die späteren Abbildungen von Maria mit dem Jesuskind.

Cybele und Attis – Die Megalensia war ein römisches Fest, das seit etwa 200 v. Chr. im Frühjahr gefeiert wurde und mit der phrygischen Muttergöttin Cybele und ihrem Gefährten Attis zusammenhing, der sowohl ihr Sohn als auch ihr Geliebter war. Zum Frühlingsanfang am 20. März wurde ein Nadelbaum gefällt und in den Tempel der Cybele gebracht. Der Baum wurde in ein Leintuch gehüllt wie eine Leiche und verkörperte so den toten Attis. Der nächste Tag war ein Tag der Enthaltsamkeit und Trauer. Die Gläubigen fasteten einen Tag lang, weinten unaufhörlich und beklagten den Tod ihres geliebten Gottes. Viele geißelten sich selbst oder schnitten sich, bis das Blut aus ihren Wunden floss. In der Nacht, die auf diesen Tag der bitteren Trauer folgte, galten die Anhänger, genau wie Attis, als wieder mit der Göttin vereint, und ihre Euphorie kannte keine Grenzen. Die Priester betraten Attis' behelfsmäßiges Grab, zündeten eine Lampe an und riefen den Anhängern, die draußen versammelt waren, zu: »Er lebt!« Außer sich vor Freude, wiederholten sie die Worte der Priester: »Er ist wahrlich auferstanden! Er lebt!« Attis symbolisierte das Getreidekorn, das in der dunklen Erde verschwand und starb, aber dann erneut keimte und Leben schenkte. Während der Feierlichkeiten wurden auch Lämmer und Stiere geopfert, und die Anhänger Cybeles reinigten sich, indem sie im Blut, dem Blut ihres Gottes, badeten.

Dionysos – Dionysos war der Sohn von Zeus und Semele, der Tochter des thebanischen Königs Kadmos. Die eifersüchtige Hera, Gattin des Zeus, hatte Semele in verkleideter Gestalt dazu angestachelt, Zeus zu bitten, sich ihr in seiner wahren Gestalt zu zeigen. Dies war aber der Blitz, und so verbrannte Semele bei lebendigem Leib. Hermes rettete das ungeborene Kind, Dionysos, und Zeus trug es aus, indem er es in seinen Oberschenkel nähte. Daraufhin wurde Dionysos ein paar Monate später zum zweiten Mal geboren. Dionysos war der Gott der Fruchtbarkeit; seine Kraft ließ die Natur Jahr für Jahr erblühen. Im Frühling trauerten die Menschen um die Reben, die im Winter verwelkt waren und so aussahen, als würden sie nie wieder Früchte tragen. Der Tod der Natur hielt den Menschen ein Spiegelbild ihres eigenen unvermeidlichen Endes vor. In einigen Gegenden des antiken Griechenlands zogen Frauen nachts in die Berge, halb nackt und hysterisch vor Trauer über den Tod des Dionysos. Sie zerrissen wilde Tiere mit bloßen Händen, aßen das Fleisch roh und tranken das Blut, in der Hoffnung, diese wahnsinnigen Rituale könnten ihren toten Gott wieder zum Leben erwecken und sie mit ihm vereinen. Am nächsten Morgen zogen sie in den Tempel, in den Händen frisch gekeimte Pflanzen aus den Bergen, als Beweis dafür, dass ihr Gott wieder zum Leben erwacht war. Sie feierten seine Auferstehung ausgiebig mit Strömen von Wein, seiner Gabe an sie. Schließlich hatte sein erstes Wunder darin bestanden, Wasser in Wein zu verwandeln. Er wurde als der gute Hirte verehrt, und sein Spitzname lautete »der Weinstock«.

Herakles – Jeden Frühling wurde in der Stadt Tarsus eine Figur, die den Gott Herakles darstellte, rituell auf einem Scheiterhaufen verbrannt. Die Anhänger wussten, dass er nicht wirklich gestorben war, sondern dass er in den Himmel aufgenommen werden würde. Weil er in den Hades hinabsteigen musste, bevor er in den Himmel aufsteigen konnte, galt er als göttlicher Erlöser. In Euripides' Stück *Alcestis* rettet Herakles Alcestis, die Frau seines Freundes Admetus, aus dem Hades und vereint sie wieder mit ihrem Mann.

Die Essenz dieses Mythos war eine Kombination aus der primitivsten Hoffnung – der Hoffnung auf Unsterblichkeit und der Wiedervereinigung mit den Lieben im Jenseits – und der primitivsten aller Ängste – der Angst vor dem Tod.

Adonis – Der Phönizier Adonis wurde im Mittleren Osten verehrt, aber das Zentrum seines Kultes lag in Bethlehem. Seine Anhänger versammelten sich jedes Jahr in einer Höhle, um seinen Tod zu betrauern und sich drei Tage später über seine Auferstehung zu freuen. Er war der Sohn einer Göttin und wurde nach seiner Geburt in eine Holzkiste gelegt und Ereshkigal, der Göttin der Unterwelt, zur Aufbewahrung übergeben. Er war so schön, dass Ereshkigal ihn nicht gehen lassen wollte. Aber sie hatte keine Wahl und war gezwungen, sich von ihm zu trennen. Adonis wurde als Hirtenjunge aufgezogen und war ein begeisterter Jäger. Bei der Jagd auf ein Wildschwein wurde er von einem

Pfeil getroffen und an einen Baum gespießt. Seine Geliebte Inanna – eine junge Inkarnation seiner Mutter! – weigerte sich, sich mit seinem Tod abzufinden, und ging in die Unterwelt, um ihn zurückzuholen. Sie erzielte einen Kompromiss mit ihrer Schwester Ereshkigal: Adonis würde die eine Hälfte jedes Jahres mit Inanna verbringen, aber er musste in die Unterwelt zurückkehren, um die andere Hälfte bei Ereshkigal zu sein. Er wurde als Gott des Getreides verehrt, das unter dem Mühlstein stirbt, damit es zu Brot gebacken werden kann. In Bethlehem – was wörtlich »das Haus des Brotes« bedeutet – wurde er als Gott des Brotes verehrt.

Bei den Mysterien ging es um chthonische Götter, das heißt Götter, die mit der Erde oder der Unterwelt verbunden waren. Die Erde war ein fruchtbarer Schoß, der Nahrung hervorbrachte und sich um uns kümmerte wie eine Mutter um ihre Kinder. Zugleich war sie auch ein offenes Grab und nahm immer wieder das, was sie gegeben hatte.

Die Mysterien basierten auf einem symbolischen Akt, einem »Mysterienspiel«, das den Tod und die Auferstehung der Gottheit darstellte. Der Eingeweihte, der dies miterleben durfte, wurde mit einem Teil der Auferstehungskraft erfüllt und würde nach dem Tod ebenfalls wiedergeboren werden. Wie Persephone, die Tochter von Demeter, der griechischen Göttin der Landwirtschaft, die sechs Monate des Jahres in der Unterwelt verbrachte. Die gesamte Natur trauerte mit ihrer Mutter, die vor lauter Kummer versäumte, sich um das Land zu kümmern. Aber sobald Persephone im Frühjahr zurückkehrte, erwachte und erblühte die Natur wieder. Auf die gleiche Weise würden auch die Gläubigen ein neues Leben erhalten; sie würden »wiedergeboren« werden.

All diese Geschichten schrieb Tiny auf.

Der gemeinsame Nenner war, dass die Götter, welchen Namen sie auch immer trugen, den Tod besiegten und ihren Anhängern das ewige Leben schenkten. Das Leiden und der Tod des Gottes spiegelten das Leiden aller Menschen wider; jeder erkannte in seiner Geschichte den eigenen Lebensweg, aber auch das, was danach kam: das göttliche Versprechen, dass der Tod nicht das Ende war.

Tiny erfuhr, dass jede Mysterienreligion Elemente besaß, die für die gewöhnlichen Menschen (die »Psychiker«, die »Seelischen«) leicht verständlich waren. Diese Psychiker, die Nichteingeweihten, hatten freien Zugang zu den Konzepten und Ritualen der Buße, des Glaubens, der Taufe, der Kommunion, des Handauflegens, der Auferstehung und des Jüngsten Gerichts. Der tiefere Sinn der Geschichten war jedoch nur für Eingeweihte gedacht, die »Pneumatiker«. Zum ersten Mal verstand der Priester die Worte Jesu in Matthäus 13, Vers 10 und 11:

Da traten die Jünger herzu und sprachen zu ihm: Warum redest du in Gleichnissen mit ihnen? Er aber antwortete und sprach: Weil es euch gegeben ist, die Geheimnisse des Himmelreichs zu verstehen; jenen aber ist's nicht gegeben.

Und dann erzählte Ane ihm von Mithras.

30

Samstag, 21. März, 07:30 Uhr

Tiny wurde davon geweckt, dass jemand an die Tür klopfte. Entgegen seiner Gewohnheit hatte er die Nacht hier verbracht, in seinem angeblichen Arbeitszimmer, das jedoch schon seit Jahrhunderten die operative Basis der Gesellschaft war und das er übernommen hatte, nachdem er die Nachfolge Anes angetreten hatte. Wegen der derzeitigen Entwicklungen hatte er es vorgezogen hierzubleiben, anstatt in sein kleines Haus in einem Vorort von Leiden zurückzukehren.

Zunächst integrierte er das Klopfen in seine unruhigen Träume, aber dann erwachte er so weit, dass er es als Teil der Wirklichkeit erkannte. Auf dem Handy prüfte er die Uhrzeit. Halb acht.

Er schaltete das Licht dreimal ein und aus zum Zeichen, dass er die Person draußen gehört hatte, ein Signal, das sich im Laufe der Zeit bewährt hatte. Einige aus der Gruppe besaßen auch einen Nachschlüssel zum Haus im Hofje.

Er zog seinen Morgenmantel an und ging in die Küche, wo ihn bereits ein Soldat erwartete, ein Mann von etwa Ende zwanzig. Auch er war mit einem eigenen Schlüssel hereingekommen.

Auf der Anrichte standen noch die drei Gläser mit den Zitronenscheiben am Boden, zwei noch halb voll Cola. Sie hatten vorher sorgfältig die Menge an GHB ausgerechnet, die nötig war, um eine Person auszuschalten, ohne sie zu töten. Dabei hatten sie sich auf ein geschätztes Körpergewicht verlassen und dann ja auch die perfekte Dosis gefunden. Den bitteren Geschmack der K.-o.-Tropfen hatten sie mit Cola und Zitrone überdeckt.

»Was gibt es denn so Dringendes?«, fragte Tiny Straus ruhig.

»Einen Aufstand!«, antwortete der junge Mann gehetzt. »Wir wissen bisher nicht mehr, als dass sich sechs Männer weigern, deinen Plan auszuführen, und ihn sogar aktiv sabotieren!«

Sechs von achtzehn Männern, dachte Tiny. Typisch … »Der Drache fegte mit dem Schwanz ein Drittel der Sterne vom Himmel«, murmelte er, »und schleuderte sie auf die Erde … Und der große Drache wurde auf die Erde geworfen …«

Der junge Mann sah ihn verwirrt an.

»Wer ist es? Und bist du dir sicher?«, fragte ihn Tiny.

»Zwei Soldaten, zwei Löwen, ein Perser und …« Dem jungen Mann fiel es sichtlich schwer, die Identität des sechsten Mannes preiszugeben.

»Und, wer noch?«

»Der Sonnenläufer, Vater. Es tut mir leid.«

Tiny musste sich setzen. Der Sonnenläufer, sein designierter Nachfolger … Hatte er sich wirklich so sehr in diesen Männern getäuscht? Oder hatte er zu sehr über die Köpfe seiner Leute hinweg entschieden, ohne dass sie schon bereit waren, das Verlangte zu tun?

»Mani ist aber nicht dabei?«

»Nein, nicht Mani. Du weißt, wie loyal er ist. Er ist sogar zum Präsidium gefahren, als er hörte, dass nach Peter de Haan gefahndet wurde, und war selbst dabei, als er verhaftet wurde.«

»Verhaftet?«, fragte Tiny entsetzt. »Und woher weißt du das alles?«

»Gestern Nachmittag, als du nach unserem Treffen schon gegangen warst, sind wir noch ein bisschen geblieben. Es hat eine ziemlich hitzige Diskussion gegeben. Die meisten in der Gruppe waren für deinen Plan, aber die sechs Männer, von denen ich dir gerade erzählt habe, standen auf und gingen hinaus. Ich weiß nicht, was genau sie vorhaben, aber …«

»Aber was?«

»Ich habe von Mani erfahren, dass es einen Zusammenstoß mit de Haan im Hortus gab.«

»Im Hortus?«, wiederholte Tiny nachdenklich. »Dann hat er sehr gute Fortschritte gemacht. Ich hatte Raven hingeschickt …«

»Mani sagt, dass jemand mit Pfeil und Bogen herumgeschossen hat. Peter de Haan hat der Polizei offenbar mitgeteilt, dass es zwei Opfer gab. Wir wissen noch nicht, wer sie sind, aber wir befürchten, dass einer von ihnen Raven ist. Wir haben seitdem jedenfalls nichts mehr von ihm gehört. De Haan hat es geschafft zu entkommen. Er hat sich in der Sternwarte versteckt, aber da sind sie auch reingekommen. Ein Mitarbeiter wurde von einem Pfeil getroffen und ins Krankenhaus gebracht. Und de Haan wurde verhaftet.«

»Was noch?«

»Arnold van Tiegem ist tot.«

»Wie bitte?«

»Nachdem der Tunnel eingestürzt war …«

»Ja, aber das lief ja nach Plan …«

»Nachdem der Tunnel eingestürzt war, sind Peter de Haan und Arnold van Tiegem reingegangen. Die Rebellen hatten zwei Soldaten unten postiert, um auf sie zu warten. Nur van Tiegem ist aber so weit in den Tunnel hineingegangen, dass sie ihn erwischt haben. Sie haben ihn niedergeschlagen und danach in die Gracht geworfen. Er ist ertrunken.«

»Und woher weißt du das alles?«, fragte der Priester mit einem skeptischen Unterton.

»Ich habe mit Mani gesprochen.«

»Aber …«

»Sie haben versucht, Mani dazu zu bringen, sich ihnen anzuschließen, also erzählten sie ihm alles. Sie haben van Tiegem übrigens mit fast einer ganzen Flasche Beaujolais Nouveau abgefüllt.«

»Beaujolais Nou … warum, um Himmels willen?«

»Junger Wein … Zusätzlich haben sie ihm einen Zettel in den Mund gesteckt, auf dem stand: ›Neuer Wein in einem alten Schlauch‹.«

Tiny kannte die Bedeutung dieser Worte. In einem Gespräch mit den Jüngern Johannes' des Täufers erzählte Jesus ein Gleichnis darüber, dass man keinen neuen Wein in alte Schläuche füllen solle. Die spröden Lederbeutel würden zerreißen, der Wein auslaufen, und sowohl der Wein als auch die Schläuche würden vergeudet. Neuer Wein gehöre in neue Schläuche. Im übertragenen Sinne bedeutete dies, dass man neue Ideen nicht in einem Umfeld predigen sollte, das damit gar nichts anfangen konnte.

Im Falle von Mithras hatte Ane damals das Gleichnis umgekehrt: alter Wein in neue Schläuche. Mit anderen Worten: Die alte Geschichte von Mithras wird in die neue Geschichte von Jesus gefüllt. Etwas, was jeder schon kannte, präsentierte man auf eine andere Art, aber im Wesentlichen hatte sich nichts verändert.

»Warum haben sie das getan?«

»Vielleicht sollte es ein Ablenkungsmanöver sein. Genau wie dieser Zettel, daran wird die Polizei lange vergeblich zu knabbern haben. Die leere Weinflasche haben sie ihm übrigens in den Hosenbund gesteckt.«

Tiny seufzte tief. »Und das Handy? Du hattest doch eine besondere App darauf installiert, nicht wahr?«

»Ja, Cerberus.«

Cerberus war eine App, mit der man aus der Distanz alles verfolgen konnte, was damit gemacht wurde: Kontakte auslesen, den Standort verfolgen, das Mikrofon einschalten, Videos aufnehmen und Fotos machen.

Tiny lächelte über den Namen, der für diese Antidiebstahl-App gewählt worden war. Cerberus, oder Kerberos, der monströse Hund der griechischen Mythologie mit drei Köpfen, einem Drachen als Schwanz und unzähligen Schlangenköpfen auf dem Rücken, bewachte die Unterwelt und sorgte dafür, dass die Toten nicht heraus- und die Lebenden nicht hineinkonnten.

»Das Handy war lange statisch im Hortus. Es ist jetzt auf der Polizeiwache an der Langegracht. Sie müssen es gefunden haben, als sie nach den Leichen suchten. Wir konnten feststellen, dass es erst nach de Haan dort angekommen ist. Er muss es weggeworfen oder verloren haben. Das bedeutet, dass wir de Haan jetzt sowieso nicht mehr folgen können.«

»Und die Kamera?«

»Es sieht so aus, als wäre die Handykamera kaputt, wahrscheinlich ist sie irgendwie beschädigt worden. Wir empfangen nur noch ein schwarzes Bild.«

»Hmm.«

»Was sollen wir jetzt machen?«

»Wir sollten uns in unserem Haus an der Rapenburg versammeln. Dort könnten wir uns beraten.«

Tiny eilte die Treppe hinauf in sein Schlafzimmer, jeweils zwei Stufen auf einmal nehmend. Er zog rasch Hose, Hemd und einen warmen Pullover darüber an.

Als er wieder nach unten kam, gingen sie beide in den Keller, wo sie einen Schrank beiseiteschoben und den Teppich aufrollten, auf dem er gestanden hatte. Tiny benutzte eine lange, eiserne Brechstange mit flachem Ende, um eine große Steinplatte anzuheben. Sie schoben die Platte beiseite, und darunter kam eine Holzluke mit einem rostigen Metallring zum Vorschein.

Tiny nahm zwei Taschenlampen und gab eine seinem Helfer. Er öffnete die Luke, und sie stiegen zusammen in die Dunkelheit hinab.

Schweigend gingen sie durch den Tunnel, bis sie an eine blinde Wand gelangten. Tiny schob einige der Steine zurück, während er andere nach vorne zog. Mit beiden Händen drückten die Männer anschließend die Wand zur Seite, die dabei über den gefliesten Boden schabte. Als die Öffnung gerade so groß war, dass sie hindurchpassten, gingen sie weiter.

»Vater«, fragte der junge Mann unsicher, »was ist, wenn de Haan versagt?«

»Sollte das passieren«, antwortete Tiny, »ist es ein Zeichen dafür, dass die Stunde noch nicht gekommen ist. Dass ich mich geirrt habe. Es ist ganz einfach: Wenn es Menschenwerk ist, was wir anstreben, wird nichts dabei herauskommen. Wenn dies aber das Werk unseres Herrn ist, werden sie mit ihrem Widerstand nichts erreichen und vielleicht sogar feststellen, dass sie gegen ihn kämpfen. Aber es gibt ...« Der Priester blieb stehen und drehte sich um. »Es gibt jetzt sowieso keinen Weg mehr zurück. Der Würfel ist gefallen.«

Nachdem sie zwei weitere Mauern geöffnet und sich Durchlass verschafft hatten, gelangten sie in einen Teil des Tunnels, der ganz anders war als die bisherigen. Die Decke war viel niedriger, und sie mussten sich bücken, um sich nicht den Kopf zu stoßen. Der Boden war hier nicht mehr gefliest, sondern bestand aus festgestampfter Erde und verdichtetem Ton mit Sand darüber. Irgendwo tropfte Wasser, und hier und da hatten sich Pfützen auf dem Boden gesammelt. Der Gang war hier viel schmaler, und die beiden Männer mussten ihre Arme gerade vor sich halten, um nicht stecken zu bleiben. Wände und Decken waren an einigen Stellen mit Holzbalken gestützt, eine Konstruktion, die behelfsmäßig wirkte und sich grundlegend von den professionell angelegten Tunneln unterschied, die sie hierhergeführt hatten. Dieses Stück gehörte nicht zum ursprünglichen Entwurf.

Obwohl sie in regelmäßigen Abständen auf Gabelungen stießen, ging Tiny mit raschen Schritten weiter und fand sich sicher im Labyrinth zurecht. Wann immer er hierherkam, wurde er von großem Stolz auf diese unterirdische Stadt erfüllt, von der die Menschen über ihnen nichts wussten. Er war Teil einer alten Tradition, der jüngste in einer langen Reihe weiser Männer, die ihre Geheimnisse über Generationen hinweg weitergegeben hatten. Er war ein stolzer Erbe.

Tiny und der Soldat verlangsamten ihre Schritte, als sie wieder in einen Tunnel gelangten, der dem am Anfang des Labyrinths glich: Er besaß eine höhere, gewölbte Decke und einen gefliesten Boden. Vor einer Steintreppe blieben sie stehen.

Der Soldat wartete, während Tiny die Stufen hinaufstieg und mit einem Code an eine Holzluke über ihm klopfte.

Man hörte Gepolter, dann wurde die Luke geöffnet.

Sie blinzelten in dem Licht, das plötzlich ihre Unterwelt erhellte.

»Hallo, Vater«, begrüßte der Mann im Raum Tiny voller Ehrfurcht.

»Hallo, Daniel«, grüßte Tiny zurück.

31

Samstag, 21. März, 08:00 Uhr morgens

Peter wurde aus einem traumlosen Schlaf geweckt, als ihn jemand kräftig schüttelte. Er öffnete schläfrig die Augen und sah direkt in das Gesicht von Mani, das seinem beunruhigend nahe war.

»Komm«, flüsterte Mani, leise, aber drängend. »Wir müssen!«

Peter setzte sich mit einem Ruck aufrecht hin. »Was?«, fragte er verschlafen. »Ich muss … Wie spät ist es? Ich habe keine Zeit! Ich kann das alles später erklären.« Er rieb sich die Augen und massierte sich die Lider. »Du weißt also genau, wovon ich rede«, sagte er. »Weißt du, wo Ju …«

»Es ist acht Uhr«, schnitt ihm Mani das Wort ab. Er flüsterte immer noch, aber er klang entschlossen. »Komm schon, wir müssen uns beeilen. Ich werde dir helfen, hier rauszukommen, aber du musst genau das tun, was ich dir sage. Gleich werden wir diese Zelle zusammen verlassen. Sobald wir am Empfang sind, reißt du dich los und rennst durch die Hintertür hinaus, die, durch die du auch reingekommen bist. Hier, dein Portemonnaie.«

»Und dann? Wohin soll ich dann gehen?«, fragte Peter und steckte das Portemonnaie in seine Hosentasche.

»Der Parkplatz grenzt an die Gärten der Häuser am Oude Singel. Klettere über den Zaun und versuche, durch …«

Sie hörten eine Stimme. »Hey, Mani, warum dauert das so

lange?« Im Eingang der Zelle stand eine Polizistin. »Beeil dich, sie warten auf dich.«

»Ich habe ihm nur seine Rechte erklärt. Wir kommen jetzt.«

Peter stand auf und nahm die Arme hinter den Rücken.

»Das ist nicht nötig«, erklärte Mani freundlich. »Es ist nur ein kurzer Spaziergang.« Er erlaubte Peter, vor ihm her zu gehen, und bat seine Kollegin, die Zellentür hinter ihnen zu schließen.

Peter runzelte die Stirn und versuchte zurückzublicken, aber Mani schob ihn nach vorne. Peter glaubte nicht, dass Manis Plan eine Chance auf Erfolg hatte. Er verstand auch nicht ganz, warum Mani ihm half, aber es schien ihm wichtig zu sein, dass er seine Suche beendete. Es war einen Versuch wert. Das Schlimmste, was passieren konnte, war, dass er scheiterte und sie ihn erneut verhafteten.

Als sie sich dem Empfang näherten, sah Peter zu seiner Linken die Tür zum Parkplatz. Die einzige andere Person im Raum war eine Polizistin, die ihn neugierig ansah und ihm ein freundliches Lächeln schenkte.

»Jetzt!«, flüsterte Mani, fast unhörbar, hinter ihm.

Peter erstarrte. Dann rammte er Mani rückwärts mit seinem gesamten Körpergewicht. Mani stürzte sofort zu Boden und riss die hinter ihm sitzende Kollegin im Fallen mit sich.

Sie stand wieder auf. »Hey!«, rief sie empört.

Doch Peter rannte schon zur Tür, stieß sie auf, stürmte nach draußen und blinzelte in der hellen Morgensonne. Er sprintete quer über den Parkplatz und stellte fest, dass er, genau wie Mani gesagt hatte, von einem hohen Zaun umgeben war. Er hörte, wie sich die Tür hinter ihm wieder öffnete. Jemand schrie, er solle stehen bleiben. Ohne sich umzublicken, sprang er auf die Motorhaube eines geparkten Autos und weiter auf dessen Dach. Mit beiden Händen packte er den oberen Rand des Zauns und schwang sich darüber wie über den Kasten früher im Sportunterricht, nur dass er danach zwei Meter tiefer und viel härter landete. Er war dankbar für die Büsche im Garten, die seinen Sturz abfederten. Ohne nachzudenken, lief er über den Rasen zur Hintertür eines Hauses, wo ein Mann, eine Frau und zwei Kinder in der Küche saßen und frühstückten. Die Kinder waren in Fußballtrikots gekleidet, bereit für ein Spiel.

Vier erschrockene Gesichter blickten auf, als Peter die Tür öffnete. Bis der Mann aufgestanden war, hatte Peter bereits die Küche durchquert.

»Tut mir wirklich leid!«, entschuldigte er sich auf dem Weg in den Flur. Dort hing ein Schlüsselbund an der Vordertür. Mit einer fließenden Bewegung zog er ihn heraus, öffnete die Tür, zog sie hinter sich zu und schloss sie dann ab, um seine Verfolger aufzuhalten. Den Schlüssel warf er in einen Blumentopf neben der Haustür.

Er wandte sich nach links, rannte über die Janvossenbrug und auf die Vollersgracht. Als er das Ende der Straße erreichte, verlangsamte er sein Tempo zu einem Spaziergang. Ein Mann in vollem Lauf würde zu viel Aufmerksamkeit erregen. Aber er war sich auch bewusst, dass man jetzt mit allen Mitteln nach ihm suchen würde.

Er dachte fieberhaft darüber nach, was er als Nächstes tun sollte. Er war drei Stufen davon entfernt, Judith zu finden: Es fehlten noch der Perser, der Sonnenläufer und der Vater. Und er hatte nur noch knapp sechs Stunden Zeit.

»Sammeln, Spenden, Kollekte«, murmelte er vor sich hin.

Das Erste, woran er dachte, war natürlich eine Kirche, aber welche? In Leiden gab es so viele: die Marenkerk, die Coelikerk, die Hooglandse Kerk, die Waalse Kerk, die Lutherse Kerk, es gab zwei Pieterskerken, und das allein im Stadtzentrum.

Der rote Faden war Paulus …

Paulus.

Die Pieterskerk, dachte er plötzlich. Ja, die musste es sein! Was nur wenige wussten: Obwohl die Kirche nach St. Petrus benannt war, war sie zugleich dem heiligen Paulus geweiht. Ihr voller Name hätte eigentlich Pieter- en Pauluskerk lauten müssen.

Er musste in Bewegung bleiben und beschloss, sich in einem großen Kreis und durch kleine Nebengassen der Pieterskerk zu nähern, den Kopf gesenkt, den Blick auf den Boden gerichtet.

Als er ankam, fand er einen offenen Seiteneingang. Im Inneren der Kirche waren Stände aufgebaut, und Leute packten Bücher aus Kartons auf den Tischen aus. Wahrscheinlich fand wieder einmal ein Antiquariatsmarkt statt.

Er ging quer zwischen den Ständen hindurch hinüber zur anderen Seite des Schiffes, wo, wie er wusste, ein großer antiker Holzkasten stand, in dem Geld gesammelt wurde, nicht für wohltätige Zwecke – die Kirche war 1975 entweiht worden –, sondern für den Unterhalt des Gebäudes.

Neben dem Kasten stand ein Mann, von dem nicht klar war, was er da machte. Peter änderte schnell die Richtung und hoffte, dass es nicht auffiel.

Er versuchte, sich hinter den Kupferstäben des großen Chorgitters zu verbergen, dem ältesten der Niederlande, was durch die Zwischenräume natürlich im Prinzip sinnlos war.

Über dem Tor des Gitters verkündete eine Holztafel in Form von zwei Steintafeln die Zehn Gebote. Auf der Rückseite stand ein Zitat aus dem elften Kapitel des ersten Paulusbriefes an die Korinther über die Institution des Abendmahls. Wenn man einmal darauf achtet, begegnet einem dieser Mann wirklich überall, dachte Peter erstaunt. Zu seiner Schande musste er zugeben, dass ihm diese Inschrift vorher nie aufgefallen war, obwohl er Dutzende Male daran vorübergegangen war.

Wieder einmal wunderte er sich darüber, dass es so wenige Gläubige stutzig machte, wie absurd die Aufforderung eines jüdischen Rabbiners war, sein Blut zu trinken, um sich nach seinem Tod an ihn zu erinnern. Es gab keine größere Blasphemie, keine größere Verletzung der koscheren Gesetze. Ganz abgesehen davon, dass Jahwe sowieso jenen vergab, die bereuten, dafür musste er nicht seinen eigenen Sohn opfern. Vergib uns unsere Schuld, wie auch wir vergeben unseren Schuldigern – es war kein Opfer nötig. Kindsopfer … Nach dem Alten Testament gab es in den Augen des Herrn keine größere Schandtat.

Erneut blickte Peter hinüber zum Spendenkasten. Der Mann war weg. Ohne einen Gedanken daran zu verschwenden, ob das gut oder schlecht war, ging er hinüber. Unterwegs beantwortete er mit einem Nicken das »Guten Morgen« der Buchhändler, die wohl annahmen, er wäre einer von ihnen.

In der Oberseite des großen Holzkastens befand sich ein von einem Eisenbeschlag umgebener Schlitz. Abgesehen von einem DIN-A4-Blatt, das über die Verwendung des Geldes Auskunft gab, entdeckte Peter nichts, was ihm weiterhelfen konnte.

Er schaute hinter die Truhe und ging in die Hocke, um nachzusehen, ob irgendwo etwas auf dem Boden lag, aber da war nichts.

Es wird doch hoffentlich nicht innen drin sein, dachte er mit wachsender Verzweiflung.

Er sah sich das Informationsblatt in der harten Kunststoffhülle noch einmal genauer an.

Der Perser … dachte er. *Der Perser ist der Schnitter … So wie das Sammeln einer Kollekte auch eine Art Ernte ist. Paulus kündigte an, Geld sammeln zu wollen. Vielleicht, um sich bei der christlichen Gemeinde in Jerusalem einzuschmeicheln …*

Peter war sich bewusst, dass es gefährlich war, zu lange zu verweilen. Aber wenn es hier keinen Hinweis gab, wo sollte er dann suchen?

Er las das Schild noch einmal, in der Hoffnung, etwas zu entdecken, was ihm vorher entgangen war. Erst da bemerkte er, dass hinten aus der Plastikhülle etwas herausragte. Zuerst sah es aus wie ein Stück von dem Papier, auf das das Informationsschild gedruckt war, aber als er es umdrehte, sah er, dass ein kleines Stück Papier in die Hülle geschoben worden war. Mit den Fingernägeln von Daumen und Mittelfinger zog er vorsichtig daran, bis es herauskam.

Es war ein schmaler Streifen Papier. Darauf stand eine einzige Zeile.

32

Ein Tag zuvor, Freitag, 20. März, 09:30 Uhr.

Das ängstliche Blöken hallte von den Wänden der Höhle wider. Das Lamm hatte sauren Wein gemischt mit Myrrhe und Ysop erhalten, um es zu beruhigen, aber es zerrte noch immer an dem Seil, mit dem eines seiner Beine an einem eisernen Ring an der Wand festgebunden war. Das gefesselte Bein des verängstigten Tieres stand fast horizontal vom Körper ab, während es vergeblich versuchte zu fliehen.

Der Vater legte seine Hand auf den Kopf des Lammes. Er sprach sanft auf es ein und kraulte es hinter dem Ohr wie eine Katze. Das schien es zu beruhigen. Es schmiegte seinen kleinen Körper gegen die Beine des Vaters und knabberte ein wenig an dem frischen Heu, das man ihm hingelegt hatte.

Sie trafen sich in der Regel einmal im Monat, etwa am sechzehnten Tag, wenn der Halbmond weiter zunahm. Außerdem feierten sie ihre hohen Feste, an denen sie, obwohl sie tief unter der Erde waren, die Kraft des Kosmos in jeder Faser ihres Körpers spürten.

Am 21. März feierten sie die Sommersonnenwende, den ersehnten Tag, an dem Mithras, ihr Heiland, der Herr des Lichts, in seinem kosmischen Kampf gegen die Dunkelheit erneut triumphierte. Zugleich gedachten sie bei dieser Gelegenheit des Stieropfers, das ihr Gott vor langer Zeit gebracht hatte.

Am 21. September feierten sie die Himmelfahrt ihres Herrn, der die irdische Sphäre verließ und eines Tages zurückkehren würde.

Sie trafen sich auch am Tag der Wintersonnenwende, dem 21. Dezember. Ab dem 21. Juni waren die Tage wieder kürzer geworden, und die Dunkelheit schien die Oberhand zu gewinnen, aber an diesem Tag bewies der Herr erneut, dass er seines Namens *sol invictus*, die unbesiegbare Sonne, würdig war.

Und am 25. Dezember feierten sie seine Geburt. Geboren von einer Jungfrau, in einer Höhle, an dem Tag, an dem ein Stern am Himmel erschienen war, um den Weisen seinen Geburtsort zu verkünden, die kamen, um ihn mit Geschenken zu ehren, und auch den Hirten, die über ihre Herden auf den Feldern wachten. Gemeinsam feierten sie die Ankunft des neuen Lichts der Welt.

Aber dieser Tag war aus vielen Gründen etwas Besonderes. Während sie sich heimlich an dem Ort versammelten, an den die liebevollen, wärmenden Strahlen ihres Herrn nie gelangen würden, geschah über ihnen ein Wunder, das die Menschen in früheren Jahrhunderten verwirrt und sogar verängstigt hatte. An diesem Tag verschwand die Sonne kurz hinter dem Mond, ein Zeichen des Himmels. Diese spezielle Sonnenfinsternis war besonders bedeutsam, besonders mächtig, weil sie am Tag vor der Frühlingssonnenwende stattfand, einem Tag, der ohnehin bereits mit Energie aufgeladen war.

Seit dem allerersten Moment, seit den ersten Gesprächen mit Ane nach seinem epileptischen Anfall im Archeon, hatte Tiny das Bedürfnis gehabt, das ihm offenbarte Wissen mit anderen zu teilen. Nach einiger Zeit hatten das Brechen des Brotes und das Herumreichen des Weines für Tiny eine neue Bedeutung angenommen, eine andere, als sie ihm im Seminar vermittelt worden war. Die Zeremonie hatte dadurch zwar etwas von ihrer Einzigartigkeit verloren, dafür aber etwas Universales gewonnen, eine Botschaft, die für die ganze Menschheit bedeutsam war. Die frohe Kunde hatte Jahrhunderte überdauert, hatte sich seit Tausenden und Abertausenden von Jahren in verschiedene Gestalten gehüllt, aber die Geschichte selbst war unverändert geblieben.

Die Botschaft war dieselbe: Es gibt ein Leben nach diesem Leben, wenn man sich von den Ketten befreit, mit denen einen die fleischlichen Gelüste an eine irdische Existenz fesseln. Iss das Brot, trink den Wein, nimm an der unbändigen Kraft teil, die das Leben ist, das Leben, das sich Jahr für Jahr erneuert. Wähle die richtige Seite im Kampf des Lichts gegen die Dunkelheit, sei Soldat und kämpfe.

Das Mysterium des Mithras verkörperte alles, woran Tiny jemals geglaubt hatte: den Kampf gegen die inneren Dämonen, die Geißel des Fleisches, das Licht in der Dunkelheit ... Mehr noch als das Christentum, das sich im Laufe der Geschichte von seiner ursprünglichen Bedeutung, von seiner ursprünglichen Substanz losgelöst hatte. Dieser Glaube hatte nichts mehr mit den Erneuerungskräften der Natur zu tun. Er war das Opfer von Wissenschaftlern geworden, die dicke Bücher darüber gefüllt hatten, wie dieses oder jenes Wort interpretiert werden sollte, welche wahre Bedeutung jene Passage besaß, welches die Quelle dieses hebräischen Wortes war, wie oft das und das griechische Wort verwendet wurde, in welchem Kontext und von wem. Und die meisten Leute glaubten diesen Exegeten, die Wortklauber hatten schließlich gewonnen, und damit war die ganze Vitalität des Glaubens verschwunden.

An diesem Tag würde Tiny endlich den Prozess in Gang setzen, zu dem er vor vielen Jahren bereits den Grundstein gelegt hatte. Begonnen hatte er im Geheimen, und doch hatte er allmählich immer mehr Leute mit einbezogen, und jetzt würden sie hinaustreten, ins grelle Licht der Öffentlichkeit. Natürlich hatte es Widerstand gegeben, und wie sich herausgestellt hatte, waren noch lange nicht alle von der Richtigkeit seines Vorhabens überzeugt, aber ein Vater sieht natürlich mehr, als seine Kinder sehen, er weiß am besten, was gut für sie ist. Schließlich hatte er den Segen des *Pater Patrum* erhalten, des Vaters der Väter, des Oberhauptes aller Tempel in den Niederlanden.

Schon praktisch von Anfang an hatte er den perfekten Mann im Sinn gehabt, der wie gemacht war, um als ihr Sprecher und Mittler aufzutreten. Dieser Mann hatte bewiesen, dass er offen für eine andere Weltsicht war als die, die die meisten Menschen bisher akzeptiert hatten. Er war genau der Richtige, um die Botschaft von Mithras einem breiten Publikum nahezubringen, ein geborener Lehrer …

Dies war auch der Tag, an dem Raven endlich offiziell in ihre Reihen aufgenommen werden und der Armee des Herrn dienen würde.

Das Lamm lag nun ruhig zu Füßen des Vaters, ein perfektes pastorales Bild.

Der Vater sah sich im Tempel um, der sich teils in einer natürlichen unterirdischen Höhle und teils in einem von Menschenhand gebauten Teil befand. Der Tempel war nach Osten ausgerichtet, wo ihr Herr jeden Morgen in den Himmel aufstieg. Der Ort war perfekt, nicht zuletzt, weil er an einem Fluss lag, der Wasser für ihre Rituale lieferte.

Die Gemeinschaft zählte jetzt achtzehn Männer; er war der neunzehnte. An einem Tag wie diesem waren selbstverständlich alle vollzählig versammelt, jeder Angehörige jeden Grades. Es war erfreulich zu sehen, wie sich manche von ihnen vollständig mit ihrer Rolle identifizierten. Sie schlugen mit imaginären Flügeln wie Vögel und krächzten wie Raben, andere brüllten wie ein Löwe.

Die Grube hinten im Tempel hatte sich bereits mit Wasser gefüllt. Ein Mann lag auf dem Boden, dessen Hände mit Vogeldärmen gefesselt waren. Er wurde in die Grube geworfen, verschwand unter Wasser, tauchte dann wieder auf, hustend und nach Luft schnappend, die Hände über den Kopf gestreckt. Dann kam der Befreier, der mit einem Schwert die Därme durchschnitt und seinen Bruder von seinen tierischen Fesseln befreite.

Zwei Männer zogen ihn aus der Grube, und er stand am Rand, und das Wasser tropfte ihm aus den Kleidern.

Jemand zog an einem großen, hölzernen Griff und unterbrach den Wasserstrom. Ein anderer zog an einem kleineren Hebel, um den Ablauf am Boden der Grube zu öffnen. Ein Wirbel entstand, als das Wasser abfloss. Die Grube musste für das Opfer, das sie darbringen wollten, leer sein.

Der Rost wurde über die Grube zurückgeschoben und gesichert.

Allmählich kehrte wieder Ruhe im Tempel ein, und die Männer setzten sich auf die großen Steinbänke, die jeweils etwa zwanzig Meter lang und zehn Meter breit und mit Kissen gepolstert waren.

Der Mittelgang zwischen diesen Bänken war mit sieben einfachen, schwarz-weißen Mosaiken geschmückt, die die sieben Stufen der Initiation darstellten. Dies war die *Via salutis*, die Straße des Heils, die alle Gläubigen gehen mussten, um Erlösung zu erfahren. Ein achtes Mosaik zeigte eine Vase mit knospenden Zweigen, die neues Leben versprachen.

Die Mosaike bildeten eine Art Leiter, entlang derer die Seele bei der Geburt hinabstieg und auf der sie nach dem Tod wieder zurückkehrte. Von jedem der sieben Planeten erhielt die Seele eine Eigenschaft, die sie auf der Rückreise nach dem Tod wieder ablegte.

Die gewölbte Decke symbolisierte den Himmel und war mit Sternen geschmückt. Ihre Gegner hatten sich früher darüber amüsiert: Wie kann man einen Lichtgott an einem Ort der Dunkelheit anbeten?

Sie begannen, ihre einfache Mahlzeit aus Brot und Wein einzunehmen. Die untersten Ränge, die Raben und Bräutigame, dienten denen, die über ihnen standen. Das Brot stillte ihren Hunger, und der Wein löschte ihren Durst, aber es war auch Nahrung für die Seele und gab ihnen spirituelle Kraft und neues Leben.

Der Vater und der Sonnenläufer saßen auf zwei Thronen am schmalen Ende des Raumes. In einer Nische hinter ihnen war ein prächtiges Relief aus dem Fels gehauen worden, wie der Gott selbst, einer anderen Legende zufolge, aus einem Felsen geboren worden war, gleich einem Funken, der aufsprüht, wenn zwei Steine gegeneinandergeschlagen werden. Licht aus der Dunkelheit.

Sie frischten die Farben des Reliefs jedes Jahr mit natürlichen Pigmenten auf, wodurch es aussah, als wäre es erst am Vortag entstanden.

Der Bildhauer hatte sich mit der Darstellung des Mithras selbst übertroffen. Der junge Gott, agil und stark wie Herakles, zwang einen riesigen, schwerfälligen Stier mit einem Knie zu Boden und zog den Kopf an den Hörnern nach oben. Der Gott war sowohl der Henker als auch der Stier, der Schlächter wie das Opfer. Er gab seinen eigenen Körper als Gegenleistung für das Heil der Menschheit. Mithras stieß dem Tier einen Dolch ins Herz. Das Blut, das aus der Wunde floss, verwandelte sich zum Teil in Ähren, lebenspendendes Getreide, das die Menschheit ernähren würde. Ein Hund und eine Schlange reckten ihre Köpfe, um das Blut aus der Wunde zu trinken. Indem sie an dem Blut leckten, hofften sie, einen Teil seiner belebenden Kraft aufzunehmen. Neben den Hoden des Stiers war ein Skorpion abgebildet, der die Genitalien mit seiner Zange umklammerte, einem Symbol für den Kampf des Menschen gegen seine niedrigen Begierden.

Der Gott trug eine weiche, rote phrygische Mütze, deren Spitze nach vorne fiel. Sie war der Vorläufer der späteren Mitra, der Kopfbedeckung katholischer Bischöfe, die von ihrem heidnischen Ursprung nichts wussten.

Hinter dem Gott saß der Rabe, der eine Botschaft des Gottes Sol überbrachte.

Links und rechts waren die beiden Fackelträger abgebildet,

der eine mit erhobener, der andere mit gesenkter Fackel, was die auf- und absteigenden Verläufe von Sol und Luna, das Auf- und Absteigen des Lichts sowie den Bogen von Leben und Tod symbolisierte. Ein Fackelträger, Cautes, zeigte den Sonnenstand am Morgen, die aufgehende Sonne. Der andere, Cautopates, zeigte den Sonnenstand am Abend, das verblassende Sonnenlicht. Genau wie Jesus, der bei seiner Kreuzigung von einem Verbrecher und einem reuigen Dieb flankiert wurde, böse und gut, Dunkelheit und Licht.

In zwei Kohlenbecken vor der Nische brannten Feuer.

Der Vater brach das Schweigen und sprach:

»Wie der Gott den Stier tötet, töte auch ich meine eigenen Leidenschaften.«

Dann brach er das Brot, das oben kreuzförmige Einschnitte aufwies, die die vier Winde und die vier Elemente symbolisierten, und sprach:

»Gesegnet seist du, Gott, Herr der ganzen Schöpfung. Aus deiner milden Hand haben wir dieses Brot empfangen.

Dir weihen wir die Frucht der Erde, das Werk unserer Hände.

Mach es für uns zum Brot des ewigen Lebens.«

Er segnete den Weinkelch mit den Worten:

»Gesegnet seist du, Gott, Herr der ganzen Schöpfung. Aus deiner milden Hand haben wir diesen Wein empfangen, Frucht des Weinbergs und Werk unserer Hände.

Mach ihn für uns zur Quelle des ewigen Lebens.«

Er stellte das Brot und den Wein auf den kleinen Altar vor ihm.

»Nehmt dies und esst alle davon,
denn dies ist mein Leib, der für euch gegeben wird.
Nehmt dies und trinkt alle daraus,
denn dies ist der Becher des neuen und ewigen Bundes.

Dies ist mein Blut, das für dich und für die ganze Menschheit vergossen wird.

Wer nicht von meinem Fleisch isst und nicht von meinem Blut trinkt, damit er in mir bleibt und ich in ihm, der wird keine Erlösung erlangen.«

Die Kongregation wiederholte diesen letzten Satz feierlich, wie eine Stimme, ein Körper.

Der Vater fuhr fort:

»Und so hat Mithras, gesegnet sei sein Name, unser Retter und Heiland, seinen Leib geopfert, in einem heilsamen und schöpferischen Akt. Durch sein Opfer hat er uns neues Leben geschenkt, wie das Weizenkorn, das in der Dunkelheit stirbt, nachdem es dem Schoß von Mutter Erde anvertraut wurde, dann wieder ins Licht steigt und Früchte trägt. So bringt ein Korn hundertfach, ein anderes sechzigfach, ein weiteres aber dreißigfach Früchte, aber Früchte bringt es. So gibt unser Herr sein Leben für uns, immer wieder aufs Neue. Wir müssen die Talente nutzen, die der Herr uns gegeben hat. Wir sind es nicht wert, ihn zu empfangen, aber er spricht, und wir werden geheilt werden.«

Bevor das Brot herumgereicht wurde, damit jedes Mitglied ein Stück abbrechen konnte, sah er sich im Raum um und sprach dann die warnenden Worte, die sie alle so gut kannten.

»So oft ihr dieses Brot esset und den Kelch trinket, verkündiget ihr den Tod des Herrn, bis dass er kommt. Wer also unwürdig das Brot isst oder den Kelch des Herrn trinkt, der ist schuldig am Leib und am Blut des Herrn. Es prüfe aber ein Mensch sich selbst, und also esse er von dem Brot und trinke aus dem Kelch; denn wer unwürdig isst und trinkt, der isst und trinkt sich selbst ein Gericht, weil er den Leib des Herrn nicht unterscheidet.«

Sie aßen das Brot schweigend und tranken abwechselnd aus dem Kelch, der herumgereicht wurde.

Dann stand der Vater auf.

Achtzehn Augenpaare sahen ihn erwartungsvoll an.

»Meine Herren«, begann er und sah sich forschend unter ihnen um. Für einen kurzen Moment ließ er den Blick auf jedem Einzelnen ruhen, als wolle er seine Treue ausloten, nickte und sagte dann: »Hora est.«

33

Samstag, 21. März, 8:45 Uhr

Peter las die Worte auf dem schmalen Papierstreifen.

> *Pflanzen hat seine Zeit, und Gepflanztes ausreuten hat seine Zeit.*

War das ein Hinweis auf eine bestimmte Zeit? Das »hora est«? Er wusste, dass die Verse aus dem berühmten Kapitel im Kohelet stammten, das oft bei Beerdigungen zitiert wurde. Es gibt eine Zeit zum Gebären und eine Zeit zum Sterben … *Oder geht es hier um ein bestimmtes Datum? Denn bisher sollte ich ja anscheinend die ganze Zeit nach Zahlen suchen,* sagte sich Peter. 41, 41, 42, 15 … Was kam als Nächstes? Es schien eine vollkommen willkürliche Zahlenreihe zu sein. Er hoffte, dass es sich nicht um eine Art komplizierten mathematischen Code handelte, denn sein mathematisches Talent war nicht sehr ausgeprägt.

Wann war Paulus ausgezogen, um für Jerusalem zu sammeln? Wann war er in Jerusalem gewesen? Es gibt eine Zeit zum Abernten … Eine Zeit, das bedeutete eventuell eine Jahreszahl.

Er blickte sich in der Kirche um. Niemand schien bemerkt zu haben, dass er sich so lange an der Spendenkiste aufhielt. Er brauchte einen Computer, aber wo sollte er den finden?

Er erinnerte sich, dass im vergangenen Jahr ein Café im Kloksteeg eröffnet hatte, gleich neben der Kirche. Er hatte dort ein paarmal Kaffee getrunken. Es war ein angenehmer, ruhiger Ort, an dem man gemütlich die Zeitung lesen konnte. Und es gab eine Verbindungstür zwischen Café und Kirche.

Er eilte in Richtung des Durchgangs, der zum Café führte, und hielt sich dabei dicht an der Wand. Als er den Gang betreten hatte, sah er, dass das Büro, in dem normalerweise der Hausmeister saß, verlassen war. Im Inneren, auf dem Schreibtisch, zeigte ein Computer die Homepage der Pieterskerk an. Beruhigende Klänge von klassischer Musik und einer zischenden Espressomaschine ertönten aus dem Café.

Peter wusste, dass er ein großes Risiko einging, indem er sich in einer Art überdimensionalem Aquarium an den Computer setzte, aber ihm lief die Zeit davon. Er schaute sich noch einmal flüchtig um und betrat dann das Büro.

Am Computer gab er schnell »Apostel Paulus Sammlung« in der Suchleiste ein. Eine Sekunde später hatte er Millionen von Ergebnissen. Er überflog die Textausschnitte unter den Links, aber es waren hauptsächlich Bibelkommentare und Aufrufe zur Unterstützung Israels. Er fügte den Suchbegriffen »Datum« hinzu, was die Menge der Treffer ein wenig verringerte. Wikipedia stand wie immer an erster Stelle, aber ein paar Zeilen darunter erregte ein Satz seine Aufmerksamkeit: »Im Jahre 58 n. Chr. ging Paulus nach Israel, um der Gemeinde in Jerusalem das Geld zu übergeben, das er auf seinen Reisen gesammelt hatte.«

Peter war skeptisch. War das wirklich die Zahl, nach der er suchte? Eine Zeit zum Abernten … Er öffnete Wikipedia und gab »58« ein. Neben anderen Ereignissen, die sich um 58 n. Chr. ereignet hatten, stand ganz unten auch etwas über die Kollekte des Paulus.

Palästina [bearbeiten]
Der *Apostel Paulus* kehrt mit dem Geld, das er gesammelt hat, nach *Jerusalem* zurück. Er wird jedoch des Verrats beschuldigt und in *Cäsarea* festgenommen und inhaftiert.

Wenn es das war, wonach er suchte, dann waren seine bisherigen Hinweise 42, 41, 41, 15 und 58. Er konnte immer noch keinen Sinn darin erkennen, aber allmählich nahm eine Idee im Hinterkopf Gestalt an, als läge die Lösung zum Greifen nah. Es war so ähnlich wie mit den Studentinnen in ihren Quintus-Jacken, die ihn zu den ausgestopften Raben geführt hatten.

Plötzlich wurde die Schiebetür des Cafés geöffnet, und ein junger Mann in Kellnerschürze erschien. Er blieb stehen und starrte Peter überrascht an.

Die Glaswände des Büros dämpften die Stimme des Kellners, aber Peter musste kein Lippenleser sein, um zu erkennen, dass er etwas sagte wie: »Was machen Sie da drin?«

Peter hob jovial die Hand, als grüße er einen Kollegen, der ihn an diesem Tag zum ersten Mal sah. Er stand sofort auf, verließ das Büro und ging in Richtung Café, aber der Mann versperrte ihm den Weg.

»Darf ich fragen, was Sie da drin gemacht haben?«, fragte er und versuchte, autoritär zu klingen, aber ohne großen Erfolg.

»Entschuldigung«, sagte Peter, »ich weiß, dass das seltsam klingt, aber mein Handy-Akku ist leer, und ich musste unbedingt etwas recherchieren. Ich habe nichts gestohlen.« Er hob die Hände, um es zu beweisen.

Der Kellner rührte sich nicht.

Peter legte die linke Hand auf den rechten Oberarm des Mannes und versuchte höflich, ihn zur Seite zu schieben. »Jetzt kommen Sie schon, übertreiben Sie nicht so«, sagte er in demselben Ton, den er gegenüber aufsässigen Studierenden anschlug. »Mein Handy ist leer, ich musste etwas nachschauen. Keine große Sache. Ich muss mich jetzt wirklich beeilen, also würden Sie mich jetzt bitte durchlassen?«

Diesmal ließ der Kellner Peter passieren. »Okay, für diesmal«, sagte er, und dann, als versuchte er, seine Würde zu retten, fügte er hinzu: »Aber machen Sie das nicht noch einmal, in Ordnung?«

Peter nickte und neigte reumütig den Kopf. Er ging durch das Café und seufzte erleichtert auf, als er endlich draußen stand. Er verließ den Kloksteeg und schlüpfte in die engen Gassen des Lombardpoorts, durchquerte den Gekroonde Liefdepoort und kam auf der Langebrug heraus. Dann bog er rechts ab und passierte die hinteren Fassaden der Geschäfte an der Breestraat, noch immer ohne die geringste Idee, was er als Nächstes tun sollte.

Als er den Herrenfriseur Kapper Eric sah, fiel ihm plötzlich ein, dass ihn ein Haarschnitt und eine Rasur so verändern würden, dass man ihn weniger leicht erkennen konnte. Der Salon war berühmt für seine wunderschönen Bleiglasfenster und sein Vintage-Interieur. Auf einem der alten Friseurstühle Platz zu nehmen war wie eine Zeitreise in die Fünfzigerjahre.

Abgesehen von einem Herrn, der sich bereits die Haare schneiden ließ, war Peter der einzige Kunde. Er hängte seinen Mantel an die Garderobe neben einen Trenchcoat und eine Baseballmütze.

»Guten Tag, was kann ich für Sie tun, Meneer?«, fragte der Friseur. Sein eigenes Haar war so perfekt gestylt, dass er gut als Model in einen Katalog gepasst hätte.

»Ich glaube, ich möchte sie zur Abwechslung mal ganz kurz haben«, sagte Peter. »Ich meine, richtig kurz, militärisch.«

Der Friseur sah ihn amüsiert im Spiegel an. »Und was hat Sie zu dieser, nun ja, ziemlich radikalen Entscheidung bewogen, Meneer?«, fragte er und fuhr mit den Fingern fast zärtlich durch Peters Haar. »In Ihrem Alter und mit so schönem, dichtem Haar. Das ist ja fast eine Sünde.«

»Ach, wissen Sie, ich habe mir das durchaus gut überlegt«, erwiderte Peter, der nicht mit Widerstand gerechnet hatte. »Es ist eine lange Geschichte, hat mit einem neuen Lebensabschnitt zu tun. Einem Neuanfang, könnte man sagen. Aber ich will Ihnen nicht meine ganze Lebensgeschichte erzählen.«

»Wenn Sie wüssten, was man mir alles anvertraut! Man könnte daraus eine ganze Fernsehserie machen.«

»Cut!«, scherzte Peter.

»Ja, das wäre ein guter Titel. Aber wie dem auch sei – der Frühling kommt und mit ihm eine neue Frisur.«

»Und eine Rasur bitte.« Soweit Peter wusste, war dies der einzige Salon in Leiden, in dem man sich rasieren lassen konnte.

»Wie Sie wünschen.«

Der Friseur legte Peter einen Umhang um, drapierte ein langes weißes Tuch um seinen Hals und setzte mit einem Klicken einen Aufsatz an eine Haarschneidemaschine. »Ich gehe auf einen Zentimeter«, sagte er, »kürzer würde ich nicht empfehlen, sonst sieht man die Kopfhaut.«

Peter nickte.

Zehn Minuten später war er fertig.

»Nicht gerade eine große Herausforderung, diese Art von Haarschnitt«, sagte der Friseur enttäuscht. »Aber eine gute Rasur, das kann nicht jeder. Es ist eine vergessene Kunst, und ich bin stolz darauf, sie noch zu beherrschen.« Er feuchtete Peters Gesicht und Hals an und trug reichlich Rasierschaum auf.

Peter schloss die Augen und genoss das warme Wasser und die Art und Weise, wie die Finger des Friseurs seine Haut sanft massierten.

Dieser arbeitete schweigend und nahm sich mehr Zeit als für den Haarschnitt.

Peter war so sehr in die Suche nach Judith vertieft gewesen, dass er bisher keine Gelegenheit dazu gehabt hatte, innezuhalten und darüber nachzudenken, wie verrückt diese ganze Sache eigentlich war. Er sei auserwählt worden, hatte Raven gesagt. Aber wer hatte ihn auserwählt? Auf welcher Grundlage? Und warum mussten sie Judith deswegen entführen? War es eine Art Initiation? Aber man konnte doch niemanden gegen seinen Willen einweihen. Und warum versuchten dann gleichzeitig irgendwelche Leute, ihn zu ermorden? Doch er konnte jetzt nicht mehr zurück. Er musste versuchen, Judith so schnell wie möglich zu finden.

Was war sein nächster Schritt? Laut seiner Websuche im Observatorium musste der folgende Hinweis etwas mit dem Sonnenläufer zu tun haben. Danach kam der Vater. Aber wo fand er einen Sonnenläufer? In der Oberstufe hatte er in einem Astronomiekurs einmal einen »Sonnenläufer« bauen müssen, ein Modell aus Papier, mit dem man den Sonnenstand abhängig vom eigenen Standort und der Jahreszeit schematisch bestimmen konnte.

Der Sonnenläufer, Heliodromus, Weg der Sonne …

Das Boerhaavemuseum fiel ihm ein, das Museum für die Geschichte der Naturwissenschaften und der Medizin. Es beherbergte eine Sammlung von historischen wissenschaftlichen Apparaten und Geräten vornehmlich aus der Medizin, Physik und Astronomie, darunter Willem Blaeus Quadranten, Antoni van Leeuwenhoeks berühmte Mikroskope und Christiaan Huygens' Pendeluhren, aber auch maßstabsgetreue Modelle des Sonnensystems und, wer weiß, vielleicht auch »Sonnenläufer«.

Peter sah in den Spiegel. Seine Erschöpfung stand ihm ins Gesicht geschrieben. Die Falten auf seiner Stirn sahen tiefer aus denn je.

Nach der Rasur glich er nur noch entfernt dem Mann, der vor gerade einmal zwanzig Minuten den Friseursalon betreten hatte. Er war sogar noch früher fertig als der Kunde, der vor ihm an der Reihe gewesen war, und er lächelte zufrieden, während ihm der Friseur mit einer weichen Bürste die kleinen Härchen vom Hals pinselte und danach den Umhang abnahm.

Er zahlte bar. Der Friseur verabschiedete sich und begann dann, die Haare auf dem Boden zusammenzukehren.

Peter griff nach seinem Mantel an der Garderobe, doch blitzschnell überlegte er es sich anders. Er sah sich um. Sein Friseur konzentrierte sich darauf, den Boden zu kehren; der andere unterhielt sich mit seinem Kunden. In einer fließenden Bewegung nahm Peter sowohl den Trenchcoat als auch die Baseballkappe von der Garderobe mit.

Kurz darauf bog er um die Ecke in die nächste Gasse, zog den langen Mantel an, schob die Kappe tief über die Augen und hielt den Kopf gesenkt. Derart verkleidet, wagte er es, in Richtung der belebten Breestraat zu gehen. Clark Kent brauchte nur eine Brille aufzusetzen, um seine Identität vor Lois Lane zu verbergen – im Vergleich dazu war dies eine vollständige Metamorphose.

Er hielt sich dicht an den Schaufenstern und nahm Kurs auf das Rathaus. Dort überquerte er schräg die Straße und ging weiter am V&D-Kaufhaus und der Baustelle entlang, die Teil des Umbauprojekts Aalmarkt war. Am Vrouwensteeg bog er rechts ab und überquerte am Ende die Kippenbrug. Er passierte den Bioladen, wo er seit Jahr und Tag jede Woche eine Gemüsekiste kaufte. Dann überquerte er die belebte Haarlemmerstraat hinüber zum Vrouwenkerksteeg, wo sich auch das Kijkhuis-Kino befand.

Dadurch gelangte er ganz in die Nähe des Hofjes, in dem Judith und Mark wohnten. Er hatte gewissermaßen den Kreis geschlossen – bedeutete das, dass er auf der richtigen Fährte war?

Von Anfang an hatte er sich an den Gedanken geklammert, dass sich die Lösung dieses Rätsels wie durch ein Wunder von selbst ergeben würde, nachdem er alle Hinweise gefunden hatte, aber jetzt, da sich die scheinbar bedeutungslosen Zahlen aneinanderreihten, war er sich dessen nicht mehr so sicher. Was sollte er tun, wenn er erneut auf eine Zahl stieß? Und danach möglicherweise eine siebte fände? Er war kein Genie wie Robert Langdon, der die Fibonacci-Sequenz in einer scheinbar zufälligen Menge von Zahlen sofort erkennen oder einen Geheimcode knacken konnte, der sonst nur mittelalterlichen Philosophen bekannt war. Wenn der nächste Hinweis nicht etwas leichter zu interpretieren war, hatte er keine Ahnung, wie er das Rätsel lösen sollte. Und dann?

Und was zum Teufel war mit Arnold passiert? Wer steckte dahinter? Es erstaunte ihn selbst, dass er erst jetzt an den armen Mann dachte, obwohl er schließlich der Grund für seine Verhaftung gewesen war. Er hatte Arnold nie gemocht, nicht so sehr, weil er die Professur erhalten hatte, die eigentlich ihm zugestanden hätte, sondern weil er einfach nicht der richtige Mann für den Job war. Er hatte sich gar nicht richtig für das Fachgebiet interessiert und war allzu intensiv mit sich selbst und seinem Netzwerk von guten Beziehungen beschäftigt gewesen.

Peters Gedanken hatten sich zu sehr um Judith gedreht und was mit ihr passiert sein könnte, um sich auch noch Sorgen wegen Arnold zu machen. Wann würde das enden, fragte er sich verzweifelt. Er musste Judith retten! Die enge Freundschaft, die sie in den letzten zwanzig Jahren aufgebaut hatten, gehörte zu den wichtigsten und wertvollsten Dingen in seinem Leben. Er hatte sich oft ausgemalt, wie ein Leben mit ihr zusammen aussehen würde, aber er wusste, dass das nur Tagträume waren. Sie war glücklich mit Mark, und dieser war in ihrem Alter und nicht zwanzig Jahre älter als sie, so wie er.

Inzwischen war er am Boerhaavemuseum angekommen. Er drückte die Klinke der Eingangstür hinunter und lehnte sich mit der Schulter dagegen, denn er wollte so schnell wie möglich hinein und von der Straße weg. Doch die Tür öffnete sich nicht.

Das Museum war noch geschlossen.

34

Einen Tag vorher, Freitag, 20. März, 10:15 Uhr

»Um zwei Uhr heute Nachmittag«, sagte der Vater, »wird das Licht von außen zu uns durchdringen. Heute, zum ersten Mal seit mehr als zwanzig Jahrhunderten, wird das Unsichtbare sichtbar gemacht. Wir werden uns offenbaren. Die Welt wird von unserer Existenz erfahren!«

Die meisten Anwesenden murmelten zustimmend; andere starrten unbewegt ins Leere.

»Nach seiner Initiation wird Raven an dem Ort warten, den unser Löwe Daniel vorbereitet hat. Schon ein leichter Schlag wird ausreichen, um die Decke – oder, von ihnen aus gesehen, den Boden der Grube – zum Einsturz zu bringen.«

Er blickte erneut in die Runde.

»Ich erwarte, dass Raven um drei Uhr entdeckt wird. Zur neunten Stunde. Von da an wird es in gewisser Weise ein Sprung ins Ungewisse.«

Es war jetzt nicht nur totenstill, sondern es regte sich auch niemand, als übten sie für ein Tableau vivant.

Ein Soldat hob seine Hand und erhielt die Erlaubnis zu sprechen. »Bei allem Respekt, Pater, und ich weiß, dass ich das schon einmal gefragt habe, aber wie stellen Sie sich das vor? Wie werden wir neue Mitglieder anwerben? Normalerweise beobachten wir jeden jahrelang, bevor wir ihn einladen. Brauchen die Leute in Zukunft nur noch ein Bewerbungsformular im Internet auszufüllen?« Letzteres klang spöttisch.

»Hört mir gut zu. Das ist alles neu, und ich verstehe, dass ihr euch erst an die Vorstellung gewöhnen müsst, aber unsere Gruppe wird so bleiben, wie sie ist. Vielleicht werden wir uns anderswo treffen müssen, vielleicht können wir hier weiterhin unsere Messen feiern. Aber wir bleiben eine geschlossene Gesellschaft, und auch an der Art und Weise, wie wir neue Mitglieder gewinnen, wird sich nichts ändern. Die einzige Veränderung wird sein, dass die Welt weiß, dass wir existieren. Wir können den Menschen bis zu einem gewissen Grad sagen, wofür wir stehen, ohne unsere Geheimnisse preiszugeben. Denkt an die Freimaurer. Jeder weiß von ihnen, aber man kann nicht einfach Mitglied werden.«

Der Vater hielt inne. »Das Wichtigste … Das Wichtigste ist, dass die Menschen erkennen werden, inwiefern unser Glaube die Basis vieler anderer Vorstellungen in anderen Religionen und Glaubenssystemen bildet. Die Leute werden erstaunt sein, wenn sie die Ursprünge ihrer eigenen Religion entdecken. Wir gewinnen ein breiteres Publikum. Seht es doch mal so …«

Er nahm einen Schluck Wein, spülte sich damit aber nur den Mund aus und spuckte ihn dann auf den Boden. »Endlich, nach zweitausend Jahren, werden wir Paulus, unserem Paulus, die Bedeutung zukommen lassen können, die er verdient. Unser theologisches Genie, das aus den falschen Gründen verehrt wurde. Er füllte den alten Wein von Mithras in die neuen Schläuche des Christentums. Dadurch hat unser Glaube im Laufe der Jahrhunderte überlebt, wie ein Tier, das wegen seiner Tarnung verborgen bleibt, oder das Chamäleon, das seine Farbe an die Umgebung anpasst. Unser Titan von Tarsus …«

»Und was ist mit Ihrer Gemeinde?«, warf ein anderer ein.

»Ja, das ist sehr … nun, es wird schwierig werden. Ich … Wir werden sehen, was passiert. Aber unsere Glaubensinhalte werden viele Menschen ansprechen. Wird nicht jeder manchmal in Versuchung geführt? Haben nicht die meisten Menschen die Erfahrung gemacht, dass der Geist willig, aber das Fleisch schwach ist? Die Seele ist an den Körper gebunden, und sie wird dort durch unsere falschen Entscheidungen festgehalten, aber wir … Wir haben einen Ausweg gefunden. Wir können unsere irdischen Gelüste kontrollieren. Was für eine Botschaft! Und ich glaube, die Welt ist bereit, sie zu hören! Unsere Wurzeln mögen Jahrhunderte zurückreichen, aber unsere Botschaft ist so aktuell wie bei ihrer ersten Verkündigung.«

Ohne dass es ihm bewusst war, hatte der Vater begonnen zu predigen. Sogar die Männer, die gerade Einwände vorgebracht hatten, hörten ihm zu wie hypnotisiert.

»Über die Rituale werden wir nicht sprechen, denn nicht jeder wird unsere Mysterien verstehen.«

Tiny nahm ein Stück Brot und hielt es hoch, damit sie es alle sehen konnten. Dann tat er dasselbe mit dem Kelch. »Die Menschen werden erkennen, dass das Brot, der Leib, und der Wein, das Blut, universell sind. Dass sie nicht exklusiv zu dieser oder jener Religion gehören, sondern für alle von Bedeutung sind, unabhängig davon, wo man geboren wurde oder in welchem Glauben man aufgewachsen ist.«

»Das reicht jetzt!«, rief einer der Männer, ein Löwe, und sprang auf. »Wie lange müssen wir uns das noch anhören? Wir halten uns seit Jahrhunderten verborgen; das macht Teil unserer Macht aus. Ich sehe nicht ein, warum wir ausgerechnet jetzt …«

»Halt den Mund!«, schrie der Vater so laut, dass der Mann, der es gewagt hatte, ihn zu kritisieren, stumm wieder auf seinen Platz sank. »Sprich nicht über Dinge, von denen du nichts verstehst! Vertraue denen, die über dir stehen. Es hat Zeichen gegeben; ich brauche sie nicht noch einmal zu wiederholen. Es hat deutliche, unmissverständliche Zeichen gegeben. Deswegen …«

Tiny schlug mit der Handfläche so fest auf den Altar, dass der Weinkelch fast umkippte. »Deswegen habe ich mich entschlossen, uns als euer Oberhaupt … als euer Vater …« – das Wort

»Vater« sprach er mit großer Zärtlichkeit aus –, »in eine neue Ära zu führen. Ich habe einen Mann ausgewählt, der unsere Botschaft in die Welt tragen wird, wenn er es schafft, die Aufgabe zu lösen, die ich ihm gestellt habe. Ich beobachte ihn seit vielen Jahren. Er ist klug und belesen, ebenso wie die Frau, die auch Teil dieses Plans ist. Wenn er seine Suche erfolgreich beendet, ist das der Beweis, dass die Zeichen mich nicht getäuscht haben. Er wird das Gesicht unserer Organisation sein.«

Er sah den Sonnenläufer an, der neben ihm saß. »Du bist und bleibst mein designierter Nachfolger. Keine Sorge. Aber dieser Peter ist ein begabter Redner und hat einen brillanten Verstand. Das hat er bereits mehrfach bewiesen.«

»Aber was ist, wenn er versagt?«, fragte jemand.

»Dann haben wir keinerlei Nachteile dadurch. Wir gehen wieder in den Untergrund, und ich trete zurück. Der Sonnenläufer wird meinen Platz einnehmen, und ihr werdet eine neue Begegnungsstätte finden. Aber dazu wird es nicht kommen, ich gebe euch mein Wort.«

Keiner sagte etwas.

Ein anderer Mann erhob sich, ein Soldat. »Die, ähm … neuen Mitglieder«, begann er zögernd, »müssen die auch unsere Regeln befolgen?«

»Brüder«, sprach der Vater, jetzt voller Inbrunst, »ich glaube, dass unser Herr mich schon von Beginn an auserwählt hat, um die Frohe Botschaft unter den Menschen zu verbreiten und sie zu unserem Glauben zu bringen. Unser Herr, der die Herzen der Menschen kennt, wird sein Vertrauen in sie beweisen, indem er ihnen seine Kraft schenkt, so wie er es bei uns getan hat. Und wenn er ihre Herzen durch den Glauben reinigt, wird er keinen Unterschied zwischen ihnen und uns machen. Warum stellt ihr also Gott auf die Probe, indem ihr diese neuen Menschen mit einer Bürde belastet, die sowohl unsere Vorfahren als auch wir manchmal kaum tragen können? Nein, ich glaube, dass wir nur durch die Gnade unseres Herrn gerettet werden können, genau wie sie.«

Daraufhin schwiegen alle.

Jakob, ein Bräutigam, ergriff das Wort: »Brüder, hört mir zu. Der Vater hat uns erzählt, dass sich unser Herr selbst vorgenommen hat, aus den Ungläubigen eine Gemeinschaft zu machen, die seinen Namen ehren wird. Es stimmt mit den Worten überein, die uns überliefert wurden: ›Danach will ich umkehren und die zerfallene Hütte Davids wieder aufbauen, und ihre Trümmer will ich wieder bauen und sie wieder aufrichten, auf dass die Übriggebliebenen der Menschen den Herrn suchen, und alle Völker, über welche mein Name angerufen worden ist, spricht der Herr, der solche Dinge tut.‹ Deswegen bin ich der Meinung, dass wir diejenigen, die neu bekehrt sind, nicht überfordern sollten. Aber wir sollten sie wissen lassen, was strengstens verboten ist: Unzucht und Ehebruch, Diebstahl, Bosheit und Lügen und Fleisch essen, das Blut enthält.«

Zustimmendes Murmeln erfüllte den Raum, obwohl auch missbilligendes Zischeln von denen kam, die anderer Meinung waren. Der Vater sah Jakob lobend an.

»Gut«, sagte er. »Kommen wir nun zu dem Anlass, aus dem wir uns heute versammelt haben. Morgen Abend sehen wir uns wieder, wer weiß, unter welchen Umständen.« Er stand auf, band das Lamm los und führte es zur Grube.

Die Holzbretter wurden wieder entfernt. Raven verschwand in einem Gang an der Rückseite des Tempels, begleitet vom Sonnenläufer. Über eine Treppe gelangten sie in einen anderen Gang, an dessen Ende eine Tür offen stand.

Der Sonnenläufer führte Raven in einen Raum. Der junge Mann stellte sich genau in die Mitte; dann wurde die Tür hinter ihm geschlossen.

Von oben fiel Licht in die Zelle. Er war schon einmal hier gewesen. Einige Monate zuvor, als er beweisen musste, dass er würdig war, hatten sie ihn in völliger Dunkelheit in diesen Raum eingesperrt, ohne ihm zu sagen, wann er befreit werden würde.

Oder ob er befreit werden würde.

Drei Tage und drei Nächte hatte es gedauert, wie er hinterher erfahren hatte. Schon bald war er von einem so schrecklichen Durst gequält worden, dass er versucht hatte, seinen eigenen Urin zu trinken. Aber es war keine leichte Aufgabe, in der Dunkelheit in die eigenen hohlen Hände zu pinkeln. Er hatte Mund und Kehle befeuchtet, sich aber fast übergeben, mehr wegen der Vorstellung als wegen des Geschmacks. Später, als er vor Durst schon halb wahnsinnig war, hatte er es wieder versucht, aber der stechende Ammoniakgestank, der von der erbärmlichen Pfütze aufstieg, die er aufgefangen hatte, verursachte ihm solchen Brechreiz, dass er sie voller Ekel abschüttelte. Den Geruch war er dadurch nicht losgeworden.

Als sie ihn endlich holen kamen, hatte er fast schon geglaubt, ins Totenreich hinübergegangen zu sein. Das Licht ihrer Fackeln erschien ihm wie das Licht am Ende des Tunnels, das Menschen mit Nahtoderfahrungen beschrieben.

Das Wort »Durst« konnte nicht beschreiben, wie sehr er sich nach Wasser gesehnt hatte. Sie hatten ihn halluzinierend, völlig desorientiert und unfähig gefunden, ohne Hilfe zu stehen. Aber er war ein wahrer Soldat von Mithras und hatte nicht aufgegeben.

Jetzt war er wieder hier, bereit, Mitglied der Bruderschaft zu werden.

Der Vater hatte sich in der Mitte des Gitters über dem darunter liegenden Raum positioniert, in dem Raven stand. Das Lamm lag auf der Seite zu seinen Füßen.

Ein Löwe reichte ihm ein Messer. Das flackernde Fackellicht schimmerte auf der Klinge.

Der Vater hob den Arm über den Kopf.

»Du hast uns durch das Vergießen des ewigen Blutes gerettet!«, rief er.

Raven sah auf und sprach ihm nach: »Du hast uns durch das Vergießen des ewigen Blutes gerettet!«

Mit einem Ruck schnitt der Vater dem Lamm die Kehle durch. Es war sofort tot.

Warmes Blut floss in einem pulsierenden Strom aus seinem Hals und fiel wie ein weihender Regen in die Grube darunter. Raven, der nur mit einem Lendenschurz bekleidet war, schmierte sich mit dem roten Lebenssaft ein. Er neigte den Kopf zurück und öffnete den Mund weit, um so viel Blut wie möglich auffangen zu können. Blutspritzer kamen von seinen Lippen, als er die hoffnungsvolle Formel sprach, die schon Tausende vor ihm aufgesagt hatten. »Sein Blut komme über uns und unsere Kinder!«

Im Chor wiederholten die Männer über ihm den Wunsch, dass auch andere durch das Blut ihres Herrn gereinigt werden sollten. »Sein Blut komme über uns und unsere Kinder!«

Als das Lamm ausgeblutet war, blieb Raven still stehen wie eine blutige Säule und murmelte leise ein Gebet.

Die anderen saßen mit geschlossenen Augen auf den Bänken, die Gesichter himmelwärts gekehrt, die Handflächen nach oben, jeder in seine eigenen Gedanken versunken.

Nach einiger Zeit richtete sich der Vater auf und drehte sich um. Er hob die Hände zum Segen und sagte: »Gehet hin in Frieden.«

»Friede sei mit dir«, murmelten die Männer.

»Der Friede unseres Herrn sei mit euch allen.«

»Und mit deinem Geist.«

»Et lux in tenebris lucet.« Und das Licht leuchtet in der Dunkelheit.

»Amen.«

Tiny Straus verließ den Tempel. Er hinterließ eine Spur kleiner Blutspritzer, die von seinen Händen tropften.

35

Samstag, 21. März, 10:15 Uhr

Judith hatte sich auf die Überbleibsel ihres Bettes gestellt. Sie wusste, dass sie das Unvermeidliche nur hinauszögerte, aber sie tat es trotzdem. Sie hatte die Matratze und die Decke daraufgelegt, um einen kleinen Hügel zu bauen, wie eine Insel in einem angeschwollenen Fluss.

Das Wasser stieg, langsam, aber unaufhörlich. Es floss in einem stetigen Strom aus dem Rohr, sprudelte in einem sauberen Bogen in die trübe grüne Pfütze auf dem Boden und warf Schaum und kleine Blasen auf.

Judith presste den Rücken gegen die Wand hinter sich und versuchte verzweifelt, sich so weit wie möglich vom Wasser fernzuhalten. Aber es war hoffnungslos. Es schwappte bereits über die Kuppe ihres kleinen Hügels.

Sie hielt die Kerze dicht vor sich. Ab und zu schützte sie die wild flackernde Flamme mit der hohlen Hand.

Sie holt tief Luft, raffte ihren ganzen Mut zusammen und trat ins Wasser, das ihr schon bis zu den Knien reichte und so kalt war, dass sie eine Gänsehaut bekam. Sie ging zur Tür, und obwohl ihre Fäuste bereits vom Schlagen wehtaten, hämmerte sie erneut auf sie ein.

Was sollte sie sonst tun?

Sie kehrte zurück zu dem eisernen Ring in der Wand. Die Kerze war zu dick, um hineinzupassen, aber Judith tropfte Wachs auf den Metallrand und schob sie, so fest sie konnte, hinein. Als sie sich sicher war, dass sie nicht herausfallen würde, ließ sie los.

Sie ging zurück zum Bett und warf die Decke und die Matratze ins Wasser. Die Matratze schwamm wie eine Luftmatratze und entfachte einen Funken der Hoffnung in ihr. Wenn das Wasser stieg, konnte sie sich vielleicht darauflegen und dadurch etwas Zeit gewinnen.

Sie zerrte das Bettgestell in die Ecke der Zelle, wo das Wasser aus dem Rohr floss. Dann hob sie es aus dem Wasser, wobei sie einen Schrei ausstieß wie ein Karateka, der mit einem lauten »kiai!« Kraft für einen Tritt sammelt.

Sie rutschte aus, fiel rückwärts um und landete der Länge nach im Wasser. Das Bett fiel halb auf sie. Prustend tauchte sie wieder auf, hustete und spuckte das Wasser aus, das in ihren Mund geraten war. Den Geschmack von Grachtenwasser kannte sie noch aus ihrer Kindheit, als sie und die anderen Kinder in ihrer Nachbarschaft von den Brücken in die dunklen Kanäle unter ihnen gesprungen waren.

Mit viel Mühe schaffte sie es irgendwann, das kaputte Bettgestell schräg an die Wand zu lehnen. Sie zog ihre Bluse aus und erschauerte kurz. Diesmal war es schwerer, auf das Bett zu klettern, weil es drohte zu kippen, wenn sie nicht genau in der Mitte blieb.

Schließlich gelang es ihr, so nah wie möglich an das Rohr heranzukommen. Sie begann, den Ärmel ihrer Bluse in die schmale Öffnung zu stecken, und presste sie mit beiden Händen gegen das Wasser, das den Stoff immer wieder hinausdrückte. Mit zunehmender Verengung der Öffnung stieg der Druck, und das Wasser strömte mit noch mehr Kraft in den Raum. Judiths Finger waren steif vor Kälte, aber als sie schließlich den größten Teil der Bluse in das Rohr gestopft hatte, versiegte der Wasserstrahl allmählich zu einem dünnen Rinnsal, das durch den patschnassen Stoff sickerte.

Judith atmete erleichtert auf und kletterte wieder hinunter.

Ohne ihr Gewicht, das sie gegen die Wand drückte, rutschte die improvisierte Leiter sofort wieder hinunter.

Vorsichtig setzte sie sich auf die Matratze, um auszuprobieren, ob diese ihr Gewicht trug, aber sie war zu schwer für das dünne Ding. Sie sank auf den Boden, und die beiden schmalen Enden der Matratze ragten wie ein V empor.

Also stellte sie sich wieder hin, schlang die Arme um ihren Oberkörper, der jetzt bis auf den BH nackt war, und richtete die Augen auf die Bluse im Rohr, als könne sie sie an ihrem Platz halten, nur indem sie sie anstarrte.

Der Wasserpegel in der Zelle stieg nicht mehr an. Aber der Druck hinter der Bluse wurde bald zu groß für die Wand. Ein nasser Fleck bildete sich um den Rand des Rohres herum, dort, wo es aus der Wand kam. Es dauerte nicht lange, bis der Kalk anfing, sich zu lösen. Teile davon platzten ab wie Eisplatten, die von einem schmelzenden Gletscher fallen.

Gerade als ihr der irrationale Gedanke kam, dass sie nicht weinen durfte, weil ihre Tränen das Wasser nur noch schneller ansteigen ließen, brach das Wasser durch die Wand wie durch eine Staumauer und sprudelte mit noch größerem Druck als zuvor in die Zelle.

Judith stand in der Mitte des Raumes. Wie lange würde es dauern, bis er sich vollständig gefüllt hatte? Das Wasser strömte so schnell herein, dass der Pegel steigen musste. Noch ging das sehr langsam, sodass sie es kaum wahrnahm, aber wenn nicht bald jemand kam, um ihr zu helfen, würde sie irgendwann gegen das Gitter über ihrem Kopf gedrückt werden und ertrinken.

Sie hielt sich die Ohren zu und begann, gellend zu schreien.

DIE FÜNFTE VISION

Und siehe, ich sah den Mann – er war jetzt achtundvierzig Jahre alt, nicht mehr das Kind seines Vaters und seiner Mutter, nicht mehr zu diesem oder jenem Dorf gehörend, sondern mit allen Menschen eins geworden. Wer ist seine Mutter? Wer sind seine Brüder? Alle, die nach dem Willen seines Vaters, des Herrn des Lichts, handeln, sind sein Bruder, seine Schwester, seine Mutter.

Und seine Mission ist erfolgreich. Er hat bereits viele Jünger für den Weg gewonnen. Seine Geschichte ist zu ihrer Geschichte geworden, das Brot seines Herrn der Leib ihres Herrn, das Blut seines Herrn der Wein ihres Herrn. Daher ist seine Botschaft ein zweischneidiges Schwert: Er hat eine Spaltung unter den Juden bewirkt, den Zorn des Hohepriesters erweckt und mit der Zahl seiner Anhänger jene der ersten Jünger Jesu übertroffen.

Und siehe, einige Männer kommen von Antiochia nach Judäa und sagen, dass die Brüder sich beschneiden lassen müssten, wie Mose es ihnen befohlen habe. Paulus und sein Bruder Barnabas entflammen in großem Zorn. Der Schmerz, den er beim Wasserlassen spürt, erinnert ihn ständig an seine Erniedrigung, an die Verstümmelung seiner Männlichkeit. Sein Angriff ist auf das Herz dieses Bundes gerichtet. Niemand sollte so leiden müssen wie er.

Und sie beschließen, nach Jerusalem zu gehen.

Nach vierzehn Jahren kehrt er zurück. Sie gehen nach Phönizien und Samarien, um den Menschen dort von der Bekehrung der Ungläubigen zu erzählen und allen Gläubigen große Freude zu bereiten. In Jerusalem werden sie von den Aposteln, den

Ältesten und dem Rest der Gemeinde empfangen. Paulus und Barnabas berichten von allem, was Gott durch sie bewirkt hat. Aber einige Gläubige, die zu den Pharisäern gehören, bestehen auf den Gesetzen ihrer Vorfahren: Auch die nicht jüdischen Gläubigen müssen beschnitten werden und das Gesetz des Moses einhalten.

Und Petrus steht auf, vom Geist getrieben, und spricht: »Ihr Männer und Brüder, ihr wisst, dass Gott lange vor diesen Tagen unter euch die Wahl getroffen hat, dass durch meinen Mund die Heiden das Wort des Evangeliums hören und zum Glauben kommen sollten. Und Gott, der Herzenskündiger, legte für sie Zeugnis ab, indem er ihnen den Heiligen Geist verlieh, gleich wie uns; und er machte keinen Unterschied zwischen uns und ihnen, nachdem er durch den Glauben ihre Herzen gereinigt hatte. Was versuchet ihr nun Gott, indem ihr ein Joch auf den Nacken der Jünger leget, welches weder unsre Väter noch wir zu tragen vermochten?« Daraufhin schweigen alle und hören Barnabas und Paulus zu, die ihnen von allen Zeichen und Wundern erzählen, die Gott durch sie unter den Heiden getan hat.

Und höre, Jakobus ergreift das Wort: »Gott hat einen Plan geschmiedet, um aus den Ungläubigen ein Volk zu machen, das seinen Namen verehrt. Deshalb habe ich beschlossen, dass wir die Heiden, die sich zu Gott bekehren, nicht belasten sollten, aber wir sollten ihnen schreiben, um ihnen zu sagen, dass sie sich von allem fernhalten sollten, was durch Götzendienst besudelt ist, von Unzucht, von Fleisch, das noch Blut enthält, und vom Blut selbst.«

Und Paulus und Barnabas kehren mit einem Brief der Apostel und der Ältesten nach Antiochia zurück. Ihre Mission ist es, den Heiden das Evangelium zu predigen, während Petrus und seine Anhänger den Juden predigen werden. Sie nehmen einen Brief mit, der die Entscheidung enthält, dass den Heiden keine größere Last auferlegt wird als die, die unbedingt notwendig ist:

»Dass ihr euch enthaltet von Götzenopfern und von Blut und vom Erstickten und von Unzucht; wenn ihr euch davor in Acht nehmet, so tut ihr recht.«

Und höre, sie lesen den Brief an sie in Antiochia, und die Gemeinschaft freut sich über die ermutigenden Worte. Paulus und Barnabas bleiben in Antiochia und lehren und predigen die Botschaft vom wahren Herrn des Paulus.

Und Paulus schickt seine Anhänger auf den Weg wie Lämmer unter die Wölfe. Sie nehmen keinen Geldbeutel, keine Reisetasche und keine Sandalen mit, und sie dürfen unterwegs niemanden grüßen. Wenn sie ein Haus betreten, müssen sie zuerst sagen: »Friede sei diesem Haus!« Dann bleiben sie dort und essen und trinken, was man ihnen anbietet, denn die Arbeiter sind ihren Lohn wert.

Und Paulus denkt: Ich werde diese Ernte einfahren, die aus dem Blut meines Herrn kommt. Die Ernte ist reichlich, aber die Arbeiter sind wenige. Er bittet den Herrn, Arbeiter auszusenden, um die Ernte einzubringen.

Ich bin der göttliche Schnitter.

Ich bin Perser.

HELIODROMUS

SONNENLÄUFER

36

Vor 21 Jahren, im Frühjahr 1994

Nach seinem achten Anfall hörten die Visionen auf.

Die erste Vision hatte er, nachdem er im Archeon von seinem Fahrrad gefallen war. Sie hatte ihn vollkommen überrascht. Sieben weitere waren gefolgt. Ähnlich wie bei Träumen wusste er nie, wie lange sie gedauert hatten. Die Zeit schien nicht zu existieren, wenn die Visionen kamen, als ob die Stimme aus einer anderen Dimension zu ihm sprach.

Nach dem zweiten oder dritten Mal hatte er gelernt, die Zeichen zu erkennen, die ihm sagten, dass er im Begriff war, eine neue Vision zu haben. Sie kamen immer am Abend und immer, wenn er allein im Bett lag. Kurz bevor sie begannen, fühlte er ein Kribbeln in seinen Händen und auf der Oberseite seines Kopfes und seltsamerweise auch auf den Fußsohlen. Seine Atmung verlangsamte sich, und es war, als würde er weggleiten – anders konnte er es nicht beschreiben. Die Geräusche um ihn herum verstummten, als schwömme man unter der Oberfläche eines vollkommen ruhigen Meeres.

Dann erschien das Licht, unglaublich hell, aus dem die Stimme sprach, weder männlich noch weiblich. Tiny blieb dann so still wie möglich liegen, aus Angst, dass schon die kleinste Bewegung den Zauber beenden könnte. Fast ebenso unerwartet, wie die Stimme zu sprechen begann, hörte sie auch wieder auf.

Als die Visionen ausblieben, versuchte der Priester alles, um sie wieder hervorzurufen. Er legte sich auf dem Rücken ins Bett, schloss die Augen und konzentrierte sich auf das Ein- und Ausatmen. Manchmal begannen seine Finger wieder zu prickeln, und er wartete hoffnungsvoll darauf, dass etwas passierte. Aber im Allgemeinen wachte er am nächsten Morgen auf, ohne eine Stimme gehört zu haben.

Die Stimme hatte ihm eine Geschichte erzählt, eine Geschichte in sieben Teilen, über das geheime Leben des Apostels Paulus, voller Einblicke in sein Leben und Werk. Sie warfen ein völlig neues Licht auf die Geschichte, wie er sie kannte, die Geschichte, wie die Menschheit sie kannte. Wie Paulus' Rachedurst ihn dazu getrieben hatte, ein literarisches trojanisches Pferd zu erschaffen, das bis in das Herz der jüdischen Gemeinde vorgedrungen war.

Tiny hatte die Visionen aufgeschrieben und sie niemandem außer Ane gezeigt. Ane sagte, die Visionen seien ein unumstößlicher Beweis dafür, dass Tiny von der Vorsehung zu seinem Nachfolger bestimmt sei. Tiny hatte unglaublich schnell sämtliche Stufen durchlaufen, während er nebenbei noch seine täglichen Aufgaben als Priester und Hirte seiner Gemeinde ausübte.

Die sechste Stufe, die des Sonnenläufers, war die letzte gewesen, bevor er die Leitung der Gruppe übernahm und Vater wurde – ironischerweise derselbe Titel, mit dem ihn auch viele seiner Gemeindemitglieder ansprachen.

Um ein Sonnenläufer zu werden, musste man sich von seinem eigenen Volk, seiner eigenen Herkunft trennen. Man musste versuchen, sich in den Kosmos hineinzuversetzen, mit dem man untrennbar verbunden war, und auf seine eigene Art unerschütterlich werden, so wie ein buddhistischer Mönch unbeeinflusst von den Sorgen des täglichen Lebens ist. Auf diese Weise wurde man so standhaft wie die Sonne am Himmel. Die Sonne machte sich schließlich auch keine Gedanken darüber, ob sie scheinen würde oder nicht, sondern tat es einfach.

Während seiner Initiation hatte er für kurze Zeit in einem steinernen Sarkophag gelegen, wie jemand, der bereit war, begraben zu werden, bis ein gleißend helles Licht entzündet wurde. Anfangs war er geblendet gewesen, aber zwei andere Mitglieder hatten ihm aus seinem provisorischen Sarg geholfen. Er bekam eine brennende Fackel in die Hand und wurde mit einem Kranz aus goldenen Blättern gekrönt, wie ein Heiligenschein.

In dieser Phase hatte er in der Kirche häufig über das Licht gepredigt, auf das es in der Bibel Hunderte von Verweisen gab. Über die Menschen, die in der Dunkelheit umherirrten und dann ein schimmerndes Licht sahen, darüber, wie Gott die Dunkelheit in Licht und raue Orte in ebenen Boden verwandelte, über diejenigen, die in der Dunkelheit wandelten und das Licht nicht mehr sahen, aber stets auf den Namen des Herrn vertrauen konnten. Die Metaphern waren natürlich offensichtlich; der Mensch hatte schon seit Ewigkeiten einen Kampf gegen die Dunkelheit geführt. Unsere Angst vor der Dunkelheit war die des Urmenschen, eine Angst, die uns nie ganz verlassen hatte, die Angst vor dem Unbekannten, das in der Finsternis lauerte und dich packte, wenn du nicht auf der Hut warst. Seine Predigten über das Licht fanden immer Anklang bei den Menschen in den Kirchenbänken, da jeder irgendwann in seinem Leben mit der Dunkelheit gerungen hatte.

Und natürlich predigte er über Jesus selbst, besonders über das Evangelium nach Johannes, das gespickt war mit Metaphern über Licht und Dunkelheit. Wie das Licht in die Welt gekommen war, aber die Menschen die Dunkelheit mehr liebten als das Licht, weil ihre Taten böse waren. Und Jesus, der von sich selbst sagte: »Ich bin das Licht der Welt. Wer mir nachfolgt, wird nicht in der Finsternis wandeln, sondern er wird das Licht des Lebens haben.«

So war er auf die Ebioniten gestoßen, die von vielen als die frühesten Christen, vielleicht sogar als die einzigen wahren

Christen angesehen wurden. Sie existierten noch, wenn auch als winzige Gruppe im Nahen Osten, aber sie hatten überdauert.

Er hatte als Student über sie gelesen, sie aber immer eher als Kuriosität betrachtet als ernst genommen, etwas, das unerwartet, vielleicht sogar unbeabsichtigt die Stürme der Zeit überlebt hatte. Ein wenig wie der Quastenflosser, ein Fisch, von dem man angenommen hatte, er sei seit 65 Millionen Jahren ausgestorben, bis zum Erstaunen der Evolutionsbiologen 1938 ein lebendes Exemplar in einem Trawlernetz aufgetaucht war.

Die Ebioniten waren Juden, die noch immer Jesus folgten. Keine messianischen Juden und damit keine sogenannten Judenchristen, sondern Juden wie die ersten Anhänger und Jünger Jesu: Sie wurden beschnitten, befolgten die Speisegesetze, hielten sich an die Regeln der Thora und so weiter. Sie nannten sich »die Armen« – *ebionim* – nach den »geistig Armen« aus der Bergpredigt, die das Himmelreich erben würden. Sie waren in jeder Hinsicht Juden und betrachteten Jesus als ihren Führer und Lehrer, aber auch als den biologischen Sohn von Maria und Josef. Sie besaßen auch ein eigenes Evangelium; manche behaupteten, eine Version des Matthäusevangeliums, jedoch ohne die Legende von der Jungfrauengeburt.

Nach Ansicht der Ebioniten war Jesus bei seiner Taufe quasi von Gott »ausgesucht« worden, weil er der rechtschaffenste Mensch auf Erden war. Jesus war der allererste Mensch, der dem Gesetz Gottes hundertprozentig gehorchte. Genau dieser vollkommene Gehorsam gegenüber dem Gesetz machte ihn zu etwas Besonderem, und deswegen wurde er Christus genannt, der Gesalbte.

Den Ebioniten zufolge beteten die Anhänger Jesu ihn weder an noch betrachteten sie ihn als ihren Retter. Jesu Bruder Jakobus setzte die christliche Bewegung nach seinem Tod fort, aber in den Augen der Ebioniten wurde sie von Paulus unberechtigterweise vereinnahmt, diesem Juden, der plötzlich zu einem

»Christen« wurde. Sie bezeichneten ihn als falschen Lehrer. In der niederländischen Version des Ebionitenmanifests stand:

> Wir erklären, dass Paulus von Tarsus als falscher Lehrer betrachtet werden sollte, der sich der Beschneidung widersetzt, dem Zeichen des Bundes, und der Thora G'ttes, womit er vom Weg abgekommen ist, den Jeschua, der Gesalbte, Sohn von Miryam und Yosef, gelehrt hat.

Sie schrieben:

> Wir entlarven euren Apostel als falsch, euer Testament als falsch, eure Gesellschaft als falsch, eure Kirche, ihre Führer, eure Oberhäupter als falsch. Unsere Loyalität und Hoffnung gilt allein dem G'tt Israels.

Sie besaßen ihr eigenes Evangelium, das Ebionitenevangelium, von dem nur noch wenige Fragmente bekannt waren. Dass überhaupt noch etwas bewahrt geblieben war, lag ironischerweise daran, dass die frühen Kirchenväter ihr Evangelium sehr ausführlich zitiert hatten, um es zu widerlegen. Die Informationen, die die Grundlage für die zweitausend Jahre alte Behauptung der Ebioniten bildeten, dass Paulus ein Ketzer sei, finden sich in diesem Evangelium. Sie hatten recht, dachte Tiny, aber sie hatten keine Ahnung, in welcher Hinsicht sie recht hatten.

Der Kirchenvater Epiphanius von Salamis beschrieb in seinem Werk *Panarion*, der »Hausapotheke« gegen die Schlangenbisse der Häresie, auch als *Adversus haereses* bekannt, nicht weniger als achtzig ketzerische Gruppen. Das gesamte dreißigste Kapitel befasste sich mit den Ebioniten und verurteilte sie auf vielfältige Weise.

Als Tiny in diesem Kapitel die Abschnitte 8 und 9 von Absatz 16 las, gingen ihm endgültig die Augen auf.

> 16:8 Sie schämen sich auch nicht, Paulus angeblicher Missetaten zu beschuldigen, die allein der Niedertracht ihrer betrügerischen falschen Apostel entspringen. Sie behaupten, er käme aus Tarsus – was er selbst zugibt und nicht ableugnet. Und sie gehen davon aus, dass er griechischer Abstammung war, basierend auf derselben Passage, in der er offen zugibt: »Ich bin ein Mann aus Tarsus, der Bürger einer wohlbekannten Stadt in Kilikien.«

Danach folgte das bedeutsamste Zitat:

> 16:9 Sie behaupten dann, dass er Grieche und Sohn einer griechischen Mutter und eines griechischen Vaters war, aber nach Jerusalem ging, dort eine Weile blieb, das Verlangen hatte, eine Tochter des Hohepriesters zu heiraten, und sich deshalb zum Judentum bekehrte und sich beschneiden ließ. Aber da er so eine Art von Mädchen dennoch nicht heiraten durfte, wurde er wütend und wandte sich gegen die Beschneidung, gegen den Sabbat und die Gesetze.

Die Ebioniten sagten, Paulus habe sich nicht nur einmal, sondern zweimal bekehrt: das erste Mal zum Judentum, in der Hoffnung, die Tochter des Hohepriesters heiraten zu können. Dabei änderte er seinen römischen Namen Paulus in den jüdischen Namen Saulus oder Saul. Beim zweiten Mal konvertierte er zum Christentum, und zwar aus Rachsucht, weil man ihn abgewiesen hatte. Von da an hieß er wieder Paulus. Seine Eltern waren zwar griechischer Herkunft, hatten sich aber in Tarsus, wahrscheinlich für viel Geld, die römische Staatsbürgerschaft gekauft. Als Paulus nach seiner Verhaftung im Jahre 58 n. Chr. ohne Gerichtsverfahren ausgepeitscht werden sollte, konnte er den Zenturio zu Recht fragen: »Ist es legal, dass ihr einen römischen Bürger auspeitscht, noch dazu einen, der nicht rechtskräftig verurteilt wurde?« Als der Zenturio das hörte, ging er zum Tribun und sagte, sie hätten es mit einem römischen Bürger zu tun. Der Zenturio sagte: »Was hast du vor? Dieser Mann ist ein Römer.« Der Tribun ging zu Paulus und fragte ihn: »Sag mir, bist du ein römischer Bürger?« Und Paulus antwortete: »Ja.« Da sagte der Tribun: »Diese Staatsbürgerschaft hat mich ein Vermögen gekostet.« Darauf antwortete Paulus: »Aber ich bin als römischer Bürger geboren.«

Obwohl die Ebioniten mit der doppelten Bekehrung des Paulus recht hatten, konnten sie nicht ahnen, auf welch brillante Art und Weise er sich gerächt hatte, so erkannte Tiny damals.

Paulus hatte sich zum Mithraismus, der Religion seiner Vorfahren, bekehrt, aber er hatte sich als Christ getarnt, um sich an dem Hohepriester und seiner Tochter und damit am ganzen Judentum zu rächen. Indem er Mithras und seinen Kult in die Religion des Christentums integrierte, gelang es ihm, die neue Sekte der Christen groß zu machen und damit die Juden zu schwächen.

»Habe ich euch vielleicht mit Verschlagenheit und List in mein Netz gelockt?«, hatte er geschrieben – und das konnte man nur bejahen. Aber niemand hatte jemals das Ausmaß seiner List oder das Geniale an dem Plan durchschaut, mit dem er Rache genommen hatte.

Bis heute.

37

Samstag, 21. März, 09:50 Uhr

Peter lehnte sich an die Wand des Boerhaavemuseums und versuchte, lässig auszusehen, aber aus den Augenwinkeln heraus spähte er alle paar Sekunden durch das Fenster, um festzustellen, ob jemand kam, um die Tür zu öffnen.

Als endlich ein Schlüssel im Schloss gedreht wurde, war es wie eine Befreiung, als wäre er ein Gefangener, der für den täglichen Hofgang abgeholt wurde.

Er betrat die geräumige Lobby des Museums. Seinen Mantel hängte er an die Garderobe, die Kappe behielt er auf. Der Mitarbeiter, der die Tür geöffnet hatte, saß bereits an der Kasse. Ansonsten war niemand da.

Obwohl Peter eine Museumkaart besaß, eine Abonnementkarte, die ihm den Eintritt in alle staatlichen Museen in den Niederlanden ermöglichte, kaufte er ein Ticket, ohne den Verkäufer dabei anzusehen.

Er ging durch die Glastüren, die zum Souvenirladen und zum Café führten, passierte den Anatomiesaal und ging die Treppe hinauf, wo er zunächst zur Ausstellung alter medizinischer Instrumente gelangte. Rechts davon lag der Saal, der sein eigentliches Ziel war. Er betrachtete das prächtige Planetarium Leidsche Sphaera mit seinen Planeten, die auf ihren Umlaufbahnen um die Sonne herum befestigt waren, sah aber nichts, was ihm einen Hinweis auf seinen nächsten Schritt geben konnte. Er starrte die Sonne an, das Schutzgestirn des Sonnenläufers, aber auch an ihr war nichts Ungewöhnliches zu entdecken.

Das Museum besaß auch noch andere Planetenmodelle, kleiner, aber mindestens ebenso genial wie die zweieinhalb Meter hohe Leidsche Sphaera. Aber auch an ihnen war nichts zu sehen. Was hatte er erwartet? Dass ein Zettel mit einer neuen Zahl an der Sonne klebte?

Etwas unentschlossen wanderte er durch den Raum, in der Hoffnung, über etwas zu stolpern, das er zuvor übersehen hatte. Vor einer Vitrine, in der eine alte Bibel ausgestellt war, blieb er stehen. Er wunderte sich. Standen Bibel und Wissenschaft nicht in gewisser Weise auf Kriegsfuß miteinander? Andererseits hatten es die Wissenschaftler in früheren Zeiten als ihre Aufgabe betrachtet, die in der Bibel offenbarten Wahrheiten mit ihrer Forschung zu belegen. Stimmten dann die Fakten nicht mit Gottes Wort überein, behauptete die Kirche, die Wissenschaftler lägen falsch und müssten ihre Ergebnisse noch einmal überprüfen. So war es schließlich auch Galileo Galilei ergangen, der behauptete, die Erde drehe sich um die Sonne und nicht umgekehrt. Die Kirche hatte dies als Irrlehre angeprangert, denn stand nicht in der Bibel, dass Gott Josuas Gebet erhört und die Sonne hatte stillstehen lassen, damit er noch ein paar Stunden Tageslicht hatte?

Das musste die Erklärung dafür sein, dass hier eine Statenbijbel zu finden war, ein Exemplar der ersten offiziellen Bibel auf Niederländisch, übersetzt aus den hebräischen, aramäischen und griechischen Originaltexten. Wie in der Erklärung stand, war sie 1618 von der Synode von Utrecht in Auftrag gegeben worden. Acht Jahre später hatte eine Gruppe von Übersetzern in Leiden mit der gewaltigen Aufgabe begonnen und sie knapp zwanzig Jahre später, 1635, vollendet. Nachdem sie von der Regierung, den Staten Generaal, genehmigt worden war, ging sie in den Druck, und die Stadt Leiden hatte die damals exorbitante

Summe von zweitausendfünfhundert Gulden für die Rechte bezahlt, das Werk in Leiden drucken zu lassen. Innerhalb von zwanzig Jahren wurden eine halbe Million Exemplare hergestellt, und eines davon war nun hier hinter dickem Glas zu sehen, aufgeschlagen bei einem der Psalmen. Zunächst glaubte Peter, es hätte praktische Gründe, weil die Psalmen ungefähr in der Mitte der Bibel standen. Aber als er genauer hinsah, erkannte er, dass ein tieferer Grund dahintersteckte, denn der Text passte zu diesem Saal und zu einem Museum, das sich der Geschichte der Wissenschaft widmete.

Die Bibel war bei Psalm 19 geöffnet, mit der Überschrift *Lob der Schöpfung – Lob des Gesetzes.*

Peter las die ersten Verse.

Psalm 19 *Lob der Schöpfung – Lob des Gesetzes*
1 Dem Vorsänger. Ein Psalm Davids.
2 Die Himmel erzählen die Ehre Gottes, und die Feste verkündigt seiner Hände Werk.
3 Ein Tag sagt es dem andern, und eine Nacht tut es der andern kund,
4 ohne Sprache und ohne Worte, und ihre Stimme wird nicht gehört.
5 Ihre Stimme geht aus ins ganze Land und ihre Rede bis ans Ende der Welt. Dort hat er der Sonne ein Zelt gemacht.

Bis zum heutigen Tag spielte diese Bibelübersetzung eine zentrale Rolle im Gottesdienst, obwohl man für diese alte Ausgabe fast ein Wörterbuch brauchte, um sie zu verstehen.

6 Und sie geht hervor wie ein Bräutigam aus seiner Kammer und freut sich, wie ein Held zu laufen die Bahn.
7 Sie geht an einem Ende des Himmels auf und läuft um

> bis ans andere Ende, und nichts bleibt vor ihrer Glut
> verborgen.

An diesem Punkt wurde Peter klar, dass er am falschen Ort suchte.

38

Samstag, 21. März, 10:00 Uhr

Als Student hatte Daniel oft an den Gottesdiensten der Leidse Studenten Ekklesia teilgenommen, einer ökumenischen Kirche für Studierende in Leiden. Die Gottesdienste fanden jeden Sonntagmorgen in der Hooglandse Kerk statt, um halb zwölf, zu einer für Studierende recht vernünftigen Zeit, obwohl auch andere Leute aus allen Lebensbereichen kamen. Seine damaligen Freunde und Bekannten hatten ihn oft ein wenig schräg angesehen, wenn er gestand – denn so fühlte es sich an –, dass er diese Gottesdienste besuchte.

Er war als Katholik erzogen worden, aber wie viele Teenager hatte er mit fünfzehn, sechzehn Jahren das Interesse am Glauben seiner Eltern fast vollständig verloren. Nicht, dass er kein Interesse an Religion mehr gehabt hätte. Der Religionsunterricht an seinem katholischen Gymnasium hatte ihm beispielsweise viel mehr Spaß gemacht als seinen Mitschülern.

In der Bibliothek lieh er sich Bücher über spirituelle Themen wie Chakren, Channeling und Auren aus, mit Titeln wie *Das Seth Material*, *The Aquarian Conspiracy* oder *Die tanzenden Wu Li Meister*. Er las Carlos Castaneda, Baghwan und Sai Baba, beliebte Werke der New-Age-Bewegung, die bis dahin schon quasi zum Mainstream geworden war. Er war beeindruckt von Janwillem van de Weterings *Der leere Spiegel*, einem Bericht über die vielen Monate, die der Autor in einem japanischen Zen-Kloster verbracht hatte, und der Fortsetzung *Ein Blick ins Nichts*. Beide Bücher hatte Daniel verschlungen.

Er saß in seinem kleinen Dachzimmer, den Atlas bei den Karten von Nepal und Tibet aufgeschlagen, und träumte von einer Reise zu abgelegenen Klöstern mit asketischen Mönchen in orangefarbenen Gewändern, die nach einer strengen Diät aus Wasser, Gemüse, Reis und Yakbutter lebten.

Eine Zeit lang versuchte er zu meditieren, stilgerecht mit brennenden Räucherstäbchen, wovon seine Eltern nicht besonders begeistert waren.

Doch genau diese Exotik, die die östlichen Religionen und Philosophien ursprünglich für ihn so attraktiv gemacht hatten, war letztlich auch das, was ihn daran abstieß. Das war alles zu seltsam, zu weit weg, wodurch sie mehr theologische Exerzitien blieben und nicht wirklich Teil seines Lebens wurden.

Als er anfing, in Leiden Archäologie zu studieren, ließ er seine asiatische Phase hinter sich, interessierte sich aber weiterhin vage für Religion. Und wie der Täter nach dem Klischee immer an den Ort seines Verbrechens zurückkehrt, so begann Daniel schließlich auch wieder, Gottesdienste zu besuchen. Anfangs, weil ihn ein Mädchen eingeladen hatte, auf das er ein Auge geworfen hatte. Doch auch nachdem sie beim zweiten Mal ihren Freund mitgebracht und die beiden während des gesamten Gottesdienstes Händchen gehalten hatten – sogar während des Betens –, ging Daniel weiter hin, weil diese Gottesdienste so angenehm niedrigschwellig waren. Die Predigten hatten oft ein gesellschaftliches Thema, und die verschiedenen Pastorinnen und Pastoren forderten die Gemeinde zwar dazu auf, ihren Glauben auch zu leben, setzten aber niemanden unter Druck. Manchmal sangen sie Psalmen, aber häufiger moderne Kirchenlieder des Dichters und Theologen Huub Oosterhuis oder eingängige Gesänge aus dem Repertoire von Taizé. Er konnte sich noch an den Text seines Lieblingsliedes erinnern.

Nada te turbe, nada te espante,
quien a dios tiene nada le falta.
Nada te turbe, nada te espante.
solo Dios basta.

Aber genauso, wie ihn das Gedankengut des Orients auf die Dauer nicht zufriedengestellt hatte, waren mit der Zeit auch die ökumenischen Gottesdienste Light der Ekklesia zu wenig bindend, um ein fester Bestandteil seines Lebens zu werden.

So kehrte er, nach einer religionsfreien Phase, in der seine freien Sonntage keinen Angelpunkt mehr hatten, um den sie sich drehten, in den Schoß von Mutter Kirche zurück.

Von Anfang an besuchte er die Coelikerk an der Haarlemmerstraat, ein Gotteshaus im neoklassizistischen Stil, das ihm immer schon gut gefallen hatte, das er aber vor allem von seinem Studierendenwohnheim aus bequem zu Fuß erreichen konnte. Die Liturgie war natürlich weitgehend festgelegt, was ihm das angenehme Gefühl vermittelte, Teil einer alten Tradition zu sein, mit ihrer Litanei, den je nach Jahreszeit wechselnden liturgischen Farben der Kirche, den Kerzen und dem vertrauten Geruch von Weihrauch, der aus dem silbernen Räuchergefäß aufstieg, während der Messdiener es hin und her schwang.

Das alles hätte er ebenso gut in einer anderen Kirche finden können, aber schon bald wurde der Priester, Tiny Straus, für ihn zum Hauptgrund, dort zu bleiben. In seine kurzen Predigten legte Tiny eine Intensität, wie sie Daniel bei anderen katholischen Geistlichen noch nie erlebt hatte. Die Kommunion, das Brechen der großen Hostie – im Format einer kleinen Frisbeescheibe –, das Segnen des Weines, das Sprechen der festgelegten Formeln, das alles vollzog er mit solcher Leidenschaft, dass ein unbeteiligter Beobachter hätte meinen können, er täte all das zum ersten oder zum letzten Mal in seinem Leben, als verwandle sich für ihn die Hostie tatsächlich in den Leib Christi und als sei der Kelch wirklich bis zum Rand mit dem kostbaren Blut vom Lamm Gottes gefüllt, das die Sünden der Welt wegnahm.

Und in der Coelikerk begegnete Daniel Mani.

Zunächst hatte er ihn für einen Asylbewerber gehalten, der vom Islam zum Katholizismus übergetreten war, oder einen Christen, der aus dem von Krieg und Bigotterie zerrissenen Mittleren Osten geflohen war.

Doch es stellte sich heraus, dass er keins von beidem war.

Mani gehörte zu den Parsen, einer iranisch-indischen Religionsgemeinschaft, die auf die Zoroastrier im ehemaligen Sassanidenreich Persien zurückgingen, dem heutigen Iran. Vom dritten bis zum siebten Jahrhundert war der Parsismus oder Zoroastrismus die Hauptreligion in dieser Gegend.

Mani hatte erklärt, er habe »geistige Nahrung« gebraucht und sei dadurch an die Coelikerk geraten. In den Gottesdiensten finde er viel von seiner eigenen Religion wieder, wobei Daniel erst später erkannte, wie ähnlich sich die beiden tatsächlich waren.

Zufällig – oder zumindest hatte Daniel lange Zeit angenommen, dass es ein Zufall war, bis Mani ihn eines Besseren belehrte – saßen Mani und Daniel eines Tages in einer Kirchenbank nebeneinander. Sie verstanden sich gut, obwohl Mani zehn Jahre älter war als Daniel. Er folgte einer Laufbahn bei der Polizei und hatte Familie, während Daniel noch mit seiner Dissertation rang, die ironischerweise, wenn man es mit den großartigen Träumen seiner Jugend verglich, von der Archäologie der Niederlande handelte. Daniel und Mani hatten ein gemeinsames Interesse an religiösen Themen, Literatur und Musik, aber auch an Fußball und bestimmten Fernsehsendungen.

Schon bald suchte Daniel jeden Sonntagmorgen in der Menge nach Manis Gesicht. Meist fand er ihn schnell; seine dunkle Haut und sein schwarzes Haar hoben ihn unter den überwiegend grauen Köpfen der übrigen Kirchgänger hervor. Nach der

Kirche gingen sie oft noch zusammen auf einen Kaffee ins »Annie's Verjaardag« oder auf die Brücke ins Café van Engelen. Manchmal unternahmen sie einen Spaziergang durch die Stadt oder den Hortus.

Manis Frau und Kinder waren nie dabei, aber Daniel lernte sie kennen, als Mani ihn zu sich nach Hause einlud, um mit ihnen Nowruz zu feiern, das iranische Neujahrsfest mit zoroastrischen Wurzeln, das auf eine Zeit lange vor der Ankunft des Islam im Iran zurückging.

Mani hatte erklärt, dass er und seine Familie glaubten, um diese Zeit müssten in einem jeden Haus die *haft sin* zu finden sein, die »sieben S«, also sieben Dinge, die im Farsi mit einem S begannen. Es gab Weizen für die Wiedergeburt, einen Pudding für den Überfluss, Trockenfrüchte für die Liebe, Knoblauch für die Heilung, Äpfel für Gesundheit und Schönheit, Sumachbeeren für die Farbe des Sonnenaufgangs und schließlich Essig für ein langes Leben und Geduld. Und sie hielten sich an die Tradition, von sieben verschiedenen Pflanzen Samen oder Stecklinge zu ziehen, als Symbol, dass ein neuer Lebenszyklus begonnen hatte.

Auf dem Tisch lagen Münzen für Reichtum und Glück, Eier für die Fruchtbarkeit und eine Orange in einer Schüssel Wasser, die die Sonne im Weltall darstellte. Ein Goldfisch im Glas symbolisierte das Leben, und ein doppelseitiger Spiegel reflektierte das Licht brennender Kerzen, eine für jedes Kind in der Familie, eine für jedes neue Leben.

Mani erzählte Daniel vom Zoroastrismus, der Religion, die um das sechste Jahrhundert vor Christus vom Propheten Zarathustra im alten Persien gegründet worden war. Zentral stand der ewige Kampf zwischen Gut und Böse, Licht und Dunkelheit, Gott und Teufel. Man konnte auf der Seite des guten Gottes sein, des Schöpfers Ahura Mazda, oder seines bösen Gegners Ahriman, des zerstörerischen Geistes, der aus Boshaftigkeit einen Keil zwischen Gott und die Menschen treiben wollte. Der gute Gott scharte noch andere Götter um sich, etwa Mitra, dessen Name »Vertrag« oder »Bund« bedeutete, oder auch »Testament«. Andere Götter trugen Namen wie Varuna, Agni und Indra und tauchten später im Hinduismus wieder auf. Zarathustra wurde im Feuertempel von Bakh ermordet, und seine letzten Worte an seinen Mörder waren: »Möge Ahura Mazda dir vergeben, wie ich dir jetzt vergebe.«

Am Ende der Zeiten sollte ein Retter erscheinen, der *Saoshyant*, ein Messias, der alles Böse besiegen würde. Mitra gehörte zu den drei Göttern, die nach der letzten Schlacht die Bösen und Guten voneinander trennen würden, damit ihre Seelen gerichtet werden konnten. Durch gute Taten, gute Worte und gute Gedanken konnte jeder seinen Teil zum Kampf beitragen, jeder konnte ein Soldat in der Armee des guten Gottes werden. Der gute Gott wurde durch eine ewige Flamme symbolisiert, die die Priester in den Tempeln hüteten. Genau diese Priester, die *magoi*, kamen laut Matthäusevangelium aus dem Osten, um bei der Geburt Jesu zugegen zu sein, die von Zarathustra geweissagt worden war, und um ihn mit Geschenken von Gold, Weihrauch und Myrrhe zu ehren.

Wie Daniel später erkannte, wurde er langsam, aber sicher in den inneren Kreis gezogen. Bis ihn der Priester eines Tages nach der Messe zusammen mit Mani auf einen Kaffee in die Sakristei einlud.

Auf diese Weise lernte er Tiny Straus persönlich kennen und verbrachte allmählich immer mehr Zeit mit ihm, meist zusammen mit Mani. Daniel empfand es als Ehre, in sein Studienhaus im Mierennesthofje eingeladen zu werden, wo sie lange Gespräche über religiöse und philosophische Fragen führten. Tiny und Mani hörten ihm immer aufmerksam zu, so wie ihm seinem Gefühl nach noch nie jemand zugehört hatte, außer vielleicht sein Niederländischlehrer während seiner mündlichen Prüfungen auf dem Gymnasium.

Als er nach einigen Jahren ihr Vertrauen gewonnen hatte, wurde er schließlich der »Gruppe« vorgestellt. Es begann mit kryptischen Anspielungen von Tiny und Mani auf eine Art Gesellschaft, einen Männerklub, der sich regelmäßig traf. Die Hinweise wurden allmählich deutlicher, bis der Tag kam, an dem ihm eröffnet wurde, dass sie Teil einer uralten Gemeinschaft waren und die Mitglieder einverstanden seien, ihn eventuell aufzunehmen.

In Tinys Haus wurden Daniel die Augen verbunden und zusätzlich eine schwarze Kapuze übergestreift, sodass er absolut nichts sehen konnte. Mani und Tiny nahmen ihn an der Hand, und er schlurfte vorsichtig hinter ihnen her, unsicher wie ein alter Mann.

Sie gingen die Treppe hinunter in den Keller. Den Eingang hatte er schon viele Male gesehen, aber er war nie unten gewesen. Zu seiner Überraschung waren sie nach einigen Stufen nicht angekommen, sondern stiegen eine weitere, lange Treppe hinunter. Die Temperatur sank, und die Luft wurde feuchter, je tiefer sie gelangten.

So gingen sie lange Zeit, hatte Daniel das Gefühl, und ab und zu blieben Tiny und Mani stehen und ließen seine Hände los. Dann hörte er, wie Stein über Stein schabte, Scharniere quietschten und die beiden Männer keuchten.

Schließlich kamen sie zu einer Treppe, die zu schmal war, um zu dritt nebeneinanderzugehen. Nur Mani hielt ihn jetzt noch mit seinen weichen, gepflegten Händen, wie ein Vater, der ein schüchternes Kind in einen Raum voller Erwachsener führt.

Sie stiegen eine andere Treppe wieder hinauf, und oben angekommen, stolperte Daniel, weil er mit einer weiteren Stufe gerechnet hatte. Dann wurden ihm Kapuze und Augenbinde abgenommen. Doch er wurde nicht von hellem Licht geblendet, wie er erwartet hatte, sondern Halbdunkel umgab ihn.

Er befand sich in einem lang gestreckten Raum, einer Höhle,

und vor ihm saßen zwanzig Männer auf langen Bänken einander gegenüber. Das Licht stammte von vier kleinen Fackeln und zwei Kohlenbecken, die vor einem beeindruckenden farbigen Relief des Gottes Mithras brannten. In letzter Zeit hatten sich viele ihrer Gespräche um Mithras gedreht, und er erkannte den Gott sofort.

Alle Mitglieder standen der Reihe nach auf, schüttelten ihm die Hand und begrüßten ihn, das angehende Mitglied, das bereit war, seinen ersten Schritt auf der Leiter der *Via salutis* zu gehen.

Jetzt, viele Jahre später, stand Daniel im Haus an der Rapenburg, wo einer der sieben Eingänge zu ihrer unterirdischen Welt versteckt war. Inzwischen war er zum Grad des Löwen aufgestiegen.

Seine Position als leitender Stadtarchäologe hatte es ihm ermöglicht, eine entscheidende Rolle bei der Umsetzung des Plans zu spielen, den der Vater geschmiedet hatte. Er hatte den Boden des Lochs, in dem der erste Abfallbehälter platziert werden sollte, so vertieft, dass er garantiert einbrechen würde, sobald der Bagger ihn berührte. Er hatte natürlich nicht beabsichtigt, dass die ganze Maschine in das Loch kippte, aber Gott sei Dank war der Vorfall ja glimpflich abgelaufen.

Unter dem Haus, in dem sie sich jetzt befanden, lag ein Teil der überdachten Roomgracht, die früher von der Rapenburggracht zur Doelengracht geführt hatte. Dort hatte früher ein großes Nonnenkloster gestanden, und die Roomgracht hatte die Bereiche der Nonnen von denen der Laienschwestern getrennt. Nach der Reformation waren die Gebäude des Klosters allmählich den jetzigen Häusern gewichen, und dieses Haus hatte von Anfang an der Gesellschaft gehört. Bei seinem Bau, zwischen 1630 und 1635, wurde die Roomgracht überdacht, und die Gesellschaft hatte den entstandenen Tunnel mit dem System der Gänge unter dem Haus verbunden.

Daniel und die anderen hatten sich nun hier versammelt, alle bis auf die sechs Abtrünnigen. Oder besser: fünf, da einer von ihnen versehentlich von seinem Mitverschwörer im Hortus erschossen worden war. Durch das Wohnzimmerfenster sah Daniel die Studierendenvereinigung Augustinus, der er lange angehört hatte.

Sie alle saßen schon eine Weile herum und wussten nicht, was sie tun sollten. Der Vater war immer noch absolut entschlossen, seinen Plan auszuführen, obwohl der gestrige Tag nicht wie erwartet verlaufen war.

Eine gewisse Härte schien über ihn gekommen zu sein, eine Verbissenheit, die sie noch nie zuvor an ihm gesehen hatten.

Seit vielen Jahren hatte der Vater den tiefen Wunsch gehegt, sich nicht mehr im Verborgenen zu treffen, sondern an die Öffentlichkeit zu treten. Er wollte, dass die Wahrheit ans Licht kam. Warum sollte man all diese Menschen in der Dunkelheit umherirren lassen, fragte er sich. Nein, man sollte lieber die Lampe auf einen Ständer stellen, sodass sie das tun konnte, wozu sie gemacht war, nämlich Licht verbreiten.

War die gestrige Sonnenfinsternis nicht ein klares Zeichen dafür gewesen, dass sie mit der Zustimmung ihres Herrn, der Sonne, handelten? Eine Sonnenfinsternis an dem Tag, an dem sie begonnen hatten, aus dem Schatten zu treten! Es war, als habe sich das Universum verschworen, damit alles so geschah, wie Tiny es wollte.

Mani hatte kurz über das Geschehen auf der Polizeistation berichtet und mit der dringlichen Frage geendet, ob es nicht klüger wäre, die Mission von Peter de Haan zu beenden, jetzt, wo die Rebellen versuchten, ihre Pläne zu durchkreuzen.

Tiny schüttelte entschlossen den Kopf.

»Die Würfel sind gefallen«, sagte er, »wie ich bereits gesagt habe. Es gibt jetzt absolut keinen Weg zurück.«

»Wo ist diese Judith eigentlich?«, wollte Daniel wissen.

»Das ist nicht relevant. Nur ich, Raven und …«, sagte Tiny und seufzte dann. »Nur Jakob und ich wissen es.«

»Sie ist nicht im Tempel, oder?«, fragte Mani alarmiert. Uneingeweihte in den Tempel zu lassen, das Allerheiligste, war in seinen Augen unverzeihlich.

»Nein, nicht im Tempel«, erwiderte Tiny beruhigend.

»Und wo ist Jakob?«

»Tja, der hätte eigentlich längst hier sein sollen. Ich habe ihn gestern Abend losgeschickt, um ein Foto von Judith zu machen und es an Peter de Haan zu schicken. Aber da Peter das Handy nicht mehr hat, bin ich mir nicht sicher, ob er es gesehen hat. Ich habe seitdem nichts mehr von Jakob gehört.«

Niemand sprach.

»Liebe Gemeinde«, sagte Tiny schließlich und brach damit das Schweigen, »ich würde vorschlagen, dass ihr einfach hierbleibt. Ich bin mal kurz unterwegs, um mich um ein paar Dinge zu kümmern, sozusagen.«

Er beendete das Gespräch und stand auf. Die Männer folgten seinem Beispiel. Er streckte die Hände aus, als erteile er sonntags vor dem Altar der Coelikerk seiner Gemeinde den Segen. Doch stattdessen sagte er: »Er ist Licht, und in ihm gibt es keine Spur von Dunkelheit.«

»Licht scheint aus der Dunkelheit«, antworteten sie, »bis in unsere Herzen hinein, um uns mit der Erkenntnis seiner Herrlichkeit in seinem Angesicht zu erleuchten.«

»Aber Vater«, wandte Daniel ein, obwohl es der falsche Moment zu sein schien, etwas zu sagen, als füge ein Autor an einem Kapitelende einen überflüssigen Satz hinzu. »Peter de Haans vierundzwanzig Stunden sind um zwei Uhr um. Wenn er versagt … Hast du vor, Judith dann einfach gehen zu lassen, wo immer sie ist, ihr die Hand zu schütteln und ihr alles Gute zu wünschen? Und zu Peter zu sagen: Nun, du hast dein Bestes gegeben. Du hast es nicht geschafft, aber nichts für ungut?«

Eine unbeabsichtigte Schärfe hatte sich in seine Worte eingeschlichen.

Tiny kam zu ihm und stellte sich dicht vor ihn hin, zu dicht für seinen Geschmack. Zum ersten Mal in all den Jahren, die Daniel ihn kannte, entdeckte er eine Seite von ihm, die er lieber nie kennengelernt hätte. In den Augen des Priesters lag keine Spur mehr von seiner üblichen Freundlichkeit, Weisheit oder Lebenserfahrung. Stattdessen traf Daniel ein wahrhaft teuflischer Blick, der nicht etwa aufkeimenden Wahnsinn suggerierte, sondern verriet, dass es schon zu spät war.

Tiny lehnte sich nach vorne, bis seine Stirn die von Daniel leicht berührte. Durch die zusammengebissenen Zähne knurrte er, ja, spuckte die Worte förmlich aus: »Dann geht für sie das Licht aus!«

39

Samstag, 21. März, 10:20 Uhr

Peter verließ das Museum auf dem Weg, auf dem er hineingekommen war. Natürlich war das Boerhaavemuseum gewissermaßen ein Schuss ins Blaue gewesen, aber immerhin hatte ihm sein Besuch einen Hinweis darauf gegeben, wo er als Nächstes suchen sollte. Er kam sich ein wenig dumm vor, weil er nicht schon früher auf die Idee gekommen war.

In der Lobby war es immer noch sehr ruhig. Auf dem Weg zur Garderobe murmelte er dem Mann am Empfang einen Abschiedsgruß zu. Als er den Mantel anzog, nahm er sich vor, ihn in eine Plastiktüte zu packen und beim Friseur an die Tür zu hängen, wenn das alles hier vorüber war.

Kurz darauf verließ er das Museum und bog nach rechts ab, wobei er hinten an Judiths Haus vorbeikam. Er schaute durch das Fenster und erwartete halb, sie an ihrem Tisch bei der Arbeit zu sehen, wie so oft. Er wünschte sich verzweifelt, dass wieder Normalität einkehrte!

Er ging über die Caeciliastraat zum Turfmarkt und überquerte diesen in Richtung Nieuwe Beestenmarkt. Er kam an der Halal-Metzgerei und dem Gemüsehändler vorbei, wo wie üblich viel los war.

Es gab hier kaum Deckung, daher musste er sehr vorsichtig sein, aber schon konnte er sein Ziel von Weitem sehen: die große Sonnenuhr vor der Windmühle De Valk. Auf einem erhöhten Halbkreis waren mit römischen Ziffern die Stunden angegeben.

In der Mitte des niedriger gelegenen Teils ragte ein etwa fünf Meter langer Metallstab aus dem Boden, dessen scharfe Spitze zum Himmel zeigte.

Peter überquerte die Straße und blieb am Rande der Sonnenuhr stehen. Der Schatten der Stange zeigte etwa Viertel vor zehn an, obwohl es in Wirklichkeit fünfundvierzig Minuten später war. Irgendjemand hatte ihm einmal erklärt, warum die Zeit nicht stimmte, aber er konnte sich nicht genau an die Gründe erinnern.

Er ging um den Halbkreis herum, ohne genau zu wissen, wonach er suchte. Auf einem kleinen Schild standen Informationen über die Sonnenuhr. Er las es sorgfältig durch.

Die Sonnenuhr vor der De-Valk-Windmühle

Entstehungsgeschichte

Die Sonnenuhr entstand 1983, als der Verlauf des Cityrings geändert wurde. Sie basiert auf einem Entwurf des Verkehrsingenieurs Cees van Groeningen, in enger Zusammenarbeit mit den Mitarbeitern der Universität Leiden und des Leidener Observatoriums.

Was ist eine Sonnenuhr?

Eine Sonnenuhr ist ein Instrument, das die Uhrzeit mithilfe des Sonnenstandes anzeigt. Die älteste bekannte Sonnenuhr stammt aus der Zeit um 1500 v. Chr. und wurde bei Ausgrabungen in Ägypten gefunden.

Wie funktioniert eine Sonnenuhr?

Die Erde dreht sich um ihre Achse. Aus diesem Grund ändert der von einem Objekt geworfene Schatten seine Position ständig. Wenn auf der nördlichen Hemisphäre ein Schatten nach Norden zeigt, ist es genau Mittag. Die Sonne steht im Süden an ihrem höchsten Punkt, genau über dem

Meridian. Es ist dann zwölf Uhr Ortszeit. Anhand dieser Informationen kann man das Zifferblatt in Abschnitte unterteilen und Stundenlinien eintragen, auf denen der Schatten die Zeit anzeigt.

Obwohl Peter wusste, dass es sinnlos war, schaute er hinter die Informationstafel, aber es war keine Notiz versteckt.

Der Sonnenläufer, der Sonnenläufer …

Danach kam der Vater. Wo sollte er den bloß suchen?

Ein Bauarbeiter kam aus dem Wagen hinter dem Zaun, der an die Sonnenuhr grenzte. Der ganze Lammermarkt wurde durch mit Plastikplanen bespannte Zäune der Sicht entzogen. Dahinter befand sich eine riesige Baugrube, entstanden durch die Aushubarbeiten für die größte Tiefgarage Leidens und die tiefste der ganzen Niederlande.

»Schauen Sie noch mal gut hin, wie spät es ist, denn lange können Sie das nicht mehr«, sagte der Bauarbeiter.

»Ach ja, und wieso?«

»Die Sonnenuhr wird nächste Woche abgerissen, oder ›demontiert‹, wie es so schön heißt.«

»Ach, wie schade«, sagte Peter mit aufrichtigem Bedauern. »Aber sie wird doch wiederaufgebaut, oder nicht?«

»Wahrscheinlich schon. Aber garantieren kann ich es nicht. Ich kann nachfragen, wenn Sie wollen. Hier gibt es jemanden, der viel mehr darüber weiß als ich.«

»Ähm … okay. Ja, bitte«, sagte Peter, in der Hoffnung, dass ein Gespräch mit jemandem, der viel über Sonnenuhren wusste, ihn auf eine Idee bringen würde.

Der Bauarbeiter ging in den Wagen und kehrte kurz darauf mit einer jungen Frau zurück, die energisch auf Peter zuging. Sie sah gepflegt aus: Ihr langes Haar war schick gestylt, und sie trug eine trendige Brille. Alles in allem wirkte sie in diesem Umfeld eher fehl am Platz.

»Guten Tag«, sagte die Frau. »Mein Kollege meinte, Sie hätten eine Frage zur Sonnenuhr.«

Peter zögerte, denn auf einmal wusste er nicht recht, was er sie fragen wollte. »Ich habe gehört, dass sie abgerissen werden soll?«

»Ja, leider. Sie wird nächste Woche entfernt. Und sie wird auch nicht wiederaufgebaut. Durch die neue Tiefgarage ist kein Platz mehr dafür.«

»Schade. Ich fand sie immer schön, obwohl sie im Grunde ziemlich nutzlos ist, nicht wahr? Ich vergesse immer, warum sie nicht die richtige Zeit anzeigt.«

Die Augen der Frau leuchteten auf. »Oh, aber ich kann es Ihnen erklären! Es ist wirklich nicht kompliziert. Einen Augenblick, ich komme zu Ihnen hinüber.« Sie ging um den Bauwagen herum zum Tor im Bauzaun. Sekunden später erschien sie wieder und marschierte mit ausgestreckter Hand auf Peter zu. Sie strahlte, wie eine Lehrerin, die gerade erfahren hat, dass einer ihrer Schüler tatsächlich an ihrem Fach interessiert ist.

»Ich bin Anouschka, Anouschka Jongsten. Nett, Sie kennenzulernen.«

»Peter … Peter de Vries. Angenehm.«

»Es ist so«, begann Anouschka, »eine Sonnenuhr zeigt, wie der Name schon sagt, die Sonnenzeit an. Das ist eigentlich die echte, lokale Zeit, unabhängig von dem, was wir Menschen uns ausgedacht haben. Man könnte sagen, es ist zwölf Uhr, wenn die Sonne an ihrem höchsten Punkt am Himmel steht. In den Niederlanden ist die offizielle Zeit immer der Sonnenzeit voraus. Heute, am 21. März, haben wir ein besonderes Datum, denn Tag und Nacht sind genau gleich lang. In perfekter Balance könnte man sagen.«

Peter nickte.

»In sechs Monaten kommt wieder ein solcher Tag, und dann beginnt das große Drama von Licht und Dunkelheit von Neuem.«

»Was meinen Sie damit?«, fragte Peter, dessen Interesse bei

den Worten »Drama von Licht und Dunkelheit« sofort aufgeflammt war.

Die Frau lächelte ihn so an, wie es die Leute manchmal tun, wenn sie sich aufrichtig darüber freuen, dass sie mehr über ein Thema wissen als die Person, mit der sie sprechen. »Darauf wurden ganze Mythologien aufgebaut, nicht wahr?«, sagte Anouschka. »Vielleicht sogar ganze Religionen. Auf den Kampf zwischen Dunkelheit und Licht. Meiner Meinung nach beruhen sie alle auf einem einfachen Naturphänomen, nämlich dass die Tage länger und dann wieder kürzer werden.«

Peter starrte sie an, aber sie schien es nicht zu bemerken. Er fragte sich, ob er langsam paranoid wurde, oder war es wirklich ein zu großer Zufall, dass sie ganz konkret über einen Kampf zwischen Licht und Dunkelheit gesprochen hatte?

»Aber«, fuhr sie begeistert fort, während sie zu der Stelle auf dem Boden ging, wo der Schatten der Sonnenuhr endete, »Sie wollten doch wissen, warum die Zeit, die wir hier sehen, anders ist als die Zeit, die Ihre Armbanduhr anzeigt, stimmt's? Sehen Sie, der Schatten zeigt auf etwa zehn Uhr. Das ist die wahre Ortszeit, die WOZ. Aber Ihre Uhr sagt, es ist Viertel vor elf. Das liegt daran, dass unsere offizielle Ortszeit auf der Sonnenzeit des fünfzehnten Grades östlicher Länge basiert.«

Peters Nackenhaare stellten sich aufrecht, als hätte sein Körper das Signal eher aufgefangen als sein Verstand.

»Für jeden Längengrad, den Sie nach Westen gehen, liegt die offizielle Zeit vier Minuten vor der lokalen Sonnenzeit«, sagte Anouschka, »außerdem liegt die Erdachse ein wenig schräg, deshalb bewegt sich die Erde in einer elliptischen Umlaufbahn um die Sonne. Die Differenz zwischen den beiden Zeiten steigert sich im Laufe des Jahres, und das bedeutet, dass wir etwas brauchen, das als Zeitgleichung bezeichnet wird. Sie ändert sich von Tag zu Tag. Im Frühjahr und Sommer liegt sie zwischen plus sechs Minuten und minus sechs Minuten, im Herbst und Winter zwischen plus vierzehn Minuten und minus sechzehn Minuten. Und noch dazu, obwohl das im Moment nicht gilt, werden im Sommer noch sechs weitere Minuten hinzugefügt, aber das beginnt erst am dritten April.«

»Also im Moment ...«

»Leiden liegt auf etwa 4,5 Grad östlicher Länge. Das ist 10,5 Grad weiter westlich als der fünfzehnte östliche Längengrad, also gehen unsere Uhren 10,5 mal 4 gleich 42 Minuten vor im Vergleich zur wahren Ortszeit. Hinzu kommen noch einmal 7,5 Minuten für die Zeitgleichung, und 42 plus 7,5 sind 49,5 Minuten. Und die Zeit, die dabei herauskommt« – mit einem triumphierenden Schwung hob sie den Arm –, »ist genau die Zeit, die meine Armbanduhr jetzt anzeigt.«

Peter sah höflich auf ihre Uhr, nickte und schürzte die Unterlippe zum Zeichen, dass er beeindruckt war.

Aber warum sträubten sich ihm bei ihrer Erklärung die Nackenhaare? Er versuchte immer noch, es herauszufinden, als er seine Hand ausstreckte. »Danke. Ich bin beeindruckt, dass Sie so etwas aus dem Stegreif erklären können.«

Anouschka versuchte, bescheiden zu lächeln, aber sie konnte nicht verbergen, dass sie ziemlich stolz auf sich war. »War mir ein Vergnügen«, sagte sie und schüttelte seine Hand.

Anouschka ging. Aber da fiel Peter noch etwas ein, wie Inspektor Columbo, der immer eine weitere Frage an einen Hauptverdächtigen stellte, gerade wenn dieser glaubte, das Verhör sei vorbei und er mit seinem Verbrechen durchgekommen. »Diese Stange!«, rief er ihr nach.

Sie drehte sich um. »Offiziell nennt man sie Gnomon oder Schattenzeiger, aber ich lasse Ihnen das mal durchgehen. Was ist damit?«

»Warum steht er schräg?«

»Oh, dafür gibt es eine ganz einfache Erklärung«, antwortete sie und kehrte noch einmal zu Peter zurück. »Der Gnomon muss parallel zur Erdachse stehen. Für uns bedeutet das einen Winkel von 52 Grad, denn wir befinden uns auf 52 Grad nördlicher Breite. Die Spitze des Gnomons muss nach Norden zeigen, zum Nordpol.«

Sie zog einen Kompass aus ihrer Hosentasche, so ein billiges Ding, das man auf einem Jahrmarkt gewinnen konnte.

»Schauen Sie«, sagte sie und hielt den Kompass auf ihrer flachen Hand, damit Peter ihn gut sehen konnte. »Die Nadel zeigt nach Norden … Also ist das Meer dort drüben …« Sie deutete mit der Hand in die entsprechende Richtung. »Na ja, jetzt müsste es ja eigentlich klar sein.« Sie gab Peter den Kompass. »Hier, Sie können ihn behalten.«

»Behalten? Aber das ist doch nicht nötig.«

»Doch, ist schon in Ordnung. Wir haben eine ganze Kiste davon im Büro. Es ist nur so einer von diesen dummen kleinen Werbeartikeln.«

Peter drehte den Kompass. Auf der Rückseite stand der Name des Bauunternehmens, das den Parkplatz baute. »Na dann, vielen Dank!«, sagte er.

Geistesabwesend verabschiedete er sich von Anouschka, die zum Bauwagen zurückkehrte. Peter starrte auf das Zifferblatt des Kompasses, wie ein Archäologe, der versucht herauszufinden, was er gerade ausgegraben hat.

Östlicher Längengrad, nördlicher Breitengrad …

Natürlich! Auf einmal fiel es ihm wie Schuppen von den Augen! Die Zahlen, die er gefunden hatte, konnten Koordinaten sein, Längen- und Breitengrade!

Doch genauso schnell, wie seine Begeisterung über diese Entdeckung aufgeflammt war, verblasste sie auch schon wieder. Denn alles, was er hatte, war die Sequenz 42, 41, 41, 15, 58. Bedeutete das 42 Grad – er nahm an, nördlicher Breite –, 41 Minuten und 41 Sekunden? Und dann 15 Grad Ost, 58 Minuten und noch eine weitere fehlende Zahl für die Sekunden?

Aber wenn Leiden auf 52 Grad Nord lag, dann mussten 42 Grad irgendwo in Südeuropa sein, Spanien, Italien oder Griechenland. Aber sie erwarteten doch wohl nicht, dass er alle Hinweise fand und dann noch genügend Zeit hatte, um in ein Flugzeug zu steigen, oder?

42 für den »Anhalter«, 41 für Niobe, 41 für Bach ...

Er wandte sich von der Sonnenuhr ab, weil er nervös wurde, wenn er zu lange an einem Fleck stand. Den Kompass steckte er in die Hosentasche.

Er verließ die Binnenvestgracht und überquerte die Steenstraat. Um den belebten Straßen zu entgehen, wandte er sich in die ruhige Gegend um das Rijksmuseum voor Volkenkunde. Er ging an den Bürogebäuden vorbei, in denen die Mitarbeiter des Museums die Woche über arbeiteten, und dann weiter zum Museumseingang, doch anstatt hineinzugehen, setzte er sich an eine Wand, um seine Gedanken zu ordnen.

Er musste irgendetwas übersehen haben. Theoretisch war es gar keine schlechte Idee, dass die Zahlen auf einen Ort hindeuteten.

»Niobe, Niobe, Niobe«, murmelte er vor sich hin. »Nb, Nb, Nb, Nb.«

Peter hätte sich in den Hintern beißen können! Er hatte also doch recht! Es hatte nichts mit einer Ordnungszahl zu tun. NB bedeutete auch Noorderbreedte, das niederländische Wort für »Grad Nord«.

Aber dennoch – Südeuropa?

Einen Computer, dachte er, *aber wo soll ich diesmal einen finden?*

Er starrte ins Leere. Da sah er zwei Leute aus dem Museum kommen.

Der Studiensaal des Museums war natürlich für die Öffentlichkeit zugänglich. Er hatte dort ein paar Wochen als Student verbracht, während er an einer Hausarbeit über Maya-Tempel in Guatemala arbeitete.

Er ging die Treppe hinauf zum Eingang, kaufte wiederum mit Bargeld eine Eintrittskarte und ging anschließend ohne Umwege in die Mediathek und setzte sich an den erstbesten freien Computer.

Der Cursor blinkte einladend und wartete auf einen Suchbegriff, der zweifellos innerhalb einer halben Sekunde Hunderttausende von Ergebnissen liefern würde.

Wenn ich die ersten drei kombiniere, dachte Peter, *dann erhalte ich 42 NB 41, aber das ist natürlich Quatsch. Also, angenommen, es muss 42 41 NB heißen und dann 15 58 OL? Obwohl ich streng genommen noch kein OL gefunden habe. Andererseits wird unsere offizielle Zeit mit der Sonnenzeit auf fünfzehn Grad östlicher Länge synchronisiert, also …*

Er gab auf Google die Koordinaten in niederländischer Schreibweise ein: 42° 41' NB 15° 58' OL und drückte die Eingabetaste. Die erste Seite bestand hauptsächlich aus Links zu niederländischen Websites über denkmalgeschützte Gebäude. Es gab viele Koordinaten in den Ausschnitten unter den Links, aber sie sahen nicht nützlich aus. Er scrollte durch die Ergebnisse und sah Seiten mit Klimadaten, Reiseberichte, die von jemandem auf einem Boot geschrieben wurden, astronomische Daten. Er klickte frustriert auf das »x« in der rechten oberen Ecke des Bildschirms, und der Webbrowser verschwand. Dann sah er das Google-Earth-Symbol auf dem Desktop des Computers.

Er klickte darauf und gab die Koordinaten erneut ein. Nichts passierte.

»Englisch, natürlich, Englisch«, zischte er leise durch die zusammengebissenen Zähne.

Er suchte nach der Übersetzung für *noorderbreedte – north latitude …* nördlicher Breitengrad, NL. Jetzt noch *oosterlengte … east latitude*, östlicher Breitengrad. EL.

42° 41' NL 15° 58' EL.

Als er die Koordinaten eingegeben hatte, ließ er den Finger nervös über der Eingabetaste schweben. Mit angehaltenem Atem drückte er sie.

ENTER.

Nichts passierte.

Mist!

Er versuchte es erneut, entfernte aber diesmal die Leerzeichen.

42°41'NL15°58'EL.

Wieder nichts.

Dann mit Leerzeichen nach allen Zahlen.

42 ° 41 ' NL 15 ° 58 ' EL.

Nada.

Alle Leerzeichen weg.

42°41'NL15°58'EL.

Nichts.

Er entfernte die beiden L und setzte ein Leerzeichen in die Mitte.

42° 41' N 15° 58' E.

Er hämmerte mehrmals auf die Eingabetaste, wie jemand, der in einer Debatte auf sein Recht pochte.

Bingo!

Der Globus mit den breiten gelben Linien, die die Grenzen zwischen den Ländern angaben, begann sich zu drehen und bewegte sich in Richtung Südeuropa, genau wie Peter geraten hatte. Er verlangsamte sich, als sie Italien erreichten, und kam dann zu Peters großer Enttäuschung mitten in der Adria, auf halbem Weg zwischen den Küsten Italiens und Kroatiens, zum Stillstand.

War Judith auf einem Schiff? Wenn es so wäre, hätte man ihm eine von vornherein unlösbare Aufgabe gegeben. Vor Wut und Panik schnürte sich ihm die Kehle zu.

Ich muss einen Fehler gemacht haben, dachte er. *Das kann nicht stimmen!*

Judith, Judith, Judith … wo bist du nur?

Wie viele mögliche Kombinationen dieser Zahlen gab es? Vier mal drei mal zwei mal eins … vierundzwanzig mögliche Koordinaten.

Er entschied sich, mit der Zahl 42 zu beginnen, da dies die erste Zahl war, die er gefunden hatte.

42° 41' N 15° 58' E – mitten in der Adria
42° 58' N 41° 15' E – das Schwarze Meer in Georgien
42° 15' N 58° 41' E – irgendwo in der Mitte Turkmenistans
42° 41' N 58° 15' E – Wüste südlich des Aralsees in Usbekistan
42° 58' N 15° 41' E – wieder die Adria
42° 15' N 41° 58' E – Georgien, diesmal weiter im Landesinneren

Mit dem Mut der Verzweiflung machte er weiter, diesmal immer mit der Zahl 41 am Anfang. Obwohl er allmählich die Hoffnung verlor, dadurch etwas zu erreichen, gab er 41° 42' N 15° 58' E ein.

Die Kugel begann sich wieder zu drehen, diesmal in Richtung Italien. Das rotierende Bild kam auf einer sich windenden Bergstraße zum Stillstand. Peter zoomte weiter weg, bis er den Namen des Berges sah: Monte Sant'Angelo. Das leuchtend blaue Wasser der Adria erschien wieder auf dem Bildschirm. Die Koordinaten zeigten auf eine kleine Stadt an der Westküste, direkt am sogenannten »Sporn« des italienischen Stiefels, dem kleinen Vorsprung des Landes über der Ferse.

Er kannte diesen Ort! Seine Erregung wuchs. Vor vielen Jahren war er auf dem Weg nach Bari durch Italien gereist, um die Fähre nach Patras auf dem Peloponnes zu nehmen. Er hatte zwei Tage in Monte Sant'Angelo verbracht, wie immer im billigsten, abgelegensten Hotel, das er finden konnte.

Irgendetwas sagte ihm, dass er auf dem richtigen Weg war. Der Monte Sant'Angelo war einer der wichtigsten Wallfahrtsorte Europas, da der Erzengel Michael im fünften Jahrhundert mehrmals dort erschienen sein sollte. Zu Ehren Michaels war eine imposante Kirche erbaut worden, San Michele, aber noch bedeutender als das war der Ort, an dem Michael erschienen war: oberhalb einer Höhle, in der sich seit Jahrhunderten ein anderer wichtiger Ort der Heiligenverehrung befand.

Der Mithrastempel.

40

Samstag, 21. März, 11:20 Uhr

Der Monte Sant'Angelo … Peter konnte sich nicht vorstellen, dass er, nachdem er ganz Leiden kreuz und quer durchforstet hatte, Judith nun in Italien suchen sollte. Es musste um etwas anderes gehen. Er war überzeugt, dass er auf dem richtigen Weg war, zumal sich dort ein wichtiges Mithraeum befand. Aber was sollte er tun?

Er gab bei Google »Monte Sant'Angelo« ein, aber die Ergebnisse stammten hauptsächlich von italienischen Websites, also klickte er auf »nur niederländische Seiten anzeigen«. Wikipedia stand wie immer ganz oben auf der Liste, aber es gab auch Links zu Reiseblogs.

Er rief Seite um Seite auf und las gehetzt, auf der Suche nach etwas, was ihm vielleicht nutzen konnte.

Monte Sant'Angelo.

Der Monte Sant'Angelo oder Berg des Heiligen Engels ist seit jeher von Mystik durchdrungen. Bei archäologischen Ausgrabungen wurden Hinweise auf religiöse Aktivitäten gefunden, die hier bereits in der Steinzeit stattfanden.

Im Mai 490 betrat ein Edelmann eine Höhle auf dem Berg und sah einen Stier im Inneren. Vor Schreck schoss er mit einem Pfeil auf das Tier. Der Pfeil prallte auf wundersame Weise von der Haut des Bullen ab und verwundete stattdessen den Edelmann.

Lorenzo Maiorana, der Bischof von Siponto, wurde über das Wunder informiert, und kurz darauf erschien ihm der Erzengel Michael. Michael erzählte dem Bischof, dass er selbst, in Gestalt des Stieres in der Höhle, den Edelmann verwundet habe. Die Höhle solle ein heiliger Ort der Anbetung werden, und kein Stierblut solle dort mehr vergossen werden. Der Bischof verstand sofort, dass der Erzengel vom Blut der Stiere sprach, die dort dem Gott Mithras geopfert worden waren. In der Höhle befand sich einst ein Mithraeum, ein Tempel des alten Kultes des Sonnengottes Mithras.

Nach 490 erschien der Erzengel noch zweimal dem Bischof von Siponto. Das dritte und letzte Mal erschien er während der Weihe der Höhle. Gerade als der Bischof im Begriff war, den Segen zu sprechen, sagte ihm Michael, dass kein Segen notwendig sei: Er habe die Höhle bereits selbst geweiht. Eine Prozession machte sich auf den Weg zur Höhle, um das Wunder zu sehen, das geschehen war: Die Gläubigen fanden einen Altar mit dem Fußabdruck des Erzengels darin.

Das war noch immer nicht das, wonach Peter gesucht hatte, und doch sagte ihm im Hinterkopf eine laute, beharrliche Stimme, dass er etwas übersah.

Er überflog die Suchergebnisse. Alle paar Sekunden stolperte er über etwas, das ihn glauben machte, er sei der Lösung nähergekommen, und ein Hoffnungsschimmer glomm auf. Es war wie früher als Kind beim Topfschlagen, wenn die Freunde »warm, warm, heiß!« riefen, sobald er sich dem Gesuchten näherte.

Ich hab's gleich, ich hab's gleich, dachte er, aber so schnell, wie sich die Hoffnung entzündet hatte, erlosch sie wieder, wenn er erneut in eine Sackgasse geriet.

Er wusste, dass er eigentlich überhaupt keine Zeit hatte, all das zu lesen, aber was sollte er sonst tun? Wenn er jetzt aufstehen und von diesem Computer weggehen würde, hätte er immer noch keine Ahnung, wohin er sich als Nächstes wenden sollte.

Das Thema des Kampfs zwischen Licht und Dunkelheit kehrte immer wieder. Er las von den vier Erzengeln – Michael, Gabriel, Rafael und Uriel – und wie sie gegen die Dunkelheit und gegen die gefallenen Engel gefochten hatten, die von ihrem Anführer Luzifer – was so viel wie »Lichtträger« bedeutete – angestachelt wurden. Luzifer war einst einer der hochrangigsten Engel Gottes gewesen, bevor er den Kampf gegen seine eigene innere Finsternis verlor.

Peter wandte sich wieder den Seiten über den Monte Sant'Angelo zu.

Der Weg des Engels

Die Straße, die das Heiligtum des Erzengels Michael in der Normandie mit der Höhle in Apulien verband, wurde auch als »Straße des Engels« bezeichnet. Schon früh wurde diese Route zu einer wichtigen strategischen Verbindung zwischen dem Ärmelkanal im Westen und der Adria im Süden. Sie überschneidet sich teilweise mit der Via Francigena, einem noch älteren Pilgerweg, der sich von Canterbury nach Rom erstreckte.

Im Laufe der Zeit entstand um die Höhle am Monte Sant'Angelo ein kleines Dorf. Die große Zahl der Pilger, die zu Beginn des zweiten Jahrtausends an diesen Ort strömten, machte den Bau von Gasthäusern und anderen Unterkünften immer notwendiger. Es entwickelte sich eine kleine Tourismusindustrie, die von den Pilgern lebte, was schließlich zur Gründung einer dauerhaft bewohnten Stadt führte. Monte Sant'Angelo wurde 2011 in die Liste des Weltkulturerbes der UNESCO aufgenommen.

Die Höhle, die Höhle … Dort musste es etwas geben, was ihm weiterhelfen konnte.

Die Höhle

Eine wachsende Zahl von Pilgern und frommen Gläubigen besuchte die Höhle, darunter der byzantinische Kaiser Konstantin II., der Kaiser des Heiligen Römischen Reiches Heinrich II. sowie eine bedeutende Anzahl von Päpsten und berühmten Mönchen. Einige von ihnen behaupteten, den Erzengel selbst gesehen zu haben. Im Jahr 867 reiste ein Mönch namens Bernhard der Weise aus Nordfrankreich in die heilige Höhle. Sein eigenes Kloster, Mont Saint-Michel, war auf einer Halbinsel erbaut worden, wo ein Bischof einen Stier in einer Höhle gesehen hatte. Inspiriert von den bemerkenswerten Ähnlichkeiten zwischen den beiden Orten, machten sich viele Pilger aus dem Norden auf den Weg zum Monte Sant'Angelo, nachdem sie den Mont Saint-Michel besucht hatten.

Und jetzt die Höhle selbst.

Der Eingang besteht aus einem doppelten Bogengang mit einer auffällig platzierten Statue des heiligen Michael. Rechts neben dem Eingang befindet sich der Glockenturm des Heiligtums. Die Form des Turms erinnert an die Türme von Castel del Monte (die auf der italienischen 1-Eurocent-Münze abgebildet sind). Eine Treppe mit sechsundachtzig Stufen führt hinunter zur Höhle, welche in einem Kirchenschiff mit mehreren Gräbern mündet. Im Inneren sieht man einen Altar, der von einer Statue des Erzengels als Krieger dominiert wird. Eine Passage auf der Rückseite führt zur Cappella dell'Altissimo, die einen größeren, barocken Altar aufweist. Dort lag einst der

Stier, doch jetzt steht der Engel hier Wache und hütet das Tor zum Himmel.

Peter klickte eines der Fotos auf der Seite an, die Doppelarkade, die zur Höhle führte. Er las die lateinische Inschrift, die in den Stein gemeißelt war. Nein, das konnte doch nicht wahr sein!

Terribilis est locus iste.

Der erste Teil des Textes bedeutete: »Dies ist ein schrecklicher Ort.« Aber es war vor allem die zweite Hälfte der Inschrift, die Peter ins Auge fiel:

Hic domus dei est et porta coeli.

»Hier ist das Haus Gottes und das Tor des Himmels.«

Der siebte Grad war der Vater, Pater, genau wie …

Er schob seinen Stuhl mit einem Ruck zurück, sodass er umfiel, zur Irritation einiger anderer Museumsbesucher, die ihm verärgerte Blicke zuwarfen. Er hob den Stuhl auf und stützte sich mit beiden Händen auf die Rückenlehne, um die Kontrolle über seine Atmung wiederzuerlangen. Das musste es sein! Jetzt wusste er, wohin er gehen musste.

Es gelang ihm, in normalem Tempo das Museum zu durchqueren, aber sobald er draußen war, rannte er los.

Porta Coeli.

Coeli.

41

Samstag, 21. März, 11:45 Uhr

»Hic domus Dei est et porta coeli, hic domus Dei est et porta coeli, hic domus Dei est et porta coeli«, flüsterte Peter unablässig vor sich hin, während er zum Ausgang des Museumsgeländes am Morspoort lief.

Hier ist das Haus Gottes und das Tor des Himmels.

Dieser Text, der seit Jahrhunderten in den Stein über dem Eingang zum Mithrastempel am Monte Sant'Angelo gemeißelt war, war genau derselbe wie über den imposanten Säulen an der Fassade der Hartebrugkerk in der Haarlemmerstraat. Deshalb wurde sie die »Coelikerk« genannt. Viele Leute kannten nicht einmal ihren richtigen Namen, wobei nicht einmal Hartebrugkerk stimmte. Offiziell hieß sie Onze Lieve Vrouwe Onbevlekt Ontvangen, also die Kirche Unserer Lieben Frau von der Unbefleckten Empfängnis, zu Ehren Marias, die frei von jeder persönlichen Sünde und von dem Makel der Erbsünde an ihrer Seele geboren worden war.

Aber hatten sie das wirklich gewagt? Hatten sie die Dreistigkeit besessen, ausgerechnet diesen Text ganz offen als Wahlspruch für die Kirche zu wählen? Hatte bisher noch nie jemand die richtigen Schlüsse gezogen?

Über den vergoldeten Buchstaben in der Mitte des dreieckigen Tympans befand sich sogar ein allsehendes Auge. Für die Laien war dies ein christliches Symbol der Allwissenheit Gottes, obwohl es in Wirklichkeit das Auge des Horus war. Gott sieht alles, eine Art Big Brother, bevor es das Konzept überhaupt gab, und sorgt dafür, dass sich die Menschen benahmen, auch wenn sie glaubten, dass niemand hinsähe. War das nicht auch die Pointe in der berühmten Anekdote über den französischen Philosophen Voltaire? Er selbst kritisierte diejenigen, die an einen allwissenden Gott glaubten, aber wie es die Legende wollte, saß er eines Abends nach dem Essen mit Freunden am Tisch und diskutierte darüber, ob es Gott gäbe oder nicht. Als die Diener hereinkamen, um den Tisch abzuräumen, bat er seine Freunde, das Gespräch zu unterbrechen, bis sie weg waren. »Denn«, so flüsterte er, »wenn sie hören, dass es Gott nicht gibt, wie soll ich dann die Lakaien davon abhalten, mein Tafelsilber zu stehlen?«

Das allsehende Auge war jedoch ägyptischen Ursprungs und stellte das Auge von Horus, dem Sonnengott, dar.

Es war alles so offensichtlich, wenn man sich eingehend damit beschäftigte! Dennoch war Peter immer noch schockiert von dieser dreisten Aussage, im hellen Tageslicht, dort, wo das Publikum der Einkaufsstraße Tag für Tag vorüberging. Er war auf dem Weg zum »Vater«, dem Pater. Der Priester einer katholischen Kirche war schließlich auch ein Vater. Er musste es sein! Was er noch nicht wusste, war, was oder wen er in der Kirche finden würde.

Als er im Morspoort ankam, zwang er sich, langsamer zu werden, um keine Aufmerksamkeit zu erregen. Er durchquerte den Torbogen. Gerade als er allmählich wieder zu Atem kam, flog eine kleine Tür in einem Gebäude zu seiner Rechten auf, und ehe er sich versah, zog ihn jemand mit großer Kraft hinein. Er ließ sich schleifen wie eine Stoffpuppe, zu überrascht, um Widerstand zu leisten. Wer auch immer es war, stolperte rückwärts in den engen Flur und gegen die steile Treppe hinter ihm, als hätte er nicht erwartet, dass es so einfach sein würde.

Peter landete auf ihm und holte mit der Faust aus, aber der Mann schlüpfte mit überraschender Wendigkeit unter ihm hervor. Während Peter auf dem Boden liegen blieb, stand sein Angreifer auf. Ohne die Augen von Peter abzuwenden, schob er die Tür mit der Ferse zu.

Erst dann sah Peter, mit wem er es zu tun hatte.

»Da …« Vor Schreck brachte Peter nichts weiter heraus.

»Ja, ich bin's«, sagte der Mann.

Peter lag fassungslos auf dem Boden und wusste nicht, was ihn erwartete. »Aber was … was machst du denn hier?«

»Ich gehöre auch dazu.«

Peter starrte in Daniels Gesicht, das er so gut kannte. Der Stadtarchäologe, der Mann, dessen Hand er erst gestern geschüttelt hatte, um ihm für den Beginn seines großen Projekts in der Stadt Glück zu wünschen.

»Hör mir zu«, sagte Daniel, »wir haben keine …«

»Ich habe hierfür keine Zeit, Daniel! Wo ist Judith?«, schrie Peter und versuchte aufzustehen.

Daniel drückte ihn mit solcher Autorität wieder nach unten, dass Peter rückwärtsfiel und sich den Rücken an der Treppe stieß. »Wir haben nicht viel Zeit, ich weiß«, sagte Daniel. »Aber du musst wissen, mit wem du es zu tun hast. Dann hast du vielleicht eine bessere Vorstellung davon, worauf du dich einlässt.«

»Woher wusstest du, dass ich hier bin?«

»Ich wusste, dass du den Weg zur Sonnenuhr finden würdest, dem sechsten Hinweis. Ich habe dich dort gesehen, du hast dich mit dieser Frau unterhalten. Dann bin ich dir zum Museum gefolgt und habe draußen gewartet, bis du wieder herauskamst. Und dann bist du in meine Richtung gelaufen.«

»Und du hattest zufällig den Schlüssel zu …«

»Dieses Gebäude gehört uns, Peter. Schon seit Jahrhunderten. Es gehörte uns, bevor es hier überhaupt eine Holzkirche gab. Wir sind klein, wie wir es seit jeher waren. Zumindest in Bezug auf unsere Anzahl. Aber wir sind mächtig. Wir sind überall. Wir haben Leute in hohen Positionen, Männer mit Geld und Einfluss. Und für eine Gruppe unserer Größe besitzen wir viel mehr, als du erwarten würdest: Grachtenhäuser, Häuser in der Nähe der Burcht und der Pieterskerk, Häuser in Hofjes, Anteile von Wohnungsbaugenossenschaften …«

»Sag mir einfach, was du mir zu sagen hast«, forderte Peter ihn durch zusammengebissene Zähne auf.

»Ich arbeite für den Vater«, erklärte Daniel. »Er hat dich auserwählt, um … Der Vater denkt, dass die Stunde gekommen ist, in der wir an die Öffentlichkeit gehen und das Wissen unserer Gruppe mit der ganzen Welt teilen sollen. Das Christentum, wie wir es kennen … so vieles wurde vertuscht, wie du sicherlich weißt, aber es geht um noch viel mehr! Die wahre Geschichte des Christentums ist die, die unsere Gruppe seit Jahrhunderten überliefert.« Er stolperte fast über seine Worte, als versuche er, zwei oder drei Geschichten auf einmal zu erzählen. »Aber in jenen Tagen, nach jener Trübsal, wird die Sonne verfinstert werden, und der Mond wird seinen Schein nicht geben«, sagte er plötzlich.

Peter erkannte die Worte wieder, einen Vers aus dem Markusevangelium, die Rede über die Endzeit, die Jesus seinen Jüngern am Abend vor dem Passahfest, dem Tag seiner Verhaftung, gehalten hatte.

»Der Vater hat das schon lange geplant. Als er sah, dass es 2015 eine Sonnenfinsternis geben würde, und zwar am 20. März, dem Tag vor der Tagundnachtgleiche, fasste er dies als Zeichen Gottes auf. ›Und dann wird er seine Engel aussenden und seine Auserwählten sammeln von den vier Winden, vom Ende der Erde bis zum Ende des Himmels‹, wie es im Markusevangelium heißt. Niemand kennt den Tag oder die Stunde, nur der Vater. Ich habe mich von ihm überzeugen lassen, und ich finde immer noch, dass die Welt von uns erfahren sollte. Wir brauchen keine großen Gottesdienste in öffentlichen Gebäuden abzuhalten, aber wir sollten etwas von unserem Wissen weitergeben. Es bedeutet nicht das Ende des Christentums, wie wir es kennen: Es ist eher eine Verbesserung. Wenn man weiß, wie alt die Geschichten sind, über den Tod und die Auferstehung von Gottes Sohn im Frühjahr, und dass sie einen wahren Kern besitzen … dann schätzt man andere Religionen umso mehr, da jede die gleiche Geschichte erzählt. Es ändert nichts an dem, was den Menschen seit jeher gepredigt wurde. Deshalb feiert unser Vater immer noch die Eucharistie mit seiner Gemeinde, bricht das Brot und teilt den Wein aus. Man könnte sagen, dass Paulus unsere Geschichte als Christentum neu verpackt hat. Das Mahl mit Brot und Wein, das lebenspendende Opfer, Tod und Auferstehung, die Reinigung durch das Blut des Lammes, die Belohnung im Jenseits, die Wiedervereinigung mit den Lieben, der Kampf zwischen Dunkelheit und Licht … All das ist die Geschichte von Mithras, das alles. Und ich stimme dem Vater zu, dass es an der Zeit ist, unserem Herrn seinen rechtmäßigen Stellenwert zu verschaffen.«

»Aber …«, sagte Peter, der das Gespräch beenden und weiter nach Judith suchen wollte.

»Aber … einige unserer Mitglieder sind gegen den Plan und haben gestern damit begonnen, aktiv gegen uns zu arbeiten. Sie sabotieren uns mit allen Mitteln! Du hast selbst gesehen, was mit Raven passiert ist. Aber jetzt, wo du es so weit geschafft hast, sieht es aus, als hätte der Vater recht gehabt!«

»Womit denn?«

»Damit, dass du wirklich der Auserwählte bist, der Vermittler, derjenige, der sagen wird …«

»Ein Vermittler … Ein Bote, wie Raven? Bist du jetzt fertig?« Peter zersprang fast vor Ungeduld. »Ich muss jetzt weiter. Du sagtest, ich hätte es so weit geschafft. Also weißt du auch, ob ich als Nächstes zur Coelikerk muss? Halten sie Judith dort fest?«

»Ich weiß es nicht. Es klingt … logisch. Du hast die sechs Stadien durchlaufen, und die Leiter endet beim Vater. Aber der

Punkt ist, dass nur der Vater alles weiß. Raven hat anscheinend auch gewusst, wo Judith ist, aber er ist nicht mehr da. Jakob weiß es auch, aber …«

»Warum bringst du mich dann hierher?«

»Weil auch ich allmählich anfing zu zweifeln. Ich musste dich selbst sehen. Außerdem hat der Vater damit gedroht, dass … Ich kann dir helfen, weißt du.«

»Ich will nur eines: Judith finden. Alles andere interessiert mich nicht«, sagte Peter. Er stand auf und trat einen Schritt näher an Daniel heran, sodass ihre Körper sich fast berührten. »Wenn du mir jetzt bitte aus dem Weg gehen würdest«, zischte er, »dann kann ich in die Kirche gehen.«

Daniel schüttelte den Kopf und deutete auf irgendetwas hinter Peter, fast einladend, wie ein Kellner, der seinem Gast einen Tisch zuweist.

Peter drehte sich um und sah eine kleine Holztür in der Wand. Es war kaum mehr als eine Luke.

»Wir können hier durchgehen«, sagte Daniel.

Er drehte an dem Eisenring, der als Türknauf diente, und öffnete die kleine Tür. Ein kalter Hauch wehte ihnen ins Gesicht und brachte Gerüche von Schimmel und nasser Erde mit sich.

Als ob er versuchte, Peter eine Wahl zu suggerieren, trat Daniel zuerst in die Dunkelheit und bückte sich, um sich nicht den Kopf am Sturz zu stoßen.

»Aber die Pforte ist eng, und der Weg ist schmal, der zum Leben führt«, sagte Daniel, und seine Stimme hallte von den Wänden wider, »und wenige sind es, die ihn finden!«

Einen Augenblick lang zögerte Peter. Wenn er sich jetzt umdrehte, konnte er problemlos durch die Tür zurück auf die Straße treten und allein zur Kirche gehen. Auf der anderen Seite würde das bedeuten, die belebte Blauwpoortsbrug überqueren und sich durch die noch belebtere Haarlemmerstraat kämpfen zu müssen.

Es klang, als würde Daniel eine weitere Luke öffnen. Peter hörte das Geräusch von Metall auf Holz. Dann wurde der dunkle Raum von einem hellen Licht erleuchtet, das von einer brennenden Fackel stammte.

Peter steckte seinen Kopf durch die Luke und sah Daniel durch ein Loch im Boden verschwinden. Nur sein Oberkörper war noch sichtbar. Er hielt die Fackel höher, in Peters Richtung.

Jetzt stieg Peter ganz durch die Öffnung und schloss die Tür, so gut er konnte, hinter sich.

Sie gingen eine Wendeltreppe hinunter, bis sie einen etwa fünf Meter tiefer gelegenen Tunnel erreichten, der genauso aussah wie der, den sie tags zuvor unter der Bibliothek entdeckt hatten.

Also doch ein Labyrinth, dachte Peter.

»Komm«, sagte Daniel nur, als hätte er nicht einmal daran gedacht, dass Peter ihm nicht folgen würde. »Von hier kommen wir auf direktem Weg zu deinem Ziel.«

»Terribilis est locus iste«, zitierte Peter.

Ohne zurückzublicken, antwortete Daniel leicht amüsiert: *»Et porta coeli.«*

42

Samstag, 21. März, 12:00 Uhr

Das Wasser war nun so tief, dass Judith nicht mehr darin stehen konnte. Verzweifelt strampelte sie, um ihren Kopf über der Oberfläche zu halten. Ab und zu versuchte sie, so weit hochzuhechten, dass sie das Gitter über ihrem Kopf greifen konnte, wie eine Wasserballerin, die auf das Tor zielte. Aber sie konnte es einfach nicht erreichen. Sie hoffte, dass es weniger anstrengend wäre, sich an die Metallstäbe zu hängen, als ständig Wasser zu treten.

Das kann doch nicht mein Ende sein!, dachte sie. *Gefangen aus völlig unerfindlichen Gründen und auf dem besten Wege zu ertrinken, wenn nicht bald jemand kommt und mich rettet.*

Schluchzend begann sie zu beten, einen alten Psalm, der ihr in den Sinn kam.

»O Gott, hilf mir«, sang sie leise. »Denn das Wasser geht mir bis an die Kehle! Ich versinke in tiefem Schlamm und habe keinen Stand, ich bin in tiefes Wasser geraten, und die Flut will mich überströmen.«

Seltsamerweise wirkte das Singen tröstlich auf sie, und eine Art Frieden überkam sie, als ob sie bereit wäre, ihr unvermeidliches Ende zu akzeptieren.

»Reiße mich aus dem Schlamm, dass ich nicht versinke; möchte ich doch errettet werden von meinen Hassern und aus den tiefen Wassern, dass mich die Wasserflut nicht überströme und mich die Tiefe nicht verschlinge, noch die Zisterne sich über mir schließe.«

Doch ihre innere Ruhe war nur von kurzer Dauer, denn kaum hatte sie die letzten Worte hervorgebracht, brach ihr die Stimme.

Mit jeder Minute kamen die Gitterstäbe über ihrem Kopf näher.

DIE SECHSTE VISION

Und siehe, ich sah den Mann. Er reist unermüdlich auf den Wegen des Herrn und sammelt Geld, wie er es versprochen hat. So standhaft wie die Sonne, die ihre Bahn über den Himmel zieht, zieht er von Dorf zu Dorf, von Stadt zu Stadt. Denn der Weg der Gerechten ist wie das Licht der Morgendämmerung, das bis zum nächsten Tag immer heller und heller leuchtet. Und er wird von der Venus beschützt, dem Morgenstern, umgeben von Liebe …

Er hätte reich sein können, und doch bleibt er arm für seine Bekehrten, damit sie durch seine Armut reich werden. Die Gläubigen in Mazedonien geben mehr, als sie entbehren können, denn wer freiwillig gibt, wird umso reicher werden, und wer zurückhält, wird nur unter Mangel leiden. Ein großzügiger Mensch wird bereichert, und wer Wasser gibt, bekommt Wasser. Wer gibt, muss großzügig und von Herzen geben. Und auch in Korinth gibt jeder, von sich aus, nicht widerwillig oder unter Zwang, denn Gott liebt einen fröhlichen Geber. Sie sind wirklich die Kinder ihres Vaters im Himmel.

Er erzählt ihnen von Jesaja und wie er prophezeit hat, dass die Schätze des Meeres nach Zion gebracht werden würden, wie der Reichtum der Nationen zum Herrn gebracht wird.

Und siehe, er reist zurück nach Jerusalem. Die Leute warnen ihn, nicht weiterzugehen, aber er geht weiter, wie ein Fluss, der unaufhaltsam zum Meer fließt. Der Prophet Agabus bindet seine eigenen Hände und Füße mit dem Gürtel des Paulus: »So werden die Juden in Jerusalem den Mann, der diesen Gürtel besitzt, binden und ihn den Heiden übergeben«, sagt er. Aber Paulus antwortet, dass er bereit ist, gefangen genommen zu werden, bereit, für den Namen seines Herrn zu sterben. Aber sie wissen nicht, von welchem Herrn er in Wirklichkeit spricht.

In Jerusalem, der ewigen Stadt, trifft er sich mit Jakobus und allen Ältesten. Sie preisen und ehren Gott, als sie von dem Werk erfahren, das Paulus in seinem Dienst unter den Heiden getan hat. Aber sie sind auch besorgt, dass Tausende von Juden nicht mehr den Gesetzen Mose gehorchen, sie beschneiden ihre Kinder nicht, und sie haben die Speisegesetze aufgegeben. Paulus ist glücklich, weil sie keine Ahnung haben, wessen Botschaft sie wirklich angenommen haben oder dass ihnen ein noch größerer Konflikt bevorsteht.

Und siehe, um ihretwillen geht er mit vier anderen Männern in den Tempel, um gereinigt zu werden. Nach sieben Tagen ergreifen ihn die Juden, Juden aus Asien. Zum ersten Mal hat er Angst. Sie schreien: »Ihr israelitischen Männer, kommet zu Hilfe! Das ist der Mensch, der allenthalben jedermann lehrt gegen das Volk und das Gesetz und diese Stätte. Dazu hat er auch noch Griechen in den Tempel geführt und diese heilige Stätte entweiht!« Nicht lange zuvor hatten sie ihn in der Stadt mit Trophimus, dem Epheser, gesehen, und sie vermuteten, dass Paulus diesen Heiden in den Tempel gebracht hatte, ein schweres Vergehen. Die Stadt ist in Aufruhr. Das Volk eilt herbei und schleift Paulus aus dem Tempel. Die Tore werden geschlossen, und sie versuchen, ihn zu ermorden, wie sie einst Stephanus getötet haben.

Aber siehe, seine Landsleute kommen, um ihm zu helfen. Als die Juden die römischen Soldaten erblicken, hören sie auf, ihn zu schlagen. Der Tribun verhaftet Paulus und lässt ihn in zwei Ketten legen. Dann bringen sie ihn in die Kaserne, in Sicherheit vor dem wütenden Mob.

Paulus weiß, dass seine Mission erfüllt ist, dass er sein Ziel erreicht hat. Kurz bevor er in die Kaserne gebracht wird, hält er eine weitere Rede über sein Leben, über seine Bekehrung auf dem Weg nach Damaskus, eine Geschichte, die er so oft erzählt hat, dass er selbst angefangen hat, sie zu glauben. Seine Worte sind Öl ins Feuer. »Weg mit ihm!«, schrie das Volk. »So ein Mann hat kein Recht zu leben!«

Und siehe, der Tribun befiehlt, dass Paulus während seines Verhörs ausgepeitscht wird, um den Grund für diesen Aufschrei gegen ihn herauszufinden. Da weiß Paulus, dass es an der Zeit ist, seine Maske fallen zu lassen. Er braucht sein wahres Ich nicht länger zu verbergen. »Dürft ihr jemanden, der das römische Bürgerrecht besitzt, geißeln, noch dazu ohne Verurteilung?«, fragt er den Hauptmann. Als der Hauptmann das hört, geht er zum Obersten, meldet es und sagt: »Was hast du vor? Der Mann ist ein Römer!« Da bekommen sie es mit der Angst zu tun und krümmen ihm kein Haar.

Vierzig Juden schwören, dass sie weder essen noch trinken werden, bis sie Paulus ermordet haben. Der Neffe des Paulus warnt die Römer vor der Verschwörung. Aber ansonsten steht er allein da; keiner seiner Brüder, keine seiner Schwestern kommt ihn besuchen. Nach Cäsarea wird er gebracht, begleitet von zweihundert Soldaten, siebzig Reitern und zweihundert leicht bewaffneten Fußsoldaten. Sie bringen ihren Landsmann in Sicherheit, weit weg von den mörderischen Händen der Juden.

Und hört, der Hohepriester Hananias reicht zusammen mit einigen Ältesten und Tertullus, einem Anwalt, eine Klage beim Statthalter ein. »Wir haben nämlich diesen Mann als eine Pest befunden, als einen, der Zwietracht stiftet unter allen Juden in der ganzen Welt, als einen Anführer der Sekte der Nazarener.«

Zwei Jahre lang bleibt Paulus in Cäsarea. Er bräuchte nur das Geld, das er gesammelt hat, dem Statthalter Felix zu geben, und er wäre ein freier Mann. Aber Paulus weigert sich hartnäckig. Felix wird von Porcius Festus abgelöst. Die alten Anschuldigungen tauchen wieder auf, und schließlich appelliert Paulus an den Kaiser. Daraufhin sagt Festus: »Du hast dich auf den Kaiser berufen; zum Kaiser sollst du ziehen!«

Und siehe, König Agrippa kommt, um Paulus anzuhören, und Paulus erzählt seine Geschichte wieder, jetzt mit noch mehr Überzeugung als zuvor.

Agrippa und Porcius Festus ziehen sich zurück, um den Fall zu besprechen. Sie kommen zu dem Schluss, dass sie bei ihm nichts feststellen können, worauf die Todesstrafe steht. Agrippa aber sprach zu Festus: »Man könnte diesen Menschen freilassen, wenn er sich nicht auf den Kaiser berufen hätte!« Jetzt müssen sie ihn nach Rom schicken.

Alles läuft nach Plan. Paulus dankt seinem Herrn, dass er ihn verschont hat, dass er ihm die Weisheit gegeben hat, die er braucht, und die richtigen Worte in seinen Mund gelegt hat, um sie alle zu täuschen.

Die Anhänger des Weges, die Christen, werden das Wort seines Herrn Mithras verbreiten, gehüllt in ein neues Gewand.

Und Paulus weiß: Ich bin frei.

So wie nichts auf der Welt die Sonne von ihrer täglichen Bahn über den Himmel abhalten kann, kann mich nichts auf meinem Weg aufhalten.

Ich bin Sonnenläufer.

PATER

VATER

43

21 Jahre vorher, im Frühjahr 1994

Tiny erkannte, dass nicht einmal die Ebioniten wussten, wie sehr Paulus sie alle getäuscht hatte. Bis heute nicht.

Aus dem Notizbuch von Tiny Straus

Paulus verließ Tarsus, das Zentrum des Mithraskultes, und ging als Rabe nach Jerusalem. In den ersten Grad eingeführt, bedeutete sein neuer Status als Bote, dass er sein Zuhause verlassen musste.

Paulus war von Beruf Zeltmacher, daher konnte er seinen eigenen Lebensunterhalt verdienen. Er ging zum Oberhaupt der Mithraisten in Jerusalem und zog bei ihm ein, um bei ihm in die Lehre zu gehen und sich auf die zweite Stufe der Initiation, die des Bräutigams, vorzubereiten.

Damals war der Tempel, wie die meisten nicht jüdischen Tempel, im Grunde ein riesiger Schlachthof, eine Freiluftmetzgerei, in der viele Menschen ihr Fleisch kauften. Am laufenden Band wurden dort Tiere geopfert. Manchmal wurden die Kadaver verbrannt, aber normalerweise wurden die Tiere nach ihrem Opfertod zerlegt und verkauft. Dies war eine wichtige Einnahmequelle für die Priester, die mehr oder weniger ordinierte Metzger im Gottesdienst waren. Während Pessach wurden schätzungsweise zweihundertfünfzigtausend Tiere im Namen der Hunderttausen-

den von Pilgern geschlachtet, die die ewige Stadt besuchten, um den Festtag zu begehen.

Ein permanenter Gestank von Blut, Verwesung und Tod hing über der Stadt. Übel riechende schwarze Wolken stiegen von den ständig brennenden Feuern in den Krematorien auf, in denen die Tiere verbrannt wurden. All das in Verbindung mit der Hitze des Nahen Ostens, den Fliegen, den Ratten, den Maden …

Die Opfertiere wurden rituell geschlachtet, indem man ihnen mit einem einzigen Schnitt mit einem scharfen Messer die Halsschlagader durchtrennte, nachdem ein Priester ein kurzes Gebet gesprochen hatte. Wenn es richtig gemacht wurde, verlor das Tier sofort das Bewusstsein und verblutete. Regelrechte Bäche von Blut flossen, abgeleitet durch zwei unterirdische Kanäle.

Paulus lebte und arbeitete in Jerusalem. Er war Stammkunde im Tempel, der ein nie versiegendes Angebot an Häuten von den unzähligen Tieren hatte, die dort getötet wurden. Als Zeltmacher war er ein Großabnehmer. Und dort im Tempel fiel ihm eines Tages die schöne Tochter des Hohepriesters auf. Liebe kann wie ein Blitz einschlagen … Vorbei war sein Wunsch, dem Weg des Mithras zu folgen, vorbei war seine Fähigkeit, sich auf die nächste Stufe zu konzentrieren.

Noch immer wollte er ein Bräutigam sein, aber ihrer, unter der Chuppa, und er wollte ein Glas unter seinem Fuß zertreten, um die Zerbrechlichkeit des Glücks zu symbolisieren.

Er wurde Jude und ließ sich beschneiden. Apropos Blut … Als der Mohel ihn beschnitt, rutschte er ab, entweder aus Ungeschicklichkeit oder weil ihn jemand anstieß, wer weiß, aber es muss ein Blutbad gegeben haben. Vielleicht wurde die Spitze der Eichel abgeschnitten, das ist keineswegs un-

denkbar. Die Messer waren entsetzlich scharf. Paulus blutete wie ein abgestochenes Schwein, wie ein Opfertier, das auf den Tempelstufen ausblutete. Das Wasserlassen war für den Rest seines Lebens schmerzhaft, eine immer wiederkehrende, tägliche brennende Hölle. Er konnte die Ziegenherden vergessen, die von den Hügeln Gileads herabzogen, nie würde er ihre Brüste wie Kitzlein sehen, geschweige denn sie berühren, nie würde er herausfinden, ob ihre Lippen wirklich nach Honig schmecken. Er war verliebt gewesen, und wie alle, die verliebt sind – manches ändert sich nie –, hatte er geglaubt, die Welt gehöre ihm und das Objekt seiner Begierde sähe ihn genauso wie er sie. Aber nein! Sie wollte nichts mit ihm zu tun haben. Paulus war ziemlich unattraktiv, von gedrungener Gestalt, eventuell o-beinig … Und sie, eine jüdische Schönheit, in der Blüte ihrer Jugend, war bereits bei ihrer Geburt einem Mann versprochen worden, der von ihrem Vater ausgewählt worden war, um zwei Familien für immer zu vereinen.

Sie hatte mit ihm gespielt; ein Lächeln, bei dem sie ihre Zähne entblößte, weiß wie eine Herde Mutterschafe, die aus der Schwemme steigen, interpretierte er in seinen fieberhaften Fantasien als Jawort. Doch sie lachte ihn hinter seinem Rücken aus, machte sich mit ihren Freundinnen über ihn lustig und brachte sie zum Lachen, indem sie ihn nachäffte: die liebeskranken Blicke, die er ihr zuwarf, wenn er mit ihrem Vater um den Preis der Felle feilschte, wie er stotterte, wenn er sie sah, und wie er Hebräisch radebrechte.

Er war ein Zeltmacher, der den ganzen Tag bis zu den Ellbogen in blutigen, stinkenden Häuten steckte. Ein unreinerer Beruf war kaum denkbar für einen Juden. Es war, als hätte ein hinduistischer Leichenverbrenner aus der niedrigsten Kaste ein Auge auf die Tochter eines Brahmanen geworfen.

Um ihr Herz zu gewinnen – und das ihres Vaters natürlich –, gab er seinen Beruf auf und schloss sich den Tempelwächtern an. Er allein war fanatischer als alle anderen zusammen.

Es ist durchaus möglich, dass er bei der Verhaftung Jesu zugegen war, dass er zu den mit Stöcken bewaffneten Truppen gehörte, die ihn im Garten von Gethsemane festnahmen. Sicher ist auf jeden Fall, dass er bei der Steinigung des Stephanus anwesend war, dem ersten von Jesu Gefolgsleuten, der den Märtyrertod starb. Hier tritt er zum ersten Mal in der Bibel als Saulus statt als Paulus auf. Jeder legte seinen Mantel zu seinen Füßen, damit der Stoff beim Steinewerfen nicht so im Weg war.

Er wurde vom Hohepriester nach Damaskus geschickt, um einen Brief abzugeben. Saulus glaubte, es ginge um einen wichtigen Auftrag oder sogar eine Prüfung, durch die er sich seinem zukünftigen Schwiegervater als würdig erweisen würde, so wie Herakles, der zwölf Arbeiten für Eurystheus, König von Mykene, leisten musste. Er hätte den Stier von König Minos mit bloßen Händen von Kreta auf das Festland geschleppt, wenn der Hohepriester ihn darum gebeten hätte.

Auf dem Weg nach Damaskus träumte er von einer Hochzeit, die ihresgleichen nicht kannte, der Hochzeitsnacht, der kühlen Abendbrise, die durch die Fenster wehte und herrliche Düfte mitbrachte, den Gläsern Wein auf dem Tisch, den Trauben, mit denen sie ihn aufreizend füttern würde, als erotisches Versprechen dessen, was kommen würde, dem Mondlicht auf ihrem perfekten Körper, den er gleich lieben würde. Manchmal konnte er kaum noch im Sattel sitzen, so steif wurde sein Glied durch die Erregung. Er würde zärtlich sein, voller Leidenschaft, sie in die Arme nehmen … Sie würden miteinander verschmelzen, zu ei-

nem Körper werden. Sie würden beide nackt sein, aber sich nicht voreinander schämen.

Doch unterwegs erlitt Paulus einen seiner epileptischen Anfälle, die ihn seit seiner Kindheit heimsuchten. Er fiel vom Pferd und hatte eine erneute Begegnung mit seinem Herrn, Mithras, dem er ein feierliches Versprechen gegeben hatte, als er ein Rabe wurde, als er das Blut des Stieres auf sich hatte niederregnen lassen und sich mit dem Lebenssaft seines Opfers reingewaschen hatte.

Er war blind, drei Tage lang blieben seine Augen geschlossen, aber alles war für ihn klarer als je zuvor. Saulus wusste, dass er vom rechten Weg abgekommen war, dass er sich von Liebe oder Lust hatte blenden lassen, von dem Verlangen, das die Seele an den Körper fesselt, den Körper ans Kreuz nagelt. Paulus war innerlich zerrissen.

Auf dem Krankenbett ließ er sich von jemandem den Brief vorlesen, den der Hohepriester ihn gebeten hatte zu überbringen. Sein zukünftiger Schwiegervater, der Mann, den er mit Abba ansprechen wollte, Vater. Seine ganze Reise hatte nur dem einzigen Zweck gedient, ihn von Jerusalem fernzuhalten, während einer Hochzeit, wie sie seit Generationen nicht mehr stattgefunden hatte, der Hochzeit zwischen seiner Geliebten und ihrem unwürdigen Bräutigam, dem Sohn eines einflussreichen Freundes des Hohepriesters. Die Wut, die Erniedrigung … Saulus hatte sich von den tückischen Blicken der Schlange mitreißen lassen. Eva, wie immer.

Und er schwor, dass er sich rächen würde, nicht nur an ihr, nicht nur an dem Hohepriester und seinem Natterngezücht, nein, er wollte das gesamte Judentum stürzen, es von innen aushöhlen, damit es schließlich einstürzte. Wie bei einem Riesen auf tönernen Füßen würde er Wasser über die jüdischen Fundamente gießen, bis sie das Gewicht auf ihnen nicht mehr tragen konnten.

Er schämte sich, als er erkannte, dass er vom wahren Weg abgewichen war, dass er seinen Herrn für eine weltliche Frau verleugnet hatte.

Mit neuer Energie stand er auf, stärker, entschlossener denn je. Er würde ein Bräutigam werden, ja, aber nicht ihrer – es war besser für einen Mann, allein zu sein. Drei Jahre lang bereitete er sich darauf vor, drei Jahre lang versteckte er sich bei seinen Brüdern, die überall Gemeinschaften hatten. Sie begrüßten den verlorenen Sohn mit offenen Armen.

Er offenbarte ihnen seinen Plan, seine Art, ihren Herrn einer viel größeren Gruppe von Menschen nahezubringen und ihn an Orte zu tragen, wo sein Name noch nicht bekannt war. Einige von ihnen waren dagegen und dachten, dass sein Erfolg auf Kosten ihrer Religion, ihrer Privatsphäre und der Geheimnisse gehen würde, die nur für die Eingeweihten bestimmt waren. Aber er konnte sie überzeugen. Die meisten Menschen, so erklärte er, würden nicht einmal erfassen, dass sie Mithras anbeteten. Die Geschichte ihres Gottes, ihres Mithras, der sein Blut und seinen Leib geopfert hatte, um ein Leben im Jenseits zu ermöglichen, ein ewiges Leben, in dem sie sich wieder mit ihren Lieben vereinen würden, die ihnen vorangegangen waren. Diese Geschichte würden die Menschen glauben und sich gegenseitig erzählen, vielleicht sogar noch Hunderte von Jahren lang, nachdem Saulus und seine Anhänger gestorben waren. Aber zugleich enthielt diese Geschichte eine tiefere Bedeutung, die nur den Eingeweihten offenbart werden würde, wodurch von dem Mysterium dennoch etwas übrig blieb, das erst nach der Initiation vollständig verstanden werden konnte. Die große Mehrheit der Menschen würde jedoch draußen an der Peripherie bleiben und sich mit einer wörtlichen Interpretation der Geschichten begnügen, da sie glaubten, dass diese den Kern ihres Glaubens bildeten.

Nach drei Jahren der Vorbereitung tauchte Paulus in Jerusalem als Soldat wieder auf, bereit, die gefährlichste Aufgabe seines Lebens zu übernehmen, vielleicht sogar die brillanteste Operation in der Geschichte der Menschheit. Er besuchte Petrus und Jesu Bruder Jakobus und blieb zwei Wochen lang bei ihnen. Er überzeugte sie, dass er ein aufrichtiger Jünger Jesu geworden sei. Er hatte seinen Namen wieder in Paulus geändert, damit er sich der römischen Welt besser anpassen und sich von seiner Verbindung zum Judentum befreien konnte.

Vielleicht ist er noch einmal in den Tempel zurückgekehrt, um die Tochter des Hohepriesters ein letztes Mal zu sehen, diese wahre Tochter Evas, vielleicht hat er versteckt hinter einer Säule beobachtet, wie sie mit ihrem Mann und ihrem Erstgeborenen spazieren ging.

Vierzehn Jahre lang reiste er unermüdlich umher und erzählte die Geschichte seines Herrn Mithras, aber nun in einem neuen Gewand und mit einem neuen Namen: Jesus Christus, alter Wein in einem neuen Schlauch. Schließlich führt das Opfer Jesu auch zu einem neuen Leben, das in Wirklichkeit der ewige Rhythmus der Jahreszeiten ist. Und wenn die Menschen sein Fleisch essen und sein Blut trinken, können sie auch mit ihm eins werden und das ewige Leben erlangen.

Er wandte sich gegen die Gesetze, die nach dem Tod und der Auferstehung Jesu nicht mehr galten. Die Geißel der Beschneidung war nicht mehr nötig. Es bestand keine Notwendigkeit mehr, die Menschen mit einem Joch zu belasten, das er selbst kaum ertragen konnte. Die Menschen sollten essen und trinken dürfen, was sie wollten! Er verkündete die Frohe Botschaft in den Synagogen. Zu seiner großen Freude irritierte er die lokalen jüdischen Gemeinden und konnte die Menschen von ihnen weglocken.

Oft waren die Frauen unter den Ersten, die sich ihm anschlossen, da sie seit jeher unterdrückt wurden. Ihnen folgten dann ihre Männer und Kinder, und dann kamen die Sklaven und Ausgestoßenen.

Und er sah, dass er Erfolg hatte und seine Botschaft gut ankam.

Seine Geschichte über einen Gott, der sich persönlich um die Menschen sorgte und sich um sie kümmerte, über das Opfer, das für alle gebracht worden war, damit sie frei zu Gott kommen konnten, über die Verheißung eines Jenseits … Das Mahl von Brot und Wein, um an das Opfer von Mithras, von Jesus, zu erinnern und mit ihm eins zu werden. Das war ein Konzept, das Nichtjuden bereits gut kannten, eine bekannte Geschichte, alter Wein in neuen Schläuchen.

Als die Bewegung wuchs und wuchs, wurde die Bedrohung, die sie für das Judentum in Jerusalem darstellte, immer größer. Paulus verstand es geschickt, den Juden die Schuld für die Kreuzigung ihres Herrn und Erlösers in die Schuhe zu schieben, eine außergewöhnliche Leistung, denn jeder wusste, dass nur die Römer Kreuzigungen vollzogen. Die Juden durften nur unter sich Recht sprechen und Hinrichtungen durchführen. Wenn die Juden, wie in den Evangelien beschrieben, Jesus der Blasphemie für schuldig befunden hätten, dann hätten sie ihn einfach selbst und ohne die Beteiligung der Römer steinigen können, wie sie es mit Stephanus getan hatten. Für die Römer jedoch war die Blasphemie gegen den jüdischen Gott Jahwe überhaupt kein Verbrechen. Was kümmerte es sie, wenn die Juden sich untereinander zankten? Der springende Punkt war, dass Jesus ein ganz anderes Verbrechen begangen hatte, eines, das die Römer durchaus für einen sehr guten Grund für eine Kreuzigung hielten: das Umkippen der Tische auf dem

Tempelhof. Es war Pessach, und Hunderttausende von jüdischen Pilgern aus dem ganzen Römischen Reich waren nach Jerusalem gekommen, um zu feiern. Die Stadt quoll über vor Menschen, sie war das reinste Pulverfass, und den Römern war jeder ein Dorn im Auge, der daran die Lunte entzünden konnte. Ein Aufstand gegen die römische Autorität war eine ständige Bedrohung, wodurch die Atmosphäre äußerst angespannt war. Als Jesus und seine Jünger in den geschäftigen Tempelhöfen für Aufruhr sorgten, versuchten die Römer, diese Rebellion sofort im Keim zu ersticken. Das war Jesus zum Verhängnis geworden! Und das war auch der Grund, warum er ans Kreuz genagelt wurde – von den Römern, nicht von den Juden! Paulus errichtete jedoch ein ganz neues Gebäude auf den Fundamenten seiner eigenen alten Religion, seines Mithraismus, und schuf ein Labyrinth, in dem sich jeder irgendwann verirren musste. Obwohl er kaum Interesse am irdischen Leben Jesu hatte, kam er zu einer völlig neuen Interpretation dessen, was Jesus gesagt hatte. Er nahm die Bewegung von Petrus, Jakobus und all den anderen Männern und Frauen, die Jesu Worte noch persönlich gehört hatten, und machte sie zu einem Teil seiner eigenen Geschichte.

Inzwischen war er ein Sonnenläufer. Er schrieb Briefe und reiste weit umher. Er folgte dem Weg der Sonne und ließ alle weltlichen Bande hinter sich, die ihn gefesselt hatten, sodass er unbeirrt seinem Weg folgen konnte.

Paulus war zufrieden. Er kam seinem Ziel näher: innerhalb der ursprünglichen Gemeinschaft Zwietracht zu säen. Die Anhänger Jesu der ersten Stunde, diejenigen, die als Juden weiterhin den Tempel besuchten, wurden nun zu Abtrünnigen erklärt.

Nach vierzehn Jahren kehrte er zum großen Apostelkonzil nach Jerusalem zurück. Die Apostel waren sich einig, dass er und sein Helfer sich darauf konzentrieren sollten, den Heiden zu predigen, genau das, was Paulus wollte, denn dadurch würde sich ihm eine Welt öffnen, die unendlich viel größer war als das begrenzte Gebiet Palästinas. Er spürte damals schon, dass das Ende der ewigen Stadt nahte, eine Folge der zunehmenden Unruhen und der brutalen Unterdrückung der Römer. Wieder ging er auf Reisen, aber er kehrte ein letztes Mal mit dem Geld zurück, das er in der christlichen Diaspora als Zeichen des guten Willens gesammelt hatte. Und an diesem Punkt scheint er sich verrechnet zu haben, denn niemand wollte das Geld annehmen. Er wurde verhaftet, und sein Ende schien nah.

Nur dass keiner mit seiner Fähigkeit gerechnet hatte, die Kontrolle über eine scheinbar aussichtslose Situation zu übernehmen und sie umzukehren. Paulus war ein antiker Houdini. Paulus, der Entfesselungskünstler.

44

Samstag, 21. März, 12:20 Uhr

»Ihr seid also eine dieser berüchtigten ›Geheimgesellschaften‹?«, fragte Peter, und seine Skepsis war ihm deutlich anzuhören.

»Ja«, antwortete Daniel einfach, »aber wir sind nicht auf die Weltherrschaft aus, und wir sind nicht diejenigen, die in Wahrheit hinter dem 11. September stecken, kein Illuminati-Hokuspokus. Wir waren geheim, wie du es ausdrückst, obwohl wir ›verborgen‹ bevorzugen, abgeschieden von der Welt. Nicht weil wir etwas Böses oder Unheimliches tun, ganz im Gegenteil: Weil unser Licht für die meisten Menschen zu hell sein würde.«

»Und dann dachte euer Anführer: Genug von dieser Geheimniskrämerei, lasst uns die Fenster öffnen und frische Luft reinlassen? So etwas in der Art?« Der Fackelqualm kribbelte ihm in der Nase.

»Nein«, erwiderte Daniel, »oder doch, so ähnlich. Ja, er will Offenheit. Die Welt soll erfahren, dass wir existieren. Wir haben nichts zu verbergen. Und nein, nicht jeder kann einfach so Mitglied werden. Oder zumindest ist das nicht unsere Absicht. Du müsstest immer noch eingeladen werden beizutreten, und es wäre dir immer noch verboten, irgendjemandem davon zu erzählen, was du gesehen und gehört hast. Aber die Hintergründe sollten jedem zugänglich sein. Viele wissen schon von uns, aber nur Fachleute.«

Der Tunnel verzweigte sich vor ihnen. Sie gingen nach links und dann gleich wieder nach rechts. Peter wusste, dass er in

Daniels Nähe bleiben musste, wenn er sich nicht in dieser unterirdischen Welt verlaufen wollte.

»Aber die tiefere Bedeutung ...«, fuhr Daniel unbeirrt fort. Er schien die Tunnel zu kennen wie seine eigene Westentasche. »... die tiefere Bedeutung ist einem inneren Zirkel vorbehalten, denen, die initiiert wurden. Es ist höchste Zeit, dass die Menschen erfahren – und nicht nur die religiösen, sondern alle, die behaupten, unsere Gesellschaft sei jüdisch-christlich geprägt –, dass die Dinge, an die sie glauben, Mythen sind, keine tatsächlichen Ereignisse. Die Menschen schlagen sich wegen dieser Mythen auf der ganzen Welt die Schädel ein, obwohl ihre ursprünglichen Autoren sie niemals wörtlich gemeint haben.«

»Und ich nehme an, dass eure Version die wahre ist, stimmt's? Aber dann macht ihr doch genau das Gleiche, oder nicht?«

»Ich dachte mir schon, dass du so etwas sagen würdest.« Daniel lachte abfällig und warf ihm über die Schulter hinweg einen kurzen Blick zu. »Aber unsere Geschichte ist zumindest näher an der ursprünglichen Quelle. In vielerlei Hinsicht unterscheidet sich der Herr, den wir verehren, nicht vom Herrn der Juden oder der Christen, aber wir geben zu, dass unsere Geschichten als Allegorien gelesen werden sollten. Und deshalb werden viele Menschen uns attraktiver finden, und viele Menschen werden sich uns anschließen wollen.«

Peter hatte keine Ahnung, unter welchem Teil der Stadt sie sich gerade befanden. Sie gingen jedenfalls nicht auf direktem Weg zur Kirche, so viel war klar.

Dieses ganze Tunnelsystem ... Gestern noch hatte er keine Ahnung gehabt, dass es existierte, bis der Bürgermeister und der Bagger in der Grube verschwunden waren und Peter den blutüberströmten jungen Mann in dem Raum darunter gefunden hatte.

»Aber warum war Raven mit Blut bedeckt? Es kann nicht daran gelegen haben, dass ihm die Steinbrocken auf den Kopf gefallen sind. Ich meine, er war über und über mit Blut beschmiert.«

»Hast du schon mal vom *taurobolium* gehört?«

»Dem Stieropfer.«

»Dem Stieropfer, genau. Man kann auch Widder oder Schafe nehmen, wenn die Person, die das Opfer darbringt, nicht reich genug ist. Die zu initiierende Person steht in einer Grube mit einem Gitter über dem Kopf. Über ihm wird dem Opfertier die Kehle durchgeschnitten, und das Blut fließt durch das Gitter und auf die Person darunter. Sie reibt damit ihren ganzen Körper ein, wäscht sich mit dem Blut. Und öffnet den Mund, um etwas davon zu trinken. Durch das Blut wird man von allem reingewaschen, was man jemals falsch gemacht hat, sodass man ganz neu beginnen kann. Das garantiert einem ein Leben im Jenseits, ein Wiedersehen mit seinen Lieben.«

»Und Raven ...«

»Es war Ravens Initiation. Wir können nicht einfach einen Stier in unseren Tempel schmuggeln, also benutzen wir immer ein Lamm. Wir können es ganz einfach in einer großen Holzkiste hereinbringen.«

»Aber Daniel ... Ich hätte nie gedacht, dass du ...«

Daniel drehte sich um. Mit dem Eifer eines Straßenpredigers sagte er: »Wenn du nur wüsstest, Peter, wie es ist, die Wahrheit zu kennen, frei zu sein! Ich hoffe, dass du auch diese Möglichkeit haben wirst.« Er drehte sich wieder um. »Wir sind übrigens fast da.«

»Und euer Tempel, euer Mithraeum? Wo liegt er?«, fragte Peter weiter.

»Vielleicht wirst du das bald selbst sehen. Die katholische Kirche hat ihre Gotteshäuser immer an Orten erbaut, die der lokalen Bevölkerung bereits heilig waren, um den Übergang zum Christentum zu erleichtern. Die Menschen konnten ihre eigenen Rituale weiter ausüben, so wie sie es immer getan hatten, aber mit einer christlichen Bedeutung.«

»Und meine Rolle in dem Ganzen?«, fragte Peter.

»Der Vater beobachtet dich seit Jahren. Es ist …« Aber er konnte seinen Satz nicht beenden, da in diesem Moment eine Gestalt um die Ecke kam und sich ihnen in den Weg stellte.

»Dr. de Haan, nehme ich an.« Der Mann baute sich bedrohlich in der Mitte des Ganges vor ihnen auf, eine Taschenlampe in der Hand.

Zwei weitere Männer traten aus dem Schatten hinter ihnen hervor.

Sie saßen in der Falle.

45

Samstag, 21. März, 12:40 Uhr

»Dreckskerl!«, schrie Peter.

Daniel riss die Augen auf und setzte zu einer Erwiderung an, aber bevor er die Chance dazu erhielt, versetzte ihm Peter einen wütenden Stoß. Daniel stolperte vorwärts gegen den erschrockenen Angreifer vor ihm und ließ seine Fackel fallen, als sie beide zu Boden stürzten. Die Fackel des Angreifers wurde gegen diesen gedrückt, und seine Kleidung fing Feuer. Er versuchte aufzustehen, rutschte aber aus und fiel wieder hin.

Peter machte sich die Verwirrung zunutze, um die Fackel vom Boden aufzuheben und an Daniel und dem brennenden Mann auf dem Boden vorbeizustürzen. Nach ein paar Metern blieb er stehen. Der Tunnel war nun hell erleuchtet. Der Mann hatte sich aufgerichtet, stand da wie eine menschliche Fackel und versuchte verzweifelt, seine Kleidung abzustreifen. Das Letzte, was Peter sah, bevor er weglief, war, dass der Mann wieder auf dem Boden lag und sich hin und her wälzte.

Daniel, dieser Verräter!, dachte Peter wütend. *Wäre ich doch nur oben geblieben!*

Er bog um eine Ecke, und die Schreie des Mannes verhallten. Ein langer Gang erstreckte sich vor ihm. Er hatte keine Ahnung, wohin er gehen sollte, aber er lief weiter.

Bald hörte er Schritte hinter sich. Jemand folgte ihm. Das Licht der Fackel machte ihn zu einem leichten Ziel, aber er konnte nicht auf sie verzichten. Die Schritte kamen näher. Peters Verfolger war schneller als er, denn Peter musste sich zurückhalten, damit die Fackel nicht ausging. Die Flamme flackerte an ihrem Ende und schien sich manchmal sogar von ihr zu lösen.

Er wusste, dass es hoffnungslos war. Die Schritte waren jetzt direkt hinter ihm.

Gerade, als er sich umdrehen und sich dem Kampf stellen wollte, packte ihn jemand am Unterschenkel. Die Fackel flog ihm aus der Hand, erlosch aber glücklicherweise nicht.

Peter versuchte, sich zu befreien, doch der Mann umklammerte seine Beine wie ein Schraubstock.

Er schaffte es, sich so zu verdrehen, dass er fast auf der Seite lag, und dann seinen Oberkörper vom Boden hochzuheben, als ob er Sit-ups machen würde. Sein Verfolger, ein kleiner, kahler, schwergewichtiger Mann, war jetzt eindeutig im Nachteil, da er beide Hände um Peters Beine gelegt hatte. Er versuchte, einen seiner Arme zu befreien, scheiterte aber.

Peter hatte noch nie in seinem Leben gegen jemanden gekämpft, nicht als Junge und nicht als Mann. Er hatte es einfach nie gewagt, sich auf einen Kampf einzulassen, und er war selten in die Situation geraten, in der es nötig gewesen wäre. In der Schule hatte ihn mehrmals jemand im Schwitzkasten gehabt, aber er hatte jeweils geduldig auf die Aufsicht gewartet, bis diese ihn von seinem Plagegeist befreite. Man hatte ihn dafür ausgebuht und ausgelacht, aber er war freigekommen.

Doch jetzt spürte er, wie eine enorme, urwüchsige Kraft in ihm aufstieg, gespeist von heißer Wut, wie Lava, die aus einem Vulkan sprudelte. Er holte aus und verpasste seiner menschlichen Schnappfalle einen Fausthieb aufs Nasenbein. Er hörte Knochen brechen – ein schreckliches, trockenes Knacken. Aus der Nase des Mannes spritzte Blut, genauso, wie er es in Filmen gesehen hatte. Der Mann schrie und schlug die Hände vor das Gesicht, aber Peter traf ihn wieder, diesmal hart auf sein linkes

Ohr. Dann trat er den Mann von sich weg, bis er stöhnend auf dem Boden lag. Blut strömte zwischen seinen Fingern hindurch.

Peter rappelte sich hoch, hob die Fackel auf und lief los, ohne sich weiter um seinen Gegner zu kümmern. Seine rechte Hand war blutverschmiert. Er wischte sie an seiner Hose ab, aber sie wurde nicht ganz sauber.

Der Tunnel teilte sich erneut, und er entschied sich, auf gut Glück nach links abzubiegen. Wo soll ich hin, wo soll ich hin?, dachte er. Und in welche Richtung gehe ich überhaupt?

Nach etwa fünfzig Schritten erinnerte er sich an den Kompass in seiner Hosentasche.

Er blieb stehen und lauschte auf eventuelle Verfolger, aber er hörte nichts mehr außer dem leisen Rauschen von Wasser, das unter seinen Füßen hindurchfloss. Dann nahm er den Kompass heraus und hielt ihn gegen die Fackelflamme, damit er ihn besser lesen konnte. Der Gang vor ihm schien nach Süden zu führen. Wir können nicht weiter gegangen sein als bis zur Coelikerk, dachte Peter, sonst hätten wir sie schon erreicht. Dann muss die Kirche im Osten liegen.

Er hatte keine Ahnung, ob er recht hatte. Vielleicht hatten sie einen Umweg genommen und waren an der Kirche vorbeigelaufen. Es war ein Schuss ins Blaue.

Er folgte weiter dem Tunnel, der sich nach etwa fünfzig Metern wieder in zwei Hälften teilte. Peter wählte den Weg, der aussah, als führe er in östliche Richtung, dort, wo er die Kirche vermutete. Er bog noch mehrmals nach links und rechts ab, bis er sich sicher war, dass er sich allmählich nach Osten vorarbeitete.

Auf einmal hörte er Stimmen in der Ferne. In einem Reflex hielt er die Fackel hinter den Rücken, um ihr Licht etwas abzuschirmen, und ging dann ein paar Schritte weiter in Richtung der Geräusche. Vor ihm lag eine T-Kreuzung. In dem Gang, der nach rechts führte, hörte er zwei Männer miteinander reden.

»… dann?«

»Das werden wir sehen, wenn wir da sind.« Die zweite Person schien ihren Ärger nur mit Mühe zu verbergen. »Hör zu«, fuhr sie fort, »ich habe mir diesen Plan nicht über Nacht ausgedacht. Ich arbeite seit Jahren daran und habe mir alles gründlich überlegt. Ich habe nichts heimlich getan, nichts hinter eurem Rücken. Ich war in jeder Hinsicht offen und ehrlich zu euch.«

Der andere Mann antwortete nicht.

»Am Anfang nicht, das ist wahr, aber ich bin euch keine Rechenschaft schuldig. Ich bin euer Oberhaupt, ich bin euer Vater.«

Peter musste der Versuchung widerstehen, um die Ecke zu biegen, so gerne wollte er den Mann sehen, der sich Vater nannte. Aber er wollte zuerst hören, worüber sie sprachen.

»Ane hat mir vertraut, das brauche ich dir nicht zu erklären. Das Verschwinden der Sonne, so kurz vor der Tagundnachtgleiche … Alle Anzeichen deuten darauf hin, dass ich recht habe. Heute Morgen haben sie begonnen, den Tunnel zu untersuchen, in dem sie Raven gefunden haben. Sie werden Bagger und Bohrer einsetzen, sie werden Gewalt anwenden, um die Wände niederzureißen, und sie werden Scanner benutzen, um die Tunnel zu finden.«

»Wir können uns immer noch zurückziehen«, argumentierte der andere Mann. »Dann werden sie sich einfach nur fragen, was zum Teufel dieses Labyrinth unter ihrer Stadt zu bedeuten hat. Den Tempel werden sie vielleicht niemals finden.«

»Aber ich will, dass sie uns finden! Geht das nicht in deinen Kopf? Bist du taub?«

Der zweite Mann antwortete nicht.

»Komm schon«, sagte der Mann, der sich Vater nannte. »Wir müssen in der Kirche sein, bevor Peter ankommt.«

»Und wenn er es nicht schafft?«

Es kam nicht sofort eine Antwort.

Doch in dem Moment, als Peter um die Ecke biegen wollte, um sich ihnen zu erkennen zu geben, sprach der Vater: »Ich habe das auch schon zu Daniel gesagt: Wenn er es nicht schafft, dann haben wir versagt. Wir werden den Plan aufgeben, und die beiden werden verschwinden. Er wird Judith erst bekommen, wenn er die Kirche erreicht, auf dem Altar, und keinen Schritt, keine Sekunde früher.«

Es wurde jetzt dunkler, ein Zeichen dafür, dass sich die Lichtquelle weiter von Peter entfernte.

Er folgte den beiden Männern und achtete darauf, außer Sichtweite zu bleiben. Seine eigene Fackel war jetzt fast abgebrannt, aber er hielt sie weiter hinter seinem Rücken.

Er trat so vorsichtig auf, dass er das Gefühl hatte, über dem Boden zu schweben. Immer, wenn er einen Fuß aufgesetzt hatte, hob er den anderen ganz behutsam an und hielt ihn für einen Moment in der Luft, wie ein Löwe, der seine Beute beschleicht, oder der heilige Petrus, der über das Wasser geht.

Er spähte um die Ecke und beobachtete, wie einer der Männer eine Fackel in einen Ring an der Wand steckte und sie dann mit einem schnellen, heftigen Atemstoß ausblies. Sobald die Flamme erloschen war, hörte er, wie eine Tür oder eine Luke geöffnet wurde. Im schwachen Licht konnte er die ersten Stufen einer Steintreppe sehen. Schritte hallten durch den Tunnel, als jemand die Treppe hinaufging.

Jetzt, endlich, konnte er die Fackel hinter seinem Rücken hervorholen. Er schlich durch den Gang, bis er mit der linken Hand die Wand berühren konnte. Nach zehn, fünfzehn Metern erreichte er die Nische, wo die Treppe begann.

Als er den Fuß auf die erste Stufe setzte, spürte er sie hinter sich, Judith. Das Gefühl war so unerwartet wie vertraut. Er hatte Angst, dass sie, wenn er sich umdrehte, um nachzusehen, wieder verschwinden würde, zurück in die tiefe Dunkelheit. Wenn er nicht zurückblickte, konnte er sie mitnehmen, hinauf ins Licht, wo die ersten Frühlingssonnenstrahlen die Erde zu neuem Leben erweckten.

Aber der Drang war zu stark. Er drehte sich um. Natürlich war niemand da, und sofort verschwanden die Gefühle von Wärme und Zuneigung, so abrupt, als würde ihm morgens die Bettdecke weggezogen.

Er stand eine Weile da und starrte in die Dunkelheit. Er spürte, wie ein kalter Luftzug über seine Beine strich, ein Gespenst, das an ihm vorbeiglitt.

Er war im Begriff, sich wieder umzudrehen und die Treppe hinaufzugehen, als er ein plötzliches Geräusch irgendwo in seiner Nähe hörte.

Wieder Schritte.

Langsam, aber sicher nahmen die Konturen eines Mannes Gestalt an, wie eine Leiche, die vom Grund eines Sees aufsteigt und die Oberfläche des Wassers durchbricht.

46

Samstag, 21. März, 13:00 Uhr

Wolken aus altem Staub erfüllten den Tunnel, dort, wo es zwei Handwerkern gelungen war, das erste Loch in die Wand zu schlagen. Die beiden Männer, die drei Polizisten und Janna Frederiks trugen Schutzmasken, damit sie den Sand und den Staub nicht einatmeten.

Trotz der merkwürdigen Situation wurde Janna von Aufregung erfasst. Die Gerüchte, die sie immer als urbane Legenden abgetan hatten, waren plötzlich wahr geworden. Ein Labyrinth von Tunneln unter der Stadt konnte zu einer lukrativen Touristenattraktion werden. Angenommen, sie konnten Führungen durch diese verborgene Welt anbieten, hier in Leiden, genau wie in Rom, Paris und London! Und welche archäologischen Schätze würden sie finden? Was wäre, wenn hier unten auch Menschen aus längst vergangenen Zeiten begraben wären? Die Katakomben von Leiden … Was für eine erstaunliche Geschichte das wäre!

Aus diesem Grund konnte sie kaum mit ansehen, mit welch roher Gewalt die erste Wand durchgebrochen wurde. Sie wusste natürlich, dass es hier um Mordermittlungen ging und die Polizei keine Rücksicht auf antike Artefakte nehmen konnte, aber dennoch blutete ihr Archäologinnenherz. Es war sonnenklar, dass in die Wand ein cleverer Mechanismus eingebaut war, der sie öffnen würde, aber diese Grobiane hatten ihn nun wahrscheinlich für immer zerstört.

Wie weit erstreckte sich dieses Tunnelsystem? Zogen sich die Passagen bis über die Grenzen der Grachten hinweg? Waren die Pieterskerk, die Hooglandse Kerk und wer weiß welche anderen Kirchen noch alle unterirdisch miteinander verbunden? Wie alt waren diese Tunnel? Waren sie während der spanischen Belagerung Leidens erbaut worden?

Schon dachte sie sich im Kopf Rundgänge aus, mit lustigen Aktivitäten für Kinder – das konnte man heutzutage nicht vermeiden –, und natürlich würde sie dabei eine tragende Rolle spielen, als eine der Personen, die die Tunnel entdeckt hatten. Eine interaktive Schatzsuche mit einer App wäre schwierig, da man hier unten keinen Empfang hatte.

Plötzlich stürzte ein großer Gesteinsbrocken herunter, und Janna wurde aus ihren Tagträumen gerissen. Das Loch war so erweitert worden, dass man hindurchtreten konnte.

Ein heißes Gefühl der Scham übermannte Janna, weil sie sich von Fantasien über die touristischen Möglichkeiten in den Tunneln hatte mitreißen lassen, ohne daran zu denken, dass es Tote gegeben hatte.

Der Staub begann sich zu setzen, wie Sand, der nach einem Sturm auf den Grund des Flachwassers sank, und die Arbeiter traten ein paar Schritte zurück. Alle setzten ihre Masken ab. Im Kontrast zu ihren grauen Haaren und staubigen Kleidern sahen ihre Gesichter wie frisch gewaschen aus.

»So, Sie können jetzt«, sagte einer der Arbeiter in starkem Leidener Dialekt.

Janna und die Polizisten schalteten ihre Taschenlampen ein. Sie hatten die Ehre, als Erste zu sehen, was sich hinter der Mauer befand. Wie eine Ägyptologin, die eine Grabkammer betrat, welche zwanzig Jahrhunderte lang verschlossen gewesen war, schritt Janna behutsam über die Trümmerschwelle und durch das Loch. Zu ihrer Überraschung befand sie sich in einem weiteren Tunnel, der genauso konstruiert war wie der, der hinter ihr lag.

Die drei Polizisten folgten ihr und imitierten ihre vorsichtigen Schritte, als rechneten sie damit, auf eine Falltür zu treten und von langen, spitzen Stöcken aufgespießt zu werden. Niemand hatte die Existenz dieses Tunnelsystems für möglich gehalten, also warum sollten seine Erbauer keine Vorsichtsmaßnahmen getroffen oder Fallen gestellt haben? Angenommen, ein gigantischer Felsbrocken rollte auf die Eindringlinge zu, wenn sie einen bestimmten Punkt überschritten hatten?

Der Gang erstreckte sich vor ihnen, aber sie blieben bei einer großen Nische stehen. Eine Reihe von Stufen führte nach oben, die nach etwa fünf Metern auf eine blinde Wand stießen.

Einer der Polizisten machte ein paar vorsichtige Schritte die Treppe hinauf. Wenige Augenblicke später berichtete er triumphierend, dass er schwachen Handyempfang habe.

»Ich werde mal sehen, ob mein Navigationssystem funktioniert«, sagte er, »dann können wir uns eine ungefähre Vorstellung davon machen, wo wir sind.«

Es dauerte einige Augenblicke, bis die Navigations-App gestartet hatte, aber dann erschien ein kleiner blauer Punkt auf dem Bildschirm, der ihnen zeigte, welcher Teil der Stadt über ihnen lag.

»Wir befinden uns jetzt auf der Rückseite der Hooglandse Kerk, irgendwo in der Nähe der Hooglandsekerkgracht.«

Die anderen blickten gespannt zu ihm auf und warteten auf einen genaueren Standort.

»Hier, ich hab's!«, sagte der Polizist und vergrößerte die Karte mit den Fingerspitzen.

»Wir sind unter dem Mierennesthofje«, sagte er und zeigte auf das Handy in seiner Hand. »Wenn zwei Leute raufgehen würden, könnte man versuchen, unseren Standort von oben zu finden. Ich bleibe oben auf der Treppe stehen und klopfe an die Decke, oder wir rufen. Vielleicht kann man uns hören. Hier ist etwas, das aussieht wie ein Deckstein.«

»Wir können es natürlich versuchen«, erwiderte einer seiner Kollegen, »aber ich weiß nicht, ob der Klang so weit trägt. Die Steine über uns sehen ziemlich dick aus.«

»Ihr zwei bleibt hier«, sagte der älteste Polizist. »Ich werde gehen. Sie können mit mir kommen, Mevrouw Frederiks.«

Es war ein Befehl, keine Einladung.

Janna und der Polizist gingen zurück zum Eingang.

»Kannten Sie Meneer van Tiegem gut?«, fragte er.

»Wir sind uns ziemlich regelmäßig begegnet. Beruflich, nicht privat oder gesellschaftlich«, antwortete Janna, die nicht sicher war, ob er aus Interesse fragte oder ob es eine Art geschickter Verhörmethode war.

Der Polizist schüttelte den Kopf.

»Warum fragen Sie?«

»Wissen Sie«, sagte er zögernd und blickte sich um, um sicherzustellen, dass sie allein waren. »Er scheint ungefähr vier Promille Alkohol im Blut gehabt zu haben. Einen normalen Menschen würde das so gut wie sicher umbringen.«

»Er konnte eine Menge vertragen, so viel ist sicher. Aber sagen Sie mal, dürfen Sie mir denn überhaupt solche Details verraten?«, fragte Janna.

»Nein, natürlich nicht, Sie haben vollkommen recht. Vergessen Sie's.«

Über die Strickleiter kletterten sie wieder hinauf auf die Straße.

Ein anderer Polizist half ihnen aus der Grube. »Und, wie ist die Lage da unten?«, fragte er.

»Wir haben eine der Mauern durchbrochen«, sagte sein Kollege. »Der Tunnel führt dahinter weiter. Die anderen warten jetzt in der Nähe einer Treppe. Wir gehen rüber zum Mierennesthofje, das hinter der Hooglandse Kerk. Es sieht so aus, als ob diese Treppe zum Innenhof führt oder zu einem Haus im Innenhof.«

»Sehr gut. Ich gebe das mal so weiter.«

Janna und der Polizist gingen an der Hooglandse Kerk vorbei auf die Hooglandsekerkgracht, eine Straße, die einst ein Kanal war. Sie überquerten sie in Richtung des Mierennesthofjes.

»Bitte vergessen Sie, was ich Ihnen eben gesagt habe«, bat der Polizist.

»Natürlich, keine Sorge«, beruhigte ihn Janna.

Inzwischen hatten sie die Tür erreicht, die in das Hofje führte. Daneben waren fünf Türklingeln übereinander angeordnet. Janna drückte sie alle.

Sie hörten eine Stimme über die Gegensprechanlage, so undeutlich und knisternd, als raschle die Person direkt neben dem Hörer mit einer leeren Chipstüte.

Der Polizist schob Janna sanft beiseite und brüllte in die Gegensprechanlage: »POLIZEI!«

Janna konnte nicht anders, als über sein Verhalten zu lachen. Es war so unerwartet herrisch, dass er sie ganz sicher damit beeindrucken und ihr seine Professionalität beweisen wollte.

Ein Summer ertönte, und sie öffneten die Tür. Die Tür am anderen Ende des engen Ganges ging auf, bevor sie sie erreichten. Eine ältere Dame erschien und trat zurück, um Janna und den Polizisten in den Innenhof zu lassen.

Janna fiel auf, wie ruhig und friedlich es hier war, abseits der belebten Straßen. Es war, als würde man während einer Aufführung einen Konzertsaal verlassen und die schallisolierten Türen hinter sich schließen.

»Sie haben mich aber erschreckt«, sagte die Dame schüchtern.

Der Polizist stellte sich mit seinem Nachnamen vor, Janna mit ihrem Vornamen.

An der Wand hing ein Schild mit dem Namen der Wohnungsgesellschaft: DIOGENES. Janna lächelte über die Ironie. Eine Wohnungsgesellschaft, die nach einem Philosophen benannt wurde, der der Legende nach in einem Fass gewohnt hatte! »Entschuldigen Sie die Störung«, begann der Polizist. »Sie haben doch bestimmt von dem Zwischenfall gestern gehört? Der Bürgermeister war in einem Bagger gefangen. Er ist in eine Grube gestürzt, in dem ein unterirdischer Abfallbehälter installiert werden soll.«

»Ja, ich habe darüber gelesen.«

»Es hat sich herausgestellt, dass unter der Grube ein Tunnel verläuft. Wir sind eben in diesem Tunnel auf eine Steintreppe gestoßen und haben Grund zu der Annahme, dass sie irgendwo hier im Mierennesthofje mündet.«

Die drei blickten sich um, als rechneten sie irgendwie damit, dass in der Nähe ein Schild mit der Aufschrift TUNNELEINGANG hing, aber sie sahen nichts weiter als einen etwas ungepflegten Garten mit einer großen Wiese, die von einer riesigen Eiche überragt wurde.

»Und jetzt möchten Sie sich bestimmt in meinem Haus umsehen?«, fragte die Dame ein wenig hochnäsig und leicht amüsiert. Sie hatte sich erstaunlich schnell von ihrem ersten Schrecken erholt und schien nicht weiter überrascht zu sein, zu erfahren, dass ein Tunnel unter ihrem Haus verlief. Vielleicht ist sie zu alt, um sich noch von irgendetwas überraschen zu lassen, dachte Janna.

»Richtig«, sagte der Polizist. »Unsere Kollegen sind gerade irgendwo hier unter uns, und wir wüssten gerne, wo genau. Wenn wir herausfinden, in welchem Haus sich der Tunneleingang befindet, dann wissen wir auch, wer davon gewusst hat.«

»Na, dann kommen Sie rein«, sagte die Dame einladend. »Aber ich glaube, ich wüsste es, wenn es eine Tür zu einem geheimen Tunnel in meiner Küche gäbe, nicht wahr?«

Sie gingen hinein. Das Haus hatte von außen winzig ausgesehen, aber im Inneren war es überraschend geräumig.

»Der Keller ist da unten links«, sagte die Frau. »Ich benutze ihn nicht oft. Er ist zu kalt und feucht. Er dient eher als Speisekammer und Abstellraum. Passen Sie auf Ihren Kopf auf!«

Sie gingen eine kleine Treppe hinunter, erkannten aber sofort, dass dies nicht der Ort war, nach dem sie suchten. Der Boden bestand aus glattem, gleichmäßig gegossenem Beton, ohne jede Unebenheit.

»Wer wohnt sonst noch im Hofje?«, rief der Polizist zu der Frau in der Küche hinauf.

Sie gingen beide wieder nach oben in die Küche.

»Meine Nachbarin ist eine ältere Dame, die schon seit fünfunddreißig, vierzig Jahren hier wohnt. Das Haus neben ihr ist nicht ständig bewohnt. Es ist das Exerzitienhaus eines Priesters, der sich dorthin zurückzieht, um zu arbeiten. Gegenüber …«

Die Dame plapperte weiter, als wären sie Mieter, die gerade eingezogen waren und denen sie alles über ihre neuen Nachbarn erzählte. Janna unterbrach sie, bevor sie fragen konnte, ob sie auf eine Tasse Kaffee bleiben wollten. »Ich nehme nicht an, dass Sie Schlüssel zu den anderen Häusern haben?«, fragte sie.

»Nein, tut mir leid«, antwortete die Dame. »Aber die Wohnungsgesellschaft hat sicher welche. Sie müssen notfalls alle Häuser betreten können, etwa wenn es ein Gasleck gibt oder ein Problem mit dem Wasser. Aber heute wird natürlich niemand da sein.«

»Haben Sie viel Kontakt zu den anderen Bewohnern?«, wollte der Polizist wissen.

»Wir rennen uns nicht gerade gegenseitig die Tür ein, aber wir grüßen uns und reden miteinander. Nur mit dem Priester, Tiny Straus heißt er, habe ich nicht viel Kontakt. Dabei ist er ein außerordentlich freundlicher Mann, wirklich, das muss ich zugeben, obwohl ich Protestantin bin.«

Janna und der Polizist stimmten höflich in ihr Lachen ein.

»Ungewöhnlicher Name für einen Mann, Tiny«, bemerkte der Polizist.

»Etwas ungewöhnlich, ja, aber ich kenne einige, die so heißen«, entgegnete die Dame. »Tiny Kox von der Sozialistischen Partei und Tiny Muskens, der ehemalige Bischof von Breda. Meneer Straus zieht sich hier ein wenig zurück, als Priester hat er ja viel um die Ohren. Normalerweise ist er allein hier, aber gestern und heute hatte er mehr Besuch als sonst. Erst vor einer halben Stunde ist ein Mann gekommen, den ich noch nie zuvor gesehen hatte. Aber nach etwa zehn Minuten ist er schon wieder gegangen.«

Der Polizist hob eine Augenbraue.

»Sollen wir uns zuerst sein Haus ansehen?«, schlug Janna vor.

Sie gingen den Weg zum Haus des Priesters entlang, und der Polizist klingelte, aber es kam keine Reaktion. Er blickte durch das Fenster und klopfte ein paarmal an die Scheibe, aber wiederum ohne Erfolg.

»Und jetzt?«, fragte Janna.

Der Polizist seufzte und zog sein Handy heraus. »Ich rufe im Präsidium an und besorge uns einen Durchsuchungsbeschluss.« Er entfernte sich ein Stück von ihr.

Er kam eine Minute später wieder. »Wir haben die Erlaubnis, reinzugehen. Schließlich ist es doch ein Notfall. Die Staatsanwältin …«

»Muss sie denn nicht dabei sein?«

»Nein, denn schließlich handelt es sich hier um einen Notfall.« Er zog seinen Schlagstock aus dem Gürtel. »Treten Sie zurück, bitte.«

Er wandte ebenfalls sein Gesicht beiseite und schlug dann mit dem dicken Ende des Schlagstocks mit ein paar schnellen, festen Hieben das kleine Fenster neben der Haustür ein. Er klopfte die restlichen Glasscherben aus dem Rahmen und steckte den Arm durch. Er tastete nach dem Türgriff, einem dicken Knauf, der beim Drehen trocken klickte.

Der Polizist öffnete die Tür sehr langsam, wie ein Vater, der ins Kinderzimmer geht und die schlafenden Kleinen nicht wecken will.

»Eines wollte ich immer schon mal einen Priester fragen«, sagte er.

Janna fand es seltsam unpassend, dass er in diesem Moment so etwas sagte.

»Warum hat Jesus nur hier und da jemanden geheilt, ein paar Leute von den Toten auferweckt oder einen Lahmen zum Gehen gebracht? Sind das nicht alles kleine Fische für jemanden wie ihn? Warum hat er nicht etwas Größeres vollbracht?« Der Polizist sah sie ernsthaft an, als ob er eine Antwort von ihr erwartete. »Warum hat er nicht allen Hungernden Nahrung und allen Durstigen Wasser verschafft? Warum hat er nicht alle Blinden sehend und die Lahmen gehend gemacht? Es ist, als würde Superman mit seinen Superkräften nur Jagd auf Taschendiebe machen.«

Im Inneren des Hauses standen auf der Anrichte der Kochzeile drei große Gläser, jedes mit einer Zitronenscheibe und zwei noch halb mit Cola gefüllt.

Die alte Dame war ihnen heimlich gefolgt und setzte sich an den Küchentisch.

Wie schon in ihrem Haus gingen Janna und der Polizist hinunter in den Keller. Durch die hohen Fenster, die über die gesamte Länge der Wand verliefen, schien Sonnenlicht herein.

Sie hörten gedämpftes Klopfen irgendwo in der Ferne, als würden irgendwo weit weg Pfähle in weiche Erde getrieben.

Beide blieben still stehen, wie Jäger, die Angst hatten, auf einen trockenen Ast zu treten und ihre Beute zu verscheuchen.

Janna musste sich bücken, weil die Decke etwas zu niedrig für sie war.

Wieder hörten sie das Klopfen, aber es war schwer zu sagen, woher es kam. Vielleicht standen die anderen nicht unter diesem Haus, sondern unter dem nebenan. Oder sogar unter einem anderen Gebäude neben dem Hofje.

Der Polizist sprang ein paarmal auf und nieder. Die Antwort kam sofort, ein Schlag für jeden Sprung.

In der Ecke des Kellers befand sich ein großer Schrank. Darunter lag ein schlichter Teppich.

Ohne ein Wort zu sagen, begannen sie zu zweit, den Schrank über den Steinboden zu schieben und den Teppich dabei mitzuziehen.

Als sie zurücktraten, sahen sie eine große Steinplatte in der Ecke des Steinbodens, wo der Schrank gestanden hatte. Sie war nicht mit Mörtel verfugt.

Der Polizist blickte sich im Raum um und entdeckte ein Brecheisen, das an der Wand lehnte. Das abgeflachte Ende war rau, abgenutzt und grau von Staub.

Er nahm das Brecheisen und klopfte damit auf den Stein. Diesmal kam ein gedämpfter Triumphschrei zur Antwort.

Ohne zu zögern, klemmte er das Ende des Brecheisens in den Spalt um den Stein.

Er war schwerer anzuheben als gedacht, aber nach einigem Hin und Her gelang es, wobei die Polizisten im Tunnel mithalfen, indem sie sich mit den Schultern dagegenstemmten.

Die Männer, die unten auf der Treppe im Tunnel standen, blinzelten ins helle Sonnenlicht.

»Es ist niemand da«, sagte der Polizist von oben, »aber wir wissen, wem das Haus gehört, und das ist schon mal ein guter Anfang.«

»Wissen Sie zufällig, wo sich Meneer Straus gerade aufhalten könnte?«, fragte er die alte Dame.

Sie dachte nach. »Vielleicht in der Kirche? Die Hartebrugkerk ist auch samstags geöffnet.«

»Sie meint die Coelikerk«, sagte der Polizist zu seinen Kollegen, als sie die Treppe herauf in den Keller kamen.

Janna drehte sich um und ging auf die Hoftür zu, aber noch im Garten wurde sie von den drei Polizisten eingeholt.

47

Samstag, 21. März, 13:25 Uhr

Es war Daniel.

»Wage es nicht, auch nur einen Schritt näher zu kommen, sonst fängst du Feuer!«, blaffte Peter und machte einen Ausfallschritt mit der Fackel, um Daniel zu zeigen, dass er es ernst meinte. Im schwächer werdenden Lichtschein der Fackel konnte er erkennen, dass Daniels Kleidung von dem Zwischenfall eben an verschiedenen Stellen versengt war.

»Ich bin hier, um dir zu helfen!«, zischte Daniel. »Ich war genauso überrascht wie du dahinten! Das da waren unsere Gegner. Unsere Gegner!«

Peter richtete die Fackel zu Boden, aber er war noch nicht ganz überzeugt.

»Vertrau mir! Wir haben nicht mehr viel Zeit, wir müssen jetzt wirklich zurück nach oben!«

Peter zögerte noch immer, aber er wusste, dass wirklich nur noch sehr wenig Zeit blieb.

»Komm schon, Peter, du kennst mich doch. Lass uns hochgehen, ich mache mir Sorgen!«

Beide standen einander reglos gegenüber.

Peter hob die Fackel etwas höher und näherte sich Daniel. Kleine, unwillkürliche Muskelzuckungen liefen über Daniels Gesicht wie ein nervöser Tic.

Daniel wich ein wenig zurück.

Die Flamme der Fackel wurde immer schwächer.

Peter packte Daniel am Arm. Er fühlte sich hart an, wie ein kräftiger Eichenast. »Wo ist der dritte Mann?«, fragte er.

»Er ist bei dem geblieben, der Feuer gefangen hatte. Ich bin einfach weggerannt. Ich glaube nicht, dass er das überlebt hat. Was ist mit dem, der hinter dir her war?«

»Habe ich niedergeschlagen und zurückgelassen.«

»Dann sind noch zwei übrig.«

»Wie meinst du das?«

»Einer wurde im Hortus getötet, und drei waren hier, das heißt, es sind noch zwei übrig. Ich weiß nicht, wo sie sind, aber es waren insgesamt sechs. Vielleicht haben sie inzwischen aber auch mehr Männer überredet, sich ihnen anzuschließen.«

Peter seufzte tief. »Okay«, sagte er. Daniels Arm entspannte sich unter Peters Fingern wie eine Vakuumverpackung mit Kaffee, die beim Aufschneiden weich wird. Er ließ ihn los. »Was sollen wir tun?«

»Diese Treppe führt zur Sakristei«, erklärte Daniel. »Hut ab übrigens, dass du es geschafft hast, diesen Eingang zu finden.« Er wollte Peter auf der Treppe überholen, aber dieser blockierte ihm den Weg.

»Hier«, sagte Peter, »halt das mal.« Er gab Daniel die Fackel. Im schwachen Licht konnte er dessen Gesichtszüge jetzt kaum noch erkennen.

Daniel nahm ihm die Fackel ab. In einem Ring an der Wand hatten die anderen Männer ihre Fackel zurückgelassen. Er zündete sie mit der schwachen Flamme der Fackel in seiner Hand an, wodurch es im Tunnel wieder hell wurde.

Peter ging langsam die Treppe hinauf. Oben befand sich eine Luke. Er neigte den Kopf schräg und drückte sein Ohr gegen das Holz, um auf Geräusche über ihm zu lauschen. Als er sicher sein konnte, dass nichts zu hören war, hob er die Luke vorsichtig einen Spaltbreit an. Er wagte es nicht, sie weiter zu öffnen.

»Was machst du da? Wir können hier nicht bleiben«, sagte Daniel, der neben Peter stand und zentimeterweise die Luke anhob, weiter, als Peter es gewagt hatte. Vorsichtig blickte Daniel über den Rand der Öffnung im Steinboden über ihnen hinweg. »Niemand da«, flüsterte er. »Komm!« Lautlos klappte er die Luke ganz auf und zog sich durch die Öffnung hinauf.

Peter folgte ihm; froh, dem dunklen Tunnel mit seiner feuchten, muffigen Luft zu entkommen.

Neben der Öffnung, durch die sie herausgekommen waren, lagen zwei Steinplatten übereinander. Im spärlich eingerichteten Raum standen ansonsten nur ein Tisch, ein Stuhl und eine Kleiderstange auf Rädern, an der lange Gewänder hingen.

Der Raum sah verlassen aus, aber sie konnten laute Männerstimmen hören, die von irgendwo im Gebäude kamen.

Peter bückte sich und begann, auf allen vieren in die Coelikerk zu kriechen. Als er sich umblickte, sah er, dass Daniel seinem Beispiel folgte. Sie versteckten sich hinter einer Bank in der Nähe des Altars.

Vorsichtig schaute Peter um die Ecke. Er sah einen alten, ziemlich schwergewichtigen Mann im Gang stehen, absolut reglos, wie eine Statue, die darauf wartet, auf ihren Sockel montiert zu werden.

Peter reckte den Hals noch weiter, wie eine Schildkröte, die ihren Kopf aus dem Panzer streckt. Dann sah er, warum sich der Mann nicht bewegte. Jemand zielte mit Pfeil und Bogen auf ihn. Peter konnte nicht erkennen, ob es derselbe Bogenschütze war, dem er im Hortus begegnet war. Wer auch immer es war, er hatte Gesellschaft. Jemand bewachte den Eingang der Kirche.

Ein weiterer Mann saß in einer der Kirchenbänke. Er hielt die Hände in der Luft und blickte starr geradeaus.

»Hier endet es für dich, Vater«, sagte der Bogenschütze. »Du hast uns preisgegeben, die schlimmste Sünde, die du begehen konntest!«

Der Schütze zog allmählich die Bogensehne zurück. »Du hast versagt«, sagte er, »es war alles umsonst. Und wo ist dein sogenannter Auserwählter? Na? Er hätte es ja wohl schaffen müssen, innerhalb von vierundzwanzig Stunden den Weg hierher zu finden.«

»Die Zeit ist noch nicht um«, erwiderte der schwergewichtige Mann so ruhig, als würde nicht gerade jemand mit einem Pfeil auf ihn zielen.

Peter stand langsam auf und trat aus seinem Versteck hervor.

Daniel packte ihn am Mantel, aber Peter riss sich los. Wütend, aber voller Energie und in der Hoffnung, Judith nun bald wiederzusehen, ging er direkt auf die Männer im Gang zu und winkte mit den Armen wie ein Schiffbrüchiger, der versuchte, die Aufmerksamkeit eines vorbeifahrenden Schiffes auf sich zu ziehen.

»Hier bin ich!«, rief er.

48

Samstag, 21. März, 13:45 Uhr

Der schwergewichtige Mann sah erfreut in Peters Richtung, so wie ein Vater seinen Sohn ansah, der beim Fußball den Siegestreffer erzielt hatte. Mit seinem buschigen grauen Haar sah er aus wie das Klischee eines Orchesterdirigenten, und wie einer, der das gute Leben liebte.

Peter erwiderte seinen Blick nicht mit der gleichen Freude. »Bist du der Vater?«, schrie er wütend und marschierte auf ihn zu. Als er näher kam, sah er, dass der Mann dicke dunkelblaue Ringe unter den Augen hatte.

»Ich bin … der Vater, ja«, antwortete der Mann, der über Peters Wut aufrichtig verwundert zu sein schien.

»Wo ist Judith?«, knurrte Peter durch die zusammengebissenen Zähne.

»Judith?«, fragte der Mann. »Sie ist … Wir gehen gleich zu ihr. Aber mach dir keine Sorgen. Du hast es geschafft, mein Junge! Es ist vorbei!« Er ging mit offenen Armen auf Peter zu, als hätte er völlig vergessen, dass jemand mit einem Pfeil auf ihn zielte. »Ich bin Tiny. Tiny Straus. Ich bin der Priester hier in der …«

»He!«, rief der Bogenschütze wütend und versuchte, den dicken Mann wieder zurück in die Realität zu bringen.

»Wo ist Judith?«, fragte Peter erneut.

Diesmal antwortete nicht der Priester, sondern der Bogenschütze. »Man könnte sagen, dass Judith gerade von ihren Sünden reingewaschen wird.«

»Woher weißt du, wo sie ist?«, fragte der Vater und drehte sich zu dem Mann mit Pfeil und Bogen um.

»Ich will jetzt sofort zu Judith!«, unterbrach ihn Peter.

»Keine Sorge«, sagte der Vater in einem so beruhigenden Ton, als spräche er von der Kanzel aus zu seiner geliebten Gemeinde. »Aber zuerst müssen wir uns noch mit dieser, äh … Situation auseinandersetzen …«

»Wie konntest du?«, schrie der andere Mann ihn an. »Und jetzt willst du diese wichtige Rolle auch noch jemandem übertragen, den wir nicht einmal kennen? Wenn ich könnte, würde ich dich nach draußen schleifen und öffentlich steinigen!«

»Hör mir zu!«, sagte Tiny, und in seiner Stimme schwangen jetzt Strenge und Autorität mit, wie bei einem Lehrer, der jetzt wirklich genug von einem aufsässigen Schüler hat. »Ich war und bin Vater dieser Gruppe, das heißt auch von euch. Ich habe Zeichen gesehen, und die Stunde ist gekommen! Ich habe euch alles erklärt.«

Für einen Moment schien der Mann bereit zu sein, zuzuhören. Er senkte langsam den Bogen, sei es, weil er kapitulierte, sei es, weil sein Arm müde wurde.

»Es kann weiterhin nicht jeder x-Beliebige Mitglied werden«, fuhr der Priester fort, »es wird immer etwas Besonderes bleiben, ausschließlich denjenigen vorbehalten, die unsere Prüfungen bestehen. Aber wir werden die Menschen aufklären. Wir offenbaren ihnen die wahre Geschichte, schenken ihnen Licht in der Dunkelheit, in der sie alle herumstolpern.« Er straffte den Rücken, reckte das Kinn nach vorne und ging ein paar Schritte auf die Rebellen zu. »Für die meisten von ihnen wird sich nur wenig ändern«, fuhr er fort. »Alter Wein in neuen Schläuchen, erinnerst du dich? Vielleicht werden sich ein paar Leute abwenden, aber das wird keinen Unterschied für den Glauben selbst bedeuten. Auch wenn etwas nicht wirklich passiert ist, kann es doch trotzdem wahr sein, oder?«

Zwischendurch wurde die Kirchentür geöffnet, und Peter hörte den Mann, der Wache stand, überaus freundlich sagen: »Entschuldigen Sie, wir haben für einen privaten Gottesdienst geschlossen. Sie können aber gerne später wiederkommen.« Die Tür wurde geschlossen, und der Mann nahm seine Position wieder ein.

»Wir müssen die Neuankömmlinge auch nicht mit den gleichen Vorschriften belasten wie uns«, sagte Tiny. »Uns fällt es ja selbst manchmal schwer, sie zu befolgen.«

Der Bogenschütze sah aus, als ob er über alles nachdachte, was der Priester sagte.

»Du bist der Sonnenläufer«, sagte der Priester enttäuscht. »Gerade von dir hätte ich mehr Verständnis erwartet.«

»Warum er?«, fragte der Mann und wies mit einem Nicken auf Peter.

»Wir sehen jetzt durch einen Spiegel wie im Rätsel ...«, begann Tiny.

»Hör auf damit! Warum er?«, fragte der Mann und zielte erneut auf Tiny.

»Vertrau mir«, sagte Tiny einfach nur. »Er hat sich als würdig erwiesen, er hat sich bewährt. Er ist genau das Gesicht, das wir der Außenwelt zeigen müssen, ein perfekter Sprecher. Ich beobachte ihn seit vielen Jahren. Er ...«

»Ähem ... Entschuldigung, dürfte ich dabei auch mal ein Wörtchen mitreden?«, fragte Peter empört. »Mir hängt dieses Theater zum Hals raus! Macht eure Streitigkeiten meinetwegen später unter euch aus, aber bringt mich jetzt sofort zu Judith!«

Der Bogenschütze blickte kurz beiseite zu dem Mann, der noch immer die Kirchentür bewachte wie ein Nachtklub-Rausschmeißer, die Arme über der Brust verschränkt, den Blick in die Ferne gerichtet. Er hob kurz den Bogen an und machte eine Kopfbewegung, als wolle er seinen Komplizen fragen, was er als Nächstes tun sollte.

Tiny ging noch ein paar Schritte weiter in Richtung des Bogenschützen, der daraufhin zurückwich, um den Abstand zwischen ihnen zu halten.

»Die Sonne soll verwandelt werden in Finsternis«, begann Tiny, und seine Stimme schallte durch den hohen Raum. Es war die Stimme eines erfahrenen Predigers, die auch die Gläubigen auf der letzten Bank erreichte. »Die Sonne soll verwandelt werden in Finsternis und der Mond in Blut, ehe denn da kommt der große und schreckliche Tag des Herrn.

Diese Prophezeiung, die handelt von uns, von uns im Hier und Jetzt, Sonnenläufer. Die Sonne wurde gestern in Dunkelheit verwandelt, nicht wahr? Bedeutet das nicht, dass die Stunde gekommen ist?«

»Deine Stunde ist gekommen«, schrie der Mann.

Die Kirchentür wurde erneut geöffnet. Der Türsteher war im Begriff, die Besucher erneut mit höflichen Worten abzuweisen, aber die Tür wurde mit Gewalt aufgestoßen, und der Mann, der Eindringlinge fernhalten sollte, stürzte zu Boden.

Drei bewaffnete Polizisten stürmten in die Kirche, und als sie den Bogenschützen sahen, zogen sie im Laufen mit einer geübten Bewegung ihre Waffen aus den Holstern. Janna Frederiks folgte ihnen.

Alarmiert durch den Lärm und neugierig darauf, was geschah, sprang Daniel aus seinem Versteck.

Ein Polizist hielt den Türsteher in Schach, der nun hilflos am Boden lag. Die anderen beiden richteten ihre Pistolen auf den Bogenschützen. »Lassen Sie die Waffe fallen! Sofort!«, schrie einer von ihnen ihn an.

Der Bogenschütze rührte sich nicht.

»Legen Sie Ihre Waffe auf den Boden! Schön langsam!«

Scheinbar unbeeindruckt, blickte der Mann beiseite, als der Polizist mit gestreckten Armen seine Waffe auf ihn richtete. Er senkte Pfeil und Bogen langsam zu Boden. Eine gewisse Resignation stand ihm ins Gesicht geschrieben, wie bei einem Sportler, der schon vor dem Schlusspfiff weiß, dass das Spiel verloren ist.

»Werfen Sie Ihre Waffe auf den Boden«, befahl der bewaffnete Polizist erneut. »Jetzt!«

»Okay«, sagte der Bogenschütze.

Der Polizist ließ die hochgezogenen Schultern erleichtert sinken.

Peter und Tiny nahmen die erhobenen Hände runter.

Doch plötzlich riss der Bogenschütze blitzschnell seinen Bogen wieder hoch. »Hora est!«, schrie er, das Gesicht wutverzerrt.

Der Polizist ging in die Knie und zielte auf ihn.

Kurz bevor der Pfeil die straff gespannte Bogensehne verließ, ertönte ein trockener Knall, als würde ein Silvesterkracher gezündet.

Der Bogenschütze machte einen seltsamen Sprung und schleuderte seinen Bogen in die Luft, als hätte er sich die Hände verbrannt. Mit einem dumpfen Schlag fiel er zu Boden.

Unmittelbar darauf sank der Priester in die Knie und fuhr sich mit den Händen an die Kehle.

Peter sah, dass eine blutige Pfeilspitze aus seinem Hals ragte.

Tiny stürzte röchelnd vornüber und fiel dann auf die Seite. Neben seinem Hals bildete sich eine Blutlache, die rasch größer wurde. So wie er dalag, die Augen noch offen, die Zunge aus dem Mund, glich er einem unzeremoniös geschlachteten Tier.

In zwei Schritten war Peter an seiner Seite. Ohne sich darum zu scheren, dass der Mann mit einem Pfeil verwundet worden war, kniete er nieder, brachte sein Gesicht nahe an die Wange des Vaters und schrie ihm verzweifelt ins Ohr: »Wo ist Judith?«

Die Augen des Priesters waren weit geöffnet, glasig und leer wie die Augen eines angefahrenen Wildtieres am Rande der Autobahn.

Peter erkannte, dass der Mann keine berühmten letzten Worte sagen würde, und stand auf.

»Komm mit!«, rief ihm Daniel zu. »Komm schon!«

»Stehen bleiben!«, blaffte ein Polizist. »Funkt die Leitstelle an! Wir brauchen Verstärkung!«, rief er seinen Kollegen an der Tür zu.

Peter wollte zu Daniel hinübergehen, wagte es aber nicht.

Der Polizist, der den Bogenschützen erschossen hatte, rief: »Alle hier rüber! Hände hinter den Kopf!«

Peter verschränkte die Finger hinter dem Kopf.

»Sie auch!«, schrie der Polizist Daniel an, der sofort gehorchte.

Daniel bedeutete Peter nochmals mit einer Kopfbewegung, zu ihm zu kommen.

Peter starrte ihn einen Moment lang an, nickte ihm dann fast unmerklich zu und zählte lautlos bis drei.

Eins … zwei … drei.

Bei drei rannte er zum Altar.

»Hey!«, rief der Polizist erstaunt.

Daniel und Peter rannten zurück zur Sakristei.

Sie hörten den Polizisten hinter sich schreien, und schnelle Schritte kamen näher. Als sie in der Sakristei ankamen, packte Peter die Kleiderstange und zog sie hinter sich her. Daniel war bereits durch die Luke und in den Tunnel verschwunden. Peter folgte, die Kleiderstange im Schlepptau. Sie ratterte die Treppe hinunter und verklemmte sich dann in dem schmalen Gang, sodass niemand mehr durchkommen konnte.

Sie hörten, wie die Schritte über ihren Köpfen zum Stillstand kamen. Jemand fing an, an der Schiene zu ziehen, aber sie rührte sich nicht mal.

Daniel hatte in der Zwischenzeit die Fackel aus dem Ring an der Wand gezogen. Sie brannte immer noch.

Er ging den Tunnel entlang, in die entgegengesetzte Richtung wie die, aus der sie gekommen waren.

»Weißt du, wo Judith ist?«, fragte ihn Peter.

Daniel drehte sich um. »Ich weiß es nicht genau, aber ich habe eine Ahnung, wo sie sein könnte. Ich bin mir so gut wie sicher, dass wir sie dort finden.«

»Und wo?«

»Ich glaube, es war geplant, dass du mit dem Vater in den Tempel gehen solltest.«

»Und wo ist der?«

»Dort, wo er schon seit zweitausend Jahren ist«, erwiderte Daniel. »Unter der Burg.«

49

Samstag, 21. März, 14:00 Uhr

»Unter der Burg?«, rief Peter aus. »Aber das kann nicht sein! Die wurde doch erst im neunten Jahrhundert gebaut!«

»Ach ja? Und was glaubst du, warum ausgerechnet an dieser Stelle? Unser Glaube ist schon mit den Römern hergekommen, und die hatten genau da schon einen Tempel gebaut, unter der Erde!«

Der Tunnel, durch den sie gingen, schien in einer Sackgasse zu münden. Daniel steckte seine Fackel in einen Eisenring und drückte und zog geübt an verschiedenen Steinen in der Mauer. Er stemmte sich gegen die linke Seite der Wand, und langsam, aber sicher begann sie sich zu öffnen.

Peter sah fasziniert zu. »Das ist ja ...« Doch noch bevor er seinen Satz zu Ende bringen konnte, winkte Daniel ihn weiter.

Als sie beide durch die Öffnung getreten waren, schob Daniel die Mauer wieder an ihren Platz. »Das bietet uns Schutz vor Verfolgern.« Mit der Fackel, die er mitgenommen hatte, ging er Peter voraus. »Hast du jemals von Ley-Linien gehört?«, fragte er, zügig weitermarschierend.

»Ley-Linien?«, fragte Peter zurück. »Jetzt ist doch wohl nicht der richtige Zeitpunkt, um über so etwas zu diskutieren.«

»Ich will dir doch nur etwas erklären. Ley-Linien sind Energielinien, die ein Netzwerk über den gesamten Globus bilden. Tempel wurden früher fast immer auf Ley-Linien erbaut. Die mächtigsten Energiefelder entstehen da, wo sich solche Linien überschneiden. Die Christen haben ihre Kirchen nicht umsonst auf heidnischen Tempeln errichtet. Schon frühere Religionen wussten um die Kraft solcher Orte.«

»Und die Burg …«, sagte Peter.

»Richtig. Die Burg liegt tatsächlich auf der Kreuzung zweier Ley-Linien. Eine von ihnen kommt aus der Richtung Hooglandse Kerk, die andere von der Pieterskerk her. Was meinst du wohl, woher der Name unserer Stadt kommt?«

Peter dachte an das gestrige Gespräch mit Mark und die Theorie von Meneer Goekoop aus Zierikzee über die Burg.

»Wir sind jetzt unter dem Oude Rijn«, erklärte Daniel. »Und es gibt von hier aus zwei Möglichkeiten, zum Tempel zu gelangen. In dem Gang, den ihr gestern entdeckt habt, gibt es einen versteckten Eingang – nämlich diesen hier.« Er zeigte Peter einen großen Schlüssel. »Man bekommt einen Schlüssel, wenn man die vierte Stufe erreicht hat«, erklärte er, bevor Peter fragen konnte. Er drehte den Schlüssel im Schloss und stieß dann mühsam die schwere Tür zu einem weiteren Tunnel auf.

Zu seiner Überraschung sah Peter längliche Nischen in den Wänden dieses neuen Tunnels, die mit Marmorplatten abgedeckt waren. Auf den Deckplatten waren Namen eingraviert, genau so, wie er es in den Katakomben von Rom gesehen hatte. In Rom waren die Marmornischen jedoch offen, da Grabräuber sie geschändet hatten, und die Toten, die dort einst geruht hatten, waren längst zu Staub zerfallen.

Gleich hinter dem Eingang befand sich eine Marmorabdeckung, die wie neu aussah, als wäre sie erst kürzlich angebracht worden.

Pater
Ane Nias
1930–2010

Hier war vor gerade einmal fünf Jahren jemand beigesetzt worden! Nias … ein griechischer Name?

Während sie vorbeieilten, passierten sie Platten mit Daten, die viele Jahre zurücklagen, alle im gleichen Format beschriftet: Vater, Name, Jahr.

Es konnte Einbildung sein, aber Peter glaubte, Verwesungsgeruch wahrzunehmen.

Daniel drehte sich um. »Ane war der Letzte, der hier begraben wurde. Tiny Straus ist sein Nachfolger.«

»Tiny Straus? Der Mann, der …«

»Ja, er ist jetzt unser Vater. Er ist zugleich der Priester der Coelikerk.«

»Wie wird man denn zum Vater? Kann das jeder werden?«

»Nein, nicht jeder. Es ist wie im Karate, da schafft auch nicht jeder es bis zum schwarzen Gürtel. Und wenn die Gruppe zu groß wird, teilt sie sich.«

»Das bedeutet also …«

»Es gibt Dutzende von Gruppen in den Niederlanden, und Hunderte in ganz Europa!«

An den Wänden zwischen den Nischen und auch an der Decke waren Fresken gemalt worden. Einige von ihnen sahen so leuchtend und frisch aus, als wären sie erst tags zuvor entstanden, andere waren längst verblasst und kaum noch zu erkennen.

Der Sternenhimmel war ein häufiges Motiv, Sonnen, Monde, Stiere und Mithras, aber auch Abbildungen von Gott als gutem Hirten mit einem verlorenen Schaf auf seinen Schultern. Es gab Bilder von einem jungen Mann, der von Löwen umgeben war, die wie überdimensionale Hauskatzen mit ihm schmusten. Daniel in der Höhle des Löwen …

Am Ende des Tunnels führte eine Treppe nach unten.

»Wir sind fast da«, sagte Daniel, fast wie ein Touristenführer, der es vor einer besonderen Sehenswürdigkeit spannend machen will.

Die Treppe führte sie in einen kleinen Raum, wo Peter auf einem Steintisch zwischen anderen Gegenständen ein Messer und ein Kelch auffielen. An den Wänden hingen Gewänder. Sie durchquerten diesen Raum und gelangten in einen anderen, viel größeren, der seine Geheimnisse durch die flackernden Schatten, die die Fackel warf, nur teilweise preisgab.

Daniel ging mit der Fackel umher und zündete mit ihr weitere Fackeln an der Wand an.

Peter klappte buchstäblich der Kiefer runter, als hätte er in einer Theateraufführung Erstaunen mimen müssen.

Sie befanden sich in einem Mithrastempel, genauso einem wie die, die er auf dem Computer im Museum van Volkenkunde gesehen hatte, aber real und völlig intakt, in leuchtenden Farben bemalt, als habe ein Museum weder Kosten noch Mühen gescheut, um den Besuchern einen lebendigen Eindruck von der Vergangenheit zu vermitteln. Es war alles da: die mit Sternen übersäte Decke, die beiden langen Bänke, auf denen sich die Gläubigen niederlassen konnten, das Mosaik der sieben Weihegrade auf dem Boden, eine Statue von Mithras, der den Stier unterwirft, und ein Fresko der gleichen Szene an der Wand dahinter.

»Aber hier ist sie nicht«, sagte Peter enttäuscht.

»Nein, ich glaube auch nicht, dass sie hier ist«, bestätigte Daniel.

Er ging hinüber ans äußerste Ende des Tempels, wo Holzbretter ein Quadrat auf dem Boden bildeten.

Als Peter näher kam, hörte er Wasser rauschen.

Daniel sah ihn verwirrt an, als könne er das Geräusch auch nicht einordnen. »Hier sollte jetzt gar kein Wasser laufen«, sagte er. »Nicht jetzt.« Er zerrte die Bretter beiseite.

Peter eilte zu ihm, um ihm zu helfen.

Unter den Brettern kam ein Metallrost zum Vorschein, und darunter dunkles, strudelndes und schäumendes Wasser.

»Das kann doch nicht wahr sein!«, stieß Daniel hervor.

Und plötzlich – ein Horrorfilmregisseur hätte es nicht perfekter timen können – tauchte Judiths leichenblasses Gesicht aus dem Wasser auf, und sie schnappte verzweifelt nach Luft. Ihr Kopf prallte mit einem harten Schlag gegen die Eisenstreben. Das Wasser stand nur noch wenige Zentimeter unter dem Gitter.

Judiths Augen waren vor Angst weit aufgerissen. Sie presste ihr Gesicht so dicht wie möglich an die Gitterstäbe, in dem verzweifelten Versuch, ihre Lungen mit Luft zu füllen.

Die Männer sprangen vom Gitter.

Peter schrie ihren Namen und begann verzweifelt an den Stäben zu ziehen, aber sie bewegten sich keinen Millimeter.

Daniel lief hinüber zu einer Stelle, an der zwei abgebrochene Holzhebel aus der Wand ragten. »Verdammt!«, rief er. »Hiermit regelt man die Wasserzufuhr! Und man öffnet den Abfluss. Jemand hat sie abgebrochen!«

Welches Ungeheuer tut so etwas?, fragte sich Peter. *Absichtlich einen Menschen ertrinken zu lassen …* »Unternimm irgendetwas!«, schrie er.

»Es gibt eine Tür! Unten ist eine Tür!«, schrie Daniel zurück. Er riss eine Fackel von der Wand und rannte eine Treppe neben der wassergefüllten Grube hinunter.

»Wir kommen!«, rief Peter und kämpfte gegen seine Tränen an, aber Judith war bereits wieder unter der Wasseroberfläche verschwunden.

Peter rannte hinunter, wo er in einen neuen Gang gelangte, und entdeckte Daniel, der mit aller Kraft versuchte, den Riegel einer geschlossenen Tür anzuheben.

»Es ist zu viel Druck drauf!«, rief Daniel.

Peter nahm die Fackel aus dem Ring an der Wand, in den Daniel sie hineingesteckt hatte, und hieb mit ihrem Ende gegen den Riegel, der dadurch tatsächlich in Bewegung geriet. Die Flamme leckte an seiner Haut, und er roch den beißenden Geruch von brennendem Haar.

Nach ein paar gezielten Schlägen hing der Riegel nur noch wenige Millimeter im Haken. Noch ein Schlag, und er löste sich endgültig.

Die Tür flog mit solcher Wucht auf, dass Daniel rückwärts zu Boden geschleudert wurde.

Peter schaffte es, schnell genug zur Seite zu springen, um der Tür auszuweichen, aber das Wasser strömte mit einer solchen Macht durch die Öffnung, dass auch er umgerissen wurde. Mit Mühe gelang es ihm, die Fackel über seinen Kopf zu halten und sie vor dem brodelnden Wasser zu schützen.

Wie bei einer Steißgeburt glitten Judiths Beine zuerst durch die Tür, gefolgt vom Rest ihres Körpers. Das Wasser zog sie ein paar Meter durch den Tunnel; dann blieb sie liegen wie Treibholz, das bei Ebbe an einem Strand zurückgelassen wurde.

Die große Flutwelle war davongeschwappt, aber man hörte immer noch Wasser in die Zelle strömen.

Judith lag auf dem Bauch, weiß wie eine Wand, beide Arme ausgestreckt vor sich.

Peter rollte sie auf die Seite und schüttelte sie kräftig. »Judith!«, rief er. »Judith!«

Daniel rappelte sich auf.

»Sie atmet nicht!«, stieß Peter verzweifelt hervor. »Sie atmet nicht!«

»Mund-zu-Mund-Beatmung!«, rief Daniel. »Dreh sie auf den Rücken, neig ihren Kopf nach hinten, halte ihre Nase zu und atme in ihren Mund!«

Peter reichte Daniel die Fackel und begann, Judith zu beatmen, aber nichts geschah. Er versuchte es wieder und dann noch einmal. Auf einmal fuhr ein Zucken durch Judiths Körper, und Peter sah Daniel hoffnungsvoll an.

»Mach weiter!«, rief Daniel.

Nach ein paar weiteren Atemzügen hob Judith ein wenig den Kopf. Sie prustete eine Welle grünbraunen Wassers aus und hustete. Noch ein Schwall Wasser kam hinterher. Judith atmete tief ein und aus, wie ein Baby, das seine ersten Atemzüge macht. Dann fing sie an zu weinen.

Peter nahm sie in die Arme, weinte mit ihr, wiegte sie sanft und flüsterte: »Judith, Judith.«

Sie blickte kurz zu ihm auf und lächelte schwach. Dann schloss sie die Augen wieder.

»Irgendein Idiot hat die Ventile geöffnet«, sagte Daniel. »Der Sonnenläufer. Er muss es gewesen sein. Der Vater hätte das nie gewollt!«

»Wir müssen hier raus!«, sagte Peter.

»Kommt«, sagte Daniel. »Das ist der kürzeste Weg.«

Daniel half beiden auf. Judith taumelte wie ein neugeborenes Kalb, das noch um sein Gleichgewicht ringt. Die beiden Männer hielten sie aufrecht. Sie wirkte umso verletzlicher, als sie nur Rock und BH trug. Peter sah, dass sie eine Gänsehaut hatte.

Daniel ließ Judith los und ging ihnen voraus, blieb aber kurz darauf vor einer blinden Wand stehen. Vorsichtig ging er noch ein paar Schritte weiter und hielt dann wiederum inne.

Mit dem Arm noch um Judith gelegt, die sich schwer auf ihn stützte, versuchte Peter zu erkennen, warum Daniel nicht weiterging.

Auf dem Boden, an der Wand, lag eine dunkle Gestalt. Zuerst dachte Peter, es sei ein Haufen Kleidung, aber als er genauer hinsah, erkannte er Beine, Arme und einen Kopf. Es war eindeutig ein Mann. Er stöhnte.

Das Wasser war hier nur ein paar Zentimeter tief. Es schwappte seitlich gegen den Mann, sodass er wie ein Schiffbrüchiger aussah, der an einem fernen Ufer angespült wurde.

»Jakob?«, hörte Peter Daniel erschrocken fragen.

Langsam regte sich der Mann, der offenbar Jakob hieß, vielleicht belebt von dem kalten Wasser, das seine Kleidung durchweichte. Eine große schwarze Sturmhaube lag neben ihm.

Daniel half dem Mann, sich aufzurichten. Er hatte eine große Wunde seitlich am Kopf, und sein Haar war mit geronnenem Blut verklebt.

»Ich bin ...«, brachte er mühsam hervor. »Sie ... Ich war bewusstlos.«

Daniel sah zu Peter auf, aber Peter wagte es nicht, Judith loszulassen. Schließlich gelang es Daniel, Jakob auf die Beine zu helfen. Er lehnte ihn an die Wand und ließ ihn erst los, als er sich sicher war, dass er nicht wieder umkippen würde.

»Wo ... wo kommt denn das Wasser her?«, fragte Jakob. »Es war trocken, als ich ...«

Der Gestank von stehendem Grachtenwasser lag in der Luft.

Daniel drückte und zog geschickt an den Backsteinen der Wand und drückte diese auf.

Wieder war Peter beeindruckt von der genialen Einfachheit des Mechanismus.

Als sie durch die Öffnung in der Wand gegangen waren, sahen sie Licht in der Ferne. Sie waren fast wieder am Loch im Tunnel unter der Nieuwstraat. Peter erkannte es an den Ziegeln, die er und Daniel am Vortag, als sie Raven gerettet hatten, zu Haufen gestapelt hatten.

Jede Reise von tausend Kilometern endet mit einem letzten Schritt, dachte er.

Langsam gingen sie hinter Daniel her. Jakob war ein starker Mann und konnte ohne Hilfe gehen, obwohl er sich immer noch ab und zu an der Wand abstützen musste.

Alle paar Meter hielt Judith an und legte ihren Kopf auf Peters Schulter. Die Augen hielt sie geschlossen.

Daniel erreichte die Öffnung zuerst, wo noch immer die Strickleiter hing. Er löschte die Fackel, sodass er beide Hände frei hatte, um hinaufzusteigen.

»Hallo!«, rief er und blickte durch das Loch nach oben. »Ist da jemand?«

Innerhalb von Sekunden erschienen die Gesichter zweier Polizisten über ihnen, die mit ungläubig aufgerissenen Augen in den Tunnel hinunterblickten.

»Wir sind es«, sagte Daniel und kletterte an die Oberfläche, Sprosse für Sprosse. »Wir haben Judith Cherev gefunden. Und Peter de Haan auch. Er ist immer noch hier unten, aber er kommt jetzt gleich rauf. Und da ist noch jemand.«

Peter schlüpfte aus seinem Mantel und zog ihn Judith an. Zusammen mit Jakob, der schrecklich aussah, aber wieder einigermaßen klar im Kopf zu sein schien, half er Judith die Leiter hinauf.

Erleichtert sah er zu, wie sie hinauf zum blauen Himmel und an die frische Luft kletterte, um die sie noch wenige Minuten zuvor so verzweifelt gerungen hatte. Obwohl sie unterwegs ein paarmal danebentrat, schaffte sie es schließlich hinauf auf die Straße.

Jakob folgte ihr, sodass Peter als Letzter im Tunnel zurückblieb.

Kaum hatte Daniel Jakobs Hand ergriffen, der schon ein Knie auf den Rand der Grube gesetzt hatte, löste sich die Strickleiter und fiel hinunter. Peter musste beiseitespringen, damit sie ihn nicht am Kopf traf.

Er war nun schon seit fast zweiunddreißig Stunden wach, abgesehen von dem Nickerchen in der Zelle des Präsidiums. Doch obwohl er erschöpft, hungrig und durstig war, stellte er überrascht fest, dass er sich auch erleichtert und stolz fühlte, weil er es geschafft hatte, Judith zu retten, wie ein Novize, der seine Weiheaufgabe erfolgreich bestanden hatte.

So deutlich, als spräche jemand im Tunnel direkt neben ihm, hörte Peter eine Stimme. »Wisse, dass ich bei dir bin und dich sicher halten werde, wohin du auch gehst.« Peter blickte sich um, sah aber niemanden. Als er aufschaute, war auch dort niemand mehr zu sehen. Er schüttelte den Kopf und blinzelte. Seine Müdigkeit musste ihm einen Streich gespielt haben.

Aber dann hörte er die Stimme wieder. »Ich werde dir Brot zum Essen und Kleidung zum Anziehen geben. Du wirst sicher zu deinen Lieben nach Hause kommen, und ich, der Herr, werde dein Gott sein.«

Plötzlich überkam Peter ein intensives Gefühl des Friedens und der Ruhe.

Er sah auf.

Jakobs Gesicht erschien am Rand des Lochs, und er ließ ein rot-weißes Flatterband herunter. »Binde die Leiter daran, dann ziehe ich sie hoch«, rief er.

Peter tat, was er sagte, und einige Sekunden später wurde die Leiter nach oben gezogen. Das Flatterband dehnte sich bedenklich, aber es riss nicht.

Als Jakob die Leiter mit den Heringen sicher am Boden befestigt hatte, ließ er sie wieder hinunter.

Nun konnte auch Peter endlich die Leiter erklimmen, die ihn mit dem Himmel über ihm und dem Boden unter seinen Füßen verband.

Auf halbem Weg hielt er inne.

So, schwebend zwischen Himmel und Erde, fühlte er sich wie ein Vogel in den Lüften.

Und der Gedanke offenbarte sich ihm:

Ich bin ein Rabe.

DIE SIEBTE VISION

Und siehe, ich sah den Mann in seiner Zelle. Er weiß, dass seine Mission erfolgreich war. Die Juden bekämpfen sich gegenseitig. Die Anhänger des Weges werden immer zahlreicher. Niemand befolgt mehr die Gesetze oder lässt sich beschneiden. Sie essen, was sie wollen, was die Juden und die Menschen, die Jesus gekannt haben, verärgert.

Zwei Jahre lang schreibt er Briefe, diktiert einem Sekretär so viele Versionen seiner Lebensgeschichte, dass er nicht mehr weiß, was davon wirklich passiert ist und was nicht.

Was ist die Wahrheit?

Er hieß erst Paulus, dann Saulus, und er ließ seine Männlichkeit für eine Frau, diese Schlange, verstümmeln. Und jetzt trägt er wieder den Namen, den ihm seine Eltern einst gaben.

Und als Paulus reist er nach Rom. Schon vorher schreibt er seinen Reisebericht über eine Fahrt voller Entbehrungen. Er schreibt von einem Schiffbruch, nach dem er hilflos auf den Wellen trieb, geklammert an die Trümmer des auf den Klippen zerschellten Schiffs. Er erzählt vom Überwintern auf einer Insel, von tobenden Stürmen auf See, von Hunger und Durst – eine Geschichte, die des Odysseus würdig gewesen wäre.

Und er geht nach Rom. Nach einer Reise von nur wenigen Wochen über die sanften Wellen des azurblauen Mittelmeers erreicht er Ostia.

In Rom spricht er mit der jüdischen Gemeinde. Auch hier gelingt es ihm, die Herzen und Köpfe vieler zu verwirren, und auch hier treibt er einen Keil zwischen sie.

Vater hetzt er gegen Sohn auf, Sohn gegen Vater, Mutter gegen Tochter und Tochter gegen Mutter, die Schwiegermutter gegen die Schwiegertochter und die Schwiegertochter gegen die Schwiegermutter.

Und hört, er fordert sie heraus und spricht: »Wie trefflich hat der Heilige Geist durch den Propheten Jesaja zu unsern Vätern geredet, als er sprach: ›Gehe hin zu diesem Volke und sprich: Mit den Ohren werdet ihr hören und nicht verstehen, und mit den Augen werdet ihr sehen und nicht erkennen; denn das Herz dieses Volkes ist verstockt, und mit den Ohren hören sie schwer, und ihre Augen haben sie zugeschlossen, damit sie nicht etwa mit den Augen sehen und mit den Ohren hören und mit dem Herzen verstehen und sich bekehren und ich sie heile!‹ So sei euch nun kund, dass den Heiden dieses Heil Gottes gesandt ist; sie werden auch hören!«

Und siehe, er bleibt zwei Jahre in Rom, in dem Haus, das er gemietet hat, und empfängt dort alle, die zu ihm kommen. Er verkündet das Reich Gottes und predigt freimütig über seinen Herrn, ohne dass ihn irgendjemand daran hindert.

Nach zwei Jahren ist er in Vergessenheit geraten. Kein Richter belästigt ihn, kein Gerichtsverfahren hält ihn auf seinem Weg auf. Seine Ankläger sind nie nach Rom gekommen.

Die Juden kämpfen nur gegen die römischen Herrscher in Israel. Sie warten auf den Messias, der eines Tages kommen wird, um sie von den unbeschnittenen Heiden zu befreien.

Und siehe, Paulus verabschiedet sich herzlich von seinen Brüdern und Schwestern. Er gibt letzte Anweisungen und reist nach Hispanien. Das Geld, das er gesammelt hatte, ist fast aufgezehrt. Es reicht gerade noch, um die Überfahrt zu bezahlen.

Er ist jetzt ein *Pater Patrum*, Vater der Väter. Er hat anderen den Weg gezeigt und will nichts mehr für sich selbst. »Dein Wille geschehe« ist sein Motto.

Er ist jetzt *summus pontifex*, der Oberpriester, der Magier. Mit dem Ring am Finger und dem Stab in der Hand winkt er ein letztes Mal seinen Anhängern am Kai zu, seinen Kindern.

Und siehe, er wendet sich von ihnen ab, damit sie sein Gesicht nicht sehen können. Er lächelt, weil er sie mit Verschlagenheit und List in sein Netz gelockt hat.

Er wendet sein Gesicht dem Himmel zu und lässt sich von den Strahlen seines Herrn, der unbesiegbaren Sonne, erwärmen.

Er reist durch Hispanien, nicht als Paulus, nicht als Saulus, sondern als Namenloser. Die Reise ist fast vorbei, seine Aufgabe beinahe erfüllt.

Und siehe, er nimmt einen Platz auf der Tribüne ein, um sich die Spiele anzusehen. Den Tonkrug mit Wein stellt er zu seinen Füßen ab. Er sieht zu, wie der Stier in der Arena geschlachtet wird, wie das Opfer aufs Neue dargebracht wird. »Sein Blut komme auf uns und auf unsere Kinder«, betet er, in der Hoffnung, dass sie auch die Freude über das erlösende Opfer erleben dürfen. Dann sagt er: »Und du hast auch uns gerettet, indem du das ewige Blut vergossen hast.«

Er fängt eines der Brotstücke auf, die in die Menge geworfen werden, reißt ein Stück ab und steckt es sich in den Mund. »Nehmt dies und esst; das ist mein Leib, der für euch gegeben wurde«, betet er und kaut das Brot bedächtig, bevor er es hinunterschluckt.

Dann nimmt er den Krug neben seinen Füßen und füllt seinen Mund mit Wein. »Trinkt, das ist mein Blut, das für viele vergossen wurde.«

Er trinkt, bis der Krug leer ist. *»Wer nicht von meinem Fleisch isst und von meinem Blut trinkt, damit er in mir bleibt und ich in ihm, der wird das Heil nicht erlangen.«* Und siehe, während die Leute auf die Bänke klettern, weiße Tücher schwenken und dem Stiertöter in der Arena zujubeln, steht er auf. Noch einmal wirft er einen letzten Blick zurück.

Consummatum est, denkt er zufrieden. Es ist vollbracht.

Ich bin Vater.

EPILOG

Freitag, 27. März 2015, 15:00 Uhr

Erneut hatte man Bürgermeister Freylink gebeten, der feierlichen Versenkung des Abfallbehälters vor der öffentlichen Bibliothek beizuwohnen. Da er kein Spielverderber sein wollte, erklärte er sich einverstanden. Das Loch, das er beim ersten Versuch in das Fundament der Grube gehauen hatte, war verschlossen worden.

Diesmal hatte man einen anderen Ansatz gewählt. Der Container hing an einem Stahlseil in der Luft, wie ein Netz voller Fische über dem Deck eines Schiffes. Der Bürgermeister hielt ein Glas Champagner in der Hand, und auf ein Signal hin warf er es seitlich gegen den Behälter. Die Menge der Zuschauer applaudierte höflich.

Die Polizei brauchte einige Zeit, um die Ereignisse des 20. und 21. März zu rekonstruieren.

Sie konnten sich kein vollständiges Bild davon machen, was passiert war, aber es war klar, dass Judith von Tiny Straus und einem oder mehreren seiner Komplizen entführt worden war. Aus Gründen, die für die Polizei im Dunkeln blieben, hatte Peter de Haan den Auftrag erhalten, sie innerhalb von vierundzwanzig Stunden zu finden. Er hatte es schließlich geschafft, in den letzten Stunden unterstützt von zwei Mitgliedern der Straus-Gruppe, Daniel Veerman, dem Stadtarchäologen, und einem Mann namens Jakob, der nach seinem Auftauchen aus dem Tunnel von der Bildfläche verschwunden war.

Der Bogenschütze war gestorben, nachdem er von einer Polizeikugel getroffen worden war. Er stellte sich als Anführer einer kleinen Gruppe von Männern heraus, die sich gegen ihr spirituelles Oberhaupt aufgelehnt hatten. Ein anderer Rebell hatte sein Ende im botanischen Garten gefunden, wo er versehentlich von einem Pfeil getroffen worden war. Ein weiterer war in einem der Tunnel bei lebendigem Leib verbrannt. Die beiden Männer, die nach der Zeugenaussage de Haans bei diesem letzten Opfer gewesen waren, waren nicht gefunden worden. Schließlich wurden nur zwei Männer verhaftet: der Mann, der bei dem Priester in der Coelikerk war, und der andere, der vor der Kirchentür Wache gehalten hatte.

Beide Männer waren noch in Haft, einer davon im Zusammenhang mit seiner mutmaßlichen Mitschuld am Tod von Arnold van Tiegem. Die Rolle, die der zweite Mann gespielt hatte, wurde noch untersucht. Beide konnten der Polizei keine zweckdienlichen Namen nennen, da alle an der Operation beteiligten Personen ein Pseudonym benutzt hatten, ähnlich wie der *Nom de guerre* von Widerstandskämpfern, damit niemand ihre wahren Identitäten preisgeben konnte.

Daniels und Manis Freundschaft war offenbar die Ausnahme von dieser Regel gewesen. Mani wurde vom Dienst suspendiert, bis seine Rolle bei Peters Flucht aus der Polizeiwache endgültig aufgeklärt war. Aber es wurden keine Anklagen gegen Daniel oder Mani erhoben; die Organisation, der sie angehörten, war schließlich keine kriminelle.

Andere Mitglieder der Bruderschaft konnte die Polizei nicht ermitteln, was zu Spekulationen in der lokalen Presse führte, welche prominenten Bürger von Leiden dazugehört hatten oder es immer noch taten.

Tiny Straus war sofort tot gewesen, als der Pfeil seinen Hals durchbohrte. Seine Gemeindemitglieder waren schockiert, sowohl über seinen Tod als auch die Nachricht, dass er angeblich das Oberhaupt einer Geheimgesellschaft gewesen sei. Seltsamerweise schienen viele letzteres Detail gar nicht mal so schlimm zu finden. Natürlich wunderten sie sich darüber, aber er war ein so guter Vater für seine Gemeinde gewesen, dass ihm die meisten seiner Schäfchen posthum verziehen.

Vielleicht lag das unter anderem daran, dass nicht alle Einzelheiten des Falles öffentlich gemacht wurden. Ihr mildes Urteil hätte durchaus von der Vorstellung erschüttert werden können, wie ihr geliebter Priester über einer Grube stand, um einem Lamm die Kehle durchzuschneiden. Die Erzdiözese wollte nichts von einer Kirchenbestattung für ihn hören. In den Augen des Bischofs war Straus an okkulten Praktiken in den Katakomben der Stadt beteiligt gewesen, die so schrecklich waren, dass sie nie ans Licht kommen durften.

Ravens richtiger Name lautete Frank Broele. Er war Lehrer für alte Sprachen an einem Gymnasium in Leiden gewesen, der sich gelegentlich als römischer Legionär verkleidet und in seiner Freizeit an historischen Neuinszenierungen teilgenommen hatte.

Die Stadtverwaltung hatte sofort das touristische Potenzial des unterirdischen Tunnelsystems erkannt und mit der Kartierung begonnen. Der Tempel sollte zur atemberaubenden Endstation einer spannenden archäologischen Führung unter der Stadt werden. Nach London, Paris und Rom erhielt Leiden nun seine eigene verborgene Welt unterhalb des Straßenpflasters, die im Volksmund bereits als Leidener Labyrinth bezeichnet wurde.

***

Peter öffnete die Außentür des Sionshofjes, stellte sein Fahrrad in die breite Passage und schloss es ab. Er ging über den Rasen zu Marks kleinem Haus, dessen Tür einen Spalt offen stand. Er klopfte ans Fenster des Wohnzimmers, wo Mark und Judith zusammen auf dem Sofa saßen.

Judith begrüßte ihn mit einem warmherzigen Lächeln, als er hereinkam.

»Hallo, Peter«, sagte sie und stand auf, um ihn zu umarmen.

Auch Mark stand auf. »Möchtest du eine Tasse Tee? Oder Kaffee?«, fragte er. Ohne die Antwort abzuwarten, verschwand er in der Küche, um Wasser aufzusetzen.

Judith und Peter setzten sich aufs Sofa.

»Wie geht es dir?«, fragte er. Sie hatten sich seit ihrer Rettung aus der wassergefüllten Zelle nur zweimal gesehen. Natürlich hatte er sie während ihres kurzen Krankenhausaufenthaltes besucht. Man hatte sie zur Beobachtung dabehalten, um auszuschließen, dass ihre Zeit in der unterirdischen Gefangenschaft körperliche Schäden hinterlassen hatte.

»Ach, ganz gut«, antwortete sie. »Ich bin nur noch etwas nervös, wenn ich alleine zu Hause bin. Schon das kleinste Geräusch lässt mich zusammenzucken, und manchmal bilde ich mir ein, dass jemand durch das Fenster schaut und mich beobachtet. Deshalb verbringe ich viel Zeit hier bei Mark. Was natürlich nicht weiter schlimm ist, aber ich habe das Gefühl, ein Stück meiner Freiheit verloren zu haben.«

»Das wird bestimmt mit der Zeit besser werden.«

»Ja, wahrscheinlich. Es ist nur …« Sie suchte nach den richtigen Worten.

In der Küche hörten sie Mark, der Teegläser auf den Tisch stellte und Löffel hineingab. Auch nach all den Jahren spürte Peter in solchen Momenten einen Hauch von Eifersucht auf diese häusliche Gemütlichkeit, die ihm zu Hause fehlte.

»Ich weiß nicht, wie ich es beschreiben soll«, versuchte Judith noch einmal, es ihm zu erklären. »In dem Moment, als ich euch gesehen habe, war ich immer noch in Panik, aber dann … Als das Wasser das Gitter erreicht hatte, wurde ich auf einmal ganz ruhig, als hätte ich meinen letzten Atemzug geschöpft. Ich bin wieder untergegangen, alles wurde schwarz, und dann war da nichts mehr. Erst, als ich in deinen Armen aufgewacht bin, habe ich wieder etwas wahrgenommen.«

Mark kam mit einem Tablett voller Gläser und einer dampfenden Kanne Tee herein.

»Willst du mir damit sagen, dass du eine Nahtoderfahrung hattest?«, fragte Peter.

»Nein, nein, das nicht. Ich habe weder einen Lichttunnel noch verstorbene Verwandte gesehen. Aber danach hatte ich das Gefühl – das seitdem immer stärker geworden ist –, dass ich mit geliehener Zeit lebe. Als hätte ich ein Geschenk bekommen. Ich fühle mich wirklich wie neugeboren. Ich möchte mich von jetzt an auf das Wesentliche konzentrieren, anstatt mich mit Details zu beschäftigen, die nicht wirklich wichtig sind. Ich will mich nicht mehr über Menschen oder Dinge aufregen, die mir nur Energie entziehen. Versteht ihr?«

Peter und Mark nickten beide.

»Und du? Wie geht es dir?«, fragte Judith.

»Es ist seltsam …«, sagte Peter. »Ich habe so viel Neues erfahren und so viele neue Erkenntnisse gewonnen! Es wird lange dauern, bis ich alle Puzzleteile zusammengefügt habe. Und dieses Wissen … Ich glaube wirklich, dass Wissen frei machen kann. Vielleicht gerade, weil man die Welt um sich herum besser versteht, wagt man es, sich freier in ihr zu bewegen, wagt man gerade deshalb, loszulassen, weil man darauf vertrauen kann, dass man immer den Weg zurückfinden wird. Es ist ein bisschen wie ein Spaziergang durch eine Stadt, die einem vertraut ist. Man fühlt sich sicherer, wenn man dort in eine unbekannte Seitenstraße einbiegt als in einer Stadt, die man nicht kennt und in der man nicht den ausgetretenen Pfaden folgt.«

»Das ist eine schöne Analogie«, sagte Mark mit einem zustimmenden Nicken.

»Du fühlst dich also frei«, schlussfolgerte Judith lächelnd und warf ihm einen Seitenblick zu.

Peter nickte. »Wie ein Vogel.«

DANKSAGUNG

Ich bedanke mich bei André van Dokkum, der mir mit seinem umfangreichen Wissen über das frühe Christentum unglaublich geholfen hat, die Anfangsidee für dieses Buch zu entwickeln. Auch seine chronologische Rekonstruktion des Lebens und der Reisen des Apostels Paulus waren von großem Nutzen. Maarten Dessing möchte ich für das Lesen der Urversion des Manuskripts danken, das zu der Zeit noch ungefähr sechzig bis siebzig Seiten länger war. Durch seine gründliche Analyse und die Gespräche darüber habe ich mich entschlossen, die ursprüngliche Chronologie umzuwerfen und viel Material herauszunehmen. Der Lektorin Lisanne Mathijssen danke ich dafür, dass sie mich bei HarperCollins mit ins Boot geholt hat. Ihre akribische Lektüre der ersten Version und ihre detaillierten Kommentare führten dazu, dass die Handlung viel an Tempo gewonnen hat. Die letzte Redaktion von Lidia Dumas war außergewöhnlich genau – unvorstellbar, wie viele kleine und große Fehler ich übersehen hatte! Auch Heleen Buth und Jan-Joris Keijzer von HarperCollins möchte ich für das in mich gesetzte Vertrauen danken. Als ich im Herbst 2015 den Vertrag bei HarperCollins unterschrieb, existierte die Idee für dieses Buch bislang nur in meinem Kopf. Der mysteriöse E. B. von der Jüdischen Gemeinde Leiden hat mir mit Informationen über jüdische Hochzeiten und die Chuppa in Leiden geholfen. Saka Balmaekers von ciaotutti.nl war so freundlich, mir zu gestatten, ausführlich aus ihrer Website über den Monte d'Angelo zu zitieren. Marlene Bolkestein bin ich dankbar für ihre interessante Führung durch das Mierennesthofje und dafür, dass sie mir Bücher über Leidener Hofjes geliehen hat. Der Altphilologe und Kollege Frank Broeke hat die lateinischen Zitate beigesteuert. Zum Dank hat er als Raven im Buch leider ziemlich schnell den Löffel abgegeben. Dem Bauhistoriker Michel van Dam von BAAC danke ich für die Führung rings um das Aalmarktprojekt, bei dem bis zu diesem Zeitpunkt noch keine Tunnel entdeckt worden waren. Gerard Huissen danke ich dafür, dass er mir seine Fotos von den Mosaiken in Ostia zur Verfügung gestellt hat, auf denen die sieben Weihegrade des Mithras dargestellt sind, und Jan Theo Bakker für seine große Hilfe bei der Suche nach diesen Fotos. Ronald Kaptein hat mir erlaubt, ausführlich aus seinem Artikel über das »religiöse Gehirn« auf skepsis.nl zu zitieren. Johan Lammers, der Vorsitzende der Vereinigung A. L. S. V. Quintus, war so freundlich, mir eine Führung durch das Gebäude der Vereinigung am Boommarkt zu geben und mir dabei ausführlich über Quintus zu erzählen. Willy Leenders hat mir genau erklärt, wie eine Sonnenuhr funktioniert, damit mir in dieser Hinsicht keine Fehler unterliefen. Sijbrand de Rooij, Konservator des RMV, Leiden-Kenner und Stadtführer, hat auch für dieses Buch wieder einen wunderbaren Stadtrundgang entworfen. Henk Schaap hat mir geholfen, indem er mir das Gedicht *Na samém konci* von J. H. Krchovský (»Ganz am Ende …«) genau erklärte. Tanneke Schoonheim von der Historischen Vereniging Oud-Leiden hat mir geholfen, Informationen zu den unterschiedlichsten Themen zu finden, etwa Giebelsteine, Sonnenuhren und zugeschüttete Grachten. Cees und Jenneke van Veelen danke ich für ihre Gastfreundschaft, da ich im Sommer 2016 eine Woche auf ihrem schönen Bauernhof wohnen durfte, um an dem Buch zu schreiben. Die Aussicht durch das große Fenster auf die Weiden war beruhigend und inspirierend. Cees Vergroen, der Designer der Sonnenuhr bei der Mühle De Valk, hat mir von ihrer Entstehung erzählt. Jan Wieles und Piet de Baar haben mir erlaubt, Passagen aus ihrer Broschüre »Gedemptegrachtenwandeling«, erschienen bei der Gilde Leiden, zu übernehmen. Hamide Dogan danke ich dafür, dass sie verschiedene Versionen des Buches mit immer der gleichen Sorgfalt und Aufmerksamkeit gelesen hat. Ihre Anmerkungen waren wie der Faden Ariadnes, der mich aus dem Labyrinth führte, wenn ich mich zu verirren drohte – und das gilt nicht nur für das Buch. Das gemeinsame Lesen des Manuskripts hat dem Begriff *close reading* eine ganz neue Bedeutung verliehen. Dünya bleibt unsere strahlende kleine Sonne, der auch dieses Buch gewidmet ist.

Leiden, Oktober 2016